风吹麦浪

许如亮 著

北京日报出版社

图书在版编目（CIP）数据

风吹麦浪 / 许如亮著. — 北京：北京日报出版社，
2025. 6. -- ISBN 978-7-5477-5147-3

Ⅰ . I247.5

中国国家版本馆CIP数据核字第2025ED2486号

风吹麦浪

出版发行：北京日报出版社

地　　址：北京市东城区东单三条8-16号东方广场东配楼四层

邮　　编：100005

电　　话：发行部：（010）65255876

　　　　　　总编室：（010）65252135

印　　刷：三河市中晟雅豪印务有限公司

经　　销：各地新华书店

版　　次：2025年6月第1版

　　　　　　2025年6月第1次印刷

开　　本：710毫米×1000毫米　1/16

印　　张：26.25

字　　数：366千字

定　　价：88.00元

麦浪里的生命韧性

"生命中最伟大的光辉不在于永不坠落，而在于坠落后总能再度升起"，南非前总统曼德拉阐释，生命的意义是那种万劫中求生的韧性。江苏作家许如亮最新创作的长篇小说《风吹麦浪》，以二十世纪后三十年苏北农村转型为背景，用沾满泥土的笔触，从分田到户的时代风浪里，打捞起一群农民在贫困与变革中挣扎奋进、永远向上的故事。小说以常家九子女的命运为经纬，将生存的苦涩与生命的坚韧编织成麦浪，在麦芒闪烁的光影里，彰显出中国人骨子里生生不息的愚公精神，表达的正是关于生命韧性的伟大主题。

盐城射阳河芦苇荡的土地，曾像一块浸透盐碱的海绵，吸尽了祖先苍生的精华，也耗光了常氏家族的血汗。"一口头号大铁锅煮着照见人影的糁子粥，九个孩子像雏鸡般挤在桌旁"的场景，是大集体时代的缩影。但生存的韧性恰在这绝境中迸发——常家父亲带着孩子们在这片热土上奋斗着，中国农民最原始的生存密码，在那生动而翔实的细节里得以揭示：不会向恶劣的环境妥协，不会向艰难的命运屈服，而是不断向土地深处掘进，开采出强大的生命能源，焕发人性的光彩。常家人和老乡们通过"打请工"的互助模式整合资源，再挖垡头、脱土脚、砌成墙，盖"丁头舍子"，这些"把苦日子夯进土里"的倔强，也蕴含了中华民族巨大的生存智慧——对生存环境可理解性的认知、对困境可控性的把握、对劳作意义性的坚守。正如芦苇荡的巴根草，即便被盐碱侵蚀仍扎根生长，农民们在贫困中构建起独特的精神自足。小说中张三喜为缴"两上交"尾子与干部争执，四凤从"骂骂咧咧"到主动学习养猪技术，这些转变不是妥协，而是在时代规则的缝隙中寻找活路所展现出的韧性。"那些杀不死我的，终将使我更强大"，这一代中国农民未必知道尼采的哲学，但正是他们，在物质极简中锻造出精神的锋利，为生命哲学添加了强有力的论据。

农村改革"分田到户"的政策如劲风掠过，吹乱了集体劳动的原有秩序，却激发了个体的活力，点燃了农村蓬勃发展的希望。友明从"扛着铁锹混工分"到划着小船在射阳河下网捕鱼，四凤从抱怨丈夫"没用"到钻研母猪配种技术，这些转变背后是农民对生存方式的主动重构。更具象征意义的是笑天的角色蜕变：从"在村里掏鸟窝的孩子王"到乡团委书记，再到回村重修破败土路，他打破了"跳出农门即逃离"的惯性，带着村民用巴根草固堤、开发荒地，这种从"逃离土地"到"反哺土地"的选择，嵌入了芦苇荡从荒滩到良田的土地进化史，实现了农民从土地的"仆从"到土地的"主人"的大转变，这无疑是千百年来农民属性的一次质的飞跃。新政策作为经济基础的变革，引发了农民生产方式和价值观念的重构。艾布拉姆斯在《镜与灯》中指出，文学是对现实的"反映"与"投射"。农民们在时代变革中既是被动的承受者，又是主动的创造者，他们用勤劳和灵巧的双手在土地上书写着自己的史诗。常青树"地还是分了的好"这句话背后，是农民从集体依赖到个体承担的心理调适。这种调适不是简单地适应，而是主动将变革阵痛转化为生存愉悦，将从众心理转化为个人担当，将随波逐流转化为时代弄潮。这些人物形象颠覆了我们对传统农民"老实巴交"的认知，勤劳之上，他们有足够的"灵活"和"聪明"，只要时代给他们一根稻草，他们就能捆扎出生命汪洋中的一条船，划向新的彼岸。

射阳河的浪涛与盐碱地的风沙构成了农民生存的自然困境，而疾病、贫困、政策变动则是社会状态的无常考验。小说主人公们在这些困境中展现出的韧性，恰似加缪笔下的西西弗斯——明知巨石终将滚落，却依然一次次将其推上山顶。他们没有被击垮，而是将苦难转化为前行的动力，始终拥抱时代，砥砺前行。小说反映的不仅是生产方式转变的现实，更是这种现实投射出的精神进化，是时代变革中人的进步与生命的升华。"登上顶峰的斗争本身足以充实人的心灵。"农民们在盐碱地里种出高产小麦，在射阳河中捕捞希望，在"丁头舍子"里编织未来。他们在土地上的劳作与创造，正是他们坚韧精神的具象化。常氏家族是跨时代农民的典型，三代人的命运轨迹，折射出他们在传统与现代交织中的韧性。第一代常青树坚守土地，用勤劳和隐忍对抗贫困；第二代常有理在改革浪潮中勇闯市场，用智慧和勇气改变命运；第三代常笑天则将现代技术与乡土情怀结合，带领村民走向富裕。这种代际传承不是简单地重复，而是在传统中汲取力量，在现实中寻找突破。这种韧性不仅是对自然困境一以贯之的抗争，更源于对生命意义更高层次的叩问。主人公在命运的低谷中一次次站起来，用行动诠释了生命的韧性、尊严和价值。常家人以血缘为纽带，在"己"的中心向外推衍，形成了独特的社会关系网络。这种网络既是束缚，也是支撑。当常笑天回村担任支书，他既要面对村民的传统观念，又要推行现代改革。他用"慢火炖、温水泡"的方式化解矛盾，既保留了乡土社会的温情，又注入了现代治理的理性。这种在传统与现代间的平衡，正是中国农民生命韧性的全新延展。

《风吹麦浪》用常氏家族的故事，为中国农民的生存发展立传，为生命的提升进程立传。艾布拉姆斯在《镜与灯》中说，文学是"灯"，照亮人类精神的前路。《风吹麦浪》正是这样一盏灯，它照亮了中国农民在困境中不屈的灵魂，激发了中国人在血脉中固有的生命韧性，并使之发扬光大。在这个充满不确定性的时代，这样的故事更是提醒我们：只要根系深扎泥土，生命就能在风雨中茁壮成长，麦浪终将推涌出希望的海洋。一个生机勃勃的中国新乡村，从远方走来，变成新一代人眼中的美丽诗篇。

值得称赞的是，作者身在基层，作为在乡镇履职多年的干部，是农民最亲密的伙伴，是农村改革发展的亲历者、参与者，是农民兄弟生活、情感、信念和生命认知的见证者、思考者，像他的伙伴耕耘那块盐碱地一样，他认为自己有责任对这份珍贵的乡情乡景做忠实的记录。在担任乡镇干部的岁月里，他曾写了数十万字的日记，并立下了"费孝通式"的理想，就是把自己的日记和思考，写成一部射阳河畔的笔记。后来，他放弃了"笔记"，选择了小说这样一种文学形式来完成自己的心愿。用他自己的话说，是舍不得那些生动的故事，舍不得记忆中无数让他夜不能寐的场景，应该先记述生活，而不是急于解读生活，这也是自己力所能及的事情，是"文以载道"，继续参与乡村振兴的务实行动。他摒弃了那些束缚人的"思考"，让故事"活色生香"，让真实、真诚成为最动人的文采。我读完小说，觉得这已经不是所谓的文路摸索，而是基于自我生命的厚重，以及良好的文学素养，所实现的一次自然而然的创作"发生"。

因而，先不要急于喝彩，让我们仔细品读这片土地上的发生，"麦浪"的精彩值得我们沉浸式地慢慢欣赏。

丁捷

2025 年 6 月 15 日，丹凤街

风吹麦浪

这本书讲述的是二十世纪后三十年的乡村故事。那时的中国社会经历了政治、经济、文化的大转型、大发展，特别是人们生活条件得到了改善，思想得到了解放，乡村如沐春风，百花竞放，生机盎然，到处呈现一派欣欣向荣的景象。

我不可能在一本书里把三十年里所发生的故事都记录下来。而我出生在那个特定的历史时期，生活在苏北射阳河沿岸那个特别的村落，熟悉那里的一草一木，目睹了一个家庭、一个村子、一个地方发生的翻天覆地的变化过程。我热爱这块土地和生活在这块土地上的人们，就想尽可能准确地记录下一个家庭、一个群体、一个村落发生的特有的故事。小说时间跨度有点长。书中出现的人物都是社会底层普普通通的人，在他们身上发生的故事，既没有大海的波澜壮阔，也没有大江的气势磅礴，只有鸡毛蒜皮的小事，甚至一地鸡毛的麻烦事，不过这就像一碗刚炖好的鸡汤，自然淳朴，原汁原味。我想告诉人们的是，生活是个万花筒，无论何时何地，各家各户的活法不尽相同，但有一点是相同的，那个时候的庄户人家，只要能吃苦，肯劳动，抓机遇，想上进，每户人家都是有出路的，因为党的政策是英明科学的。常青树一家三代以及水塘乡村干群就是那个时代积极向上、敢为人先的典型的代表。

　　写这部小说的初衷，既是对那个年代淳朴勤劳人民的一种崇敬，也有着一种记录生活、回望过去的冲动。故事在眼前晃动，思绪在键盘流淌，小说里的人物和情节都是真实的存在，基本没有过度的夸张与虚构。小说采用口语加方言的形式记录了那个年代中国乡村农民生活的现状和社会发展的脉络。写小说就是讲故事，把故事讲好了，小说大体上就成功了。我是这样理解的。

　　在写这部小说的日子里，正是我工作最繁忙的时候，但只要我坐在了电脑前，脑海中就会浮现各种人物和活动的场景，那会儿我就有了抑制不住的创作激情，即使再忙也要把故事讲完，为此常常熬到深夜。写到深情处，时而伏案傻笑，时而泪流满面……常常竟不知道东方已经发白了。

　　亲爱的读者朋友，如果你读罢本书，感同身受，盖因发生的故事是我们共同生活的那个现实社会的缩影。书写这部小说权且是我为大家提供一个回望那个时代乡村生活的窗口，还望与君共鸣、共勉。如有不当，请诸君予以斧正！

　　是以为序。

2024 年 6 月 16 日

于江苏盐城

风吹麦浪

人物表

（一）常青树　伍月红

- 长子：友正，芦苇荡村民
- 次子：友直，残疾人
- 三子：友善，英年早逝
- 四子：友良，省报记者
- 五子：友明，芦苇荡村民
- 六子：友礼（有理），芦苇荡大队火花生产队队长
- 七子：友诚，部队军人
- 长女：友爱，打工者
- 次女：友情，大学生

（二）

芦苇荡干部
- 杨明山：大队书记，友明的岳父
- 李青龙：大队书记
- 常笑天：乡团委书记兼大队书记，友礼的长子
- 杨金贵：村主任
- 隋　泥：村治保民调主任
- 穆穗玲：村妇女主任

避风港干部
- 张开仁：大队书记
- 王山柱：大队书记
- 金　桥：村书记

槐树屯干部
- 张万堂：大队书记
- 杨晓柱：村书记
- 田　山：村主任
- 喜　秀：村妇女主任

（三）水塘乡领导

郑春成：公社书记

张春雷：乡党委书记

穆　权：乡党委书记

张铁锤：乡计生办主任

叶　杯：乡农水助理

（四）村民

喜　兰：友正的妻子、喜秀的妹妹

四　凤：友明的妻子、杨明山的女儿

张雨露：友良的妻子、省城小学老师

玉　香：友礼的妻子、王山柱的女儿

水　草：隋泥的妻子、李青龙的情人

小英子：友明的初恋

万小芳：张万堂儿媳妇

三军子　月　芹：夫妻俩

陈春桃　高小丽：夫妻俩

小　草：芦苇荡卫生所医生

陈玉花：养猪大户

雪　桃：避风港村寡妇

田六姑

张三喜

江三碗

刺　猬

王　五

施　七

第一章

风传情，水含笑；海风吹，芦花飞；蟹砌楼，鱼虾跳。

黄海西岸一片滩涂湿地，有一个叫盐城的地方，隶属江苏省。早在战国时期，这里的人们就开始取海水煮盐。秦汉时代，这块未曾开发的土地上，遍地皆为晒盐场，到处都是运盐河，"盐城"因此而得名。

进入深秋，盐城东部的海滩芦花荡漾，漫天飘舞，如塞北大雪纷纷扬扬，滩涂中长着一片片不知名的小灌木，红艳似火，映染了半边天。蹚过没入头顶的芦苇茅草，跋涉过深及膝盖的淤泥滩，呈现在眼前的是一片浑浊的大海，大片的湿地与海水搅和在一起，压根就没有清晰的界线。陆地是泥泥水水，海水却是水水泥泥，海潮会在不知不觉中涨上来，滩涂湿地就像一块吸水的海绵，忽而满涨，忽而干涩。

盐城腹地有一条美丽的河，叫射阳河。射阳河是一条自然流淌的大河，曲曲弯弯，晶莹剔透的河水像绸缎一样光滑，映着蓝天白云，伴着两岸绿色，像一条碧绿的玉带，在地毯般的江淮大地上缓缓向东流入大海。

在射阳河通往黄海的地方，有一个以"水塘"为名的地方，这个地方以前是滩涂上的一块水域，从南方迁移过来的人们经过长年累月的开垦整治，水塘没有了，变成了大片田地和纵横的港汊，但人们仍然叫这里为"水塘"。新年一过，水塘公社的大地像是一个刚刚睡醒的婴儿，万物复苏，生机勃勃起来。

芦苇荡大队火花生产队队长常友礼带着记工员小陈和社员们一起在麦地里清沟理墒，一个小伙子从田埂上气喘吁吁、跌跌撞撞地跑过来，朝着常友礼大喊："要生了！要生了！"话还没说完，一个跟头跌进路边的麦地里。

"你个冒失鬼，赶头碗饭了啊？"常友礼抬起头，来不及用袖子擦擦额头上的汗水，上前把小伙子拉起来，问："什么要生了，你娘是不是又要生一个娃了？"

小伙子喘着粗气说："不是不是，是嫂子她要生了。"

常友礼这才明白过来。他赶忙放下手中的铁锹，连招呼都没跟社员们打一声，风吹箭打一样向家里跑去。

一路上，几个社员正在农户的茅草房土墙上用石灰水涂写着大幅标语："工业学大庆，农业学大寨""为有牺牲多壮志，敢教日月换新天""独立自主、自力更生、艰苦奋斗"……

望着两腿生风疾速离去的常友礼，书写标语的社员放下手中的刷子，一脸疑惑：常队长啥事这么匆忙啊，莫非他的老婆玉香嫂子生娃了？

田里的麦叶绿油油的，在微风的吹拂下，微微地晃动着，似乎也喜上眉梢，为这一喜讯而高兴，绿油油的叶片上滚动的露珠像是喜极而泣的泪水！

常友礼父亲常青树和母亲伍月红结婚后，伍月红就像是猪圈里的老母猪一样，一口气生了九个娃，那可是水塘公社独一无二、首屈一指的生育大户。

据说伍月红生娃时是从不找接生婆的，待到临产了还在地里干活，感觉肚子下沉、羊水外流时，就赶快找个稍隐蔽的地方，裤带子一松往下一蹲，就像是尿尿一样，那娃就自己出来了。伍月红就手脚麻利地脱件衣服，把满是胎血、啼哭不止的婴儿包裹起来，然后就像没事人一样风风火火地赶回家去。

常青树生娃堪称是高手，就像庄稼汉打连枷一样接二连三。生娃是高手，为娃起名也堪称一流，七个男孩从大到小分别叫友正、友直、友善、友良、友明、友礼、友诚。常青树大概是计划好的，想生一对词组——正直善良、明礼诚信，可是生了友诚后，再没生个叫友信的男孩来，然后又一口气生了两个千金。常青树也像是计划好的，两个千金分别叫友爱、友情。

常青树生娃是只重数量不重质量，只管生不管养的，从没考虑孩子生下来怎么养活。孩子多了，嘴巴也多，锅灶上的一口头号大铁锅，每顿烧得满满的，当然肯定是没有白米煮的粥饭了，一大锅的糁子粥稀得照见人影子，或是煮一大锅的山芋，就是清水煮山芋，一点油花也没有，俗称"山芋茶"。那都是生活条件稍好的人家喂猪的料。尽管这样，只要锅盖一掀，"哗啦"一下就见底了，因为桌子周围挤满了肚皮早就贴在后背的娃娃们，就像是在喂食一群雏鸡，抓一把米撒下去，一群雏鸡蜂拥而至，眨眼工夫米就没了。常青树看了愁眉苦脸，伍月红在一旁也是唉声叹气。

我的个天，是谁作的孽啊！

由于人口多劳力少，常青树家是全生产队超支最多的一户。后来友正和友善能在队里挣工分了，常青树两口子才逐渐缓过气来。两兄弟栽秧割麦上河工，下河捞草搞泥塘，生龙活虎，样样事情都不落后。尽管这样也没能扭转家里连年超支的状况，只是分红时超支得不那么严重了。

被全大队评为思想最落后分子的常青树的表弟袁山实在看不下去了，有一天夜幕降临时，悄悄地来到常青树的家。常青树家的孩子实在太多了，一家子除友直、友明坐在桌旁喝着能照见人影的稀粥外，其他人东一个西一个地蹲在角落里啃着煮熟了的山芋头。友诚的衣服是友礼穿剩下的，友礼的衣服大概是友明穿剩下的吧，反正是大的穿过小的穿，轮到友诚时，衣服坏得连屁股都露出来了。

"看你把娃儿饿成啥样了，赶明儿去逮几只鸡养着，下些蛋好为孩子们补补营养。"孩子们的表叔袁山说。

常青树听了，表情顿时紧张起来，双手直摆说："这可使不得啊，这不是和大队对着干吗？"

伍月红听了更是打了个冷战，说："哪里还敢养鸡哟，屋后的一棵梨树，一个梨子都没结过，就被大队干部砍了哩！"

常青树自小跟随父亲从南方迁来后，就在水塘公社的芦苇荡住下了。那时从外地迁移过来的人们在田里、河边、路旁、芦苇荡里，随便占块地方搭起间土墙茅草屋就算定居下来了。

从南方迁移到芦苇荡的人们，就像是河面上的浮萍一样，飘到哪里就粘在哪里，盖起的土墙茅草屋就像是随手撒下的一把豆子，满地都是，杂乱无章。常青树家的土墙茅草屋就搭在一块地的中间。其实这屋不能算是真正的房屋，只能算是"丁头舍子"，除了又窄又矮外，雨水一淋、海风一吹，屋里不是下小雨就是望见天。

自家的"丁头舍子"是常青树最引以为豪的。常青树父亲带着常青树落脚此地时，就有卓越远见，他似乎早就知道儿子将来要下一大窝的崽，在搭建"丁头舍子"时，专门请了"打请工"，就是请邻居或是亲友帮忙做工，只供饭不发钱。饭菜当然是丰盛的，是本地盛行的"四大碗"，有自炸的肉圆、青菜烧肉皮、瘦肉充鸡、红烧青鱼。被请去做"打请工"的人都会高兴地说，今天咱又吃"四大碗"了。后来"四大碗"演变成"六大碗"，再后来"六大碗"又升格成"八大碗"，成了盐阜地区的特色。

常青树的父亲请了"打请工"，他选好了一块地做屋基，然后找来打麦场上牛拉的石磙，用麻绳将四根木棒绑定在石磙上，这就成了石夯。大家抬起石夯，打着号子，在画定的位置上一下又一下地打夯，

风吹麦浪

把建房的根基夯实。

屋基夯实后就是挖垡头、脱土脚，土脚脱好晒干再砌成墙；然后用芦苇打笆，屋顶上架上数量不等的专门选来做桁条的木棍；桁条上铺上芦苇编织的席子或是箔子；最后抹泥苫草。茅草保温御寒，草房冬暖夏凉，数十年不漏。

常青树家的"丁头舍子"可算是全大队的样板工程，来芦苇荡安家落户的人家要是动手砌"丁头舍子"，肯定会到常青树家看一看，取取经，然后再砌茅草屋子。常青树的九个娃就是在这风不打头、雨不打脸的"丁头舍子"里养大的。常青树一边生娃一边扩建"丁头舍子"，生到友情时，"丁头舍子"由两间已经扩建到五间了。再后来"丁头舍子"也由全茅屋变了瓦倒檐。所谓"瓦倒檐"，就是在茅草屋的前后檐口盖上几片瓦，能住在瓦倒檐的屋子里，是很风光荣耀的。

天长日久，常青树家的屋子前后，就像是常青树生孩子一样人丁兴旺，生长出许多树木杂草来，杨柳、刺槐、榆树、桃树、梨树等，屋后的小河边天然生长着绿色青翠的芦苇。不知道哪一年，屋后的杂草丛中，生长出一棵青嫩的梨树苗来，梨树苗一年年长高，长到一人高时，也不见开一朵花、结一个果子，就是因为这一棵没长果子的梨树。大队书记杨明山派民兵排长二斜头兴师动众地带着一帮人来，把这棵不结果子的梨树连根刨了。二斜头临走时还用手指头敲着常青树的脑袋说："你的胆子有天大啊，要好好反思啊！"

常青树觉得好可笑，不过伍月红被吓得瑟瑟发抖，她知道弄不好的话是要被拉到大队部去做检查的。

倒在地上的梨树，树叶散落了一地，一根树枝伸向天空，几个叶片孤零零地连在树枝上，在微风的吹拂下，仿佛也在瑟瑟发抖。

友礼匆匆忙忙往回赶，老远就听到老婆玉香在屋里鬼哭狼嚎。常青树蹲在墙根下一口接着一口地抽着烟，对于儿媳妇玉香撕心裂肺的喊叫声他也毫无办法。伍月红坐在门前的板凳上，直往地上捣手里的拐棍，说："喊什么喊，喊魂啊，生个娃有什么了不起，喊得半里路都能听得到，咱生了九个也没掉过一滴眼泪。"友爱去挑猪草了，友诚在锅屋里烧水，友情在地上玩耍。

　　估摸着玉香已经喊了老半天，声音都已经沙哑了。友礼的心快要从胸口里跳出来，他一个箭步冲进屋，径直走进东厢房，一把抓住躺在床上正在嚎叫的玉香的手。即将分娩的阵痛，使玉香的脸上豆大的汗珠往下淌，友礼觉得玉香的手心里都是汗，像是刚从水里拿出来一样。

　　玉香是常家的第三房媳妇。大哥友正娶的是舅父家的二女儿喜兰，为把喜兰娶回来给友正做媳妇，常青树就差把舅子家的门槛跑烂了。起先舅子是不同意的，嫌他们常家孩子太多，日子太穷，女儿喜兰嫁过去估摸着连西北风都难喝到。不过友正和喜兰从小就喜欢在一起玩。舅父家住在槐树屯，离家不远，友正念了两年书就不念了，常常往舅父家跑。到了舅父家后，就拉着喜兰去田里摘蚕豆角子，两个人躺在蚕豆田里，把蚕豆角子摘下后剥了壳子，再用线把蚕豆仁子穿成线，套在喜兰的脖子上玩耍。

　　舅父家屋后有一条进水渠，那是友正和喜兰的乐园。过了立夏天气渐暖时，友正就会拉着喜兰跳进渠里戏水，友正脱得精光，喜兰望着友正下面的小鸡鸡滴着水珠发笑，心想：友正下面怎么会多了个东西呢。

　　喜兰从小就喜欢友正，友正憨厚老实，心地善良，偶尔也会发一点小脾气，肯吃苦，不怕累，很小就跟他父亲一起下地挣工分了。常青树来到舅子家为友正和喜兰提亲时，喜兰父亲不同意，喜兰不高兴了，气愤地去找母亲，告诉母亲父亲不让她嫁给友正的事。喜兰说："我这辈子就跟友正哥，非友正哥不嫁。"母亲说："我也做不了主，这事你大说了算。"喜兰就搂着母亲的脖子，靠着母亲的耳朵嘀咕着，红着脸告诉母亲自己已经是友正的人了。母亲大惊失色，大骂喜兰是个疯丫头，骂完后心里倒也舒坦起来，因为她也看得上友正，她觉得喜兰嫁给友正不会亏到哪里去的。友正虽然个子不高，肤色不白，但勤劳能干，浑身有一股蛮劲，肯定会苦到一碗饭吃，况且是表兄妹，亲上加亲啊！

喜兰和母亲掏的是大实话，这些话本来闷在心里就是装进棺材也不会说出来的，见父亲反对她和友正在一起，急了，就把和友正的事说出来。生米煮成熟饭了，父母不同意也没有办法，她已经是友正的人了，谁还要一个破了身的女人啊，这个名声压垮一家人不说，足以毁灭她一生啊！

那是一个皎月高悬的夜晚，家里人都出去纳凉了，友正知道队里人纳凉一般都会去说书的王老先生家门口的场地上。王老先生坐在一个破旧的古式椅子上，手里摇着蒲扇，慢声细语地说书给大家听，听的人越多他越来劲，往往要说到深更半夜。不到半夜常青树和伍月红就回来了，他们回来时，一定会把友爱和友情带回来，其他几个儿子他们是不问的，问也问不过来，即使哪个在外耍了一夜不回来，他们也不知道。

友正已经对王老先生的故事不感兴趣了，他感兴趣的是已经发育成熟、越发秀气的表妹喜兰。他趁家里人外出纳凉的机会，悄悄地跑到槐树屯，很快就把喜兰约了出来，两个人手挽着手，在皎洁的月光下，进了村边的一块已经长到半腰高的、金黄的、即将收割的麦地里。

月亮像一个银盘在白云中穿梭，它悄悄地向大地张望，它将亲眼见证一对深深爱恋对方的年轻人真诚的表白和灵魂的交流。

大地静寂无声，只有不知名的虫子偶尔会叫上几声，远处的槐树一排排站立着，像是站着一排排的人影。喜兰不知道是害怕还是抑制不住自己的感情，一头钻进友正的怀里，心跳得扑扑作响。友正的心不禁要蹦出来，心里的一团火也越烧越旺，特别是喜兰钻进他怀里的时候，一对鼓出来的奶子正好顶在他的手上。他毫不犹豫、急速地把手伸进喜兰的怀里，忘情地揉捏起来。喜兰的身子微微一颤，伸开双手抱着友正的脖子，对着友正的嘴狂吻起来。

和所有人类一样，当身心成熟条件允许时，一切都顺其自然、水到渠成，有的事是不用父母老师教授的，自然就会。友正和喜兰在深夜中的麦地里做了什么，月亮知道，大地知道，麦子知道，友正和喜兰也知道。只是苦了张老爹那张新编织的芦苇席子，第二天张老爹找到麦地里的那张芦苇席子时，席子已经支离破碎了，席片上留下的点点血迹让张老爹明白了怎么回事："不知好歹的狗男女，不得好死。"他骂骂咧咧地走了。

后来喜兰真的嫁给了友正。喜兰嫁给友正后，一点儿也没耽误，当年就生了个女娃，这个女娃比友情还大了一个多月。那年常家是三喜临门，婆媳俩一起坐月子，喜坏了友正，愁死了他大。

老二友直长到七岁时，患了小儿麻痹症，由于没有及时治疗，落得个四肢萎缩、口齿不清的症状。友直吃饭没问题，有多少吃多少；拉屎也没问题，吃了就拉，拉后再吃；与人交流有问题，他讲的话，除了父母和兄弟妹妹外，外人是听不懂的。常青树说这孩子就是个废人，除了烧烧火，什么也不会。

老三友善是个倒霉蛋，十五岁那年跟队里的渔船出海，掉到海里，连个尸首都没捞回来，这里就不再介绍了。友良是全大队唯一考上高中的人，不过运气不佳，那时高考被取消了，他没能考大学，只得回家务农，在大队里当了一名农业技术员。过了两年又时来运转，公社推荐知识青年上大学，友良作为芦苇荡唯一的知识青年，被推荐到南京读书。

四凤是常家的第二房媳妇，她是芦苇荡书记杨明山的四女儿。友明是不同意娶杨明山的女儿四凤为妻的，一来他看不惯杨明山当大队书记大义凛然的样子，二来四凤长得确实不咋样，人高马大，屁股有

风吹麦浪

脸盆大，没有一点女人味，三来，也是最主要的，他还要倒贴一个妹妹。杨明山对前来提亲的常青树说："要想咱家四凤嫁给友明，你们家的友爱将来要嫁给咱们家的小五子。"

常青树望着满屋子的子女，只指望能娶到一个算一个，哪还管什么质量啊！杨明山提出的条件他都答应了，一点也没思考犹豫，友爱小呢，大了再说吧，等友爱大了，还不知猴年马月了。再说，要不是咱家孩子多，手头紧，咱家还不要你家四凤做儿媳呢，四凤那鬼样子，怎么和咱家友明比！

其实杨明山是故意摆谱的，他早就喜欢上常青树的五儿子友明了，这个小伙子长得白白净净的，一点也不像个庄稼人，他觉得女儿四凤配不上友明。四凤长得像什么啊，上下就是一个直桶子，前胸与后背一样平，平时讲话还时不时地带句脏话——"奶奶的"。得了，就是贴钱也要把她早早地嫁到常家去，省得在家操心。他望着一脸不高兴的四凤，心里说：赶紧嫁过去吧，要不是看在咱当大队书记的面子，人家还不想娶你呢。

友明结婚时，那可是芦苇荡一大喜事，婚礼隆重而热烈。杨明山专门刨了几棵槐树，请了几个木匠，为四凤定做了大橱小柜做陪嫁，那是全芦苇荡也不曾有过的东西，当然引来许多羡慕的眼光。

常青树乐得合不拢嘴，伍月红一点也高兴不起来，她知道，这个女人娶回来，自己在家里说话就再也没地位了。

第二章

常青树的六儿子常友礼长着一张铁嘴，伶牙俐齿，黑的能被说白了，死人能被说活了，火花生产队没一个人能说得过他，大伙直接就把他叫作"常有理"了。后文就称作常有理吧，入乡随俗嘛，大伙习惯叫啥就叫啥。

有理长到十岁时，跟父亲去集体的打谷场上看麦子，麦子收上场了，白天翻晒，晚上要堆起来，一座座堆得像个小山似的。为了防止有人半夜偷麦子，麦堆上除了用草木灰打上印子做记号外，每天晚上都要安排社员睡到打谷场上去看守。

太阳一下山，常青树就带着被子去打谷场了，有理也抱着个枕头跟在父亲后面屁颠屁颠地走，时不时地踢一下路边不知名的小草。

有理从小就是个"跟路精"，大人走到哪儿他就跟到哪儿，特别是父母去出人情，或是被人家请了"打请工"，有理都要跟着，这样至少能吃到"四大碗"。常青树在亲朋好友家吃"四大碗"时，有理是没有资格上桌子的，他就拿个小碗站在父亲的后面，等到主人家端一碗菜上来，有理早就把小碗递到父亲的面前，上一碗他就递一次。"四大碗"的第一碗肯定是油炸肉圆，父亲会把第一个肉圆夹到有理的碗里，有理就会坐到一边去狼吞虎咽起来。

盐阜地区把这事叫作"做锅铲"，有时会有大人戏谑地对有理说："咱就知道你肯定会跟来'做锅铲'。"有理立即反唇相讥："咱又没吃你家的，再说多个人多瓢水，又没损在哪儿，咱来凑个热闹，也是帮助人家撑撑场子啊！"说得人家哑口无言，只得说"言之有理"。

　　常青树在生产队的打谷场上找一个避风的草堆，依着草堆用铁叉、木锨、芦苇席子等搭起一个简易的棚子，正好容得下父子俩睡觉。棚子搭得短了，挡住了一头，露出了另一头，有理望着夜空中的月亮和眨着眼睛的星星，不一会儿就睡着了。常青树是睡不着的，他要竖着耳朵一刻不停地听着，听场地上有什么动静，要是有人的脚步声，立马要出来巡场，看是不是有人偷麦子了。

　　半夜里，有理的肚子咕咕直叫，他被饿醒了。有理告诉父亲，他要尿尿。父亲说："出去尿吧，不要跑远了。"有理爬出棚子，趁着月色，一溜小跑进了附近的番茄地，摘了两个番茄就咬了起来。

　　不承想被路过的民兵排长二斜头一把抓住，说："不得了啊，你敢偷集体的番茄吃。"说完就把有理拽到看场的棚子旁，朝着常青树大喊："你家儿子是来看麦子的还是来偷番茄的，又看又偷是什么意思啊？"

　　二斜头跟常青树讨说法，常青树只得赔礼道歉，说是年底在工分里扣赔集体的损失。有理不承认，他拉着二斜头的手，横眉冷竖，说："咱不是偷，咱是救命，咱为集体看麦场，快要饿死了，要是把咱饿死了，集体要赔多少工分啊？"

　　二斜头哭笑不得，谁还和一个孩子计较啊！

　　有理上学时，常青树总是拖欠学校的学费，尽管只有几毛钱，往往要等到几个星期后，他才能凑足学费让有理带给老师。为此，老师经常点名批评有理，有时还罚有理站在讲台上。

　　有一天，老师又跟有理要学费，有理两手一摆说没有，因为有理父亲就没有给他学费，他拿什么交啊？老师气不打一处来，朝着有理喊："今天再不把学费交了，明天就不要来上学了。"

有理一听也急了，朝着老师说："明天有天就明天交，要是明天没天了，咱今天肯定交。"可是到了明天，肯定又是没钱交，有理就重复着昨天的话，明天复明天，把老师气得要发疯。不过有理的学费最终还是交了，只不过拖了些时日罢了。

逢年过节是要祭祀祖先的，如春节、清明、七月半等，还有逝者的周年，要是祭祀过世多年的逝者，就要到墓地上烧纸钱，祈求逝者保佑生者平安发财，其实就是到坟地上举行个简单的仪式。要是新过世的亲人，祭祀就复杂了，祭祀的当天要在家里专门准备四到六个菜，菜摆在桌上，把烧纸一张一张卷起来烧，还要点上灯，边烧纸边说请逝者回家吃饭领钱。

常青树的父亲去世多年了，所以过节祭祀时，是不用在家烧纸的，可是家里穷得连买烧纸的钱也没有，一捆烧纸也买不起，这个家有多穷啊，常青树在父亲的墓地上急得直搓手。有理抱来一把麦草对父亲说："就烧烧草吧，反正烧纸就是麦草做的，就烧给爷爷自己加工吧。"

常青树又好气又好笑，但也没有办法，有理说得有道理啊，烧纸就是麦草做的，烧什么最后都变成灰，不就多说句话嘛："大啊，手头实在没有钱，就请您老人家多费点心，自己加工吧。"

不出几天，常青树烧草让大自己加工纸的事就在整个芦苇荡传开了。

有理勉强读完农中就读不下去了，主要是家里人口多，父亲急着要他回来劳动挣工分。友正和友明婚后都分开过了，友直是个残疾人，友良被推荐去省城读书，有理在家里算是个强劳力了。有理从学校回来后，跟在父亲后面帮生产队里耕田，有时也会跟大伙一起撑船到射阳河去罱泥捞水草，回来搞绿肥塘。有理读过几年书，肚子里有点墨水，时间不长就当上了生产队的记工员。

有理在生产队当记工员不到一年，走了狗屎运，现任的火花生产队队长邵广飞书写墙上标语时写错了一个字，他在写"艰苦奋斗"时，

风吹麦浪

把"奋"字错写成了"不"字，也没来得及回头看，一个社员来报告说有两个社员打架了。他把写字的刷子一扔就去调解了。一个好事的社员路过，看到邵广飞写的标语是"艰苦不斗"，就悄悄地到公社报告。公社领导一听还有这事，那还得了，"艰苦不斗"不就是不要奋斗吗？所以立即派人来把邵广飞带去了，要求他做检查，检查做完后没回家就失踪了，不知去向。于是年纪轻轻的有理就当上了火花生产队的队长。

有理的老婆玉香是本公社避风港大队副大队长王山柱的四女儿，玉香和有理是农中的同学。在学校时，两个人就互有好感，玉香的父亲是大队的副大队长，大小算是个官。玉香性格开朗活泼，每次开饭打饭时，都会主动跑到有理面前打招呼。有理虽然长着一张铁嘴，但在女孩面前显得自卑内向、笨嘴拙舌，说不出一句整话来。这时，玉香的声音就像是百灵鸟的叫声一样脆响、好听。

玉香也和有理一样，勉强读完农中就回家了。父亲王山柱说闺女长大是人家的人，读书有什么用，还不如回家洗衣做饭呢。

玉香在校时就喜欢跳舞唱歌，一回来就被大队选到文艺宣传队去了，每天跟着宣传队去跳忠字舞、唱语录歌，有时还到各大队巡回演出。那天来到芦苇荡演出时，玉香一眼就看见人群中的有理，在演出的间隙悄悄地溜出来，拉着有理就往队房后面的小树林跑。

在小树林里，玉香气喘吁吁，汗水涔涔，隆起的胸部起伏不停，她用手指点着有理的脑袋说："你个猪脑啊，学校回来就没影了，不知道找咱啊？"

"我……我也不知道怎么联……联系你！"有理像个小学生一样有点拘谨。

"避风港离这有多远啊，十万八千里吗？"玉香好像气还没消。

"不……不是，生产队里天天有事，也走……走不了啊！"有理急急巴巴地说。

"咋了，当个队长就翘尾巴了啊，就忘了老同学了啊？"

"没……没有，没有。"有理更是着急起来。

"咱看你就是个木瓜，脑袋就是木头做的。"玉香说着又伸出手去拉有理的手。有理涨红着脸，望着玉香秀气的脸庞，玉香一双水汪汪的大眼睛也在注视着他，两个人都向对方投去充满希望与激情的眼光，当双方目光碰撞时，随即喷发出热烈的火花，有理上前一步，把倚在树干上的玉香揽进怀里，两个人紧紧地抱在一起。

槐树叶在微风的吹拂下沙沙作响，树上的几只知了在歌唱着，它们不知道树下的一团烈火正在熊熊地燃烧着。

玉香费了九牛二虎之力才把孩子生下来。婆婆伍月红说："玉香生个娃比我生九个费的力气还多。"四凤顶嘴说："女人一枝花，各有各的美，生孩子也一样，各有各的生法，有的人一肚生两个，生得比下蛋还快哩。"四凤意思是说婆婆生孩子像下蛋，而有的人生孩子比下蛋还快，长江后浪推前浪嘛，玉香生不下来，她就是这种生法。

四凤说着又笑话有理死不要脸，玉香生孩子时，他抓着玉香的手和玉香一起用劲，就好像是他在生孩子，同时他的眼睛瞪得跟牛眼似的，盯着玉香生孩子的地方看，眼看着孩子的头出来了，他欣喜得跟个孩子似的跳起来，"出来了，出来了，还是个男孩呢！"

老娘婆王奶奶麻利地抓起小男孩的两条小腿，往上一拎，顺手拍了一下小男孩的屁股。小男孩"哇啦"一声哭出来。可只哭了一声就停止了哭泣，嘴角一动，笑了，两腿间的小鸡鸡向上竖着，喷泉一样向上尿了好高。王奶奶眯着眼睛笑着说："接生这么多年，还没见过婴儿一出生就直直地向上尿尿，真是奇了怪了。"

有理激动得有点语无伦次，说："向天尿，向天尿，咱家的儿子就叫天尿吧。"

玉香"扑哧"一声笑起来，说："什么天尿，难听死了，咱看天笑

风吹麦浪

好听，不不，叫笑天好听。"

"好好好，就叫笑天，咱的儿子就叫常笑天。"有理赶紧附和起来。

常青树早已把准备好的一条毛巾和五个红蛋送到老娘婆王奶奶的手里，这是给王奶奶帮忙接生的答谢礼。当然，等到"洗三"、满月时，少不了要把老娘婆王奶奶请来坐在上席的位置上。

老娘婆王奶奶临走时把一块血淋淋的胎盘交给有理，叫有理一定要埋好了。有理不懂，去问父亲，父亲叫他把胎盘埋在路口。父亲告诉他，胎盘埋在地下，踏的人越多，孩子将来越能健康成长，越能顶门立户，越能走得远、办成大事。原来这胎盘事关孩子的未来成长和千秋大业，那可马虎不得。有理在路口挖了一个很深的坑，一本正经地将胎盘存放进去，又踏踏实实地用泥填好。

常笑天是常家的第一个孙子，这几天常青树就像是拾到个金坨子般合不拢嘴，他把一块大红绸子布递到儿媳玉香的床边，还给刚出生的孙子包了个红包。红包是过年写对联剩下的红纸包的，包了多少钱除玉香外没人知道，估计除了几张毛票外不会有太大的面额。不过喜兰和四凤看在眼里，免不了心怀不悦，特别是四凤，心里立即嘀咕起来，咱生孩子怎么就没有红包呢？她回去和友明较真儿了："咱生娃时你大可没有这么大方啊！"友明没理她，喜兰虽有不悦，也说不出什么，她摸摸自己的肚子，怪谁呢，要怪就怪这个不争气的肚子，谁叫咱生下个女娃呢！

生男孩吃"毛米粥"似乎成了这个地方的一种习俗。所谓"毛米粥"，其实与普通粥没有什么区别，就是用糯米煮成的稀粥，除了要请两边的直系亲属上门吃"毛米粥"外，还要向周围邻居送"毛米粥"，一户一碗，要是有孕妇的话就要多送几碗，怀孕的女人吃了"毛米粥"容易生个男娃，图个吉利。

常青树叫大儿媳妇喜兰去送"毛米粥"，喜兰应了一声，端着粥出去了。再叫四凤时，四凤就像是没听到一样，伍月红在一旁看不下去了，把拐棍在地上敲了一下，说："四凤，你大的话听到没？"四凤立即回道："没听着！"她甩手就出了门。

伍月红一辈子是个刚强性格，生的九个孩子没有一个跟她顶过嘴，刚刚四凤没有给她面子，她很是气恼，刚想发脾气，常青树说："你就歇着吧，又不是你肚里出的，能听你的？"

孩子"洗三"这天，老娘婆王奶奶不请自到。孩子出生三天了，要由接生婆抱着婴儿在水盆里洗澡。洗澡是有讲究的，王奶奶把婴儿放在温热的水中，边洗边唱起歌谣来："洗洗头，做公侯；洗洗蛋，做知县；洗屁沟，做知州……"周围的人看着水中的婴儿，听着王奶奶的歌谣，也跟着一唱一和地拍手。玉香注意到屋里的人都在围着水盆唱歌拍手，只有四凤面无表情地站在一边，也不拍手，就像是生产队里存满粮食的粮囤子。

玉香生产的那天，玉香父亲王山柱由副转正，当上了避风港的大队长。有理去岳父家送红蛋报喜时，避风港大队的几个大队干部正在岳父家道喜祝贺，听说玉香生了男孩，都抢着过来跟有理要红蛋。玉香生了男孩，王山柱感觉比自己被提拔当上大队长还兴奋，他笑得眼睛眯成了一条缝，高兴地对大家说："别急啊，红蛋个个有，今天一个也不要走，咱请客喝酒！"

玉香母亲一共生了四个女儿，就是生不出一个男孩来，玉香父亲指着玉香母亲抱怨说："你一点用都没得，就不能生个带把的出来啊，老母猪下崽，一窝还有公有母呢，你看看，清一色的女娃。"

"生男生女还由得人做主啊，要是想生啥就生啥，这世道还不乱了套了。咱看你的种就不行，你就是个生女娃的种。"玉香母亲气急了，立马反驳起来。

"你不生个男娃，咱这个大队干部哪还有脸在全大队跑啊！"玉香父亲说。

"不生男娃你就不做大队干部了啊？哪级政府要求大队干部必须生

风吹麦浪

男娃的？"玉香母亲说。

"小姑奶奶，能不能请你也让咱发一次红蛋，在避风港风光风光，你说说咱们吃了人家多少红蛋了？"玉香父亲带着央求的口吻。

"行啊，那你用用功啊，种瓜得瓜，种豆得豆，你给什么种，咱给你出什么苗！"玉香母亲捂着嘴笑。

玉香父亲一时语塞，啥话也说不出来。

有理家刚出生的孩子过完满月，转眼就到"百露"，就是孩子出生一百天的日子。孩子"百露"是要请客吃饭的，除了家人一起团聚外，表亲娘舅和亲家是最尊贵的必请的亲戚，是首请的贵客。有理虽是个生产队长，是全生产队最大的官，也才东拼西凑了两桌酒席，友正和友明是分家兄弟，桌上当然要安排位置，友直、友诚、友爱、友情四兄妹就没有上桌的机会了，他们要等到客人吃过后，吃桌上剩下的菜。不过到了客人散席后，残羹剩饭也没有多少了。

两张四方桌摆在两间茅草屋里，桌腿高矮不一，有理花了好长时间才让桌子保持平衡，尽管这样，大伙还得小心翼翼，一不小心桌子就会歪倒了。

表亲代代亲，姨亲如旁人。舅父当属最尊贵的客人了，应该被安排在首桌的首席位置上。四凤看了不高兴，舅父虽然是舅父，却是喜兰的父亲，同样是亲家，咱的父亲杨明山却被安排在次桌的位席上，况且咱的父亲杨明山还是芦苇荡的大队书记呢。

亲友们都高高兴兴地坐下了，四凤却找公公常青树评理，为啥她的父亲坐在次桌的位席上？次桌是下风头，对客人不尊重，对客人不尊重就是对她父亲杨明山不尊重。友明在四凤面前不敢吱半点声，常青树被气得差点要吐血。

有理上前反驳："你父亲至少还坐到主席位置上呢，咱玉香的父亲连个主席位置都没坐到，就坐在斟酒位上，况且咱丈人也是个大队干部呢。"

四凤立即反驳过来，说："你丈人和咱父亲能比吗？这是你家办饭的啊，你们家做得太过分了啊！"

　　四凤嗓门本来就大，说话间已经过来几个人，都说有理说得不对。有理无言以对，"有理"变成"没理"了。

　　正僵持着，杨明山过来斥责四凤："你懂什么礼节，今天的桌子安排得一点也不错。"父亲说话了，四凤也就不吱声了。

　　酒席喧闹间，邻居的一条老花狗跑过来，在桌下钻来钻去抢骨头。坐在一起的喜兰和四凤不停地用脚去踢，想把老花狗踢开，可是桌上不时吐下一些骨头来，老花狗哪舍得走。这时友直拿着一根棍子过来，口齿不清地说着话。

　　"大……大嫂，四……四凤妹子，你……你们把腿分开，让……让咱来捣……捣……"友直拿着一根棍子去撵老花狗，可是他说的啥，除了家里人，别人啥也不知道。

第三章

没过多久，四凤家燃起了战火。四凤责怪友明没得用，在生产队做工都是落在后头，又说有理胳膊肘总是往外拐，好事不给自家兄弟做，在生产队里做队长他们家没沾到一点光，连分口粮排队都是让他们家排在最后。

友明自小就内向胆小，四凤整天念叨个不休，他连个屁都没有。四凤嫁给友明后，觉得友明就是个花架子，中看不中用：插秧割麦一样不行，还不到一行就喊腰酸腿痛；挑麦把上场人家一担挑六捆，他挑四捆就把腰弯成个虾子似的。

女儿怀玉出生后，四凤更是浑身有气，她看到友明头就疼，每天不骂上几句不解气。四凤把女儿的尿布换了后，叫友明拿到河边去洗，友明竟然弄一根木棍挑着，挑到河边把尿布放河里来回摆动。四凤一看，气得拿起一根树枝就追着友明打，正好打在友明的后背上。

"奶奶的，再把你干净死了，再干净的屁股底下也是一堆屎。"四凤骂着。

友明挨了一树枝，怕被四凤再打第二下，爬起来就跑，边跑边喊："没得命了，再有一下就打死了。"

"奶奶的，打死算了，省得操心。"四凤没再跟着追，但嘴里还是不停地骂。

"你不怕脏你洗啊，反正咱不洗了。"友明远远地朝四凤喊。

为给女儿洗尿布的事，友明和四凤没少吵。伍月红看不下去了，就过来帮忙洗尿布，可是她洗的尿布，四凤又总是挑出毛病来，嫌婆婆洗不干净。伍月红说："咱生了九个，哪个帮助咱洗过一块尿布？还不是自己洗。"

婆婆的话明着就是告诉四凤，你就自己洗吧。四凤朝婆婆说："你就站着说话不腰疼，家里一堆事情呢，友明不做谁做啊？"

伍月红生了九个孩子，落得浑身毛病，才过半百就头发花白了，皱纹早就爬满额头，背也驼了，前几年下地劳动又伤了腰，走路不带拐棍是走不稳的。友正生下第一个孩子后，她又生了个小九子友情，基本是和友正媳妇喜兰坐一个月子，那时背还没驼，身板还算硬挣，大集体的活还能一起参加。友正生第二个孩子那年，伍月红就像是霜打过的茄子一样，突然老了许多，再也无力参加集体劳动挣工分了，年幼的友情都难照顾，更别谈为儿子们洗锅抹碗带孩子了。

四凤一天到晚像个麻雀叽叽喳喳，伍月红知道友明这日子不好过。友明不像友正，友正虎里虎气的，天不怕地不怕，喜兰那样秀气的表妹能嫁给他，说是两头父母妥协的结果，实质是友正三天两头跑缠回来的。友明就没这个本事了，他见人不敢讲话，对父母言听计从，要不然不会娶大队书记家油桶一般的女儿四凤了。

伍月红知道儿子友明压不住四凤，就主动过来帮助四凤做点事，想分担一下儿子的负担。没承想四凤根本不给面子，把婆婆给撵了出来，她知道这个老态龙钟的婆婆没啥用了，根本帮不了什么忙，同时她也知道婆婆说是来帮忙的，实质是来护着友明，有这个婆婆在这里，不吵架都不行。

凡事不能逼得太紧，狗逼急了要跳墙，兔子逼急了还要咬人。四凤抱怨指责友明就算了，可她竟然连婆婆伍月红的面子都不给，还把婆婆给撵了出去，这下可惹恼了白面书生一般的友明，他像一头被惹急的雄狮，二话不说，就拿起一根擀面杖，没头没脑地朝四凤打过来。

四凤没想到平时闷屁都没一个的友明竟然动起手来，屁股被重重地打了一下，好在四凤的屁股有脸盆大，肉也多，没伤着骨头，但是也钻心地疼。友明下手也太狠了。

四凤被突如其来的一擀面杖打蒙了，醒悟过来时，发现友明又想打第二下，便将他拦腰抱起来，重重地扔在一旁的苇席上。

"奶奶的，还反了天了，跟老娘动手。"四凤扔下友明后，双手叉在大油桶般的腰上，愤愤地骂着。

四凤没想到这个平时骂不还口的软蛋竟然敢动手打她，而且下手还这么狠，想想自己从小到大还没吃过这么大的亏，于是又怒火中烧，上前一把将友明拽起来，扔进屋内的床上。

友明被四凤拽来扔去，头脑都蒙了。他看到自己被四凤扔回屋里，估计四凤要对自己下手，要是四凤下起手来，估计跟武松打老虎差不多，吓得他朝有理的屋子大喊："救命啊，出人命啦！"

有理不在家，玉香到生产队的队场上去翻场了。友直过来拉架时，四凤正抡起右手向友明的脸上掴去，友明往左边上一躲，一耳光正掴在友直的脸上。友直被掴了一耳光后，哇啦哇啦哭着坐到一边去了。

四凤扯着友明的衣领就往常青树的屋里拖。这时友明的父母亲已经听到友明两口子干上了，赶忙走了出来。伍月红一看，四凤怒不可遏，友明在瑟瑟发抖，友直在哭泣抹鼻子，知道友明兄弟两个吃了亏。伍月红气得把拐棍往地上直捣，说："天下不作兴，哪有女人的手往男人身上送的，你们再胡来都给咱滚蛋。"伍月红明显是在指责四凤，常青树过来对儿媳四凤细声细语地说："有什么事两口子坐下来商量着办，不要动不动就动手啊。"

常青树不敢责备四凤，四凤是大队书记杨明山的女儿，也是他做主娶回来的，再说哪有公公和儿媳妇红脸的，况且自己生的两个儿子确实没得用，要是有用，哪有媳妇敢对自己动手的，顶多哭哭闹闹罢了。

四凤见婆婆伍月红指责自己，觉得受了莫大的委屈。她突然觉得父亲杨明山抛弃了自己，当初也是父亲做主，把她嫁给这个有着八九个兄弟姐妹的小白脸，三个姐姐嫁的都是地地道道的庄稼汉，她满以为嫁个养眼的小白脸，会赢来三个姐姐羡慕的眼光，不承想三个姐夫长得不咋样，但心却好着呢，而且吃苦能干，哪像这个小白脸，文不文武不武的，整天闷屁没得一个，下地干活总是落在别人的后头，上床睡觉也是没精打采。人家喜兰的肚子已经开始怀第三个了，她生了怀玉后就没了动静，友明睡觉又没动作，能有什么动静。

想到这里，四凤又把这一切都怪到婆婆伍月红的头上，一来婆婆护短，明里暗里指责自己的不是；二来她觉得婆婆也是太偏心了，怎么生出这么个玩意来，要是友明床上床下能这样虎虎生威，她情愿再让他砸一擀面杖。

四凤想朝婆婆伍月红大发一通怒火，以解自己的心头之恨，但想到她那瘦弱衰老的样子，话到嘴边又咽了下去。更主要的是父亲是大队书记，那是芦苇荡的"最高长官"，搞不好会影响父亲在全大队的声誉，尽管嫁了个不中用的玩意，但作为大队书记的女儿，四凤在常家时常是以"长官女儿"自居的。婆婆伍月红虽然看不惯四凤不懂礼仪、行为霸道，但碍于大队书记杨明山的面子，她也没怎么和四凤撕破脸，况且一家子还要靠杨明山罩着呢，特别是有理当了生产队长，说是社员选举的，实质就是人家杨明山照顾提拔的。

想到这里，伍月红又朝友明说："你看看你过的什么日子，自家婆娘都服侍不好，这么大个人，被婆娘拽来扔去丢不丢人啊？"伍月红前言不搭后语，四凤怎么听都感觉是在拱火浇油，什么拽来扔去啊？咋不说咱被友明打了一擀面杖呢？她两眼注视着伍月红的脸，那眼神像喷着一团火。

风吹麦浪

"咋就娶这么个儿媳妇回来了，友明这辈子没好日子过了？"伍月红唉声叹气，问坐在床另一头的常青树。

常青树抽着烟袋，一声不吱，每抽一口，烟锅上就明亮一下，灰白的烟雾从他鼻孔和嘴里冒出来，不一会儿屋里就烟雾缭绕起来。

"你快说句话啊，咱友明也不能让个婆娘欺负。"伍月红小声说。

伍月红生了九个孩子，除了友善那年不慎掉海里死了外，她还没这么伤心过。她不是伤心友明被媳妇欺负，她知道友明内向、憨厚、老实，自小就唯唯诺诺、毕恭毕敬，所以她什么事都会护着友明。九个孩子中她明显偏心于友明，和友明分家时，她把娘家陪嫁的全家唯一的一只玉手镯送给了四凤，这事还招致全家人的一致反对，特别是大媳妇喜兰一脸的不高兴，虽然没说什么，但对婆婆明显不公的做法心生不悦。伍月红偏心于友明除舍不得友明外，还有一个原因，就是想让四凤对自己，也对友明好一点，至少平时不要对友明碎碎念念地唠叨。可是事实让她开始明白，人心有时是换不来人心的。

友明不像友正、有理那样强势开朗、机灵能干。友正很能吃苦，什么脏活累活都能干，每年集体派下来的挑河任务，都是友正打头阵。友直是个残疾人，不算劳动力，是家里的一个负担。友善刚能做大集体工时，不幸掉海里死了。友良自从上了大学，一年回不了几次家。有理从记工员做到生产队长，凭一张三寸不烂之舌，把生产队的社员管理得服服帖帖，就连比自己长一辈的、被全大队评为最落后分子的表叔袁山看到他老远都会打招呼，"哟，有理啊，今天起得早啊"，或是"哟，有理啊，饭吃了没，辛苦了啊"，明显带有奉承讨好的意思。友诚小学快毕业了，友爱、友情也上了小学读书。友情和友正的女儿怀香尿尿盘烂泥，天真烂漫，这些孩子中，伍月红就担心友明，友明这日子怎么过呢？

"四凤她大是个大队干部，她在家又是最小的闺女，在家应该是被惯坏的。"常青树开始发话了。

常青树赶忙接过话茬说："小两口拌嘴是常事，君子动口不动手，下不为例，下不为例啊！"

四凤揉着腰进屋烧水了，她要给女儿洗屁股。就在刚刚，一通吵闹把女儿怀玉吓坏了，一泡屎尿全拉在裤裆里。

友直捂着脸还在那发呆，他想不通，四凤明明是跟友明吵架，干吗却打了他一巴掌。她跟友明睡觉，又没跟咱睡觉，凭什么打咱。

夜已深了，小河边的芦苇叶片在微风的吹拂下沙沙作响，就像是小孩不停地翻书的声音，远处，不时传来几声狗吠。月光下，大大小小、高矮不一的"丁头舍子"像是被割倒还没运走的麦捆般横七竖八地躺在芦苇荡的土地上。

芦苇荡已经不再是从前的芦苇荡了。过去，芦苇荡是海边的一个芦苇滩，中华人民共和国成立以后经过人们挑河治水、垦荒治碱、平田整地，大片的芦苇滩已经变成了农田。不过沟河港汊以及一些田边地头仍然旺盛地生长着片片芦苇，特别是射阳河沿岸，春天时，苇尖从水里冒出来，很快像姑娘一样出落得亭亭玉立，片片芦苇满眼是绿，随风起伏，似乎轻轻吹过的微风也呈绿色；秋天时，芦苇黄了，芦花白了，白茫茫一片，那是早落的雪啊，温暖的雪把天空衬托得晴明浩荡。

芦苇成了人们编苇织席、包裹粽子的宝贵资源。不仅仅是芦苇荡，射阳河沿岸的人们，家家户户建"丁头舍子"茅草屋主要用芦苇盖顶，就连床上铺的都是芦苇编的席子，甚至门帘窗帘、存放粮食的囤子等都是用芦苇做的。芦苇荡的男人女人都有芦苇编织的手艺。

常青树的屋子里还亮着灯光，老两口还没睡，也根本没有睡意，白天友明和四凤的事让他们揪心不已。伍月红是个刚强了一辈子的人，可是碰到同样刚强且不讲道理的儿媳妇四凤，伍月红就像是斗了的"母鸡"，垂头丧气。

听到四凤她大是大队干部，伍月红心里"咯噔"了一下，她这才想起来四凤父亲杨明山是芦苇荡赫赫有名的大队书记，难怪四凤出言不逊啊，想必是她父亲在为她撑腰。想到这里，伍月红的语气又软了下来。

"想必四凤娘家也听说了这事，明天你到亲家公家走一趟，跟亲家公赔个不是，顺便请亲家公、亲家母也过来劝劝，亲家公是大队干部，是个老党员，估摸他是不会拉偏架的。"伍月红说。

亲家杨明山是个南下干部，打过淮海战役，去过朝鲜，因为身上有枪伤，就留在了水塘公社，组织上安排他当水塘公社的公安特派员，他不干，到芦苇荡去带领大伙垦荒治碱了，结果就在芦苇荡安了家，一个从海门迁过来的移民把他招了上门女婿。这个移民生了一堆闺女，没个儿子，他见杨明山是个外地人，又是个退役军人，下地劳动是一把好手，就有心招他当女婿。移民的女儿，也就是四凤的母亲，机灵漂亮，她就像是父亲肚里的蛔虫一样，知道父亲想的什么意思。不知道她用的什么手段，大概是男人都难过美人关吧，四凤母亲三花两绕就把杨明山摆平了。杨明山也乐意，自小就跟着队伍跑，这么多年来，也不知道自己的家在哪儿了，他觉得队伍就是家，只要能为大伙做事就行了，管他在哪儿呢。况且水塘这个地方水肥田美，他以前觉得自己朝不保夕，现在竟然在这个天堂般的地方碰到仙女般的女孩，何乐而不为呢。

杨明山和他的老丈人一样，是个生女娃的命，一连生了三个女孩，老丈人急得在屋里打圈，杨明山也毫无办法，生下四个女儿后，老婆的肚子再也没有动静。这时杨明山已经是大队书记了，他觉得很没面子，堂堂一个大队书记还绝后了不成？就是不为自己，也得为老丈人争口气啊。可是这气就是争不了，他常和四凤母亲发脾气，说四凤母亲没得一点用，一个男孩都不会生。四凤母亲说他种没用，她那块田肥着哩，种瓜得瓜，种豆得豆，要是杨明山有男娃的种，保准给他生个男娃出来。杨明山被气得鼻子冒青烟，但也没办法，有时他也怀疑是不是自己的方法不对，要不然四凤母亲怎么常对他说，"你就是个呆子"。嘿嘿，什么意思啊！后来杨明山终于琢磨通了，在四凤母亲这块肥地里苦苦努力，终于迎来了个杨小五子。

杨明山的四个女婿除了友明外，他一个都不满意，他觉得除了四凤插到沃土上，其他都插牛粪上去了。他觉得友明白净内敛，像个书生，尽管友明只念了几年书。四凤嫁给友明时，杨明山是有点愧疚的，他觉得应该把三凤嫁给友明，因为三凤跟她母亲一样机灵漂亮，可是三凤不愿嫁给友明，她觉得友明木讷，甚至有点呆。杨明山不得已把四凤嫁给友明，因为四凤长得人高马大，一直没有哪个男人看得中。说亲的媒婆一看背影就走了，还没看到本人正脸，媒婆就回绝了。

我的个天，孩她娘是怎么生的啊！

友明家人口多，也实在太穷了，一堆孩子回来，如果不点名，实在不知道还有谁没在，这样的家庭哪有资本挑媳妇。常青树去杨明山家提亲时，一拍即合，杨明山半开玩笑半当真地说，想把咱家四凤娶回去，将来你家友爱必须嫁给咱家的杨小五子。就这么一个不靠谱的条件，常青树想，得了吧，那是将来的事情，将来你家小五子能不能娶咱家友爱，还看这小子本事哩。

杨明山从内心确实喜欢友明，甚至过于四凤。虽然喜欢，他却从没以权谋私，如多分口粮、少派河工等，或是安排轻便的任务多拿工分，这些事他没让友明干过，从这些方面看杨明山的政治觉悟确实是过硬的。杨明山政治觉悟过硬却苦了友明和四凤，友明一点都没沾到老丈人当大队书记的光，而自己重的干不来、轻的不会干，这对本来就强势无理的四凤来说，难免不磕磕绊绊的了。

常青树老两口谈着话，不觉窗外已渐渐发白了，朝窗外一望，启明星已经升起一竹竿高了。

天要亮了！

风吹麦浪

第 四 章

有理这几天日子不好过。

春分过后，生产队里的事务就更多了，经过一个寒冬后，地里的麦子像是刚睡醒一样开始活跃起来。有理忙着组织妇女们挑水浇麦，男劳力要到各户的粪坑去收集粪便，还要把去年造的绿肥铺到麦地里，要为麦子补充营养了。杨明山书记叫人送来消息说，美蒋特务有可能又要从海上登陆了，让有理带着几个民兵去海边放哨。有理是队里最忙的一个人。

玉香起得很早，她要和队里的妇女一起去地里浇水，还在摇篮里的笑天就交给友直带了。友直是下不了地的，他只能在家烧火做饭带孩子，做饭很简单，又没有几个菜，主要任务就是在锅门口烧火，带孩子也很简单，孩子哭了，晃晃窝篮就行了。只要孩子不哭，一屁股屎尿他是不问的，他也不会弄。常青树也要下地劳动，腿脚不便的伍月红就到队里的豆腐坊去帮忙，主要任务是看住驴子拉磨，防止它躲懒偷吃。"不挣工分，这个家怎么活得下去啊！"这是常青树挂在嘴边的一句话。

友直娶不了女人，哪个女人肯跟他啊？他虽是个残疾，但心里还是清楚的。家里陆续娶回来三个女人，搞得他心慌意乱，特别是喜兰才过门时，友直眼睛珠子都要出来了。喜兰的乳房像是充了水的皮袋子，在他面前晃来晃去，他当然享受不到友正的福气，他觉得帮助他们带好孩子也是他的福气。他带孩子是尽心尽职的，喜兰的女儿怀香都下地跑了，那争气的肚子又开始"蠕动"起来。

他和友明一样，不喜欢四凤，友明不喜欢四凤但仍要娶四凤做媳妇是没办法的事，丈人是个大队书记不说，要他娶四凤是父亲常青树直接下达的任务。友直不喜欢四凤是因为四凤不像喜兰那样好看，说话也没喜兰那样轻柔动听。四凤讲话三句不离"奶奶的"，明显就是欺负人，而且四凤也不像喜兰那样注意分寸，四凤就好像自己不是个女人一样，在屋里洗澡时有时连窗帘也忘了拉上，人高马大的坐满了一水桶，还把桶里的水弄得哗哗响。友直开始反感她，有时指着她哇哇地说着话，四凤知道是在指责她，但不知道为的什么事，也没有办法。

四凤打了友直一巴掌后，友直更不喜欢四凤了，友直不喜欢四凤就不帮她带孩子，就是带孩子也不尽责。四凤的女儿怀玉和喜兰的女儿怀香不一样，怀玉常常爬出摇篮，满屋乱爬，弄得满身满屋的屎尿，友直就和没看到一样。友直想，只要不哭闹，关咱什么事呢。四凤回来后当然气得不行，指着友直就是一顿大骂，她骂友直就是个废料，咋不掉茅坑淹死。这婆娘真是臭嘴，后来友直真的掉进茅坑淹死了。

友明和四凤打了一架后，玉香感觉自己就像是大白天见阎王——活见鬼了。一大早去上工，扛着铁锹刚出来，四凤的门里就浇出一盆水来，没头没脑地泼了玉香一身，只听屋里说："你这只骚鸡，迟早剁了你吃肉。"接着屋里一只母鸡逃也似的跑出来。

这不是指桑骂槐吗？玉香思前想后没想出哪里得罪过四凤。玉香是个聪明的女人，她不仅没有得罪过四凤，在某种程度上玉香还讨好奉承四凤，主要是她知道四凤父亲是大队书记，有理是大队书记手下的一个生产队长。四凤忙不过来的时候，玉香会过来一起帮忙，四凤床上的被子就是玉香勾缝的，被子下面的苇席也是玉香编织的，四凤屋里暖瓶里的开水往往也是玉香烧的。玉香觉得，咱对四凤这么好，四凤怎么说翻脸就翻脸呢？

晚饭后，有理从大队开会回来了。玉香告诉有理，今天四凤和友明扎实地干了一架，听说四凤把友明摔了个狗吃屎，还打了友直一个耳光子。她没敢告诉有理，四凤朝婆婆伍月红吼了，她怕有理知道了会找四凤论理，那样矛盾更会扩大了。不过玉香告诉有理，四凤可能对他们夫妻俩也有意见，自己今早出门时被四凤兜头浇了一盆水，还被四凤骂是一只骚鸡。

有理抱怨父亲不该叫友明娶了四凤，四凤长得不好看不说，脾气还像只母老虎，友明的性格像是一头山羊，一头山羊和一只老虎怎么能在一起过日子呢？友明虽然没有什么本事，但娶了像四凤这样的老婆，还不如不娶呢，现在太受罪了。四凤在常家作威作福，友明必须忍气吞声不说，全家人也要看四凤的脸色，不看不行啊，四凤父亲是芦苇荡的大队书记。大队书记一言九鼎，全大队的社员都要看他的眼色呢。

有理知道四凤言语上推扳了玉香，就对玉香说四凤的父亲是芦苇荡的大队书记，意思是四凤有父亲这个后台撑着，咱家谁也惹不起她。玉香赶紧说："咱父亲王山柱还是避风港的大队长呢，大队长和大队书记差不多，一个级别，咱的后台也硬呢，四凤咋就敢欺负咱呢！"

有理说："你傻啊，县官不如现管，你父亲是避风港的，避风港管不了芦苇荡，但他父亲杨明山可管得了咱啊！"

杨明山的权可大了，整个芦苇荡没有杨明山点一下头，一只苍蝇都别想飞出去。而没有杨明山亲自签字批准，芦苇荡的劳动力谁也别想在家休息。芦苇荡九个生产队，一年内杨明山就撤掉了四个生产队长。也不怪杨明山，不是这个队的粮食产量上不去，就是那个队的猪崽养不肥，再就是路边的粪便拾不干净，河里的淤泥捞不上来，绿肥塘搞得不达标。有一个生产队长更是个倒霉蛋，还没来得及申诉讲话就被杨明山拿走了乌纱帽子。

这个生产队长天还没亮就去堤堆上用独轮小板车推垡头填圩堤，本来是积极带头劳动的，应该受到表扬。这个队长推得大汗淋漓，他见天还没亮，就把裤头脱掉晾在车把上继续推。渐渐地东方放亮了，不少茅草"丁头舍子"上的烟囱升起袅袅炊烟，河边有妇女开始淘米洗衣了，田野上一层薄雾渐渐淡去，生产队长停下来拿裤头来穿，一看裤头早已没了，一丝不挂地来回去找，哪有裤头的影子？他看到一个妇女正在河边洗衣服，也顾不了那么多了，一个箭步冲到河边，从妇女的篮子里抓起一件裤头就套在自己的身上。

妇女抓住队长，问："你怎么把咱的裤头穿到你的身上了？"

"这裤头是咱的。"队长口不择言，瞎说了。

妇女捂着嘴笑，叫他仔细看看裤头。队长低头一看，是个妇女穿的花裤头。队长的脸红一阵白一阵，但还是强词夺理地说："就是咱的裤头，难不成咱是光屁股来抢你的裤头吗？"

妇女没话说了，是啊，人家可能是光屁股跑来抢咱的裤头吗？这不明摆着吗？队长是走"小路"被人家捉住了，光屁股逃出来的，赶快让队长走吧，咱跟他讨裤头是占不到便宜的，弄不好还吃不到鱼落得一身腥。

"队长你就快走吧，免得让人说咱的闲话。"妇女很是通情达理。

这事很快传到杨明山的耳朵里，杨明山不信，可是大家说得有鼻子有眼，这样一来就是假话也被说真了。杨明山不得不信，问队长怎么回事，队长的脸色立即涨红起来，还没想好理由，杨明山就朝他说："你这队长就不要做了，明天把检讨书送到大队部来。"

队长第二天把检讨书送了过来，检讨是深刻的，经过也是真实的，不过没有人相信，队长又被罪加一等，意思是队长继续欺骗大队。杨明山把检讨书扔过去，朝着队长大声说："你就等着吧，看来不动真的你是不讲真话的。"

风吹麦浪

再老资格的大队干部看到杨明山也要畏惧三分，有理这样的小队长看到杨明山更是腿肚发抖，杨明山布置的任务就是"皇帝圣旨"，他咳一声，有理都要集中注意力听他讲什么话。

那天杨明山检查庄稼的生长情况，走到火花生产队，他一边走一边看，突然把有理喊过来，指着路边的几粒黑豆问："这是什么？"

有理走近仔细观看，说："是羊屎蛋。"

"知道是羊粪为什么不捡起来壅地！"杨明山劈头盖脸地训斥，声音吓得路边的一头公羊飞奔而去。

有理感觉自己要是一头公羊也会飞奔而去，他的直觉就是自己头上的乌纱帽快要没了。不过杨明山没有说队长不让他做之类的话，他说了句"羊粪也是宝"就走了。

有理擦了把脸上的汗，好险！这是四凤和友明打架后的事，有理觉得这是杨明山在打常家的脸，一家子欺负他女儿四凤，他这样做是在向咱常家示威哩。

友正和喜兰是后来才知道友明与四凤打架的事。怀香过了周岁后，友正就和父亲常青树说要分开过，常青树觉得和友正分开过也好，连锅屋算在一起，茅草"丁头舍子"只有五间，原先才有两间"丁头舍子"时，一间屋子里就挤着友正兄弟好几个，随着人口的增多，常青树又接了三间屋子。友正结婚后占了一间屋子，一间饲养着集体的一头牛，还有一间贮存粮食和农具杂物，友直、友善兄妹几个就像栽山芋秧子一样挤在一间屋子里，后来友善死了，友良上了大学，屋子才宽敞些。常青树两口子一直睡在锅屋里，主要是锅屋暖和，每天烧烧煮煮也方便。一般天不亮，常青树就起床了，他要到屋后抱来麦草、茅草、芦柴什么的，一大锅的早饭要他来烧，每天他要在锅门口烧火。他一边烧火一边抽着烟袋，一大家子的嘴等着他去填呢。伍月红也闲不着，一早要到门口的小河边洗衣服，一大串娃儿每天跑来跑去弄得浑身泥浆屎尿，她就跟在后面洗涮，除洗洗涮涮外，还要缝缝补补，哪有那么多的布票买布做衣服。都是大的穿过小的穿，补丁摞补丁，实在补不起来了，也舍不得扔，就做成抹布擦锅台桌子。

友正和父亲分家时没要父亲的房子，他和喜兰商量好了，不要父亲的房子，自己动手在一条河边搭了两间"丁头舍子"。友正和父亲分家时，什么仪式也没举行，一般分家是要请舅父到现场见证的，再立个字据防止反悔。友正父亲没有请，友正也不让请，因为舅父就是丈人，丈人怎么好出场，丈人到场到底说哪头好呢？再说他们分家也没见矛盾。

友正也没分到什么物件，其实也没什么物件，满打满算友正一个人一担就挑走了，一条被子、两个枕头、两个裂口的瓷碗，以及笆斗、筛子、笤帚、铁锹、铁锅各一个，连张床都没有。哪有床啊？那么几张睡上去就吱吱作响的、用板子搭起来的床，弟妹都恨不得睡不下，他怎么好意思要床呢！

友正挑着一担家什走了，友爱似乎懂事了，她知道从此大哥大嫂不再和她一个锅里吃饭、一张床上睡觉了，她跟在友正后面哭喊，喊得那个撕心裂肺啊！

喜兰去看婆婆伍月红，婆婆最近身体不好，总说咽不下饭，她用淘箩盛了一些米送过来，让婆婆熬粥喝。喜兰从婆婆的嘴里知道友明两口子吵架了，就过去做工作。友明和父亲也分开过了，不过友明没有搬走，他们分得一间屋子，就在屋子里砌了一口锅灶，说是分开过，实质是分锅吃。母亲舍不得友明，说友明不能走远，走远了会被婆娘欺负，留在身边过好照应着。

喜兰看到四凤时，四凤正拿笤帚在屋里扫地面，她看到喜兰进来，也不招呼一声，反而使劲地扫起地来，喜兰知道四凤正在气头上。

"四凤妹子啊，你心里有气就朝咱发，不要闷心里，闷心里伤身体的。"喜兰对四凤说。

喜兰既是嫂子也是远房表姐,家里的事她也不能不问,尤其是妯娌间的事。喜兰知道妯娌间的事要是没有胸怀、不大度是很容易闹矛盾的。可是四凤觉得她和喜兰不一样,喜兰是表姐,和友正是青梅竹马,某种程度上是喜兰追友正的,友正虽然又瘦又黑,人长得不咋样,但是做家务、种庄稼是个好手,栽秧、割麦、挑河工从不落人后,喜兰嫁给友正那是瓜藤缠上了树干——不愁大风暴雨了。咱嫁的是个什么人啊?光有一张小白脸,不仅没用,还冷不丁打咱一擀面杖,这不是愣头青吗?四凤越想越气。

"嫂子你也不要说什么了,咱就是个倒霉鬼,跟了个扫把星,看了都生气。"四凤已经很给喜兰面子了。

"友明人是老实,劳动上没有别人能做,但心是好的,一个人只要心地好,日子还是好过的。"喜兰劝说四凤。

"你说他人老实啊,他下地没本事,家里的事也不做,拿擀面杖打咱咋那么有劲哩?"四凤诉苦起来。

"骂起来没好言,打起来没好拳,两口子过日子哪有不磕磕绊绊的,说过就算了,友明做得不好,咱必须去批评他,大男人的手怎么往自己的女人身上伸呢!"喜兰说的明显让四凤的气消了许多。

"友明咱就不计较他了,可他妈说话就不好听。"四凤一直认为友明母亲偏心,不管友明对不对,都是她四凤的不对。

婆婆伍月红是个处处要强且勤快能干的女人,在娘家做姑娘时就参加过大队民兵巡逻队,经常带着一趟姑娘进行射击训练,还参加过县里组织的活捉登陆美蒋特务的活动。那次大队接到县里通知,说是有小股特务登陆,要求民兵连夜赶到黄海边。伍月红一刻也没耽误,带着一趟姑娘一口气跑了四十多公里路,赶在全县民兵大队的前头到了指定地点。

伍月红年轻时是生产队里的生产能手,芦苇荡每年召开一次群众表彰大会,她总能站到主席台上,从公社领导手中领回一张生产能手或是优秀社员的奖状，茅屋"丁头舍子"正中间的后墙上贴满了她拿回来的奖状。生产队里的集体劳动她一件都不落后，割麦子时她能把男子汉远远地抛在后面，栽秧时别人栽一行，她第二行已快结束了。她能把集体的水泥船撑到射阳河的对岸去捞水草、搞绿肥，也能踩水车翻水一个上午不停歇，伍月红的腰就是长年累月劳动累弯的。

伍月红九个孩子都是在路边地头上生的，农活一直做到足月临盆。家里往往是上顿不接下顿，她就是自己不吃饿肚子，也要想方设法不让孩子们饿着。孩子们就像是一窝嗷嗷待哺的小鸟，一个个张着可爱的小嘴，她就是那只整日飞来飞去到处寻寻觅觅的鸟。无论刮风下雨，她都一刻不停，没有她顶风冒雨辛苦劳作，一群孩子怎么活啊！

伍月红情愿把风雨打在自己的身上，也不愿自己的孩子被风吹雨打。她期望孩子们一天天长大，也期望孩子们都有一个充满希望的未来，不过家里太寒酸了，实在无法供养一群孩子读书识字，人口多，劳力少，超支是必然的了，那时如果能填饱肚子就不错了，哪敢奢望孩子们能有个通过读书奔向光明的前程。不过十个指头不一般长，孩子多了，总会有出类拔萃的，友良爱读书，学习成绩好，走狗屎运上了大学；有理好歹也读了个农中，当上了生产队长。这对期望值很高的伍月红来说多少有点安慰，一个上了大学，一个当了队长，多风光啊！她总是对友爱、友情说："你们也要像六哥一样，将来做个队长。"对她来说，当个生产队长就很满足了。

伍月红很要强，生孩子和母鸡下蛋一样，也不知道疼不疼，反正没人听到她哼过一声。儿媳妇生孩子时一个比一个要命，大喊大叫的，她非常看不惯。喜兰生孩子时，没临盆就躺床上不动了，伍月红就过来说："你不活动不好生孩子。"结果喜兰生了大半天生不出来，疼得就好像友正拿刀要杀她一样。四凤也差不多，没生产就哭哭啼啼，伍月红就抱怨她没得用，生孩子有什么可怕的。不过四凤块头大，劲头足，生产时，大吼一声，孩子竟然出来了。玉香生孩子时哭得连老娘

风吹麦浪

婆身上都起了鸡皮疙瘩，气得伍月红直捣拐棍。

　　伍月红是一个强势的女人，但她对孩子是慈爱的，她可以骂一个孩子不努力，甚至用手去揪不听话的孩子的耳朵，但她绝不让外人打骂自己的孩子，要是哪个说自己孩子的不是，她会毫不犹豫地挡回去。

　　友明和四凤吵架时，伍月红确实偏心了，她是舍不得瘦弱的儿子被欺负，更主要的是她不喜欢平时口无遮拦、毫无家庭教养的四凤。四凤向喜兰诉苦说婆婆伍月红拉偏架，喜兰也觉得婆婆做得不好，不过喜兰觉得年纪大的人碎碎念念也正常。喜兰告诉四凤："婆婆护着友明也不是坏心啊，她护的是你男人，又不是护别人，再说婆婆那么大年纪了，辛苦了一辈子，哪有多少时日过，咱们就不计较了吧。"

　　四凤不吱声了。

第五章

秋天时，水塘公社革委会发出通知，要求各大队组织一支队伍到避风港支持挑河工。避风港已经淤塞了，不用说过往船只，就是排涝泄水都困难，组织劳力拓宽避风港刻不容缓。

射阳河缓缓东流入海，在弯弯曲曲的河流的中途却裂开一个口子，过往船只东行入海时，要是碰到刮风下雨，一般都要驶进这个口子里避风躲雨，于是就有了避风港的地名。

避风港大队书记张开仁在公社革委会领了任务回来后，立即召开大队干部会议，部署人员组织打坝抽水、安置住宿、渲染氛围等事项。会上，他把任务全权交给大队长王山柱后，会一散就没了人影。王山柱知道张书记又去找寡妇雪桃鬼混了。

张开仁是在雪桃的丈夫掉进大海后搭上雪桃的，那时雪桃丈夫还没过"头七"，张开仁就像狼看见一只落单的小羊羔一样，一天要在雪桃的屋子周围转几圈。张开仁喜欢一早到各生产队跑跑看看，说是催促社员早上工，实质是寻花问柳。据说张开仁在每个生产队都有丈母娘，意思是每个生产队都有他的相好的，到底有没有，哪个也说不清。丈夫还没过"头七"，雪桃就被张开仁搞到手了，这是个不容置疑的事实。

雪桃长得和桃子一样，脸蛋红扑扑的，身材却又像豆芽，水蛇般的细腰，要是咬一口就会流一身的水，全大队的男人哪个看了都眼馋。雪桃是个苦命的女人，她相过十多个男人，没一个男人是她中意的，好不容易相中了一个男子，又是一个短命鬼，不到两年就在出海时死了。

张开仁吆五喝六地上门催促社员们早点上工，可是走到雪桃家时，却迈不开脚步了。他从窗外向里看，看到雪桃一个人躺在床上，一条雪白的腿裸露在被子外。他的血好像就要从头顶喷射出来，再也忍耐不住了，不知道用的什么办法就进了雪桃的屋子，径直走到雪桃的床前。惊醒的雪桃刚想叫人，张开仁就像饿狼一样扑在雪桃身上，三下五除二就扒掉了雪桃身上的衣裳，雪桃就像是小绵羊落在了虎口，挣扎几下就不动了。不过这一切被路过的大队长王山柱和几个大队干部看得一清二楚，没几天大队里就疯传大队书记张开仁和雪桃的桃色故事，有的社员骂张开仁丧良心，雪桃是个小媳妇，他那么大年纪了，怎么就下得了手！

芦苇荡把支援避风港挑河工的任务交给了火花生产队。杨明山把任务交给有理有多方面的考虑，除了火花生产队劳力多外，有理是生产队长中最年轻的，他要在实践中锻炼有理。想当初选中有理当队长时，好多人不服气，说有理是嘴上没毛办事不牢，杨明山也觉得有道理，但有理年轻，友良去大学读书了，前程似锦，他也要给自己留个后路啊。再说有理是友明的亲弟弟，是正儿八经的亲戚，火花生产队队长的位置不给有理，还真不好办。现在有机会了，是骡子是马，牵出来遛遛，让大家看看。

火花生产队的男劳力全体出动，大伙迅速整理行装，带着被子、铁锹、泥兜、柴草、粮食等，浩浩荡荡地进驻到避风港大队，在避风港整治工程总指挥王山柱的安排下，他们和其他大队的民工一起，在工地附近一字排开安营扎寨，搭起的茅草舍子一眼望不到头。炊事班开始生火做饭，大家要吃饱喝足，打起精神，第二天天不亮就要下到河底铲淤挑泥了。

有理是带头从河底向上挑泥的，他是队长，他不带头谁带头？他一边向上挑泥，一边带着大家喊号子："嗨嗬，嗨嗬！"老远望去，河沿上密密麻麻，挑泥的人像蚂蚁一样爬行，泥巴裹满裤腿，汗水渗透衣背，场面轰轰烈烈，蔚为壮观。

雪桃的家就在工地附近，友正和几个社员就不用搭茅草舍子了，正好住在雪桃家里。王山柱的老婆得知有理来避风港挑河，跟王山柱说要把有理带回来吃住。王山柱斥道："你开玩笑呢？他是队长，那么多民工在那边，他怎么能随便离开现场？"事实上民工比当兵的难带，当兵的一声令下，勇往直前，要是违纪犯规，整支队伍都受牵连。民工就不行了，民工要人带、要人看，不然就偷懒、推诿、磨洋工，为了不让民工偷懒、推诿，一般挑河工时，都把民工编排成队，一个挨着一个往上挑，这样大家都推诿不了，强壮的人一天下来也腰酸腿痛，稍微瘦弱的人是坚持不下来的，有的人累得晕倒在工地上，也有人累得当场呕吐。

寡妇门前是非多。雪桃家里一下子住了好几个男人，不是雪桃不自在，而是这些男人不自在起来。他们离开了老婆，离了家，开始得意忘形了，每天放工后，一双双眼睛直勾勾地盯着雪桃的胸脯，看得雪桃满脸通红，有的男人忍不住伸手偷抓了一把雪桃的屁股，雪桃会来一句："死不要脸。"

男人们和雪桃打情骂俏，惹恼了大队书记张开仁。一天放工后，张开仁来到雪桃的家，正好碰到友正在和雪桃说话。

友正说："这次真的是麻烦你了。"

雪桃说："这说哪儿去了，你们帮咱们整治避风港，咱们应该感谢你们才对。"

友正说："没有你们支持，咱们困难就更大了。"

雪桃说："这是咱们应该做的啊，欢迎你们下次再来啊。"

雪桃的话正好被张开仁听到，他醋劲上来，上前抓住雪桃的手问："他是你什么人，你干吗和他这么说？"

雪桃没承想张开仁会跟踪她，也没承想他会在别人面前抓住她的手。她赶紧甩开他的手，说："你凭什么来过问咱的事，不用你过问，你赶快走吧。"

张开仁见雪桃不理他，越发吃起醋来，他又想去抓雪桃的手。友正不知道张开仁是谁，要是知道他是避风港的大队书记，打死他也不敢掺和。他见一个陌生的老男人来抓雪桃的手，又见雪桃像是躲避传染病人一样躲着他，上前推开他说："请你离远点，不然咱就不客气了。"

张开仁看有人阻止他和雪桃接近，就问道："你是她什么人，敢管咱的事情？"

友正反问道："你是她什么人？"

张开仁支支吾吾说不出来。他是雪桃什么人啊，是丈夫吗？雪桃丈夫才死了的；是父亲吗？父亲哪有这样暧昧的；是哥哥吗？哥哥为啥吃妹妹的醋？张开仁想说什么，还没说出口，只觉得脑门被重重地敲了一下，眼睛直冒金星，他摇晃了一下，勉强没有倒下。

他被友正打了一拳，这一拳正中张开仁的眼角处。友正把张开仁当流氓了，他认为张开仁就是个流氓，他既不是雪桃的父亲，更不像雪桃的丈夫，他是癞蛤蟆想吃天鹅肉，老流氓一个。

第二天，避风港的村民看到张开仁的额头上有一块淤青，不知道的人议论纷纷，有的说张开仁走"小路"失手了，一个跟头跌破了头；有的说张开仁偷女人被人家丈夫打的，眼睛都打瞎了一个；有的说张开仁和民工友正争风吃醋，被友正一拳打得趴地上了，半天也起不来，可是这一点只说对了一半。不过王山柱很快就知道了，张开仁怒吼着要求王山柱立即把友正抓起来，说他胆大妄为，竟敢殴打大队书记。

王山柱知道的事，当然不会瞒着有理。有理不相信友正会和张开仁争风吃醋，他也想不通，友正怎么会因为一个寡妇去打有权有势的大队书记呢？这不是老虎头上拍苍蝇——找死吗？

在工地上民工公然殴打大队书记，那是天塌下来的大事，友正还没来得及回家，水塘公社就来了两个干警把友正带走了，罪名是殴打公职人员、扰乱公共秩序。

芦苇荡出了这么大的乱子，大队书记杨明山肯定要去疏通关系了，友正的乱子就是他的乱子，他要是不把这事摆平了，公社革委会一定要拿他问罪，况且友正是女儿四凤的大伯，正儿八经的自家人啊。

杨明山去找公社革委会主任郑春成求情，郑春成拍着桌子说："你们芦苇荡反天了啊，竟然打咱们干部，真是反了。"郑春成要杨明山做好准备，在群众大会做检讨。都查到他头上来了，还求什么情啊。杨明山直拍脑袋后悔，九个生产队，怎么就派火花生产队去呢？他懊恼不已。

大队书记杨明山不仅吃了闭门羹，还要被问责，王山柱觉得他这个小虾米似的大队长更是没面子了。有理说："是福不是祸，是祸躲不过，听天由命吧。"不听天由命又能咋办呢？连丈人王山柱都是个小虾米，自己算个屁。

友正被干警带走后，雪桃一夜没睡好，她觉得张开仁被打是咎由自取，友正被抓纯属冤枉。她决心去公社找郑春成主任，把事情说清楚，还友正清白，无论如何也要把友正救回来。果然，雪桃去找了郑春成后，没几天友正真的回来了。

友正回来了，惊吓得几夜没睡好的喜兰心里却不踏实起来。

四凤这几天心情特别开朗，还时不时地哼起她喜欢的小调《拔根芦柴花》：

拔根的芦柴花花，清香那个玫瑰玉兰花儿开。

蝴蝶那个恋花啊牵姐那个看呀，啊，鸳鸯那个戏水要郎猜。

小小的郎儿来哎，月下芙蓉牡丹花儿开呦。

金黄麦那个割下，秧呀来的栽了，

……

　　四凤的歌声并不甜美，韵律也不那么准确，甚至还有点跑调，但明显感受到四凤喜悦的心情。避风港整治工程结束后，四凤一颗心才放下来，这次友明去上河工，有理以权谋私，把年轻的友明安排在炊事班上。炊事班上的人是不用挑泥的，不过工分没有挑泥的民工多，是要打点折扣的。

　　有理知道友明上不了河工，像避风港这样的疏浚工程，友明这样的体格半天不到就得趴下。芦苇荡每年都要搞一次小型水利工程，全大队的男劳力都有任务，四凤常说友明没得用，与友明上河工有很大的关系。友明上河工挑泥常常是挑不了几趟就要坐下来歇息，大口大口地喘着粗气。四凤看友明累得不行，她就上来接着挑，她能从早上一口气挑到中午，所以队里每次分摊河工任务时，四凤尽量自己顶上去，她觉得要是把友明累倒了，她的日子真的没法过了。

　　杨明山觉得这样下去，女儿四凤过不了几年也会累坏的，就叫有理安排友明做生产队的仓库保管员。有理觉得不妥当，说他自己是生产队长，要是友明做了仓库保管员，队里的社员肯定不服气，要是有了啥事，说不清啊。杨明山眼一瞪："要是友明不能做仓库保管员，那就做生产队长吧。"杨明山说得很明确，友明做不了仓库保管员，你有理就不要做队长了。有理这才想起来，杨明山是友明的老丈人。他不照顾友明谁照顾？那就做吧，队里谁不知道友明是杨明山的女婿。

　　友明当了生产队里的仓库保管员后，队里再分派挑河治水、运送粮草、栽秧收割之类的任务时，友明就不用去了。友明去了，谁来管理仓库啊？四凤也消了许多气，因为有当大队书记的父亲罩着，生活上比别人家好多了。友明做了仓库保管员后，也少了挨骂，以前她骂友明时，友明不敢回嘴，他怕四凤会突如其来地甩过一巴掌。四凤为什么这么横？她有当大队书记的父亲在后面撑着，不过友明也有回击的时候，狗被逼急了也要跳墙。

四凤还有一件开心的事情就是她和友明的仗打结束了，友正和喜兰家里好像冒出了火药味。喜兰这几天不在家，她带着孩子回娘家去了。喜兰和母亲说："友正有外心了，他去避风港上河工，上到寡妇家里去了，为了一个寡妇他竟然打了避风港的大队书记。"母亲惊得要掉了下巴，她摇着头对女儿说："不可能，不可能，不要相信别人的鬼话。"

"千真万确啊，他把人家张开仁头上都打出血来了。"喜兰对母亲说。

"听说那个张开仁也不是个好东西，要是友正真的打了他，估计也是有原因的。"母亲劝着女儿。

"不是的，是友正和人家争风吃醋才打人家的。"喜兰告诉母亲。

"不许瞎说，再说小心咱打你的嘴。友正不是那样的人，友正要是那样的人，还不被人家关起来，他不是一样好好的在家里嘛。"母亲不让喜兰瞎想，她坚信友正不会做错事的。

这时喜兰姐姐喜秀回来了，喜秀抱起喜兰身边的怀香，亲了又亲。喜秀当过槐树屯大队的赤脚医生，现在是槐树屯妇女主任了，她结婚好几年了，肚子一点动静没有。她羡慕喜兰的肚子，一连生了好几个。

"不要相信外面的人瞎说，那个小寡妇是张开仁的小腿，友正是看不上她的。"喜秀也劝着喜兰。她见喜兰不吱声，又说，"你看友正对你多好，你想要几个孩子就有几个孩子。"

喜兰知道喜秀一直怀不上孩子。晚上月挂树梢时，姐妹俩躺一头说着悄悄话。

"你们俩多长时间做一次？"妹妹问。

"没数，想做就做呗。"姐姐说。

"那怎么没动静的？"妹妹摸着姐姐的肚子问。

"可能是咱有问题。"姐姐说。

"你是不是去看看医生，姐夫那么健壮，应该不会有问题的，除非他不努力。"妹妹说。

"他兴趣很好，只要在家，每晚都要，就是没成果。"姐姐说。

"你们是不是要注意方式？"妹妹说。

"什么方式？"姐姐问。

"注意抬高点。"妹妹咯咯地笑了起来，姐姐也咯咯地笑了。

喜秀说自己可能有问题，那还是很小的时候，喜秀跟大人去河边玩耍，大人踩水车引水浇地，她就在一旁空着的水车轮上玩耍，不承想从水车轮上滑了下来，正好骑在一棵倒伏的树干上，一根小树枝正好插进她的下体里，血流不止。幸亏大队干部和赤脚医生及时把她送到水塘人民医院，才保住了一条性命。那时的医生就告诉喜秀的父母，这孩子大了可能生育受影响。不过年幼的喜秀不知道。

喜兰看上了表哥友正，而喜秀被姨哥追得喘不过气来，姨哥的表哥张万堂是槐树屯的大队书记，张万堂找到喜秀的父母提亲做媒，喜秀父母哪还好意思不同意，况且又是姨表亲。

喜秀嫁给姨哥后，被表哥张万堂安排到大队跟赤脚医生学习打针，后来又当了大队的妇女主任，成了槐树屯妇女的"一把手"。不过这"一把手"做得不完全合格，槐树屯的妇女们特别能争气，只要一结婚，就和圈里的母鸡一样，争先恐后地下蛋，和喜秀一个年头结婚的，人家孩子会爬树了，可喜秀的肚子一直干瘪瘪的，一点动静都没有。姨哥看着喜秀平平的肚子，眉头一皱，是种子不发芽，还是田地不肥沃，为何咱总是白费劲啊？

为此两口子在半夜三更时还小吵过，一个说你没用，一个说你不行，谁也说不过谁，胡乱折腾一会儿后，姨哥没了兴趣，垂头丧气地从喜秀身上翻滚下来。他知道又放了一声空枪，肯定是打不下小鸟来的。姨哥急得头上冒汗，姨哥的父母更是急得不行，他们想不通，干柴烈火的两口子天一晚就猴急得要上床，怎么就生不出个小崽来？特别是姨哥的母亲，竟然把喜秀叫到自己的屋内，悄悄地向喜秀传授经验，说得喜秀满脸通红。

喜秀没生出一儿半女来，看到别人家的孩子特别喜欢，就好像是自己的孩子一样。她听说喜兰和友正闹矛盾了，立马就赶了回来。

喜秀和喜兰说着话，渐渐地喜兰气也消了。喜兰觉得喜秀说得有道理，说友正和小寡妇有染，可哪个看见哩？再说咱友正就是有出息，姐夫比咱友正差了一大截子，中看不中用，到现在也没把姐姐的肚子填起来。

喜秀看喜兰不再生友正的气了，就劝喜兰天亮回去。喜兰说："不回去，也不能把男人惯坏了，友正要是不上门来接，咱就不回去。"喜兰知道，只要友正来接自己，就算是承认错误、赔礼道歉了。

这时外面传来一阵公鸡打鸣的声音，天要亮了。姐妹俩停止了说笑，渐渐地进入梦乡。

第六章

　　四凤以为喜兰和友正会和她与友明一样，肯定打一场恶仗，没想到喜兰只是走了一趟娘家又回来了，就和没事一样，这让四凤很是失望。

　　四凤觉得友正和有理两家过得比他们两口子要好，要不是父亲杨明山罩着，凭友明弱不禁风的样子，连西北风都喝不起了。她和友明还动手打了架，说明她和友明过得不如人家。她十分希望友正和喜兰也打上一架，最好友正也打喜兰一擀面杖，那样她就和喜兰拉平了，就成了一个战壕的同志，她也可以挽回一个在常家唯一挨男人打的面子。

　　三个女人一台戏，女人要是聚在一起的话，大多是东拉西扯、胡说八道，家长里短、三姑六婆、柴米油盐，有说不完的八卦，也有吵不完的架。四凤下地劳动时，故意在妇女中说："咋不见喜兰来上工？"

　　"喜兰回娘家了啊。"一妇女说。

　　"她男人搭上了避风港的小寡妇，两口子吵架了。"另一妇女说。

　　"没有吧，两口子好着呢，昨天两口子从槐树屯回来，一路上有说有笑的。"又一妇女说。

　　"四凤，友正搭上小寡妇不会是真的吧？"一妇女问。

"听说喜兰是被友正打了才回家的，真的吗？"另一妇女问。

"友正被警察抓了，要不是你父亲，他就出不来了，他没来和你打打招呼吗？"又一妇女问。

关于友正偷情两口子打架的话匣被四凤打开了，一群妇女一边锄着草，一边瞎说八道，说着说着，妇女们就和亲眼看到的一样，友正和小寡妇上床了，喜兰的后背被友正砸了一擀面杖，喜兰回娘家闹离婚了，云云。四凤是友正的弟媳妇，一定比大家知道得多，所以大家每说一句，就会问四凤说得对吗，四凤不置可否，只是抿嘴一笑。没加否定就是肯定，抿嘴一笑就是默认。于是大家在瞎说八道时，都说是四凤说的。

好事不出门，坏事传千里，这事很快传到喜兰的耳朵里，耳不听，心不烦，喜兰刚被姐姐做了思想工作，心里舒坦了很多，没想到芦苇荡的人都在疯传自己男人和小寡妇偷情的事，说得有鼻子有眼，估摸着这事也在避风港传开了，她要好好和友正谈谈，她不相信别人的话，她相信自己的男人。

"你到底和那个小寡妇有没有关系？"喜兰问友正。

"咱跟你说了多少遍了，没有的事，咱看那个张开仁不像个好人，就打了他。"友正说。

"那外面为啥那么多人说你有这事？"喜兰又问。

"谁说的，整天胡说八道的，咱去掴他耳光。"友正生气了。

"是四凤说的，四凤就是这样告诉人家的。"喜兰直言而上。

听说是四凤说的，友正一肚子闷气，上次友明和四凤打架时，友正就想去教训友明了，友正觉得友明也太没用了，婆娘总是往自己头上爬，往自己头上爬也就算了，还不把母亲放在眼里。和避风港小寡妇的风波已经让友正很头疼了，好不容易让喜兰的心平静下来，而今四凤却在外无中生有、搬弄是非，这无疑是在友正两口子刚刚平静下来的生活中又投了一块石头。

第二天，友正径直来到友明的屋子前，他不喊四凤，他不想和女人计较，大喊着叫友明出来，友明两口子听到友正大喊大叫，觉得不对劲，都走出门来了。

友正看到友明，一个箭步上前，友明还没明白怎么回事，就被友正打了一个耳光。友明一下子被打蒙了，朝着友正大喊："你为什么打咱？"

"打的就是你这个没用的东西，一个婆娘都管不好，整天在外面瞎说八道。"友正指着友明道。

看友正打了友明，有理和玉香赶快上来拉架。友直也站在友正和友明之间，哇啦哇啦地叫喊着。四凤一屁股坐在地上大声地号哭起来。友爱、友情吓得躲到母亲的屋里。

常青树一早就出去拾粪了，母亲伍月红拄着拐棍出来了，她见友正打了友明，气得拿拐棍就要去打友正，被玉香一把拉住了。四凤看到婆婆出来了，又要拿拐棍打友正，立马来了精神，她马上跳起来指着友正大喊："友正你也不要欺人太甚，你有本事就朝咱这里打。"四凤指了指自己的脑袋，又把头向前伸了伸。

友明平白无故地被打了一巴掌，这个平时温顺的小羊就像是突然走到烧红的地板上，一下子跳了起来，他抄起一个板凳就要砸向友正，有理赶忙抓住板凳，不让板凳飞出去，接着抱住友明的腰，把友明往屋里推。友直死死地抱住友正的腿，不让友正往前走，他知道要是放了手，估计友明少不了又得挨一个巴掌。

这时天空落下点点细雨，打在伍月红满是皱纹的脸上，她流着泪说："都是亲兄弟，有话就不能好好说吗，干吗非要动手打人？"

有理知道友正是被冤枉的，友正连小寡妇的一根手指头都没碰到，那个小寡妇是张开仁的小腿，友正就是有贼心也没那个贼胆，况且他敢跟张开仁叫板吗？张开仁白天不把他抓起来，晚上也要把他逮走。友正打了张开仁，被警察带走后，如果不是小寡妇出面说清楚，可能这么早出来吗？要是真和小寡妇有问题，这会儿友正还关在里面呢。

有理为了让友正消气，对友正说："别听人家满嘴跑火车，要相信自家人，没有人说你的不是。"

玉香也去劝友明："友正大哥在气头上，你别往心里去，都是自家兄弟。"

友明知道友正是朝着四凤来的，他也听说友正和小寡妇的事是四凤说出去的。他破天荒地朝四凤吼起来："你这个臭婆娘，以后再在外面瞎说八道，信不信咱打烂你的臭嘴！"

四凤一看友明朝自己吼起来，又四脚朝天地躺在地上大哭起来："你个没良心的东西啊，这日子没法过了。"

玉香过来要把四凤扶起来，可四凤人高马大，躺在地上就和死猪一样，哪能扶得起来。玉香就说："四凤嫂子，快起来，躺地上实在太难看了，你这样子杨书记也没面子。"玉香说起杨明山书记，四凤一骨碌从地上爬了起来，她觉得自己不能这样耍泼，太有失身份了，咱男人是队里的仓库保管员，咱四凤是大队书记的女儿呢。

四凤站了起来一把拉住友明说："不要怕，他凭啥说咱瞎说八道，咱在外面说什么了，他要拿出证据来。"

友明挣脱有理后就直接盘腿坐在地上，四凤拉友明站起来，友明不肯起来，四凤上去一脚说："你就是没用，咱和他到大队评理去。"听说去大队评理，友明"霍"地站了起来，拍拍屁股上的泥土说："走，去评理去。"友明知道到大队评理，友正是占不到便宜的。

听说去大队评理，友正的怒气又上来了，他知道四凤是在拿父亲来压制他，于是又上前一步说："去就去，还怕你们不成，就是去水塘公社咱也不怕。"

有理一把抓住友明说："评什么理，都是亲兄弟，难不成还要上法庭啊。"

友正一把推开有理说："你也不要依官仗势，蚊子大个官吓不倒人。"

兄弟间正吵着，拾粪的父亲回来了。一看这阵势，父亲把粪兜一扔，牛粪驴粪撒了一地，他扔起粪勺就砸向友正，友正一闪没砸到。父亲捡起粪勺又砸向友明，友明眼快也跑了。有理过来要劝父亲，父亲也想把粪勺砸向有理，说："你也不好，干部当得了，家里吵得像一锅粥似的。"不过粪勺在半空中停住了，他知道，有理不能砸，砸有理就是砸干部，弄不好是要被批斗的。

四凤躲在婆婆的身后。伍月红的脸上不知道是泪还是雨，她很伤心，儿大不由娘了。

有理在大队开会时，大队书记杨明山传达水塘公社革委会通知，全公社要搞一次社会主义建设文艺汇报演出，各个大队和各个单位都要排练一出节目上台汇报表演。杨明山直接把芦苇荡文艺汇报演出的任务交给有理的老婆玉香，因为玉香曾经是公社文艺宣传队骨干，组织排练过多个文艺节目，受到领导和社员的一致好评。

有理觉得玉香组织排练文艺节目没问题，他认为玉香有很大把握把节目排练好，因为玉香在校时就是文艺爱好者，不仅会唱歌，还会跳舞，要不是跟他海誓山盟、相亲相爱，玉香也许早已进入县剧团了。有理认为杨明山把这一神圣而光荣的任务交给玉香，不仅是对玉香的信任，更是对自己的信任，要是玉香把这次的文艺节目搞好了，拿到了名次，为芦苇荡争了光，不仅杨明山会受到公社的表扬，连他这个生产队长也能更上一层楼，"班长升排长"应该是板上钉钉子的事。

他先是沾沾自喜，后又紧张起来，不是害怕玉香搞不好节目，而是他听到一个不好的消息。这个消息是书记杨明山透露给他的，在全公社文艺汇报演出中，要穿插一个节目——落后分子上台做检查。同时，杨明山告诉有理，做检查的名单上有咱们大队的常友正，他分析说："友正不是生产上的落后分子，而是因为他动手打了人，而且打的是避风港的大队书记张开仁。友正真是胆大包天了，竟然敢打大队书记，还没抓去坐牢就是好事了。"说后两句时，杨明山明显气愤异常。

　　有理参加过文艺汇报演出活动，在活动中穿插颁奖或是做检查是正常现象。还在农中读书时，他作为学生代表参加了文艺汇报演出。那次的汇报演出没有安排在公社的剧场，舞台就设在学校的操场上，在操场的一边搭起一个十来平方米的台子，台子上竖起几根毛竹，扯上大幅会标，上面写着："水塘公社学雷锋文艺汇报演出大会"。台子的一侧装好播音的设备，台上放着一个扩音话筒，一只高音喇叭用绳子吊在一棵树杈上，台上靠后摆着几张课桌，公社的领导就坐在课桌后面。会场上红旗招展，人头攒动，挤满了社员。当然还有准备上台演出的演员。

　　在文艺汇报演出前，在台上的公社领导要作即兴讲话，主要是开展文艺汇报演出活动的目的和要求，要是有颁奖节目的，他会告诉大家哪个获了奖，由谁来给大家颁奖，此时他是满面春风、面带笑容的，要是有做检查的节目时，他的脸就像是六月的天，马上板起来，声音也大了起来。有理觉得整个活动就像是欢乐的海洋，大家兴高采烈，只是有人做检查的时候，现场死一样的沉寂，一根针掉下来的声音都能听到，人们竖着耳朵，听这人犯了什么错，是生产落后了还是偷鸡摸狗了，要是走"小路"被人捉奸了，现场就像是烧开了水的锅一下子沸腾了，但很快又平静下来。有理知道，要是在这种场合做检查，以后的日子就没法过了，不用说在人前一辈子抬不起头来，如果没有娶老婆的话，基本上得打一辈子光棍了，谁家的女人会跟你啊！

　　有理听说友正被点名去做检查，吓得头皮发麻，这么大的事，他不敢不告诉父亲。常青树知道后，认为友正是得罪人了，前头他刚打了避风港的大队书记张开仁，后头他又打了芦苇荡大队书记杨明山的女婿常友明，他这是在老虎头上捉虱子，拿自己的命开玩笑呢。他叫有理赶紧去通知友正逃跑，这个检查不能做，做了他一家就完了，为了不做检查，成功"跑反"的人多着呢。

有理又一溜小跑赶去叫友正收拾东西"跑反"。友正是个犟牛："咱又没犯罪，跑什么反！"喜兰也吓坏了，连忙去屋里收拾东西，她也劝友正出去躲躲，她说："你要是做了这个检查，我脸就没地方搁了，死了算了。"友正朝喜兰说："要跑你跑，就是天王老子叫咱跑，咱也不跑。"

有理没有办法，气得朝友正说："犟人吃犟亏，你去做检查吧，台下三千人都不止。"说完有理就走了。

喜兰责怪友正说："出去躲躲又不丢面子，干吗这么犟呢，又不是没人躲过，躲过这个风头就没事了。你就是头犟牛，咱的命迟早被你害了。"

当天晚上，友正就接到大队的通知，叫他在家认真地写检查稿，写好后交大队送公社审核。全大队的人都知道友正要去公社的大会上做检查了，都说这是意料之中的事，"友正不做检查谁做啊！""做检查都是轻的了，估计也是大队书记杨明山罩着。""因为杨明山和常家是儿女亲家，这是透明的事，如果不是杨明山，友正得坐牢啊。""友正就是个愣头青，一下子得罪了两个大队书记。大队书记是什么人啊，那就是土皇帝，一言九鼎，叫谁下地狱谁就得下地狱去。"

玉香真的很能干，她接到任务后，很快就组织了一个文艺班子，起早贪黑地排练，编排了一出临危不惧救人的节目，与因为打人而做检查的友正形成了鲜明的对比。文艺汇报演出的那天，常青树带着一大家子全去了，常青树一家不是去看玉香的节目的，他们是做友正工作的，友正坚持要做检查，就叫他好好做，认真反省，可别再把领导得罪了，友正那脾气，要是在会上与领导唱反调，那麻烦就大了，弄不好真得去坐牢了。

四凤也去了，四凤不相信友正去做检查是他父亲杨明山在背后捣的鬼，因为杨明山也被领导点名做过检查，而且还不是一两次。在多年的实际工作中，杨明山也犯过不少错误，有的错误还让领导大发雷霆，点名要他在全公社干部会上做检查。杨明山虽然老做检查，但他的位子没有动，仍然做他的大队书记。估计他的错不是错，在实际工作中被证明批评错了。

文艺汇报演出是在水塘中学的操场上举行的，因为参加的人太多，公社剧场是装不下的，于是公社领导决定把会场搬到水塘中学的操场上进行。操场上人山人海。这是水塘公社组织的一次规模较大的文艺活动，各大队、各单位、各中小学都有代表队参加，各代表队都聚集成一团，每个代表队都举着一面写着本单位名称的红旗，整个会场像一锅开水沸腾着，也像是红色的海洋。

大会开始前，各代表队的文艺宣传组就在各自的地盘上隆重登场，各跳各的舞，各唱各的歌，互不干扰，敲锣的、打鼓的、跳舞的、唱歌的，还有小戏剧，一时间热闹非凡，要不是主舞台上挂着的特大横幅，人们还以为是一个正在逢节的集市。

又唱又跳了一段时间后，就好像吼了半天的音响突然被人关了开关，整个操场一下子安静下来。这时主席台上走上来七八个人，一个五十出头中等个子有点偏瘦的男人端坐在主席台的中间。常青树伸长了脖子朝台上看，好像在哪里见过，可是又一时想不起来。

当那个男人走到话筒前宣布文艺汇报演出即将开始时，常青树终于记起了那个男人，这不是上个月路过咱们家的公社领导吗？

是的，在大会上讲话的正是公社革委会书记郑春成。那天，郑春成带着公社秘书小王一起下乡查看农业生产情况，在芦苇荡大队，正好路过常青树的家。郑春成看到常青树，停下了脚步，跟常青树打听起农业生产的情况。

常青树听说是公社来的领导，赶忙搬来凳子请公社领导坐下，又从暖瓶里倒来热水分别递到他们的手上。

郑春成问常青树多大年纪、有几个儿女、屋子漏不漏雨、粮食够不够吃、柴够不够烧、年终分配是不是有积余等问题，常青树都一一作答。

二人正聊着，挂在屋檐上的小喇叭响了起来，播音员声音低沉，庄严浑厚，常青树侧耳细听，播音员正在播报一位中央领导逝世的消息。刚才还在细声笑语和他说话的郑春成脸色突然大变，继而泪如雨下，抽泣起来。一旁的秘书也开始抹眼泪。

听说郑春成在芦苇荡考察，杨明山赶忙带着一个大队干部从大队部赶来了，一到这里，看到郑春成蹲在地上哭泣，再一听，他明白是怎么一回事了，就蹲在郑春成的一边，放声大哭起来。有理的儿子常笑天已经五岁了，他看到郑春成哭，拿来一条毛巾递给郑春成。郑春成接过毛巾，一把将笑天搂在怀里，放声痛哭起来。这个场景一直烙印在笑天的心灵深处。

主席台下人山人海，郑春成抿了抿嘴唇，好像是润了下即将讲话的喉咙。他拿出一张讲稿，在讲了举办文艺汇报演出活动的意义和要求后，要先上演一个特别的节目，再观看文艺节目，这个特别节目就是请在社会主义建设过程中的先进人物介绍经验。

常青树心头一热，难道友正做检查的节目不搞了？要是不搞了就好了，刚才郑书记说得明明白白的，是介绍经验，要是介绍经验，那就没友正的份了，咱友正躲过了一劫。常青树刚乐呵起来，郑书记旁边一位领导用手指了一下郑书记手上的稿纸，郑书记马上改口："说错了，这个特别节目是请表现非常落后的人做检查。"台下立即哄堂大笑起来。

常青树一下子忍住了，他就像是走路拾到个金坨子，眨眼又掉了一样。他开始紧张起来。做检查的人被一个一个叫到台上读稿子，读稿子的人一个一个没精打采的，读的时候结结巴巴，有的甚至连不成句子。在这么多人面前做检查，谁还提得起精神来？况且台下还时不时扔上一个土块来，不是骂一句"好吃懒做"，就是骂一句"死不要脸"。

做检查的人一个个垂头丧气，只有友正昂首挺胸，就像一个即将走上战场的勇士，毫无畏惧。下一个就是友正上台做检查了，常青树的心提了起来。他担心犟牛一样的友正在这么严肃的场合，和领导们顶撞起来。友正那架势好像不是来做检查的，而是来表态发言传授经验的。"友正啊，你千万不能和领导顶嘴啊，那样的话，咱常家就完了啊！"常青树心里想着。

就在郑春成准备宣读友正的名字时，那个陪郑春成下乡视察的秘书来到郑春成的身边，他跟郑春成耳语了几句，郑春成立即把讲稿放进口袋里，对着话筒大声宣布："今天的大会到此结束，散会！"

常青树激动得心都要跳出来，他看到人群慢慢向外流动，主席台上的领导们互相握手，满面春风。于是一家人冲了上去，把友正围在了中间，就好像马上又会有人把他带走一样。

常青树不知道是什么原因停止了文艺汇报演出活动，直到年底，他们才听人说，地委的一位领导对把文艺汇报演出这样的活动当作主要任务很不满意，说唱歌又唱不饱肚子，关键是如何发展生产、改善生活。常青树觉得这位领导说得有道理，说到社员的心坎上了，他破天荒地把一瓶藏在床底下多年的白酒拿出来，酒过三巡后，激动地告诉孩子们："咱家有盼头了啊！"

第七章

　　春天来了，燕子从南方飞回来了，在门前的槐树枝头上"叽叽喳喳"地欢叫着，两只燕子飞进有理的屋子，落在梁上，像是要做窝。一粒燕子屎落在了正在摇窝篮的笑天头上，窝篮里是出生不到半年的妹妹笑云，此时的她正在朝笑天咯咯地笑着。玉香拿来一张纸，要把笑天头上的鸟屎擦了。有理看到了，拿来一根竹子，想要把正在做窝的燕子赶走。常青树看到了赶忙阻止有理，说："不能啊，燕子是吉祥鸟，在哪家做窝哪家准会有好事。"他还告诉有理，笑天头上的屎不是屎，是喜庆的喜，燕子是送喜来了。

　　下午，邮递员送来了一封信，那是友良从南京寄回来的。伍月红听说是友良的信，催着叫有理拆开来看，她要知道友良说了些什么。友直、友明、友爱、友情听说友良来了信，赶快拢了过来，围着有理。有理拆了信，原来友良毕业后被分配到省报当记者，近期一有空就回来看看，结尾叫父亲做好准备，他要带个姑娘回来结婚呢。

　　友良的信就像一股春风吹来，伍月红笑得合不拢嘴，一家人就像飞舞的燕子一样，兴奋地舞动双臂，大家一起欢呼起来。从中学放学回来的友诚听说哥哥友良要回来了，抱起地上窝篮里的笑云，用劲向天空一抛，笑云落下时，又稳稳地落在友诚的手上。玉香看了吓了一跳，看到友诚接住了笑云，又笑了起来。

友良要回来结婚了，友明就搬到生产队一间闲置的仓库去住，把屋子腾出来让友良做新房。四凤对公公说："要是友良婚后回南京了，她和友明再搬回来。"玉香对有理说："咱们把屋子腾出来让友良住，这是友良的家，他走得再远都要回来的，哪能没有自己的屋子。"有理觉得有道理，就搬到生产队的仓库去了，说等收了麦子，他们自己在屋子边上新砌一个茅草"丁头舍子"，只要"丁头舍子"一砌起来就搬回来。

伍月红的身体越来越差了，她已经不能去队里看驴拉磨了，每天都要拄着拐棍到路口去张望。她知道友良要回来了，来来去去的人群中说不准就有友良。常青树忙碌起来，他把腾给友良的屋子又重新装修了一遍，地面原先凹凸不平的，人走在上面一不小心就能绊一下。他把地面铲平了，又用石夯夯实，这样地上就没了坑坑洼洼。墙面用油泥又糊了一遍，贴上报纸和油画，以前的芦苇窗帘换成了布帘，那张就要散架的床被有理拆走了，常青树专门刨了一棵大槐树，请人打了一张新床和一个新柜子。他天天在这个屋子里拾掇，像是友良今天就要回来一样。

四凤开始犯嘀咕了，她对友明说："你大就是偏心，咱们结婚时，什么新的也没给咱添，凭什么友良一回来就打新床。"

友明结婚时，屋里没有一张像样的床，就用两块木板铺在两条木棍上，上面铺上芦苇编织的席子，就算一张床了。那天夜里，四凤和友明睡在上面，明显觉得要塌了，友明动也不敢动，他知道只要一动，床保准散架子。四凤气得直拍他的胸脯，说他没用。友明急了，跳到床下，把被单铺到地上，就在地上和四凤干上了。四凤块头大，友明块头小，明显是小马拉大车，不一会儿友明就气喘吁吁起来。四凤刚来了感觉，一看，友明竟然睡着了，已经打起呼噜来。

友正这几天就像个刺猬一样，谁说朝谁发火。有理告诉他友良要

风吹麦浪

回来了，这本该是高兴的事，不想友正却对有理说："等他回来，看咱怎么收拾他。"友良自从去大学读书，不但不知道回来，连信都没得一封，友正说友良没良心。女儿怀香追着友情喊姐姐，友情说不是姐姐是小姑姑，怀香就生气了，叫友情答应她喊姐姐，友情不答应，说就是小姑姑，怀香就更生气了。友正上去打了一下怀香的屁股，说怀香没大没小的，喜兰说："怀香还是个小孩，她懂什么，有必要打孩子吗？"友正更来火了，说喜兰："教育孩子是一个打、一个护，长大了不上路。"

四凤跟公公常青树要一张新床，说给友良新床也要给友明一张新床。友正知道这个事后，气不打一处来，就要去和四凤论理，说四凤蛮不讲理，上次做检查的事情虽然不了了之，但他也怀疑是四凤父亲在背后搞的鬼。他要去骂四凤，骂四凤是一个旧东西，还想上新床！喜兰好不容易才把友正拉回头，友正却一本正经地跟喜兰说："也跟你说清楚了，下次一定给咱生个儿子，不然咱不饶你。"喜兰用手指点了一下友正的脑袋，对他说："咱看你才是个不讲理的人。"

有理年前带领社员们整治了队里的最后一块盐碱地，有理治理盐碱的方法十分有效，就是在碱地周围开沟蓄水，用降水冲走盐水，简称脱水。年前已经脱过几遍水了，眼下正在组织耕翻晒土。入梅后，这里雨水丰沛，雨水会在一个夏季把最后的盐分冲进大海，秋天时就可以耕种了。

队里一共有三头牛，有一头牛年龄太老了，老得连有理也不知道它是从哪儿来的，一直由队里的陈大爹饲养着。常青树饲养的牛健壮，是队里耕地的主劳力。陈大爹饲养的牛实在耕不动了，一拉犁就喘，有理就叫陈大爹把牛牵回去喂着。陈大爹把牛牵到水塘边饮水，牛一脚踩进淤泥里，它自己爬不上来，在淤泥里"扑通扑通"地挣扎。它老了，已经没力气爬上岸来。它流着泪，望着一直陪伴着它的陈大爹，恳请他把它救上来，它不想死，它留恋它那为之服务了一辈子的土地。

陈大爹把有理找来了，几个壮汉用粗绳把牛箍起来，使劲地向岸上拉，可是费了九牛二虎之力也没能把牛拉上来。可怜的老牛身体陷在水塘的淤泥中断了气，它断气时，眼里不断地流着眼泪。

老牛死后，人们把正在田里耕地的那头健壮的牛牵来，那牛看到陷入塘中的伙伴，就和抢救生命一样，不用扬鞭，奋力一拉，塘中的老牛就被拉上来了。老牛为大地奋斗了一生，死后也不忘为人民服务，人们按人口分配，每户都分到了一块牛肉。

常青树也分到一块牛肉，不到二斤，还有一块骨头。他舍不得下锅煮了，就用绳系着，挂在屋梁上。他说友良要回来了，等友良回来一起吃。牛肉挂在屋梁上，友情、友爱和脚下的小花猫一样，天天往屋梁上看，小花猫是咪咪地叫，友情、友爱是流着口水，都是一个意思——想吃牛肉。

过不了几天，屋里闻到一股异味，伍月红说："可能是牛肉坏了，不行就煮了吧。"常青树还是舍不得，他把快要臭了的牛肉用盐擦了几遍，腌在一个小瓦坛里。他哪舍得吃啊，平时家里从没买过肉，只有过年，才从生产队拎回来一块小得可怜的五花肉，挂在屋梁上，一直到除夕那天才拿下来切成片、斫成肉糊，放进油锅里炸成肉圆。盐阜一带人叫"肉坨子"。要是哪家有喜事，炸坨子是必不可少的，叫作"斫坨席"。要是肉上有肉皮，那要削下来，晒干了，再炸成肉膘，坨子和膘是两道名菜，无坨没档次，无膘不成席，是"六大碗"的主打菜。肉膘还在苏北出了名，号称"江北首道菜"。

牛肉腌在小坛里，友爱天天跑去张望，有一天她慌里慌张地说，肉上有虫了。常青树过去一看，肉上爬满了蛆虫。伍月红说再不吃就浪费了，于是他把爬上蛆虫的牛肉拿到河边洗了，再放到锅里烧煮。

那一顿，友情、友爱吃得特别香。

清晨，太阳的第一缕光辉洒在芦苇荡上，犹如金色的丝绸，闪耀着生命的活力。微风拂过，芦苇轻轻摇曳，如同一群优雅的舞者，在风中舞蹈，芦絮簇拥在芦梢上，芦花随风飘荡。

伍月红一直等到秋天，才在路口等到从南京回来的友良。友良是从水塘车站步行十多公里回到芦苇荡的。他真的带回一个姑娘，姑娘跟在友良的后边，秀气的脸上汗水涔涔，一看就知道是个城里姑娘。友良穿着一身新的卡其布衣服，脚穿一双帆布鞋，他告诉母亲，他有皮鞋，放在包里呢。母亲高兴地摸着友良的头发，友良个子长高了，肩膀宽了，脸色红润，鼻子上架着一副眼镜，从眼镜上就看出友良肚子里有不少墨水。

友良告诉母亲，姑娘叫张雨露，是他大学的同学，现在省城一家小学做老师。母亲看着雪白漂亮的雨露笑得眼睛都眯成了一条缝，她说她这大把年纪了还没看过这么漂亮的姑娘。雨露拉着友良的手，百灵鸟般咯咯直笑，她对芦苇和庄稼很好奇，不停地向远处张望。

友良回来那几天，一大家子都团在一个屋子里吃饭，分出去的兄弟也不分你我了，屋子里天天挤满了人。友正板着脸朝友良说："你这几年发财了啊，把家都忘了啊？"

友良说："哪儿的话，学校天天有活动，不是忙的嘛。"

友正说："再忙也要写个信回来不是，也让咱们放放心。"

友良笑笑说："哪个不想哩，那几年查得紧，寄信都要查哩。"

友正觉得友良说的也有道理，他又说："这次回来还回去不，你是有文化的人，要是不回去，就到大队弄个干部做做。"

友良笑了笑，雨露也抿着嘴笑。

有理插话了，说："大哥你傻不傻啊，友良哥已经是省里的记者了，还回你这鸟不拉屎的地方。"

友正朝有理说："你说得就不对了，咱们这地方不是鸟不拉屎，咱们这地方田也肥，水也美，是大有希望的。"

友正又提醒有理说："你是咱们火花生产队的队长，可不能打退堂鼓，打消咱们的积极性啊。"

友良觉得友正说的有道理，就跟有理说："大哥说得对啊，有的地方已经开始联产承包了，大伙积极性高呢，产量也比过去高了。"

友正见友良夸他，赶忙又插话了，朝着友良说："那你回来做队长，带着咱们干，你干肯定比有理干得好。"

喜兰用手点了一下友正的脑袋，说："净说些没用的，友良做队长那不是大材小用了，你个呆子，水往低处流，人往高处走啊。"

友正摸着脑袋笑着说："咱不是开玩笑的嘛，友良要是做队长，那不是坛子里养兔子——越来越小了吗？"

屋子里传出一片欢快的笑声。

在省城当记者的友良回来了，当然惊动了大队干部。大队书记杨明山计划要请友良到大队指导工作，说是指导工作，实际是想请友良喝杯水酒。可是杨明山还没上门邀请，槐树屯大队书记张万堂就抢先一步，他知道妇女主任喜秀的妹妹喜兰是友良的嫂子，喜秀请喜兰是不会有问题的，喜兰请友良，他肯定会给面子。

喜兰跟友良一说，友良果然答应了。这几天友良在家吃吃喝喝，也吃够了，雨露也想出去走走。雨露跟着友良去槐树屯吃饭时，就把笑天带着，笑天是个男孩，估计她也重男轻女，侄儿侄女好几个，她就带笑天这个侄儿。笑天沾了有把子的光，再就是雨露想冲冲喜运，将来自己和友良结婚后也生个男孩。

听说友良答应过来吃饭，张万堂叫了几个社员大办酒席，忙得热火朝天，不亚于人家办"斫坨席"。张万堂在大队干部面前显摆说，友良是省里领导，省里领导到咱大队吃顿饭是基本不可能的。他的意思是说，要不是咱张万堂，换了谁都不可能请得动友良的。

那天吃饭时，槐树屯的大队干部合伙上阵，整整坐了两大桌，连广播维护员都上了。大家放开肚皮喝酒，一个接着一个过来敬友良和雨露，敬酒的人头一仰干了个底朝天，友良就用嘴唇沾点酒。在大家看来，友良是领导，领导是不用干了的。张万堂敬酒最多，他不仅要敬友良，欢迎其指导，还要敬其他大队干部，每敬一个，都要说"请多支持"。最后，除了广播维护员，其他人就像被机枪扫过一样，全都瘫倒在桌底下了。雨露吓坏了，问广播维护员："他们会不会喝死了？"维护员笑着说："放心，死不了，天不亮就醒了。"

槐树屯请过友良，避风港知道后坐不住了，避风港大队书记张开仁也怕请不动友良，就把这个任务交给大队长王山柱，友良的弟弟有理是王山柱的女婿，王山柱叫有理请友良，有理是不敢拒绝的，只要有理出面请，不怕友良不答应。

有理把避风港大队请客的事跟友良一说，友良先是拒绝，又一想，有理的丈人在避风港做事，不能不给面子，再说吃了槐树屯，如果不吃避风港，避风港的人一定说咱是官僚，架子大。于是又答应下来，不过友良这次说清楚了，一定要简单办理，便饭就行，他不想再把避风港的大队干部全吃倒了。

听说友良要来吃饭，避风港的干部也和槐树屯一样，大办酒席，忙得热火朝天，就和办"斫坨席"一样。避风港的大队干部也是合伙上阵，不过大家都坐下时，不见了大队书记张开仁。王山柱叫人去找，找的人找了一圈回来说，不找了，他的头被砸了个洞，住院了。

张开仁夜里去敲小寡妇雪桃的窗户。雪桃不开门，用一根大木杠把门闩死了。雪桃骂张开仁是个色鬼，死不要脸。雪桃说上次让张开仁得逞了，她是不同意的，是张开仁强行的，那是强奸行为，张开仁应该被警察抓去坐牢。

张开仁说："又不是没玩过，玩一次是玩，再玩一次也不嫌多，再说哪个不晓得你是咱的小腿，你不跟咱玩，哪个敢要你？咱的东西哪个敢碰啊！"

雪桃说："去你的吧，一天到晚跟个老公鸡似的，你还缺咱一个啊。"

张开仁厚着脸皮说:"没办法啊,咱是大队书记,人家主动找咱,咱又不能回了。"

雪桃说:"不拿镜子照照自己,一大把年纪了,长得跟个猴子一样,人家没男人了啊?"

张开仁嬉皮笑脸地说:"对了,你还真没男人了,没男人滋润可不行啊,门开了咱保准让你开心。跟咱玩过的女人,都白白嫩嫩的,年轻呢。"

雪桃更加嗤之以鼻,说:"有什么了不起的,不就是个大队书记嘛,咱还看不中哩,你就滚蛋吧。"

张开仁一听,来了火,在避风港大队,还没有哪个敢朝他说滚蛋呢。他恶向胆边生,刚要拿起门前的一把铁锹砸门,从黑暗处突然飞来一截砖头,正好砸到他的头上。张开仁"啊哟"一声把头捂着,血从手指间流了出来,他捂着头忍着痛迅速消失在黑暗中。

王山柱端起酒杯说:"张书记因公受伤来不了,咱们喝酒照常进行,请大家端起酒杯,热烈欢迎省领导莅临咱们避风港视察指导。干!"

第八章

张开仁好多天没到大队里来了，他也没法到大队去，此时他正包着头在家养伤呢。他的头被一块从黑暗中飞来的砖头砸破了，差一点就砸在左眼上。要是砸到左眼上，差不多他要成为"独眼龙"了。

张开仁告诉老婆说是大队房屋檐上的碎砖块掉下来砸的，老婆说："你就不要瞎扯了吧，咱也没问你是咋破的，有个命回来就行了。"老婆心里一清二楚，张开仁肯定又到哪家拈花惹草去了，这又不是一次两次了。

张开仁是个能力很强的大队书记，挑河治水、抗旱排涝、抢收抢种、平田整地等一系列重要农事，他都身先士卒，冲锋在前。那时挑河治水、平田整地是每年的必修课，尤其是每年的冬春水利工程，家家户户都要出劳力到工地上去挖土方，这样的活动，张开仁从不落在后面，他在工地上指挥大家挖土挑方，安排妥当后，拾起副泥兜子和民工们一起挑泥，一边挑一边喊着号子："嗨嗬，嗨嗬！"工地上的气氛立即就浓厚起来，民工们的劲头立马也上来了，忘记了疲劳，大家也前后相传："张书记和咱们在挑泥。"

麦收夏插时，张开仁会到各个生产队去查看，看到社员们在地里割麦子，他会拿起一把镰刀下到地里，和社员们一起割麦子，要是社员们在水田里插秧，他路过时，鞋子一脱，和社员们一起插秧；即使是有人在挑粪浇地，又脏又臭，要是个年老的人，他会把粪桶从老人的肩上接过来，帮助老人挑过去。

张开仁亲民爱民、吃苦能干是避风港人有目共睹的，社员们打心眼里佩服他。不过张开仁有一个坏毛病，就是管不住下半身，要是看到哪个长得稍好看一点的妇女，他心里就痒痒的，就像一个馋嘴猫看到一条活蹦乱跳的小鱼，要是没人在的时候，它就会扑上去一口叼在嘴里。特别是把小寡妇雪桃弄到手后，他就魂不守舍了，工作上心不在焉，好多事他都甩手丢给大队长王山柱。每到这时，王山柱就知道他肯定去找哪个女人鬼混了。

其实雪桃不愿意跟张开仁好，丈夫刚去世，她压根就没有找个男人的想法，像张开仁这样的老头，不但年龄老还长得尖嘴猴腮的，她看了一眼就不想再看第二眼，没想到这种恶心事竟然发生在她的身上。

那晚雪桃是大意。那天她实在太累了，往床上一倒就睡着了，忘记了拉上窗帘，门也忘了用木杠闩上，只是用凳子抵在门前，这给了张开仁可趁之机。当她惊醒时，张开仁正趴在她的身上。她恶心得想吐，可是又推不开正在兴头上的张开仁。事后，她骂张开仁是老畜生、老色鬼。张开仁嬉皮笑脸地跟她说："你就想开吧，跟谁睡不是睡，灯一吹还不是一个样，况且咱是大队书记，还能亏得了你。"这一切都被路过的大队长王山柱和几个大队干部看到了，他们想张开仁搞女人真行啊，把雪桃这样的女人也搞到手了。

张开仁喜欢晚上搞活动，这样搞女人的机会就比白天多。大队有一支集体捕捞队，共有四条大木船，由二十多个有海上捕捞经验的青壮劳力当船员，每次出海时从避风港出发，经射阳河出海，因为射阳河弯弯曲曲直通大海，海船一般顺风顺流而下，个把小时就可进入大海，每次出海要一个多月才回来。

男人出海后，留在家里的女人任务更重了，既要带孩子，又要参

风吹麦浪

064

加集体劳动，有的女人累得往往脚没洗就上床睡着了。张开仁常在晚饭后又出去，他告诉老婆不是去大队开会就是去生产队会办，会办是会办的，不过他在会办时，眼睛总在女人身上扫来扫去，扫得女人们很不自在。

那天又去生产队会办了，地点是在一个生产队的牛棚里，大家都自带凳子坐了下来。白天大家实在太累了，可是大队的通知又不能不来，但是来了又听不进去，很少有人睁大眼睛听张开仁讲话，大多是眯着眼睛在休息，甚至有人在会场上打起呼噜来。

张开仁文化水平不高，开会讲话时每说几句就会说"啊""这个"，他讲不出能够调动社员们积极性的话来，可又滔滔不绝，"啊""这个"连续不断，社员们熬得实在不行了，一些人陆续走了，张开仁还在不厌其烦地讲，最后只有张三牙的老婆玉花坐在他对面的凳上听他讲话。张开仁看着玉花不算难看的脸蛋，对玉花说："你们这个队的社员觉悟不高嘛，要是都像你这样就好了。"他夸玉花觉悟好，能够认真地听他讲话。

玉花说："张书记您有话快讲啊，咱在等你屁股下面的凳子回家呢。"原来张开仁坐的凳子是玉花带来的，会议不结束，玉花拿不走凳子。

张开仁一听乐了，赶紧说："好，就结束，就结束，结束咱就回家吧。"

张开仁抬起屁股，玉花就过来拿凳子，凳子还没拿走，人却被张开仁抱起来了。玉花两脚悬空，用不上劲儿，任凭张开仁把自己放在牛草上。玉花要反抗，可是裤子已被张开仁扔到一旁的牛背上去了，老牛的一对眼睛睁得老大，它在看一场精彩的剧目。

张开仁觉得大队里的女人哪一个都没有雪桃够味，雪桃红扑扑的脸、水蛇般的腰，看着心就酥了。他多次在夜深人静的时候，悄悄地溜到雪桃家，敲雪桃的窗户，叫雪桃开门。任张开仁怎么叫，雪桃就是不开门。张开仁没办法，就在雪桃的屋子外转圈，像一只狼在一个封死门的羊圈外转悠，等待着下手的机会，可是只要篱笆墙扎死了，狼是没有机会的。

张开仁一连几次去敲雪桃的门都没有敲开，起先雪桃还应他几声，叫他离开，决不会开门，后来直接就不回他了。任凭张开仁怎么敲门，里面就是没声音。张开仁自讨了个没趣，扫兴而归。

张开仁吃了几次闭门羹后，心想一个小寡妇搞不定咱就没法在避风港混了。如果雪桃再不开门，他打算来硬的，雪桃那个茅屋"丁头舍子"，一脚就可踏平。他兴致勃勃地去了，不承想一块砖头砸碎了他的美梦。

张开仁躺在床上养伤已经好几天了，这几天他的脑子里就像放电影一样，先是雪桃那红扑扑的脸蛋，笑起来像朵桃花，然后是雪桃那水蛇般的腰，走起路来屁股左右扭动，他就在想，雪桃为什么不给他开门呢？在避风港还没有不给他开门的女人，就是嘴上说不开门，手也会把门闩拔了。于是他又想到，雪桃是不是已经有人了？女人嘛，只要她不缺，别人是不容易钻到空子的。对了，雪桃是有人了，要不然他怎么会在雪桃的屋前被砸了一砖头呢。

跟雪桃好的男人是谁呢？大队干部包括生产队长每一个人都被张开仁在脑子里过了一遍又一遍，每一个人都被他否定了，因为哪个也没他有权有势。可是想来想去，每一个人又都值得怀疑，因为每一个人长得都没有他那样影响心情。最后脑子想空了，他想到一个人，那就是大队长王山柱。他认为王山柱嫌疑最大，王山柱是大队长，是接替大队书记岗位的第一人选，他想把咱搞臭，咱下台了，避风港的天下就王山柱的了。张开仁恨得咬牙切齿，他心里暗暗地想，等他头伤好了，一定要想办法把王山柱这个大队长搞掉。

可是张开仁头上的伤还没好，他的避风港大队书记的职务就被公社革委会撸了。

风吹麦浪

友良要结婚了。

伍月红专门去了槐树屯请人为友良看了一个良辰吉日。日子选好后，全家上下就为友良的结婚喜宴忙开了。因为雨露是省城的，订婚、送日子、催妆等一些事先的程序就免了，雨露也不懂这里的民俗，也不去计较，入乡随俗嘛。要是本地姑娘，这三道重要的程序一定是要走的，如果走不好，弄不好婚是结不成的。

订婚就是男女双方同意结婚后，通过一种仪式订下来的，订婚又分小订和大订，小订就是双方确定婚约关系后，男方给女方送聘礼，聘礼一般较少，给女方买一套衣服就行了，这样双方可以来回走动。小订过后就是大订，男方要选好日子，宴请亲朋好友，并将议好的聘金彩礼和男方的生辰八字写在红纸上送到女方家，男方向女方必送糕、粽、团、圆，外加两条红鲤鱼和一块双刀肉，女方一般要回赠一两样礼品。订婚那天男女双方都要燃放鞭炮，意思男女双方都有主了，媒人就不要再操心了。

婚订下后，男方就要带人进门了，经女方同意后，男方要准备好衣料、礼金等物品，和订婚差不多的程序。然后男方要准备婚房，女方准备嫁妆。结婚当天叫"正日"，结婚前一天叫"催妆"，结婚后一天叫"回门"。"催妆"这一天由男方带人到女方家把女方的陪送嫁妆运到男方家，叫"发嫁妆"。嫁妆运到婚房后，由喜奶奶整理婚房，床上桌上要放着糖、花生、枣子、糕粽之类的喜庆物品。"正日"头一天晚上，新郎是不能一个人睡觉的，要由一个男童陪睡，叫作"压床"，"压床"意为早生贵子，陪睡的男童在新郎的床上可以得到"压床"的喜钱。

友良的婚礼简化了很多程序，也让常家少花费了很多钱。订婚、送日子、催嫁妆全不谈了，就连"正日"过后的"回门"也免了。"压床"是笑天压的，笑天睡在软绵绵的新床上，比睡在棉花堆上还舒服，他发觉床头床尾都有糖啊枣的，睡不着了，一会儿就摸一个放嘴里，等到肚子吃得圆圆的，迷迷糊糊才睡着了。天亮时，喜奶奶过来说，恭喜恭喜，一定生个大胖小子。

"正日"当天的程序，搞得雨露眼花缭乱。雨露进门时，门口摆着一个放着燃烧着木柴的火盆，喜奶奶要雨露从火盆上跨过去。雨露不敢，脚伸了几下又退回去。喜奶奶说："就作兴啊，跨火盆可辟邪，以后不会有鬼魅敢进新房的。"雨露听了，鼓起勇气一脚跨了过去。

雨露由喜奶奶挽着进得门来，这时三道茶已经摆在床上了，代表着甜甜蜜蜜、早生贵子、团团圆圆。

进入洞房后，外面一趟人挤在门口等着看新娘，看新娘也是有程序的，先让公婆看，其次是娘舅表叔等，然后是其他人看。看新娘时是要给红包的，多少不一。伍月红塞给雨露一个红纸包的红包，四凤捣了一下友明的胳膊，低声说："你妈就偏心，给雨露的红包比咱的大。"友明回捣了她一下，四凤不吱声了。

新房的外屋摆着酒席，一共摆了四桌，屋里没摆下，友明的屋里也摆了两桌。喜酒要吃得越闹越好，喜酒喜酒，要吃得歪歪扭扭。菜是"六大碗"，一碗吃完再上一碗，肉坨子是不能吃光了的，要剩两个压碗；鱼是不能吃的，整鱼上桌、整鱼下桌，意思是年年有余。

酒足饭饱后，就开始闹洞房了。洞房三日无大小，喜兰是个大肚子闹不动，坐在那光看不动，玉香和四凤还有友良的几个堂嫂闹得最欢。起先堂嫂几个要把喜公公常青树请过来，想逗一下喜公公。常青树坐在锅门口烧火抽烟，笑得两个门牙都没了，就是不肯来。她们就把友正、友明拉进屋里，他俩刚进屋子，就被几个堂嫂擦了一把锅底灰，友明朝友正一看，笑得前俯后仰，友正朝友明一看，捧腹大笑。两张黑脸开怀大笑时只看到一嘴雪白的牙齿。友爱、友情和笑天几个小孩笑得东倒西歪。

闹过洞房后，就开始捣窗户了。捣窗户是婚礼上的一个重要仪式，在布置婚房时就将洞房外的窗户用整张红纸蒙上。刚开始时，先由一个男童进行，用一把红筷子把窗户上的红纸捅破，然后捣一下说一句祝福话。男童是笑天，笑天不会说，玉香就说一句，笑天跟着说一句。雨露在屋里听着，忍不住捂嘴笑。

笑天说："我是童男子，手拿红筷子；捣破窗户纸，看见新娘子；新郎搂新娘，明年养儿子。"笑天说完，将筷子投进洞房，众人齐声说好。

又有人开始捣窗户了，只听道："窗户捣四角，儿子养一桌；窗户捣两边，养儿养一千；窗户捣中间，养儿养一趟。"

有人开始拿喜公公开心了，只听道："窗户一捣一个洞，养个儿子像公公。"

众人哄堂大笑，雨露也觉得好玩，"扑哧"笑出声来。友良说："不能笑，被人家听到笑话。"友良这一说，雨露不吱声了。

下面又有人捣窗户了，说："捣得快，养得快，养个儿子当元帅；捣得凶，养得凶，来年养个小英雄。"

雨露没忍住，又笑出声来。

友良婚后不久，大嫂喜兰就生了。喜兰这次生孩子没费多大劲儿，孩子不一会儿就出来了。喜兰生了个男孩。友正高兴得竖着大拇指夸喜兰，说："你真争气，终于给咱生个带把子的。要不是给你下达任务，是不是又给咱生个女娃？"

喜兰哭笑不得，说："生男生女还能听人指挥啊。"

雨露看到喜兰生个小男孩，过一刻就会跑过去看看，不时摸摸婴儿的小头，喜爱得就像是她生的一样。她拉着友良跑了十多里路，到水塘街上买了些布、糖等东西给喜兰，说是给孩子用的。

因忧思过度，喜兰上一个孩子没保住，生前两个孩子时，友正忙着下地劳动，从来没洗过一次衣服和尿布，好在喜秀隔三岔五来看看，主要就是帮喜兰洗洗涮涮。这次喜兰生了男孩，友正和友明不一样了，脱胎换骨，他不嫌脏，尿布一换下来，他就拿河边去洗了，而且他换尿布特别勤，有时尿布没脏，他也换下来，拿到河边去洗。友正说，两个人过日子是相互的，这日子是两个人的，又不是给别人过的，何必要把事情推给另一个人做呢！

友正的勤快让四凤心生妒忌，她又开始在友明面前念念碎了，抱怨友明太懒，不像大哥友正那样不怕脏、不怕累。友明就说四凤不会生孩子，不知道有选择性地生，有本事就生个男娃给他看看。

四凤就更气了，四凤肚子不像喜兰和玉香那样歇不下来，四凤肚子老没得动静。友明叫她生个男娃看看时，她指着友明脑袋说："到底怪哪个啊？咱不相信田里不下种还能长出庄稼来？"她又告诉友明："你要是想生个男娃，就看你努力不努力、用功不用功，又不是咱一个人的事，你不努力，咱生个棒头穰子啊？"

友良这几天也跟着有理天天下地劳动，每天生产队的红旗升起来的时候，社员们从各自的屋子里出来，三三两两地往地头走，然后在田头上接任务，有的人刚到田头，又说肚子受凉了，找地方去拉尿去；有的人看似在田间劳动，其实心早就飞走了。

友良摇着头，陷入了沉思。他的假期要结束了，要回南京了。

第九章

友良回南京不到两个月，母亲伍月红就生病了，先是吃不下饭，然后连下地走路都困难了，就在床上躺着，每顿喝几小勺稀粥汤。

有理和友正说："不能让母亲就这样躺在家里，这样躺在家里，那就是等死啊。"有理和友正、友明三兄弟一商量，用门板做副担架，把母亲抬到水塘卫生院治疗。医生诊断后就叫抬回去，说是治不好了。

伍月红得的是一种胃病，这种胃病就是长期饥饿造成的。有理三兄弟在把母亲运回家的路上，都沉默不语，他们都对母亲有着深深的愧疚。他们清清楚楚地记得，母亲为养育他们兄妹几个，自己从没吃过一顿像样的饭，每次吃饭时，母亲都叫孩子们先吃，等孩子们吃完了她才吃，可是锅里连水都没有了。母亲弄什么填饱自己的肚子，他们自己也不清楚。

有理记得自己很小的时候，跟着母亲去吃生产队里的大食堂，可是大食堂煮出来的粥能照见人影，根本看不见几粒米。母亲就把手指伸到碗里，把沉在碗底的几粒米或是糁子捞到有理的碗里，让有理吃，而她自己的碗里就剩一碗水。回家时，母亲就在路边挖些野菜或是捞几把水草，带回家煮熟了填肚子，后来野菜水草也找不到了，也不知道母亲拿什么来填饱肚子了。

伍月红终于不行了，她已经说不出话来了。她躺在专门为她准备好的床上，静静地望着面前的儿女们。她留恋这块生她养她的土地，她深深地留恋着这个家，挚爱着自己的一趟儿女，无论这个世界多么艰难困苦，行走的路上有多少风风雨雨，只要和自己的孩子们在一起，那是多么幸福的事啊！此时，她对儿女们无限愧疚，泪花不自觉地从眼角流下来。

她舍不得友直，友直从小感染上了一种肠道病毒，要是及时送去医院是完全可以治好的，可是那时连肚子都吃不饱，整天吃上顿没下顿，哪还有钱去医院治病啊，那时哪个生了病，基本上靠拖，就看哪个命硬了。友直命硬，命是保住了，但是又得了小儿麻痹症，因是个残疾人，友直连个老婆都娶不上，看来要打一辈子光棍了。友直啊，母亲对不起你！

伍月红想到了死去的友善，她常常梦到友善，友善开心地在绿油油的麦田里奔跑，他的笑容和阳光一样灿烂，在她的眼里，友善永远是善良、勇敢、自信和快乐的。想到友善，她常常有一种负罪感，有时她会在夜深人静时默默地流泪，那年生产队里成立渔业捕捞队，要去大海里捕捞，友善自告奋勇地报名参加，为了多挣工分，她含泪同意了。她要是不同意，友善也不会英年早逝，估计现在也该有孩子了。友善啊，母亲对不起你啊！

伍月红看到了蜷缩在玉香怀里的友情，她还小，因营养不良而淡黄的脸上挂着泪水，不停地抽泣着。那时不想生友情的，因为孩子够多的了，已经没法养活了，可是又怀上了，这是上苍赠赐母亲的宝贝，孩子啊，没有了母亲，今后的路你该怎么走啊！

母亲是刚强坚毅的，母亲又是仁慈无私的，母亲带着对儿女们的无限牵挂和对这个世界的深深依恋走了！走得那么匆忙，那么依依不舍！

友正带着兄弟几个刨了一棵大槐树，为母亲打了一口棺材。母亲下葬那天，父亲请舅父为母亲"封钉"。舅父，也就是喜兰的父亲拿着剪刀，从友正、友直兄弟几个的额头上方剪下少许头发，放入棺材的主钉眼里。主钉眼是木匠制作棺材时专门留好的，主钉是铁匠专门打造的，主钉打进主钉眼时，棺材就完全封死了。

棺材就放在门前的空地上，棺材前摆着哭丧棒，每一根哭丧棒是用二十四根芦柴捆扎起来的，再用剪好的一绺绺细条子白纸糊上，伍月红的儿子比较多，所以哭丧棒排成了好几排。下葬时，儿子们都要捧着哭丧棒送葬。

伍月红就葬在不远处的射阳河边上。她从小就在射阳河边长大，射阳河是这片滩涂的母亲河，哺育着这一带的人民。她常常会来到射阳河边，透过片片芦苇，看点点风帆慢慢漂过，听射阳河水静静流淌。她说她死后哪也不去，就在这射阳河边上，她会倾听射阳河水流淌的声音，她要看那漫天飘舞的芦花。

伍月红去世时，有理拍电报告诉远在南京的友良，友良说好赶回来的，结果直到母亲"六七"也没回去。常青树说友良是国家的人，国家一定有重要任务，自古忠孝难两全嘛。

母亲去世后，友爱和友情就住进有理的屋子。有理把友爱、友情的床摆在自己的床边，说是好照应她们。友良走后有理几口子已从生产队的仓库搬回来。四凤说母亲的魂魄常在夜深人静时站在窗外喊她，吓得友爱、友情晚上不敢出屋子，睡觉时头蒙在被子里不敢出来。母亲不是死了吗？她们亲眼看到母亲被装进棺材里，又亲眼看见棺材被埋进土里，这世上哪还有母亲啊！

兄弟们在父亲的"丁头舍子"旁又搭起了两间茅草"丁头舍子"，"丁头舍子"更宽敞些了，能够多放一张床，正好够友爱、友情睡下。友爱、友情又和有理哥在一个锅里吃饭了。

伍月红走了，常青树越发觉得冷清起来。友正、有理、友明都分开过了，另砌了锅灶，分开吃饭了。友良常年不在家，友诚住到学校去了，如今友爱、友情住在有理屋子里，父亲的屋子里就剩下友直了。友直是个残疾人，好多事还要父亲亲自去做。过往的一幕幕浮在眼前，生活虽然辛苦，也曾风雨不断，但有老伴相伴、儿孙相依，满屋的欢声笑语，如今转眼就是人走屋静，孤零零，空荡荡，满屋荒凉，一种无比悲凉的感觉涌上这位老父亲的心头。

常青树常会到伍月红的坟前烧几扎纸，他说伍月红在世时，口袋里一年到头没见过一分钱，现在好了，不缺钱了，他会经常烧纸钱给她，如果用不了，也可以存到银行，天堂应该也有银行的，天堂的那一边什么都有，所以去了的人都不回来，因为天堂那边很美，没有痛苦和劳累。

伍月红的灵位放在屋子里，按风俗要等到三年后才能除灵。这三年中，家人们逢到清明、七月半、忌日等日子要穿孝服守灵，室内都要素色；三个年头依次张贴白、绿、黄三种颜色的春联。第三年的大寒过后，才将灵位送到坟前烧掉，家人脱去孝服。

常青树觉得老是把伍月红的灵位摆在家里，会让家人有一种悲伤凄凉的感觉，家里会有一种空气凝固、黑云密布的郁闷感。人不能老是活在伤痛之中，逝者已逝，活着的人仍然要活下去，只有好好地活下去，逝去的人才能在天堂里快乐地活着。于是，灵位在"六七"那天被送到坟上烧掉了。"除灵"过后，一家人都脱了孝，伍月红曲折坎坷、风风雨雨的一生，就只剩下射阳河边的一堆土了。

不久，伍月红的坟上长满了杂草，就像是"丁头舍子"外围的芦苇一样，后来又长出了一棵嫩绿的槐树，它像一个少女静静地凝望着美丽的射阳河。

伍月红去世后，改革的春风吹到了水塘公社。

水塘公社位于黄海之滨的射阳河畔，传说在明代以前，这里还是一片汪洋大海，后来逐渐成为陆地，成为陆地后这里便是一片盐碱地。

民国时期，农商总长张謇鼓励人们治盐垦荒，前面提到的水塘人们采用雨水淋浇、围田脱盐就是张謇推广的治盐技术，使大片的沿海滩涂变成了良田。

水塘人大多是从南通的海门迁移过来的，先是围垦造田，然后是淋碱植棉，土地经过几代人的改良，再经过几轮的围堤挡潮和海闸修建，土壤里的盐分基本脱尽，已经适应各种植物生长了。

水塘公社的来历充满神话色彩，据说精卫在这里填海时，开了小差，没填得均衡，在沿海滩涂上留下一个水塘。水塘长满了芦苇，变成了大柴滩，人们把大柴滩整治成陆地，依然留下一些原始的痕迹，芦苇砍了又长的地方叫芦苇荡，在盐碱地上自然生长出几十棵槐树的地方叫槐树屯，能够进入射阳河驶入大海的河叫避风港。还有代饭港、小蟹滩等，每一个地方都有它的历史渊源，尽管历史短暂，但丝毫不影响人们对美好神话的传颂。

二十世纪七十年代末，一声惊雷在水塘公社的上空响起，有人说，上面政策下来了，地要分给各户自己种，以前的大锅饭不干了。换言之，社员们再也不用在同一个时间节点统一到田里劳动了。听到这个消息，有的人欢呼雀跃，有的人认为是瞎扯淡。芦苇荡大队书记杨明山觉得田都分给社员，以后队伍就不好带了，要是不把田抓在大队的手上，今后还有谁听大队的话？

杨明山的担忧在水塘公社大队干部中具有普遍性。这时，水塘公社书记郑春成被调到县里，新到水塘担任书记的是县委改革派的代表人物张春雷。张春雷一到水塘，就召集各个大队书记开座谈会，认真听取各大队对实行联产承包责任制的想法和建议。

杨明山迫不及待地对张春雷说："是不是弄错了，这是哪门子政策啊？咱们流了多少鲜血，好不容易把田收到集体的手里，现在要把田分了……"杨明山两手一摆，意思是很不理解。

槐树屯大队书记张万堂接上话茬说："要是把田分了，咱们大队就乱了。"张万堂也觉得不可理解。

避风港大队书记王山柱跟着说："确实如此啊，要是田都分给社员了，咱们大队说话就没有用了啊。"

第一次座谈会开得很不成功，会场上几乎是一边倒地反对把田分了。张春雷笑眯眯地对大家说："咱们先不着急分不分，咱们都下去找社员谈一下，看看社员是怎么想的，先问问社员是分了好，还是不分好。"

杨明山说："这还要问啊？咱们社员思想觉悟高着哩，是不会同意把田分了的。"

公社的座谈会开过后，各大队都回去开会了。张春雷也下到村里去了，他说他要把水塘各个大队都跑一遍，把社员的思想摸透，也把社员的思想做透做熟了，这样推进工作更快些。

杨明山本来不想开座谈会，他认为没必要开，社员的想法肯定和他一样，不同意分田。不过书记张春雷的话他又不能不听，张春雷是公社书记，要是被他扣上一顶"不执行上面决定"的帽子，自己就吃不了兜着走了。

芦苇荡大队的座谈会开得杨明山一肚子火。杨明山觉得现在的社员们都两面三刀、觉悟不高，以前他一声号令，芦苇荡的社员们闻风而动，没有叫不来的人、没有听不进的话，更没有他办不了的事，现在一提到分地到户，社员们的眼里好像有绿光，像是丢了东西又找到一样，问来问去，社员们的发言硬是和杨明山走不到一个频道。杨明山就好像是空气，不存在了一样，社员们自行讨论该怎么分田。

在火花生产队召开的座谈会上，常青树第一个站出来赞同，他说："分田到户好，我家吃大集体的亏吃够了，人口多，劳力少，工分劳力累死累活挣来的，分红分粮时要按工分算，工分挣得少，粮就少，但吃饭的人多，就是一年到头不睡觉也没得积余啊，不超支才怪呢。"

杨明山提醒常青树讲话注意些，说："你儿子有理还是个队长呢。"

杨明山意思是常青树要支持自己的观点，这地不能分。可是有理却说："咱父亲讲的是实话，田还是让大家自己种好，大家都团在一起种，有的出真力，个别的磨洋工，人不但不好带，产量也不高，粮食不够分，大家吃不饱，就朝咱发火，咱有什么办法呢？"他顿了顿，又说："分了好，各种各的，长不好不怪咱，没得吃自己兜着。"

社员们觉得有理的话有道理，过去大集体在一起做工，都要听干部的，干部让做什么就做什么，如果不听干部安排，做了也白做。当然也没人当傻子，去做白费功夫的事，不过没有了自主权，总觉得忙得不少收获不大，常年吃不饱肚子。

杨明山还要解释大集体劳动的好处，社员张三喜就跳了起来说："就是饿死，咱也不去做那个大集体的工了，咱忙得腰都弯了，咱娃却饿得把拉的屎都抓着吃了。"

张三喜有两个孩子，老婆生娃时难产，命是保住了，却落得个不能下地做体力活的后遗症，一用劲就会尿失禁，大小便拉一裤裆。老婆有这个毛病，地是没法种了，就专门在家带孩子，带孩子也带不来饭，张三喜一个人挣工分当然不够几个人吃，孩子常常饿得睡不着觉。张三喜在夜里去偷山芋或是拾麦穗回来给孩子吃，有时候会冒险到生产队豆腐坊偷豆渣回来喂孩子。没办法啊，孩子在家哭个不停，要是孩子有吃的，不饥饿，能一夜哭泣不止吗？

有一天夜里，孩子又是大哭不止，可是家里什么也没有，张三喜只好外出找吃的，孩子哭得他心口疼，可是他转了一圈也没找到半个山芋头。不过孩子不哭了，都睡着了。张三喜上前一看，床上臭烘烘的，孩子把自己拉下的屎抓进嘴了。他拍打着自己的胸口，又一拳砸在墙上，他觉得自己太无能了，无能到连自己的孩子都养不活。如今要分地自己干，张三喜有足够的信心把地种好，至少再也不用深夜去偷东西填肚子，所以杨明山的观点他是不赞成的，他认为杨明山站着说话不腰疼，你杨明山不用做工也拿高工分，当然觉得大集体好了。

友正也说："分了也好，分到各人手里了，各人也就有责任了，不然有几个人把集体的地放心上啊！"

是啊，集体种地时，看似一趟人在地里干活，有责任心的人勤勤恳恳、任劳任怨，也有个别好吃懒做的夹在队伍里，没到中午就等着放工了，放工了谁还管地里庄稼长得如何啊！地里长不出庄稼，分的粮食不够吃，不是怪队里干部不负责任，就是想法子偷集体的粮食，麦子在地里还没成熟呢，就有人偷偷地割了麦穗，回去煮麦仁子吃。没办法子，肚子里没食不行啊。

常青树把烟袋往地上一磕，说："咱看这个事不要讨论了，地还是分了的好，分了地后国家的一碗咱先盛上，留下的给自己，能给自己留多少，看各人种田的本事吧。"常青树振振有词，就好像他是大队书记一样。

大伙也跟着说："对，咱们自己种自己的，种不好咱就是饿死了也不怨你们干部。"分田到户的号角吹到最基层的生产队，得到社员们的一致响应，人们似乎看到了不再饿肚子的希望，一股炽热而巨大的地火正在迸发。

第十章

　　杨明山尽管不同意分地，但分地到户的政策还是率先在芦苇荡轰轰烈烈地进行了。芦苇荡分地的矛盾并不是最复杂的。芦苇荡没有山地，水面也不大，只有水地和旱地，水地是社员们制砖坯时，把土取了做砖坯，形成了水田，一锹下去就挖到水了。水地一般稻麦两季，旱地以前是长棉花，后来长了玉米和麦子。不过芦苇荡的地不成块，都是零零碎碎的，肥瘦不一，分地时难免会有人挑肥拣瘦。

　　火花生产队在分地时，社员们讨论了六七个方案都没通过，有人要"肥冒油"，而不要"锅底洼"。"肥冒油"就是田肥得流油，产量好，是队里的主打田块；"锅底洼"是队里最差的地，只要下小雨，田里就成涝了，产量很低。

　　张三喜的屋子离"肥冒油"近，他觉得要是把"肥冒油"的地分给他，不但方便种植，产量还高。他就去找有理，跟他要"肥冒油"的田。

　　"有理队长，咱看还是就近分地的方法合理。"三喜对有理说。

　　"为啥说就近就合理呢？"有理问。

　　"就近方便收种啊，收种时就不用跑老远地运送了。"三喜说。

　　"那瘦地分给谁哩？"有理指的是"锅底洼"。

"那也没办法，谁叫他住在瘦地那地方呢？"三喜说。

人性本恶，人天生就是自私的，自打娘胎里一出来，他就知道为自己的肚子讨奶喝，哪怕把奶头吸出血来。人没有了自私的心理而开始心向善良，是因为后天陶冶了高尚的情操，于是才有了令人敬仰的高尚品质。

张三喜想着把好地分给自己，就没有想过要是把瘦地分给别人，别人又是怎么想的呢？要是别人种瘦地打不出粮食怎么办呢？张三喜的想法明显不合理。

有理说："就近分地不是个好办法，分不下去的啊。"

张三喜问："怎么分不下去的，你把规则定下来就是了。"

有理说："能定下来还要你操心啊？"

"为什么不能定下来？"

"要是大伙不同意呢？不同意定下来不就是一张白纸？"

"不同意也不行啊，总该有个规则啊，住址就是规则啊。"

"你要是住大队房那，大队房就是你的了？"

"这就是命，命中注定的啊！"

"你的意思咱穷，就该穷一辈子？"

"也不是这个意思。"

"这是啥规则，顾此失彼，只会增加矛盾。"

"其他方式咱也不同意呢。"

"你不同意没用，你一个人说了不算，就好比咱一个人说了不算一样。"有理回答。

火花生产队为制定分地到户的办法，组织社员讨论了大半个月，终于达成一个大多数人都同意的办法，就是不论远近，按照抓阄的办法，肥地瘦地各户都有份。因为田块太零碎，这样分下来，多的人家要分到七八块地，少的人家也要分到三四块，近的就在屋前，远的里把路以外了。

分到张三喜门前那块"肥冒油"时，三喜真的不同意分了，他把量地的王三爹的弓子扔到田边的沟里。他要把"肥冒油"的地留给自己，其他的地他不要。

"这怎么可能呢？这块地大家都有份。"社员说。

"这是大家定下来的规矩，你说了不算。"另一社员说。

"大家定下来的规矩，是你三喜说废就废了的？"又一社员说。

张三喜想狡辩，民兵排长二斜头发话了，说："分地是一件政治大事，你不要瞎闹，否则把你送公社去，叫你在大会上做检查。"其实公社已经不组织活动安排人做检查了，但二斜头的话确实管用，张三喜被吓住了。

四凤找到玉香告状，说有理胳膊肘子都是往外拐，自家人不照顾自家人。分地抓阄时，有理让大家先抓，友正、友明后抓。友正问什么意思，有理说咱是自家兄弟，让大家先抓阄。友正觉得先抓后抓一个样，反正谁也不知道阄的内容。可是四凤就不是这样想的了，她觉得先抓的人把好地都抓去了，后抓的都是偏远的地，既不好运肥也不好上水。

分到"锅底洼"时，友明分到的是最偏远的一块地，友明不高兴，四凤虽然不高兴也不好现场说出来，因为四凤的父亲杨明山此时正在指挥全大队分地呢，她已经知道在不适合的场合不要说不适合的话了。

在分地前，杨明山开了一次群众大会，大会的会场设在芦苇荡小学的操场上，和以前搞文艺汇报演出一样，在教室的门口搭一个台子，上面摆几张桌子作为主席台，两旁用竹竿拉起一条横幅，上面写着"芦苇荡大队联产承包责任制动员大会"几个大字，主席台一侧安装了扩音设备，两只大喇叭架在学校的屋顶上。各生产队的社员在队长的带领下，都自带了凳子，凳子式样不同、高低不一，社员们在划线位置坐下，生产队的干部把队旗插好，会场上彩旗飘扬，男男女女、老老少少人声嘈杂。

自从地委领导不赞成把文艺汇报演出这样的活动当作主要任务后，大队再没开过这样规模的大会。社员们感到今天的会议与以往明显不同，屋顶的喇叭里响的是悠扬轻快的音乐，主席台上的大队干部，没有了以往的古板脸，个个都一脸的笑容，满面春风。

社员们从杨明山书记热情洋溢的报告中进一步了解了十一届三中全会精神，进一步坐实了实行联产承包责任制的最新政策，会场上随着杨明山的报告，群情激昂，热浪滚滚，掌声雷动。

杨明山摆着手让大家停下来，于是会场又安静下来。杨明山说："现在不兴喊口号了，喊口号不如看行动，大家把地分好了，把田种好了，把饭吃饱了，这比喊口号有用，大家要是吃不饱、穿不暖，喊一万句口号都没用。"杨明山话音刚落，会场上再次响起雷鸣般的掌声，就像是天上陡然下来一场暴雨的声音。

杨明山不是反对搞分地到户的吗？他的思想怎么转得这么快呢？杨明山是南下干部，入党多年，有着坚定的政治觉悟。政策刚出台时，他有点不理解，可是当他深入群众中间时，发现绝大多数人赞成上面的决定，既然这么多人拥护上面的决定，那就说明上面的决定没有错，是符合民心民意的，群众支持的事咱为什么要反对呢？咱反对群众不就是反对上面吗？

杨明山在深入各个生产队检查分地情况时，不忘叮嘱女儿四凤，一定要支持生产队分地到户。

四凤说："地分了咋好？友明瘦不拉几的，啥也不会做啊！"

杨明山认真严肃地说："事在人为嘛，不吃苦哪有甜啊！"他用对待社员的口吻跟四凤说。

杨明山知道女儿的性格，临走时又交代四凤："生产队在分地，你可不要添乱子啊。"

四凤跟父亲说："怎么可能呢？再说队长还是咱有理弟兄哩，咱不可能为难他的。"

风吹麦浪

四凤真的没有为难有理，但友正却和有理吵了起来。友正在"锅底洼"里抓了一块稀薄地，因此埋怨有理，好地都让先抓的人抓去了，他要是先抓阄，也许会抓到一块好一点的地。

　　友正要找有理算账，喜兰说："都是自家兄弟，有理做个队长也不容易，不要为难他。"

　　友正说："要他做这个队长有啥用，咱是一点便宜都占不到，自从他做了队长，咱没看他多捧回一捧麦子。"

　　友正吵吵嚷嚷找到有理，说："你一点用没得，好地都分给人家了，尽把薄地分给咱，这次分地咱是一点也不满意。"

　　有理解释说："这次分地都是大伙定下来的规矩，咱看大体上还是公平公正的啊。"

　　友正说："那把你的地和咱换换，咱吃苦倒霉自认了。"

　　玉香笑着过来说："友正大哥，你跟咱家换地你苦就吃大了。"

　　友正问："怎么回事？"

　　玉香说："你问你兄弟去，他把好地给了张三喜，自己拿了张三喜的一块稀薄地。"

　　"凭什么啊？"友正说。

　　有理答："那有什么办法呢？咱是队长就吃点亏吧。"

　　友正摸着头笑了，有理也笑了，兄弟两个傻傻地站在那里，齐声说了一句："什么好地薄地，事在人为嘛！"

　　和火花生产队分地一样，整个水塘公社在分田到户过程中，几乎是天天吵架，原因不是分不分地的问题，而是好地孬地的问题，薄地大家都不愿意要。户与户之间争好地就已经吵得头疼了，芦苇荡与槐树屯两个大队的社员为了一块"锅底洼"的薄地差点动手打起仗来。

　　自私的人总会有自私的事，在不涉及自己利益的时候，就是大米在外被雨淋了、肉挂在墙上臭了，也没人过问，事不关己，高高挂起。

可是一旦涉及自己的利益，就寸步不让、寸草必争，哪怕是一堆臭不可闻的狗屎。

芦苇荡和槐树屯之间的那块苇地多少年无人问津了，一下雨就成了水塘，长满了芦苇，秋天芦苇发黄时，哪家要芦苇的话，就割一捆回去，根本没人过问，既没人想去平整，也没人去主张主权，是一个"三不要"地带——社员不要、生产队不要、大队不要。分地到户时，大队和生产队都把这块地忘了，可是社员们的眼睛却盯上去了，两个大队的社员都认为这块地是自己大队的，应该是他们管辖的属地，他们要把这块没人问的地也分了。尽管是一块稀薄地，在他们的眼里也是"肥冒油"啊，多一分也是好的，哪个嫌田多呢？

先是几个社员在争论这块地的归属，争来争去都说不出站得住脚的理由，但各不退让，都一味强调这块地的主权，结果越争论人越多，形成了两大阵营，上百人互相对骂，有的甚至摩拳擦掌，舞锹弄棍，一场混战一触即发。

听说社员们聚在一起要打架，正在大队开会的杨明山带着几位干部急匆匆赶到现场，还没说到两句话，就被槐树屯社员的吵闹声淹没了。就在这时，槐树屯的张万堂也带着几位干部赶来了，杨明山就找张万堂说话。

"咱们先把社员劝回去，社员们关心的事，咱们自己商量，不要把事情闹大了。"杨明山跟张万堂说。

"槐树屯的社员不好劝啊，你们大队是不是让让步？"张万堂说。

"怎么了，是不是想挑动社员闹事啊？"杨明山问。

"不是，不是。"张万堂说。

"咱们大队的社员也不好劝，你叫咱让步，咱们社员能同意吗？"杨明山说。

张万堂一时不知道怎么回答，他知道芦苇荡的社员也不是好惹的。

"咱看先把社员劝回去，在现场讨论容易争执不下，不利于和解

风吹麦浪

啊。"杨明山又说。

张万堂认为杨明山说的有道理，把社员劝回去比现场就下结论容易得多。双方组织干部分头行动，与社员磨了个把小时嘴皮子，社员们才陆续离去。

社员的离去不代表停止了诉求，这边杨明山家的屋子被社员踏破了，那边张万堂被社员缠着不放，双方的社员都跟双方的大队书记讨说法。杨明山和张万堂都觉得不得不坐下来和平解决那块薄地的争端了。

张万堂知道与杨明山坐下来谈判不会占到便宜，不仅因为杨明山是老革命，干大队书记时间久、资格老，还因为杨明山维护社员的利益是出了名的，就是一把烧火草他给你扫回去。

那一年，杨明山带着社员去公社缴公粮，公粮的车队是驴和骡子拉着的，到了公社粮站的门口，人们已经累得精疲力尽了，驴和骡子也累得直喘粗气。各个大队都来缴公粮，芦苇荡的缴粮车队就在门口排队等候，公粮缴完后，社员们就要赶着驴和骡子回去，刚要动身，一起来的大队民兵连长就被杨明山喊住，他指着地面问民兵连长："这是什么？"

"麦粒啊。"民兵连长回答。

"知道是麦粒，干吗不捡起来？"

民兵连长赶忙叫社员一起把麦粒捡起来，一共捡了半瓢麦粒。民兵连长把半瓢麦粒倒进口袋，刚要赶车走路，杨明山又把他叫住，又指着地面问："这是什么？"

民兵连长一看，哭笑不得，说："这不是驴粪和骡粪嘛，怎么，这也拾了带走啊？"

杨明山说："粪便也是宝，咱指着它长粮食呢。"

民兵连长只好把几堆驴粪和骡粪铲到车上，一起带回芦苇荡。从这时起，芦苇荡的社员们知道大队书记杨明山维护集体利益从不马虎。

杨明山为集体办事从不瞎用半分钱，尽管"锅底洼"那块薄地无人问津，但社员们相信杨明山不会后退半步，与槐树屯争夺那块薄地的主权，张万堂绝对不是对手。

果然，杨明山与张万堂坐下来谈判时，杨明山板着一张古铜脸，就好像是跟槐树屯讨债一样。当张万堂提出"锅底洼"归自己大队所有的主张时，杨明山冷冷地看着张万堂，似乎对方不是槐树屯的大队书记，而是一个已经战败的小鬼子。

"知道那里长的是什么吗？"杨明山问张万堂。

"什么庄稼也没长，就是野生的芦苇啊。"张万堂说。

"那里长槐树了吗？"杨明山又问。

"没有啊，那里哪长得出槐树？又长不活。"张万堂说。

"这就对了嘛，长芦苇就是咱们芦苇荡的，要是长槐树肯定是你们槐树屯的。"杨明山告诉张万堂，不要再争了，那里一直就是芦苇荡的地。

张万堂急了，涨红着脸说："这是什么话？那咱家门口的小河里也长着芦苇呢，咱家难道就是芦苇荡的了？"

杨明山说："这是两码事，你说是槐树屯的地，这么多年来槐树屯的人咋不来种植呢？"

张万堂也说："你们芦苇荡不是也没种植嘛！"

两个大队书记争得面红耳赤，杨明山找出各种理由说那块地不是槐树屯的，张万堂死活不承认。张万堂也不敢承认，百十号人的眼睛看着他呢，指望他把主权夺回来，他要是退让了，槐树屯的人不会饶了他。

张万堂估计与杨明山这样耗下去也没什么结果，杨明山是铁板一块，丝毫没有退让和商量的意思，如果槐树屯的社员们知道情况，找上门来闹事，就麻烦了。

张万堂这时想到了救兵——水塘书记张春雷。张春雷在联产承包责任制动员大会上说过，碰到实在无法解决的问题，要及时向上级汇报。这不就是实在无法解决的问题吗？不是咱张万堂无能，而是碰到了实实在在不讲道理的对手。

张万堂在向张春雷汇报时，没说社员聚众闹事要分土地的事，也没说杨明山蛮不讲理、强行夺地的事。因为张万堂知道，要是被杨明山得知他在张春雷面前说他的不是，凭杨明山那鬼性子，自己要吃不了兜着走。

在张春雷的办公室里，张万堂像是发现了新大陆似的向张春雷报告说，他发现了一块处女地，从来就没有人种植过，一直荒废着，问张书记这样的地能不能分。张书记一听，就指责起张万堂来，说："咱开会时一再要求大家认真听讲，你就是没听，这样的地你说能分吗？"

张万堂懂了，那块"三不要"的芦苇滩既不是芦苇荡的，也不是槐树屯的，那是属于集体的，集体的地怎么能分了呢？有了张书记的明确意见，张万堂心里有底了，槐树屯的社员们跟他要地时，他理直气壮地说："那是集体的地，不能分。"社员们说："集体的地荒着不种，不是浪费吗？肉挂墙上臭了，猫在地上喊瘦了，不种白不种，就分给咱们种嘛！"

张万堂说："你们就是吃着五谷想六谷，在大集体种了这么多年的地，从没一个人提起这块荒柴滩，怎么一分地，就打起这块地的主意了？"

芦苇荡的社员也吵闹着跟杨明山要地，杨明山说："开什么玩笑呢？集体的地动也动不得，不要狐狸没打着——落得一身骚。"

芦苇荡和槐树屯的争地风波终于平息下来。

第十一章

麦子长到膝盖高的时候，开始由绿转黄了。常青树一连做了三个连枷，他用铁丝把竹片结实地编扎成竹排，然后在竹排的顶端安装一个固定的小轴，又在一根木棍顶端打上一个圆眼，再把竹排的轴套在木棍的圆眼里，打场时抡起木棍，竹排就会运转起来，竹排落在所收的作物上，谷粒就会脱落下来。

常青树算是一个打连枷的高手，做大集体工时，社员们一字排开打连枷，不到一个小时就有人气喘吁吁、汗流浃背地停下来，一屁股坐在地上。常青树一两个小时不停手，他打过的地方，最多再回头细敲一下就行了，不用再打第三遍。别人打连枷，没有五六个来回谷物是打不下来的。打谷物也不全是靠连枷，更多的是靠石磙碾压。

今年和往年不一样了，往年种地都是生产队干部统一派工，哪些人锄草、哪些人浇粪都由干部安排，升旗时上工，降旗时放工，就连农具也是集体分配的，放工时还要收起来。现在分田到户了，各种各的地，除了指导技术排水降水外，也不像以前那样整天有人跟在屁股后面催，不会种地的，也得赶鸭子上架，自己学，各类农具也是自己准备了。常青树不仅制作了打谷的连枷，还制作了锄头、耧耙、小抓子、木摊耙、大刮等农具。

常青树要把新做的农具给友正、有理送去，友明就不送了，友明和他住在一起，除了不在一个锅里吃饭，农活基本是在一起做的，忙的时候有理夫妻两人还会过来帮忙。

友正和喜兰今年的精气神特别足，有理说全生产队就数友正田里的麦子长得最好。自从种子下地后，友正和喜兰就像是侍候自己的孩子一样侍候地里的麦子，友正有时夜里睡不着觉，就到地里去转悠，生怕麦地被水淹了、麦叶被虫吃了，偶有被风吹歪了的麦子他也要小心翼翼地扶起来，唯恐麦子倒下了起不来。

常青树的脸上泛起少有的红润，他扛着连枷和耧耙沿着麦地旁的小路向友正的屋子走去。地里的麦子已经抽穗了，在微风的吹拂下，朝着路上的行人微微点头，麦地里不知名的虫儿在鸣叫，不时有燕子从麦叶上掠过，一棵已经枯死了几年的老槐树不知道什么时候又长出了青郁郁的树叶。

喜兰正在门前的屋地上用芦苇篾子编织囤粮食的折子，此前她已经编了好几窝折子，几个畚箕、大匾，还有几对柳筐。常青树来了，她请他再带些新编的畚箕、大匾给友明、有理，说麦子快熟了，收麦子时用得上。

喜兰在娘家时就能编善织，她能在半天时间里编好十多张棉花箔子。那时生产队种棉花，到了盛花期要日夜采摘，大量的棉花放哪儿晒呢？人们习惯摊在场地上，用小叉子进行翻晒。而场地是泥土的，过夜后会"转潮"，摊在地上翻晒很难把棉花晒干，有了棉花箔子，棉花就放在箔子上面晒，下面又通风，晒一天能顶好几天，有的人家还用箔子来晒山芋干子和萝卜干子。当然了，棉花箔子还是盖草房、盖猪圈、搭牛棚的主要材料。

常青树走了没一刻工夫，怀香急匆匆过来告诉妈妈，说她大在田边和人家吵架了。喜兰一听，放下手中的活，急匆匆往地里跑，怀香也跌跌撞撞地跟着跑，边跑边喊："妈妈，等等咱。"

喜兰赶到地头时，友正和张三喜正在地头上打着口水仗。张三喜的地与友正的地靠在一起，去年分地时，界址是用木棍钉下去的，麦子长到膝盖高了，木棍被麦草掩盖了，张三喜好容才把木棍找到。张三喜在地头上用脚当尺跨了好几天，硬说他的地宽度窄了，他怀疑友正在界址上动了手脚，这天他又来用脚量地，正好友正也在地里查看麦子长情。

　　张三喜并没和友正打招呼，就在友正的地头用脚量地，他用脚跨了一遍又一遍，友正感到不对劲，就问张三喜："你什么意思啊？是不是想重新分地？"

　　"咱的地怎么少了呢？"张三喜说。

　　"你的地少没少问咱干吗？"友正说。

　　"不问你问谁呢？"张三喜提高了嗓门。

　　"难道咱还偷你的地了？"友正问。

　　"偷没偷你自己清楚。"张三喜话中有话。

　　"你的地在这儿呢，谁也没有给你搬走。"友正说。

　　"地是没走，可是界址走了。"张三喜指着钉在地头上的一根木棍，那是去年分地时钉下去的界址。

　　友正知道了，张三喜怀疑他移动界址。他指着界址对张三喜说："去年什么样现在还是什么样，咱不可能动它的。"

　　"那咱的地少了怎么说？"张三喜说。

　　"你的地少没少咱也不知道，你跟咱喊有什么用？"友正说。

　　"你的地比咱多，咱量过多次了，这界址就是你动过了。"张三喜挑明说友正动了界址。

　　脾气一贯暴躁的友正立即跳了起来，指着张三喜骂了起来："放你娘的狗屁，咱要是占你一寸地咱不是娘养的。"

　　张三喜一看友正发火，也跳了起来，他冲到田头的界址上，把钉在地上的木棍拔了，一下子扔了丈把远，木棍上的泥土飞溅到刚刚赶来的喜兰和有理的脸上。

"这个界址不算，必须重量。"张三喜跟有理说。

友正冲过来一把抓住张三喜的衣领，声音抬高了八度，说："你给咱把木棍钉下去，不然咱饶不了你。"友正把拳头捏得紧紧的，像是要打人的样子。

有理把友正推到一边去，说："有话好好说嘛，发什么火呢。"又回过头对张三喜说，"界址钉得好好的，怎么就拔了呢。"

张三喜说："咱的地被人家占了，这个界址不算。"

有理说："怎么可能呢，没人占你的地。"

张三喜说："胳膊弯子朝里弯，你们亲兄弟，怎么可能向着咱说话呢。"

友正又骂了过来，说："哪个占人家的地就是狗娘养的。"

喜兰要去捂友正的嘴，她觉得友正这几年讲话越来越不上路子了。喜兰怀儿子时，有一天夜里睡觉睡得正香，突然感觉裤子被人扒了下来，露出圆滚滚的大肚子，只见友正指着圆滚滚的肚子说："小宝贝，你给咱听着，是小子到时你就出来，要是个女娃子你就不要出来了，就在里面待着吧。"喜兰觉得自己幸亏生个小子，要不还不知道友正怎么折腾自己呢。

记得儿子满月时，喜兰和友正带着孩子回娘家，喜兰父母当然高兴得不得了，还把喜秀两口子也叫回来了。喜兰母亲做了几个菜，喜兰父亲还打来了高粱酒，翁婿三人围着桌子喝了起来，连襟两个敬丈人，丈人也不断敬连襟两个，喝着喝着都有几分醉意了，喜兰父亲再敬酒时，友正端着酒杯竟然说："好的，兄弟们再干一杯。"他一饮而尽。喜兰用手去拧友正的大腿，友正竟然没知觉，又说了一遍。

喜兰父亲悄悄地跟喜兰母亲说："咱看友正越来越不上路子了啊。"

喜兰母亲问："咋就不上路子了？"

喜兰父亲说："他把咱说成和他是兄弟们。"

喜兰母亲反驳说："咱看就不错，你们男人喝了酒不都是这个德行。"

友正和张三喜为界址的事起了冲突，友正又开始卷天骂娘了。喜兰就不让他说话，她把友正拉到一边，告诉友正不管张三喜怎么怀疑怎么说，都不要发火，没做亏心事，不怕鬼敲门，会有办法让张三喜闭嘴的。家有贤妻夫不遭祸啊。

有理也没法说服张三喜，只好把去年量地的社员都叫来，对照账本用弓子丈量，一直量到张三喜无话可说。张三喜见不差一寸地，也觉得错怪了友正，就和友正打了招呼。友正也没和他计较，握着张三喜的手说："远亲不如近邻啊，咱们的地在一起，往后还要互相帮助啊。"

有理当生产队长好几年了，过去组织大家做农活时，也是有界址的，譬如割麦插秧，每人都是按行来做，从没发现哪个越过界址去做的，只恨做得多。现在分地自己种了，只恨种得少，整日怀疑自己的地被别人占了去。

一条小界址，演绎了许多令人头疼的烦心事。

友明和四凤这几天吵了几次小架，四凤叫友明跟大伙一起去罱淤积肥，友明不情愿地跟在大伙的后面，就好像在大集体时一样，不是给自家做的。

罱淤就是把水底沉淀的腐渣捞上来，与水草、青草、烧火灰和人畜粪便堆放在一起进行发酵，来年田间施肥时作为肥料铺到田里去改善土壤、增加地力。罱淤用的罱子就和河蚌一样，安装在两根两米多长的竹柄上，人站在船上将罱子伸到河底，叉开罱柄，用力下压，使罱子张口插入河底淤泥，然后将两根罱柄合并起来，再用力将满罱子的淤泥拎到船舱里来，就像筷子夹菜一样。回来后，还要把船舱里的淤泥一锹一锹地卸上岸来。罱淤是一项重农活。

芦苇荡的人一般会到射阳河里罱淤，在天蒙蒙亮时出发，两三个人一条船，有人一边罱淤一边哼起罱泥小调，雾蒙蒙的水面上，时不时响起"扑通扑通"的罱泥声，以及忽远忽近、铿锵有力的罱泥歌谣。

> 罱泥哟船哎罱泥船，
>
> 水上那个积肥干呀么干得欢呀嗨，
>
> 罱落满天星，捣碎水中天，
>
> 罱杆河中舞，河泥装满船，
>
> 哎嗨嗨……

当太阳还没到树梢时，人们就已罱到了一船的淤泥。做大集体工时，生产队也经常派人到射阳河里罱淤积肥，友明罱了几罱子就罱不动了，坐在船头上喘气，社员一般不愿意和他一条船罱淤。四凤经常替友明去罱淤，四凤劲大，与一起去的男社员不分上下。但女的在船上不方便，男的要撒尿，女的就转过身去，可是离得那么近，撒尿的声音好像就在耳边。有男人拿四凤开玩笑，说咱们火花生产队男人那东西都被四凤观赏过了。四凤就说，有什么了不起的，咱家男人又不是没有。

友明跟大伙去罱泥，每次都罱回一点点，不够堆一个草泥塘的。四凤就会用手指点着友明的脑袋说："罱泥罱不过人家，估计庄稼也长不过人家，没有绿肥，长什么庄稼啊。"友明两手一摆表示无奈。友明也没有办法，他已经尽力了，他那小身材撑船都费劲，罱淤那重活，他干不了啊。

友明地里的麦子长势确实不咋样，麦苗稀疏不说，苗没人家的高，明显就是营养不良，地力肥劲不足。同样的一块地，友正打下的麦子，喜兰用了三窝折子囤，四凤只用了两窝，产量比友正家少了三分之一。四凤看了心口疼，开始抱怨友明。每次四凤抱怨友明，友明先是皱着

第十一章

眉头不吱声，四凤继续抱怨时，友明会说："他们会罱泥，咱也不差在哪儿啊，咱会捕鱼嘛。"

友明有时会带着铁锹、盆子和箔子，到一条小沟里，把沟的两头打成坝，然后在坝的一端两步远的地方把芦柴箔子插起来，再用盆子向坝外戽水，不到两个小时，沟内的水就见底了，小鱼小虾在沟内直蹦跳，有时还会戽到大一点的草鱼、昂刺、黑鱼。友明戽鱼时，友直站在堤上叽叽哇哇地喊，估计他看到鱼虾了。友明会从沟里扔一条鱼上去，友直拎着鱼高高兴兴地走了。

友明不仅会戽鱼，还会钓鱼。他用一根细细的竹条，扣着一根弄弯了的缝衣针，针上穿着蚯蚓，能在秧田边、沟渠边的小洞洞里钓出长鱼来。四凤觉得友明戽鱼是不务正业，也不能当饭吃，眼下要把田里的生产搞起来，生产搞不起来，公粮缴了，口粮又不够了。

田里的活儿四凤比友明着急，友正一天到晚往地里跑，四凤也和友正一样，整日在地里侍候，友明倒像别人家的女人一样，在家涮锅抹碗。麦收时节是一年中最忙的一个阶段，大伙起早摸黑，忙得喘不过气来。自从土地改良后，芦苇荡大多数的地改为水旱轮作，麦子转黄时就要育秧苗。这是个费工的活儿，要把秧池里的泥耙得稀烂，然后用木板把泥刮平，这样便于撒种上水。秧苗种好了，最要命的是将秧苗从秧池移栽到秧田里，这个过程一般不吵几架是完不成任务的，特别是像友明这样的人家。

四凤和友明天没亮就去田里起秧把，有的人家半夜就到田里去了，天亮时已将秧把运到田里栽秧。四凤赶不上人家，她嫌友明做事太慢，好不容易把友明叫起来，到秧池起秧把时，人家已经起了一半了，她和友明往往太阳上了树梢才开始往秧田里运秧把。友明有时挑秧把，还会连人带把掉进路边的水沟里，弄得满身都是泥巴。

"你看看你，像个什么样子！文不文武不武的，有什么用？"四凤开始抱怨了。

正在气头的友明把肩上的担子一扔，说："要么你去挑，咱不挑了，看你把咱怎么样！"

四凤气得抓起一把秧苗扔过来，正好砸在友明的身上，说："咱这辈子怎么就这么倒霉，嫁你这块烂豆腐。"

友明回道："咱也是这么想的，咱要是不娶你这个肠子嘴，咱也不受这个窝囊气。"

友明说四凤是肠子嘴，意思是四凤嘴臭，一天到晚唠叨个不停，友明觉得要是这个日子没有抱怨和指责，远比饿几天肚子舒心得多。

友明的肚子里也憋屈着一股气，他看着四凤那样子就觉得没劲，虽是个大眼睛，但哪儿都大，脸大、胸大、屁股大，一点女人味没有。当初年龄小，懵里懵懂就跟四凤爬上床了，要是摆在现在，不要说和四凤上床了，看到四凤他就跑了。后来他又觉得四凤是大队书记的女儿，虽然不好看，但是有大队书记这个老丈人，肯定能占到便宜，结果什么便宜也没占到。友明就觉得自己命运不好，他懊悔自己没有像友正、有理那样抓住命运。友正主动出击把自己喜欢的表妹喜兰娶回来了，有理坐在家里成功把同学娶了回来。友良就不用说了，友良是个高才生，追求他的女人肯定很多。与友正、有理比起来，他不敢追喜欢的人，只能在心里暗想，光暗想有个屁用？他现在才知道，有的时候不是女人不愿意，而是自己没胆量，漂亮的女人是靠胆量弄到手的，这是一种无形的实力。

友明喜欢从小和他一起念过两年书的小英子，小英子喜不喜欢他，他不知道，现在回想起来，他觉得小英子是喜欢他的。小英子成熟比他早，向他发送信号时，他没感觉到。一次在芦苇荡学校的操场上看文艺宣传队演出，小英子特地搬个凳子坐在他旁边，观看的过程中不时地抓友明的手，友明赶紧把手缩回来，心想男女有别，这个场合男人和女人怎么能手抓手呢。

后来小英子出落得明艳动人，好多次和友明一起去水塘供销社打洋油，走在路上，小英子那向外隆出的奶子像小兔子一样直跳，跳得友明的心快要跳出来。走出芦苇荡，穿过槐树屯，越过避风港，一路上友明总是和小英子保持三步远的距离，要是小英子靠过来，友明赶紧走出两步。有时走累了坐在槐树下休息纳凉时，小英子会解开两个纽扣，散发衣服里面的热气，两个白白嫩嫩的奶子几乎要露出半个来。友明偷偷瞄了一眼赶紧转过头去，一句逗人开心的话也没有。这和友正与喜兰谈恋爱时没法比了，要是友正，这小英子的奶子恐怕整个都要露出来。

　　小英子后来跟了芦苇荡的贾生志，两口子和和睦睦，特别是小英子温柔贤惠，讲话细声慢语。想想过去的小英子，看看现在的四凤，四凤越是抱怨指责，友明越是打不起精神来，咱是瞎了狗眼了，在手的小仙女不要，却娶个母夜叉回来。

第十二章

分田到户的第三年，水塘公社改为水塘乡，公社革委会改为乡党委、政府，水塘乡下面的大队全部改为村，村里的基层群众自治组织就叫村委会，芦苇荡大队自然就叫芦苇荡村了，再往下的生产小队一律改为生产小组，地域人口基本没有变动，但是镇村组的人员结构变了，总体上比以前少了近一半的职数，比如村民小组就没有了记工员、保管员、会计、排长之类了。

这一年老常家喜事连连。春暖花开的时候，友良带着雨露和儿子凯歌一起回来了。友良这一次不是走路回来的，而是从南京坐车到县城车站，再转车到水塘时，被乡里的张春雷书记派车送回来的。张书记不知道从哪儿得到的消息，说友良回来了，所以早早就安排乡里的车子在车站等候。

友良的到来，使常青树那安静得似乎落满灰尘的屋子又热闹起来，人们进进出出，抱草烧火的、打水做饭的、打扫屋子的，忙得不亦乐乎。接友良的车还没停稳，友正兄妹几个就围上去了，喜兰早把雨露的手抓在手里，她感觉雨露比以前更端庄漂亮了。雨露穿着淡粉色的上衣，领口系着一条红色纱巾，露出线条优美的颈项和清晰可见的锁骨，从哪个方向看都不是乡下女人。玉香把凯歌抱在怀里，笑云过来把在她妈妈怀里的凯歌往外推，她不让妈妈抱凯歌。笑天已经懂事了，他知道凯歌是友良叔生的又一个弟弟，他把一只刚从鸟窝里掏的鸟蛋递到凯歌的手里。凯歌很好奇，拿在手里玩，还没看两眼就滑到地上跌碎了。

友良看到父亲，鼻子一酸差点掉下眼泪来。父亲老了，皱纹已经爬满了脸额，头发也已花白，背驼了许多。当年父亲和母亲一起送他离家，如今迎接他的却只有父亲，而没了母亲的身影。友良感慨岁月的无情和冷漠。岁月啊，就像一枚已经枯黄的秋叶，在不经意间随风飘落。他仿佛看到母亲在向他走来，又联想到父亲也会像母亲一样，在无情的岁月中消失。

父亲没有抱怨友良，他知道友良没有回来为母亲送终肯定有重要任务，友良是国家的人，国家的人当然要听国家的，没有国哪有家，在国家面前，小家算什么！父亲懂这个道理。友良告诉父亲，他愧对母亲，一直思念着母亲，母亲去世时，他被单位派到北京去采访一个全国性的重大会议，这个活动不用说请假了，连对家里人都必须保密。雨露说母亲去世的那些日子，友良常常在睡梦中哭醒，她说友良一回来就要去看母亲。友正对友良说，人总是要走的，不要总是生活在伤痛中，好好地活着就是对逝去的人最好的纪念。

第二天早上，友正兄妹几个一起陪友良去母亲的坟上。母亲的坟长满了茅草，草丛中盛开着不知名的小花，一棵槐树已经有丈把高了，几只燕子在树枝上"叽叽喳喳"地叫着。

友良第一次看到母亲的坟，泪水不由自主地流了下来，雨露的眼里也挂着泪花。喜兰、四凤、玉香已经哭出声来，友爱抽泣着，友情抓着友良的手，躲在友良的身后张望着。笑云像骑马一样骑在玉香的后背上，过一会儿用拳头在玉香的后背打一下，像是要赶马走一样。

有理用镰刀把坟前砍出一块空地来，友明把砍倒了的茅草抱到河边去了，友正用铁锨把坟前的地铲平，又用脚踩了踩，松软的土壤被踩实了。友良跪在地上，从篮子里拿出用碟子盛的祭品"四大碗"——坨子、膘、鱼、豆腐。祭品摆好后，友良把卷好的烧纸摆在坟前，然后划洋火点着烧纸，火苗随风摆动，这时一阵微小的旋风过来，把纸灰慢慢地旋走了。

喜兰说："母亲显灵了，过来拿钱了。"

四凤说："请母亲帮帮忙，保佑咱和友明生个儿子啊。"

玉香说："母亲放心啊，现在分田到户了，日子一年比一年好。"

友正说："请母亲大人保佑友良升个大官做做啊。"友正话音刚落，雨露"扑哧"一声笑了出来，雨露觉得很搞笑，母亲已去世了，还能帮什么忙啊。不过别人没注意到雨露的笑声，仍沉浸在悲伤之中。

友良哽咽着说："咱是不孝之子啊，没能为您送终尽孝，咱这辈子心里不安啊。"

有理对友良说："母亲不会责怪你的，母亲看到你来一定很高兴，你也有了儿子，她老人家儿孙满堂啊。"

友明说："咱们也不用难过，咱们现在逢年过节多上坟烧烧纸，母亲在那边钱多着呢，不会受苦的。"

笑云从妈妈背上下来，用脚踩了踩纸灰，自言自语地说："这哪是钱啊，不是灰嘛。"

友良当年是个回乡知识青年，那时的他心灰意冷，感觉前途无望，冷静一段时间以后，他终于想通了。他觉得自己就是人间的一粒尘土，和普普通通的农民一样，天生就是当农民的料，他不再奢想有一天能出人头地，那不是咱农民奢想的事，咱要一一当当娶妻生子种地打粮，当好农民的本分。

和大多数青年一样，娶老婆成家是头等大事，也是他父亲的头等大事。他还没毕业，母亲伍月红就已经托人张罗他的亲事了，媒人介绍的女孩他一个也看不中，急得父亲常青树朝他发脾气，说他自高自大、自以为是，叫他面对现实，不要再把自己当个高才生了，天生就是一个地地道道的农民，农民配农民，蚂蚱配蝗虫，得门当户对啊。

友良和友明不一样，友良不仅有自己的主见，也早早就有了自己的意中人，那就是本大队的万小芳。万小芳长得漂亮机灵，是班级的班花、全班男生追捧的对象。友良向万小芳递过好几回条子，表达了自己的心意，他满以为像他这样成绩总是靠前的男生一定会得到小芳的芳心，没想到小芳看都没看他一眼。小芳嫌他家人口多、家里穷，和班上学习总被批评、有几次交了白卷的槐树屯书记张万堂的儿子张小宝走得很近。这使友良受到不小的打击，他在内心发狠要好好学习，一定要出人头地。可是事与愿违，国家取消了高考，堵塞了他通往希望的大门。他仰天长叹，这就是命啊！

杨明山是个热心的大队书记，他觉得友良是个人才，芦苇荡这小地方是留不住友良的。在确定把四凤嫁给友明后，他给友良介绍了黄海公社一个大队书记的女儿，人长得蛮俊俏的，扎着一对大辫子。杨明山用一辆破旧的自行车亲自把友良送到黄海的小街上去相亲。友良见了姑娘后，没有意见，姑娘也是害羞地点点头。可是杨明山跟姑娘父亲提亲时，姑娘父亲说杨明山不是个真朋友，怎么把村里最穷的一户介绍给他女儿？估计姑娘父亲已经访过亲了，他坚决不同意女儿跟友良好。当姑娘表示对友良有好感，愿意和他处朋友时，这个大队书记竟然一个巴掌扇过去，差点把女儿嘴里打出血来，说："这户穷得吃上顿没下顿，你嫁过去喝西北风啊？"

人是有前眼没后眼的，有的人只看到今天，看不到明天，要是看到明天是什么样子，一定会紧紧地抓住今天。两个女人估计后悔得肠子都青了。万小芳嫁给张小宝后，不到一年就后悔了，这个张小宝不仅不求上进，还倚官仗势，对女人特别感兴趣。他常常会在半夜出去，敲人家姑娘、媳妇的窗户，被人家发现后，常常被追着打回来。友良上次回乡时，张万堂请友良去槐树屯吃饭，万小芳吓得回了娘家，无颜再见老同学。

那个大队书记的女儿就更悲惨了。大队书记把她嫁到了一个家境比较好的人家，可是这个男人跟着大队捕捞船出海时，不慎被绳索绊进大海，尸首也没捞回来。过几年，这个女人改嫁给一个鲧夫，结果没过到一年鲧夫也得绝症死了。她至今仍然一个人独守空房，不知道是没人敢要，还是看破红尘不想再嫁。

友良和雨露的姻缘是无心插柳柳成荫。友良在大学读书时，常在路边的柳树下看书。那日黄昏，他在树下看书时，一个骑车女孩的自行车链子断了，冲到友良的面前车倒了。友良本能地去扶，女孩却自然地倒在他的怀里，四眸对视，立即迸发出热烈的火花。为什么有的人相爱，走遍万水千山也不达，而有的人相爱，就这么简单，茫茫人海中，一眼千年。

雨露父亲是个刚从"牛棚"出来的团长，对女儿选择来自农村的友良十分赞同，他支持女儿的选择。当雨露到了谈婚论嫁的年龄时，他向女儿灌输的思想就是不一定要找有钱有权的对象，但一定要找有品质、想进步的青年。雨露很听话，她选择了友良。

友良带雨露回老家时，父亲一再叮嘱雨露："到农村时，不要拿城里人的架子，人家吃啥你吃啥，入乡随俗嘛。"

秋天时，友诚入伍了。村里动员适龄青年报名参军，友诚跟着村里的青年一起去乡里体检，竟然合格过关了。芦苇荡一共有七个青年当上了兵，杨明山亲自组织村干部和宣传队一户一户地上门，敲锣打鼓送红花。他把一个大红花戴在友诚的胸口，又把一张"光荣人家"的牌子钉在门楣上，拍着友诚的肩膀说："好样的，到部队好好干，别给咱村里人丢脸。"

笑天戴着一顶瓜皮帽子，帽子上贴着一个五角星，又用一根布条把腰系上，俨然一个小军人。他在人群中钻来钻去，钻到杨明山的身边，右手一竖，向杨明山行了个礼，说他也是个当兵的，逗得大家哄堂大笑。

他跑到场边尿尿时，转过头来看人家打鼓，不想把尿尿进了四凤才做的一盆麦面酱。四凤把麦面酱做好后，放在场边的地上晒，笑天把尿尿进去后，酱面冲出一个小水洞，他就拿一根芦苇把小洞刮平了，上面就有了一层薄薄的水。四凤以为是雾水，中午挑了一点放在饭碗里，尝了尝，说今年的面酱做得蛮鲜的。友直在一旁看了"哇啦哇啦"发笑，他看到笑天把尿尿进面酱了。四凤吃了笑天的尿，还吃得有滋有味。

笑天长得已经半人多高了，是个十足的淘气鬼，玉香就是拿绳子也拴不住他。他一会儿爬到树上把鸟窝端了，一会儿把一只母鸡追得满地跑，一会儿又跳下河抓几只田螺。玉香抓不住他，索性不管他了，任笑天自由来去。

屋前的槐树高大茂盛，形如一把张开的雨伞，有理一家常在树下吃饭纳凉。自从笑天能爬树，槐树似乎不长了，树叶也像是秃子的头发一样稀稀疏疏地挂在枝头上。那天有理找笑天吃中午饭，围着屋子转了好几圈也没找着，玉香说："刚才还在门前呢，怎么一转眼就不见了？"两口子正纳闷，只听"扑通"一声，笑天从树上掉下来，屁股砸在一只喂猫的破碗上。猫吓得溜了，碗碎了，笑天的屁股也破了，鲜血直流。玉香吓坏了，而笑天却"咯咯"地笑着，有理赶紧抱起笑天往村里的卫生室跑，可是跑到半路，笑天屁股上的血不流了。他挣扎着要下来，跟着父亲跑到卫生室。

有理夫妻到田里忙活的时候，笑天就和笑云在家玩耍，他和笑云玩躲猫猫，笑天躲的时候笑云找不到，笑天只好出来了。笑云躲的时候，只是把头躲进草堆里，屁股还留在外面，笑天把笑云拖出来，说找到了。笑云夸笑天真厉害。

那天玩过躲猫猫后，笑天跳进河里要抓田螺，笑云也要下河。笑天就拿来一个木盆，把笑云放到木盆里。笑天边推木盆、边钻猛子，

风吹麦浪

一个猛子上来时，笑天抬眼一看木盆里的笑云没了，吓得赶紧爬上岸，再一想妹妹掉进河里肯定要淹死的，又跳进水中找妹妹，游不到几米，他看到笑云抓着岸边的茅草，拼命地往岸上爬，爬几下又滑下来，他游过去把妹妹抱上岸。笑云一屁股坐在地上大哭起来，笑天望着妹妹"咯咯"地笑。

玉香知道后，气得拿起根芦苇要打笑天。有理拦着说："算了，孩子已经吓着了，别再吓唬孩子了，有惊无险，化险为夷，好样的，能干。"有理还竖着大拇指夸赞笑天。

"别嘚瑟了，差点把笑云弄没了，还能干？"玉香说。

"人生哪有一帆风顺的？老话说得好，大难不死，必有后福嘛。"有理说。

玉香心里想，还后福呢，到现在还住着个茅草"丁头舍子"，哪天才是个尽头啊！

玉香说笑天一个孩子比人家几个孩子都难带，在铺上会爬时，这孩子就到处乱窜，晚上明明看着他睡着了，半夜醒来一摸，孩子不见了，她赶紧把有理推醒找孩子。床上、屋里都没有，有理就端着油灯找到锅门口，发现孩子在柴草里睡着了，就和一条小狗一样，要是不惊动他，此时他睡得正香呢。

有了笑云后，笑天的屁股没少挨玉香的巴掌，玉香觉得这孩子有点早熟，心理年龄至少比同龄孩子大几岁。玉香和有理睡觉时，把笑天放在脚底，半夜了，有理推了推玉香，一只手伸到玉香的胸脯上，玉香不耐烦地推开了，过一会儿有理的手又来了，玉香把笑云抱到笑天的旁边，又过来和有理搂在一起。

这张破床是用几片木板和两条长凳搭起来的，玉香一会儿在下面，一会儿又翻到有理上面，笑云被晃醒了，坐起来揉着眼睛说："是哪个在晃咱的床啊？吵得咱睡不着觉。"

玉香和有理兴头正起，被笑云这么一闹，兴趣全无。玉香爬过来

"啪"的一巴掌打在笑云的屁股上，说："半夜不睡觉，瞎闹什么？"笑云挨了打，"哇"一声哭起来。这时笑天坐起来，拍着小手幸灾乐祸地笑起来："活该挨打，咱早就知道了，但咱就是不说。"玉香又一巴掌打在笑天的屁股上，说："叫你瞎说，再瞎说抱你到外面喂麻奇去。"笑天一吓，赶紧钻到被窝里。

后来晚上睡觉时，笑天被有理抱到友爱、友情的床上。笑天睡在她俩中间，相安无事，往往一夜睡到天亮。后来友爱、友情稍大一点，要搬到别的屋子，笑天还缠着要一起去。他知道，跟父母睡觉，半夜床会晃来晃去，根本睡不着觉。

不久，玉香又怀上了，玉香说："一个笑天就让咱累死了，马上又来个，咱又要受罪了。"

有理笑着说："人丁兴旺，多子多福啊，咱的福分在后头呢。"

友诚入伍前，杨明山代表村里给入伍青年送行，他在村主任李青龙家办了一桌饭，除了丰盛的"八大碗"外，还杀了一只鹅，又准备了两瓶郯城白酒。杨明山对军人有着特殊的感情，他敬了又敬即将入伍的七个青年，叮嘱他们到部队后一定要服从指挥，加紧训练，报效国家，将来做个有用的人才。几位青年也信誓旦旦，除了向杨明山表示决心外，还互相敬酒鼓励，大有"黄沙百战穿金甲，不破楼兰终不还"的雄心壮志。

杨明山组织村里的锣鼓队，一直把入伍青年送到水塘乡人武部。乡人武部在大会堂举行了隆重的新兵欢送仪式，乡领导为一个个入伍青年戴大红花。友正、有理和友爱、友情也跟着去送友诚。友明没去，他此时正在射阳河边的一条小船上下丝网，这几天射阳河里的鱼特别多，友明一网下去，再收起来时，网上就像是晒山芋干子一样，密密麻麻地挂满大鱼小鱼。

友明刨了屋后的一棵大槐树，请人打了一条丈把长的小木船，他已经不满足于在小沟小河里扈鱼了。他每天从射阳河里捕了鱼回来，不仅能卖钱，还能煮鱼咸菜。四凤对他的态度好转了一些，她以前认为友明是个废物，现在觉得有时候废物也有用。友明插秧挑把赶不上友正和有理，但他俩捞鱼摸虾也比不过友明。和友正、有理比，四凤现在认为友明就一样不行——生孩子，友正家四个孩子，玉香的肚子也好大了，而她家还是一个，她也想再生个孩子。可是他们一夜也没个戏，没戏生什么？棒头穰子也生不下来啊。她明白一个道理，男人嘛，看来还是要鼓励的，抱怨指责、喋喋不休只会打消他的积极性，说不准哪天躲着你钻到别的女人被窝里。

　　友诚一手牵着友情，一手挽着友爱，友爱紧紧地攥着友诚的手，她知道，友诚哥当兵去了，这一走不知道何年才能回来，她的眼睛里汪着泪花。

第十三章

一条小河弯弯曲曲通向射阳河，河边芦苇剑一般的叶子在微风的吹拂下发出沙沙的声音。友明划着小船又去射阳河了，河面像是一面镜子，小船驶过的地方，泛起层层涟漪，几只野鸭悄悄地钻进芦苇里。

友明最近过得轻松，没有了以往的压抑感。以前他怕回家，一回到屋子里，就会听到四凤抱怨指责的声音，他就像是突然被锣鼓在耳边敲了一下，头脑发胀。这时他会用拳头捶打自己的脑袋。这辈子怎么这么倒霉，跟这个女人过日子简直就是活受罪。他后悔，结婚时带丢了新娘后，就不应该回头去找，找一个母夜叉回来整日在他头上拉屎。

友明结婚时，比起全村的同龄人来说还是挺时尚的，不用说杨明山给四凤的几个大柜子的陪嫁了，友明骑着自行车去接新娘就让村里人羡慕不已。自行车是杨明山借给友明的、村里唯一一辆自行车，除了铃铛不响其他哪里都响。杨明山让友明骑自行车接四凤，既是因为他要面子，也是因为他很喜欢友明，他要让友明风风光光地把四凤接回去。他是大队书记，女儿的婚礼不能太寒酸，也不能太委屈了四凤。

友明在催妆时就和有理一起运回了四凤的嫁妆。婚礼当天，友正在自行车的龙头上系了块红布就算是婚车了，再将常青树准备的鱼肉礼品放在后面的坐凳上，然后一个人去接亲。

回来时，四凤坐在后面，也不好意思抱着友明的腰，只是抓着自行车的坐凳。友明一个劲地往前踩车，四凤也太重了，不一会儿友明就踩出汗来。其实都在一个村里，要不了一刻钟就会到的，有理远远地望见友明骑着缠着红布的自行车回来了，车头上的红布在绿色田地的映衬下，越发显得鲜艳喜庆。不过友明骑到跟前时，后面的四凤不见了。喜兰问友明四凤呢，友明回头一看，四凤不见了，他骑了个空车回来。四凤明明坐在他后面，怎么就没了呢？他赶紧掉转车头，顺着原路去找，在一座小桥旁找着了四凤。他们过桥时是推着车子的，过桥后，四凤还没来得及坐到车上，友明就头也不回地骑走了。为这事四凤没少念叨，说友明没得用，居然把新娘带没了，后悔当初不该跟友明过来，应该直接回家。友明被四凤念叨得头发蒙，也在心里想，真后悔回头去找，丢了就丢了吧，丢了正好。

友明感觉四凤好多天不唠叨了，还表现出少有的热情，特别是晚上睡觉的时候，四凤会把两只煮好的鸡蛋端到友明面前。友明受宠若惊，自打结婚以来，这样的待遇从未有过。他知道四凤向他示好，是想再生个孩子。友正生了四个孩子，比他小的有理也快有三个了，而他们的女儿怀玉都十多岁了，四凤就再没怀上第二个孩子。看到友正、有理的孩子一群一群的，四凤心生妒忌，她也想有一堆孩子，可是友明不用功，即使在一起时，也是草草了事，蜻蜓点水，浅尝辄止，地不浇足水哪容易长出芽来。

这也难怪友明，四凤长得人高马大，在友明眼里四凤没有一点女人味不说，说话还居高临下、得寸进尺，她仗着父亲是大队书记，嫁到常家后，把谁也不放在眼里，动不动就来一句"奶奶的"。特别是友明，就结婚那阵子有点热度。人家小两口如胶似漆，就盼着太阳早点下山，而友明夫妻是冬天里的太阳，热不了多长时间，四凤就开始嘴巴里含钢针——说话带刺了。四凤指责他，他就心生闷气，心里有闷

第十三章

107

气哪来的兴趣呢？晚上睡觉时，聋子打鼓——各打各的，就是睡不到一头去。

四凤说友明没用，不仅是指责友明割麦插秧赶不上友正、有理，实际上她是门神里卷灶神——话（画）里有话（画），是说友明生孩子也不如友正、有理。她觉得玉香那小巧玲珑的身体能接二连三地生孩子，她这样的身段一肚子生两三个也没问题，可惜了这肚子，总是闲着。

伍月红在世时，见四凤生完一个孩子后没动静了，她不好问友明，就悄悄地问四凤："咋不再怀个孩子，多子多福啊！"

"这要问问友明了，他不想要，咱也没办法。"四凤不好说友明不用功，只好说友明不想要孩子。

伍月红听说友明不想要孩子，就批评友明不会过日子，早生孩子早得济，多子才多福，养儿防老，不然到老了怎么办？再说，没有一个儿子，将来就绝后了啊。

伍月红也着起急来，她觉得友明不能就生一个女孩，这样下去会在村里人面前抬不起头来，也没有地位。她开始怀疑四凤是不是有什么毛病，四凤那样的身材有时候是不利于怀孩子的。她悄悄地提醒四凤去医院查查。四凤知道婆婆伍月红的意思，告诉婆婆说自己没病，是友明有病。伍月红吓了一跳，说友明怎么可能有病呢，怀玉不是生下来了吗？四凤说友明没得用，和木头一样，聪明的婆婆这才知道友明不喜欢四凤，可是不喜欢没用，生米已经煮成熟饭、上船了就要摇橹，你友明也太不像话了。

喜兰起先以为是四凤怀不上孩子，四凤向喜兰诉苦说友明压根就没和她认真地做过爱。有时还是四凤主动了，可是锅不热饼不靠，友明又不主动，四凤只得偃旗息鼓。于是一股无名的烦躁涌上心头，四凤看到友明就生气，生气就叨个不停，四凤越是叨唠，友明越是反感，生活就这样恶性循环起来。

喜兰告诉四凤，男人有时需要哄，有的男人是怂不得的，越怂越坏，坏得把你赶出家门，坏得在外找女人。一个有本事的女人，就是能把男人哄得服帖，哄得他心甘情愿地给你流血出汗，哄得你叫他向东，他不向西。四凤心里想，怪不得喜兰每天晚上给友正煮鸡蛋。

喜兰把四凤的事告诉友正，友正就跟友明说："你能不能有点出息啊？哪家就生一个孩子，哪家没得个儿子，现在不生，你将来会后悔的。"

友明有点四面楚歌的感觉，他真有点后悔了，特别是四凤的态度转变后，友明突然想要很多孩子。他看到友正屋子里的孩子围了一桌子，有理屋里的孩子也是满地追着跑，他觉得自己屋子里太冷清了，怀玉不是跑进友正屋子里，就是跑到有理屋子里，因为他们的屋子里有好多孩子玩耍。怀玉这孩子也真够可怜的，和怀香、笑天比起来，怀玉太孤独寂寞了，和别的孩子玩耍或吵起来时，怀香、笑天都有弟弟妹妹支持，而怀玉势单力薄，只有受欺负的份。要是他的屋子里有好多孩子，怀玉还会受欺负吗？她还会往外跑吗？

友明想到四凤那盛气凌人的样子时，就会想到他喜欢的小英子，要是四凤有小英子一半的模样就好了，那样即使四凤打他骂他，他也不会生气，有信心让四凤为他生一堆孩子。看到四凤热情地端来鸡蛋，他又觉得四凤也没那么不顺眼了，女人嘛，就那么回事，灯一吹还不是一个样，就当是漂亮的小英子吧。

到了秋天，芦苇荡的芦苇花毛茸茸地盛开着，就像那清纯的少女，恬静、淡雅，随风舞动，透着灵气，在阳光的照射下闪耀着缤纷的色彩。四凤发现自己怀孕了，那是一种好多年不曾有过的感觉，她觉得这个世界无限美好，一种幸福感油然而生。

麦种已经下地了，还没长出麦芽来，田野上有人开始开沟挖墒。要是有一场秋雨下来，干黄的田地上很快就被生长出的麦芽染绿了。田野上横七竖八地站立着用泥土和茅草搭起来的"丁头舍子"，有的屋顶上茅草被掀在一旁，露出一个好大的洞，烟囱也倒在地上了，那是夜里大风刮的，"丁头舍子"不怕雨，就怕风，稍强一点的风就能把屋顶上的茅草刮跑。

自从分产到户后，常青树觉得日子逐渐向好，比起大集体时至少不愁填不饱肚子了。友正、友明、有理都分灶吃饭了，虽然都住在一个屋基地上，但不是一个户头了，地当然要分到各户头上去。常青树要求联合劳作，分户收获。不这样不行，友直是个残疾，友诚读书，后来又去当兵，友爱、友情还小，不算个劳力，要是不联户耕种劳作，常青树是无法完成收种任务的。常青树也老了，有的活干不动了。

地里不忙的时候，友正就和喜兰去脱土脚，把油泥踩烂，然后使劲地把泥砸到用木板钉成的木框里，这样泥才会紧固；再用铁丝在木框上一拉，去除多余的泥，拿掉木框，就得到一块土脚了。土脚摆放在地上，晒个一两天后会变得坚硬起来，就是放入水里也不容易变形，人们用它来砌墙，既方便又坚固。后来有了土窑和立式小窑，土脚经过烧制后又变成了砖头，就更值钱了。

脱土脚是件辛苦的事，不亚于插秧割麦，每天天不亮就要去拌泥踩泥，一方泥土踩下来，不仅腰酸腿疼，一双脚也被烂淤泥浸泡得皮肤惨白，手一摸似乎要脱下一层皮来。土脚脱好后，要一块一块地放好晒干，太阳下山后还要一块一块地码起来，再用薄膜盖好，防止雨打雾露，被雨打雾露的土脚质量就没了保证，有的甚至还要推倒重来。

友正和喜兰忙着脱土脚的时候，常青树偶尔会过来帮忙，这就引起四凤的不满。四凤觉得公公偏心，给友正家做得多，给自己家做得少，虽是亲兄弟却有着不同的待遇。她认为公公偏心主要是因为喜兰是老亲、友正是做庄稼活的好手，至少比友明强了两倍，这是常青树心知肚明的事，可是在忙活的关键时候，他硬是去友正那搭一手劲，友明忙得就差一口气上不来。

"你大就是偏心，从来不知道关心咱。"四凤对友明说。

"他爱关心谁关心谁去，咱们自己过自己的日子。"友明说。

友明地里不忙的时候，捕鱼摸虾是他的拿手活。起先四凤反对他一天到晚不务正业，后来友明总是收获满满的，再后来她又怀上了，她觉得友明还是和友正、有理有得一比的。友明出去捕鱼，她有时也会开起玩笑："要捕就捕个大白条回来，不要尽捕些小鱼。"

友明再出去捕鱼时，竟然捕到一只甲鱼，准确地说是一只足足有十五斤重的大海龟。友明的网是网不住这只海龟的，以前他在船上下网时，感觉要尿尿了，就裤子一拉坐在船边上解决。这次他突然想拉屎，于是坐在船边，屁股对着水面，还没拉出来，一条斤把重的黑鱼就跃上水面，撞了一下他的屁股。他吓了一跳，赶紧拉起裤子，再也不敢在船上拉屎了，就到岸上的芦柴丛里。他蹲在芦柴丛中拉屎时，一只龟趴在他前面不远的地方，两只绿豆似的眼睛正望着他。他悄悄地走过去，把这只脸盆大的乌龟搬进船舱，龟竟然没挣扎几下，就跟着友明回去了。

友明把龟放在一个大木桶里，围着龟看了又看，说龟味美补人，明儿个杀了给四凤补身子。四凤一听要杀龟，连忙摆着手说："杀不得杀不得，这么大的龟有灵性了，杀了要遭雷打的。"

友明说："又不是个娃儿杀不得，雷公要打就打咱。"

四凤从小就听父亲说过，海里的龟、天上的鸟，打不得，更杀不得，要是吃了鸟肉或龟肉，不是被雷公打死，就是被肉里的毒毒死。四凤记得很小的时候，一到冬天，北方就会飞来一群群体形硕大的白鸟，风筝似的落在地里、河里、草堆上，满地都是，就连茅草"丁头舍子"的屋顶上也有大鸟站着朝下张望，翅膀张开时有一丈多长，姿态优美，有的大鸟发出的声音悦耳动听。

邻居周贵山趁着夜色偷偷逮了一只大鸟，并把大鸟杀了炖了一大锅，肉炖烂了，他和没到十岁的儿子狼吞虎咽地吃了一大碗，没过两个小时，父子俩肚子就疼得满地打滚，不一会儿就口吐白沫咽了气。

村里人说周贵山是被神鸟毒死的，这种神鸟也敢吃，不被毒死，早晚也会被雷公打死，只要你动了它，迟早是个死。

村里的上辈人就讲过，大鸟来了要侍候好，这种鸟是有灵性的，有灵性的鸟是通神灵的，它能保佑你平安，也能叫你下地狱。有一只大鸟落在一个村民屋前的地上，吃了几粒地上晒着的豆子，这个村民拿起一把扫帚向大鸟扫去，大鸟翅膀一伸，冲向天空。

第二年，这个村民在棉花地里除草时，好端端的天空突然阴云密布，电闪雷鸣。村民刚离开地里，一道闪电下来，正好打在那个村民锄草的位置，一大片棉花苗都被打焦了。幸亏他跑得快，要不然就和棉花苗一样，被烧焦在棉地里。村里说这个村民不尊重大鸟，神灵来警告他了，幸好村民只是赶走了大鸟，要是吃了大鸟，这个村民必死无疑。

如今友明逮了只龟回来，还要把龟杀了吃，四凤当然是不答应的。四凤看着龟那绿豆般的眼睛，似乎在流着眼泪、点着头，乞求四凤放了它。四凤看着看着，又感觉龟睁着一双愤怒的眼睛，那眼神似乎在向她示威，你敢杀咱吗？你杀咱看看，咱叫你家破人亡。

友明临睡时叫四凤天亮前把切菜刀磨快些，天一亮要杀龟，炖了汤再给父亲常青树送碗去，父亲身体也不行了，要补补。四凤一听友明天亮要杀龟，还要给父亲送一碗，更是气得不行。她悄悄地过去把玉香喊起来，妯娌俩趁着夜色把盛乌龟的木桶抬到射阳河边上，桶一倒，龟就爬进射阳河了，进了射阳河乌龟就可以顺利进入大海了。看到龟沉没在水里，四凤双手合十说："神龟老爷快些回去吧，保佑咱家平平安安啊。"

玉香觉得四凤平时虽然嘴像个刀子，但心肠还是蛮善的，所谓刀子嘴豆腐心嘛。她为四凤高兴，不是高兴四凤心地善良，而是为四凤怀上了孩子而高兴。四凤好多年怀不上，她怪友明不用功，喜兰不觉得是友明用不用功的问题，这么多年了，再不用功难道他们就没做过爱吗，怀上不怀上与用功不用功没多大关系，做爱了就可能怀上，怀不上就是身体有问题，当时喜兰就觉得四凤身体有问题，田太肥了不一定能长出好庄稼。

喜兰现在有点明白了，恶有恶报、善有善报，四凤心地善良终不会绝后的。如果四凤一直就是个刀子嘴，而没有豆腐心，大概四凤就不会怀上孩子，这和友明用不用功也没关系。

地分给各户后，按理说生产组长应该没啥事了，有理有时间在家忙家务，可是有理觉得自己这个蚊子大都不算的小官，竟然也忙得蛇钻屁眼里——没手抓了。一来组里的干部都撤销了，只剩一个组长和一个妇女组长，集体的物资也分给各户使用了，也不用独立核算了，会计、保管员之类的自然就没事了，组里的大小事情全堆在他一个人身上。现在做事还和大集体时不一样，大集体时虽然又苦又累，上工时要去喊，要去安排，但总的来说是一挥而就的，没几个人敢出声，村民们根据队长的指示干就行了。

地分到户就不一样了，啥时播种、啥时施肥、啥时喷药要一户一户地喊，喊早了就有人找上门来，说要是减产了找你算账；喊迟了，又说你不干事，要是耽误了农时，庄稼减产了，也要算到你头上。咱的个娘啊，两头都是死。大到田地上水，小到小两口拌嘴，都有人找上门要求调解，最头疼的是界址纠纷、田地上水、牲畜丢失等矛盾，全爆发出来。为了一寸长的土地各不相让，好得不能再好的邻居一下子就能反目成仇、大动干戈；一块地要上水，可是这块地有十多家，这户要今天上水，那户要明天上水，这户有水了，那户说淹了，搞得有理头都炸了。全村有名的会说话的有理头都要炸了，其他组更不用说了，村书记杨明山也向上面反映说，精力实在不够，如果有合适的人选，他想从书记的位置上退下来，让有精力的人来干。

有理做组长，就苦了玉香，有理起早贪黑为村民们服务，玉香就起早贪黑侍候着承包地，好在常家的地是联种的，农忙收种时大家合伙上，要不然玉香一个人是忙不过来的。麦子收上场时，友正的土脚不脱了，友明也不去捕鱼了，他们要抢雨天、钻雨隙抓紧打场，不抓紧把麦子打下来晒干归仓，麦子会发芽变霉。友明吆喝着牛拉石磙，友正甩开膀子打连枷，总是看不到有理回来，一个说："有理这干部有什么做头啊，咱忙得焦头烂额，也不见个人影子。"一个说："他是种了人家的地，荒了自己的田，咱们跟有理联产是活受罪啊。"

常青树正在翻麦草，他把铁叉子往麦草上拍了拍，说："你们能不能有点出息，有理和你们不一样，他是在外做事的，你们有本事也外去做事啊！"

兄弟俩摆摆手说："那咱做不来，咱又不识多少字，他说的话咱又不会说。"

常青树说："那就好好干活。"

第十四章

　　芦苇荡村书记杨明山被调到乡里的砖瓦厂当分管后勤的副厂长，乡里的张春雷书记说杨明山思想保守，不适合当芦苇荡村的书记，再这样当下去芦苇荡村就是外甥打灯笼——一直照旧（舅）。

　　全乡各个村在抓好农业生产的同时，都在发动村民们各显神通，搞副业生产，有的村还以各个生产小组为单位增收致富。避风港组织了出海捕捞渔业公司，一个村有近六十条渔船。槐树屯各个小组都联户购置了砖坯加工机械，砖坯比脱土脚快多了，质量又好，好天的时候一天能加工一万块砖坯。而芦苇荡除了农业生产，一个副业项目也没有。张春雷书记下乡视察副业生产时，各个村都搞得热火朝天，唯独芦苇荡冷冷清清，一个副业项目都拿不出来。芦苇荡不是没有条件搞副业生产，而是杨明山没有发动，杨明山认为只要把农业搞上去了，副业发不发展不重要。张春雷书记在全乡副业生产动员大会上就讲过，不换思想就换人，杨明山思想没到位，只好腾岗位了。杨明山也乐意，他说他也忙死了，不适应眼下这个形势发展了。

　　杨明山被调走，村主任李青龙顺其自然地当上了芦苇荡村的书记。李青龙一上任，就把动员村民们发展副业生产摆上重要位置。村里有人问李青龙，说："人家村里都在搞副业挣钱，咱村搞什么副业赚钱呢？"

李青龙说："咱村不是芦苇多吗？就地取材啊，搞芦苇编织。"

村里人说："你说到咱们心里去了，咱们在想，咱村哪个不会打箔子、编席子啊，这个手艺不用不是荒废了吗？"

芦苇荡本来就芦苇遍地，村民从小就学会了打箔子、编席子的手艺。外地嫁进来的姑娘，不出一年就自己编织床上的席子了。打箔子更简单，只要不傻，站旁边看看就会打了。

李青龙早晚就用村里的大喇叭喊村民们打箔子、编席子，说乡里的砖瓦厂要大量的箔子和席子盖砖坯挡雨，打好一起送去卖钱，全是现金。大喇叭连着小广播，大喇叭架在村委会的屋顶上，响起来半个村都听到，小广播户户都有。李青龙的讲话没一个听不到的，村民们听得心里直痒痒，赶快行动吧，哪家没有芦苇啊，好多割回来的芦苇都当柴草烧火了，要是能卖成钱的话，这不是打着灯笼也难找的好事吗。

有理挨家挨户通知村民们打箔子、编席子。通知到友正家时，友正和喜兰正在脱土脚，友正说："知道呢，李书记在广播里喊得咱耳朵里要起老茧了，咱忙着脱土脚，哪有空编那玩意。"

有理把友正刚脱好的一块土脚推到地上，说："现在是机械脱砖坯了，你这人工脱的质量不好，没人要了，也不值钱。"

友正说："没人要，咱就自家砌墙用，马上再砌两间猪圈。"

有理踢了一下土脚，说："现在砌墙不用土脚，都是用砖头了，人家机械脱的砖坯烧成的砖头结实呢，你这个土脚下雨不经泡啊。"

喜兰说："有理兄弟说的有道理啊，脱这个土脚又脏又累，也卖不出去，咱看打箔子、编席子是个好路子，咱就回家打箔子吧，箔子比这个土脚值钱。"

喜兰说不脱土脚，友正不敢反对，他也觉得脱这个土脚太累，自己累坏了也就算了，还拖累着喜兰。喜兰明显比以前衰老了许多，一双手经常泡在泥水里，哪还像个女人的手啊，粗糙得抓痒可以不用手指甲了。

副业生产在火花生产小组轰轰烈烈地搞起来了。

河水清得可以看见河底游动的小鱼，水面下的水草随着河水的流动而摆动，岸边的芦苇已经开花了，芦花像是一朵朵棉絮随风摆动着，有几朵芦花随风而去，又轻轻地落在水面上。

有理在船后摇橹，友明在船头上用竹篙撑船，后面跟着几条木船，上面都装着箔子和席子。他们要把箔子和席子送到乡里的砖瓦厂，村里已经去卖过一批了。杨明山叫人带话给友明，快点过来卖箔子和席子，最近厂里缺货了。

秋天时，四凤终于分娩了，四凤和她婆婆一样，生娃时不像玉香那样大喊大叫，她就像母鸡下蛋一样，身子往下一振，娃娃就"哇啦"一声出来了，听起来好像是在喊"妈妈"，激动得友明就要跳起来，说："咱儿子一出生就会讲话了。"

友明好久不出去打鱼了，因为四凤的肚子渐渐大了，他要在家照顾四凤，就在家打箔子。起先友明不肯打箔子，有理来说过好几遍，四凤也跟着有理说话，说："打箔子好，不用在河里风吹日晒，还能做做地里的活计和家务。"友明说："打箔子、捕鱼两不误。"邻居张三喜老婆过来说："你友明咋就不懂个事理呢？不是不让你捕鱼，而是你这个时候出去捕鱼，把四凤一个孕妇留在家里，你能放心吗？要是四凤生了咋办？她又不是一头猪，再说有时就是一头猪生产，也要人接生呢。"

被张三喜老婆这么一说，友明真不敢去捕鱼了，他在家一边打箔子一边到地里干活，还要照顾即将分娩的四凤。有理说："真是奇了怪了，咱户户工作都做得通，就是亲兄弟不好说话，有时候在亲兄弟面前还不如喜欢生出一些是非的张三喜两口子说话管用。"

打箔子时，友明就在想四凤这一胎是男是女，要是生个女娃这日子过得就没劲了，不要说友正、有理家有男孩，放眼火花生产组，哪家没个男孩？有的人家还是清一色带把的，那日子过得多带劲啊！

一想到四凤可能会生个女娃，友明打起箔子来就无精打采的。四凤问："你在想什么，是不是又想那个小英子了？"友明望了望四凤说："咱这辈子没那个福分了，你要是给咱生个男娃，你就是个仙女。"

"不是仙女就生不出个男娃了？"四凤说。

友明又觉得四凤应该能生个男娃，因为四凤身子沉重时，喜兰不止一次说过，四凤的屁股四四方方的，四四方方的屁股一定生男娃。玉香也这么说。友明就说玉香："你生男娃时，屁股怎么就不四四方方呢？"玉香的脸立即红了起来。喜兰朝友明说："你是哥哥长啊，哥哥长怎么能朝弟媳妇这样说话呢？"

四凤果然生了个男娃，友明身上的热血就要激动得喷涌出来了。四凤多争气啊，咱友明不会绝后了，咱再也不会被村民们看不起了。他一口气打了五十多条箔子，要和有理一起去卖，回来为儿子办满月饭。他要把满月饭办得隆重一些，好好风光一下憋屈多年的脸面。

本来友明是不想亲自去卖箔子的，他要在家照顾坐月子的四凤，箔子让村民们带去就行了，但因为友明的丈人是砖瓦厂副厂长，村民们就要友明一起去，一来请友明跟丈人说说能有个好价格，二来卖箔子时能方便些，不至于等得太久，最好当天能够回到芦苇荡。

友明和有理找到杨明山，想请杨明山先把火花生产组的箔子收了，这样太阳落山前村民们就能回到芦苇荡。友明和有理满以为杨明山既是亲戚也是老书记，一定会照顾他们，哪知道杨明山是包公断案——六亲不认，他叫有理和其他村里人一样，到场地上去排队。友明一看呆了，这要排到什么时候？就是排到了，等到箔子驳上岸时，天色也晚了。

有理气愤地说："不怪张书记把他调到这鬼地方来。杨明山的脑子不圆滑，就是一个整壳脑袋，难道就不能变通一下吗？况且他女儿四凤还等着友明回去照应呢。"

村民们朝有理说:"你平时不是老有理吗?去和他辩辩理,给箔子收了,咱们早点回去。"

有理说:"他就是一块不开窍的石头,跟他讲话就是抱着琵琶进磨坊——对牛弹琴,白费劲。"

有理和村民们就在运箔子的船上过了一夜。

友明儿子的满月饭办得隆重而热烈。说是隆重而热烈,其实就是多了一桌饭,除了丈人杨明山肯定是主要客人外,友明还请了村书记李青龙和其他干部,正好坐了一桌子。杨明山到场了,李青龙不好意思不来,杨明山是前任村书记,前任书记的面子,后任书记一般都要给的。

从友明端起酒杯那一刻起,喜庆热闹的气氛就变得紧张起来。他给老丈人杨明山敬酒,说:"精诚所至、金石为开,第一杯先敬老丈人。"他是在影射杨明山是一块石头,他要通过敬酒把老丈人这块石头熔化了。

杨明山也不是个傻子,他心知肚明,友明这是在责备他,一口酒还没下肚,听了这样的话,他的脸立即就拉长了,心想:这是什么话?这不是说咱是一块石头嘛,咱是你老丈人,老丈人是长辈,比你老子还重要,怎么能对丈人说出这样不知好歹的话来!杨明山阴沉着脸就是不动筷子,杨明山不动筷子,哪个还敢动筷子!

有理赶忙过来救场子,端起酒杯请李青龙和村干部一起敬杨明山,祝贺杨明山喜添外孙子。杨明山这才阴转多云,端起酒杯抿了一小口。

友明心里堵着一口气,杨明山在芦苇荡做了好多年书记,他从来就没沾到一点光。在大集体做工时,有理有时会照顾一下友明,就如上河工时,有理会安排比较轻松的事让友明做,结果有理被杨明山批评了一通。有理说杨明山是鲤鱼吃秤砣——心是铁的,友明说杨明山是胳膊肘子往外拐。友正指责友明："你老丈人就是牙缝里插花——嘴里漂亮。"其实友明怪丈人杨明山不肯帮他的忙，说他们一点没沾到杨明山的光，这话也有点重了，杨明山再怎么大公无私，心还是偏向友明和女儿四凤的，之前还让友明做过仓库保管员呢。

那次和村民们一起去卖箬子，友明就很没面子。友明本来不想去，但经不住村民们的再三恳请，就和大家一起去了。也不怪村民们，杨明山是友明的丈人，由友明带着大家一起去了，杨明山不会不帮忙的，要是杨明山肯帮忙，那大家得到一些好处是不成问题的。

在和大家一起撑船去水塘乡砖瓦厂的时候，友明信心满满，他认为只要他去找杨明山，杨明山不仅会帮助他们把箬子卖个好价钱，甚至还会请他们吃一碗猪油泡米饭。在撑船去水塘的路上，友明还兴高采烈地喊："去水塘哟，水塘的猪油泡米饭可香了。"友明说的猪油泡米饭就是到了砖瓦厂后，杨明山一定请他们吃饭了。老丈人是副厂长嘛，接待他们吃碗饭还是有这个能力的。

友明到了砖瓦厂后，没想到是瞎眼考状元——丢人现眼，杨明山根本就没给这个他本来就看好的女婿面子，不要说价格也和大家一个样，还按先来后到的顺序排队，连一碗猪油泡米饭也没吃到。村民们说杨明山太不讲人情了，以后杨明山到友明家去，一口水都不要给他喝，什么老丈人，连旁人都不如！

老丈人来了，不尊重是不行的，老丈人当然是坐在首席位置了，酒也是友明第一个给老丈人倒起来的，友明第一个敬老丈人也没有错，可就是肚子里沉不住火气，忍不住说了一些责怪老丈人的话来。场子虽然被有理圆过去了，但杨明山肚子里的火气也上升了，不过他和友明不一样，他有火气不一定立即爆发，他要在适当的场合收拾这个看上去白净儒雅的女婿。

杨明山已经不止一次忍让女婿友明了。那次友明和四凤吵架，还动起手来，后来友明父亲找到杨明山，意思是请杨明山也劝劝四凤，

风吹麦浪

120

叫四凤让一让，不要针尖对麦芒，再复杂的矛盾让一让就过去了。常青树本是好意，但在杨明山看来就不对了，他觉得常青树不应该来找他，而是应该去找儿子友明，叫友明让一让，再怎么也不能叫亲家来说女儿吧？这样不就是说四凤不对？可要是承认四凤不对，四凤将来怎么在他常家门上过日子？说轻点这是不尊重亲家，说重点这是把屎往咱的脸上喷啊。

好在友明是杨明山看中的，几个女婿中他也特别喜欢友明。他知道女儿四凤性格强势，嫁给性格内向的友明还好，如果嫁给脾气暴躁、争强好胜的人，估计是小吵天天有，大吵三六九。

友明和四凤吵吵架也就算了，有次四凤回娘家时说友明看上小英子了，杨明山觉得很搞笑，他觉得小英子是不可能看上友明的，友明连个记工员都不算，再说友明见人时闷屁没得一个，小英子不可能看上他。不过他教训四凤时却说："有什么吵的啊？男人嘛，哪个在外没有个是是非非，要是没有个是是非非的，还叫男人吗？"杨明山说男人在外有个流言蜚语是正常的，意思是叫四凤把心放宽一点，不要把家吵散了。

四凤还真听话，她觉得友明那死色样子，小英子还真看不上他，况且友明就是有那贼心，也没那贼胆。她回去后再也不提小英子的事了。但杨明山就不一样了，他已经看出来友明对小英子有那么点意思，因为他听说有一次小英子在地里锄草时，友明主动去帮小英子锄了一会儿草。不管人家说的是不是真话，但杨明山听了就是不舒服，总觉得是真的，裤子哪有不透风的，没有的事也不会说得那么活灵活现。

杨明山在酒桌上制造冷场的时候，四凤知道父亲杨明山生气了，赶忙过来打岔，说友明笨头拙脑的不会讲话，她要帮着友明说话，劝父亲不要跟友明计较。四凤知道父亲要是发起火来，那是不好收场子的，何况这是她儿子的满月酒，喜事就要热闹些，不热闹就是不吉庆，以后会倒霉的。

杨明山还没想好要怎么收拾友明，友正那桌又冷场了。友正和有理向亲友敬酒，友直"哇啦哇啦"不知道说了句什么，友正走过来伸出手就抽了他个大嘴巴，打得友直"哇啦哇啦"跑出去了。

　　也不怪友正生气，友直这几年总是发病，时不时就口吐白沫、不省人事，还学会瞎说八道了。那次玉香在门前的河边洗衣服，他不知道什么时候走过来，眼睛盯着玉香的胸脯看，结结巴巴地说玉香的奶子真大。四凤听到了，拾起件衣服打在友直的后背上，警告友直，这样的话不能瞎说。

　　友直老是发病可害苦了父亲常青树，这个可怜的老人，得不到友直的服侍，还要没日没夜地服侍他。友直发病时，要是没有人在场，很容易就没命了。友直已经发病好几次了，要不是父亲在场的话，友直也就活不成了。

　　一次玉香往菜地里挑粪，一桶粪放在菜地边，屋里的孩子哭了，她就回屋哄孩子。友直拿起舀子，还没舀到粪，头一晕便倒在粪桶上，把粪桶砸倒了，全身上下全是粪便，臭不可闻。幸亏父亲看到了，赶紧拿舀子从河里往友直身上浇水，把友直身上的粪便冲刷干净了，友直也醒了。

　　友明办儿子的满月饭，喜兰和玉香提前几天就过来帮忙了，友直一直在锅门口烧火。他别的不会做，烧火还是没问题的。可是今天他不在锅门口烧火，却跑出来跟正在敬酒的友正说累了想睡觉，友正说："你累了就去睡觉吧。"友直却说："咱要和玉香睡觉。"友正朝友直翻了个白眼，意思是今天有客人在，不能瞎说。可友直还是"哇啦哇啦"地说着话。客人听不懂，友正、有理听得一清二楚。友直说："你们都有老婆睡觉，也分个给咱睡睡嘛。"

　　友正实在听不下去了，走上前去一个巴掌扇在他的脸上。友直跑了，吃饭的人说，友直是个残疾人，不要跟一个残疾人计较啊。客人们不知道，他要和弟媳妇玉香睡觉，这可不是计较不计较的事。

那天夜里，友直掉进茅坑淹死了。有人说，他是被友正一个巴掌打死的。常青树说友直本就活不长，总有一天会因为意外而死掉，哪个有本事一天到晚、没日没夜地看住他！友直的死对父亲来说也是个解脱，要不然这个老人迟早会被友直拖累死。

　　友直死了，估计他也不知道自己已经死了。

第十五章

　　友直死后的第二年春上，友明家里发生了一场火灾。火是从锅门口开始的，锅门口的柴草不知道什么时候冒烟了，然后就有了火苗，火苗越烧越旺、越升越高，最后舔上了屋顶的芦苇箔子，很快就将屋顶烧出一个大洞，浓烟升腾几丈高。大家看友明的房子着火了，端着盆子、拎着木桶赶来灭火，大火被扑灭后，地上一片狼藉。

　　一把火把友明的两间茅草"丁头舍子"烧了大半，幸亏抢救及时，要不然连着常家几户的茅草房子全得被烧。四凤暗自嘀咕，怎么偏偏就她的屋子着火了呢？是不是友直的鬼魂作怪？友直在世时，没少挨四凤骂，四凤曾经骂过友直迟早掉茅坑淹死，后来友直真的掉茅坑淹死了。四凤的心是十五个吊桶打水——七上八下，觉得是友直的鬼魂回来放火了。

　　四凤有时会神经兮兮地告诉玉香和喜兰，说昨晚上看到友直回来了，友直手里提着一个箸子，就站在她窗户的外面。玉香当然不相信她的鬼话，喜兰说估计友直在那边没钱了，是回来要钱的，叫四凤买点烧纸到友直的坟上烧，友直有钱了就不会回来惹事。

　　友明朝四凤说："你看到鬼了？人死如灯灭，哪还会回来要钱！"

　　四凤说："咱是看到鬼了，就站在窗外，那个身影和友直一个样子。"

喜兰说："不管是不是友直回来，咱去烧烧纸，又不费事。"

玉香捂着嘴笑。这事传到友爱、友情那儿，把姐妹俩吓得大气都不敢喘，天一晚就上床了。特别是友情，头捂在被子里，不敢朝窗户望，就怕窗外有个人影，要是有个人影，那就是死去的二哥友直了。

又过了几天，四凤才会走的儿子怀军像是吃了催眠药一样，不说话，也不吃奶。四凤把奶头送进他的嘴里，又被吐了出来。他就那样昏昏迷迷地睡着，请村里的医生打了几针也不见好。友明就和四凤把怀军送到乡里的卫生院，卫生院的医生也说不出他是什么毛病，只给开了几盒药。怀军躺在窝篮里，依然是昏昏迷迷地睡着。

喜兰说把村里的孙大奶和李二婶请来看看孩子是否受到了惊吓。

孙大奶和李二婶看了之后，怀军的病果然见好了。天一亮怀军露出好几天来的第一个微笑，难有的笑容，他抱着四凤硕大的奶子，一口把四凤的奶头含在嘴里，就像是在沙漠里突然看到一眼清泉，使劲地吮吸着母亲的奶头。四凤被吸得大喊起来："小祖宗唉，能不能轻点啊。"

经历了房屋失火、儿子生病等事情，四凤想通了一个道理：不能做亏心事，否则鬼也不会放过你。

四凤不骂人了，那句"奶奶的"也不挂在嘴上了，就算友明做错了什么，她也不会骂他。她父亲杨明山也说过："男人嘛，哪个在外没有个是是非非的，要是没有个是是非非的，还叫男人吗？"

不过曾经让四凤怀疑的事还真的发生了，友明和小英子好上了。人就是这么奇怪，当年小英子喜欢友明，主动往友明身上靠，就想友明扑上来狠狠地咬上一口。可友明就是一块木头，他错过了昔日的时光，如今他要把错过的机会找回来。可是小英子又故意躲着他。也不怪小英子啊，时过境迁，友明有老婆了，四凤再丑那也是老婆啊。

友明有事没事就接近小英子。小英子在菜地里锄草时，他也会拿个锄头帮忙锄一会儿。小英子不好意思，叫他早点走，别人看了会说闲话。友明说："怕什么，又没做见不得人的事。"这时小英子会朝友明说："你早做什么人的。"小英子意思是说你以前干什么去了，这时候才来找她，她已经不是那个时候的小英子，你也不是那个时候的友明了。

友明每次捕鱼回来时，小船路过小英子的家门口，小英子在河边洗衣服时，他会从船舱里拿出一条鲢鱼来，叫小英子拿回去烧了吃。小英子要把鱼扔回来，可是友明已经把船划走了。

男人和女人，要是条件和环境允许，没有什么不可能发生的事，有时候男人和女人之间只隔着一张纸，就看哪个先捅破那张纸，纸捅破了就水到渠成了。看似千山万水，却也一步到位。

端午节要到了，射阳河对岸的苇叶又长又厚，包出的粽子色泽饱满、晶莹剔透。小英子想去摘苇叶包粽子，可是没有船，急得团团转的时候，友明的小船来了。友明要到射阳河下网，小英子说自己要去对岸采摘粽叶。友明说正好一起过去，咱也要采摘一些粽叶回去。小英子就上了友明的小船。

小船进了对岸的苇丛中，小英子坐在船边采摘粽叶，友明心里慌乱起来，心仪已久的女人就在眼前啊。尽管小英子不再像以前那样水灵灵的，但是风韵犹存，鼓囊囊的一对奶子随着小船的摇晃而晃动着。友明身上的热血要从头顶上冲出来，他对小英子说，"我要抱抱你。"小英子说："你敢吗，你就不怕你家四凤打断你的腿？"友明说："就是被打死也要把你抱到手。"说完又觉得不对，又说："她敢打咱，那真是太阳从西边出来了。"

小英子很感动，友明终于能说出一句男人话了，不过她不想让友明抱，她说："现在不是以前了，要是以前你不那么木讷，估计我要上去抱你了。"可是在这样的环境下，友明是容不得小英子愿不愿意了，他一把把小英子抱在怀里，还没等小英子回过神来，就将她拉进船舱。

风吹麦浪

小船在苇丛中晃动着，惊得两只水鸟"扑棱扑棱"地飞走了。

晃着晃着，小船就立了起来，就像木瓢倒水一样把友明和小英子倒在水中。好在苇丛中的水不深，两个人从水中站起来，小英子一拳打在友明的胸脯上，说："你个死鬼，大姑娘时你不要，现在我成老太婆了，你跑到这儿来瞎作孽。"

不远处，一对野鸭叫了起来，它们就像是在看一场热闹。友明抓起一把泥砸了过去，野鸭"呱啦呱啦"地飞走了，身后留下一道道水纹。

自从分田到户后，村民们热情高涨，粮食产量逐年提高，麦子亩产量已达八百斤，有的人家甚至达到了九百斤。自己的地自己种，一寸地都不浪费，手掌宽的十边地不是种上麦子，就是点了豆子，反正不留一点空地。

村民们的副业生产也搞得热火朝天，避风港下海捕鱼的大小木船已经有上百条了，每次下海时，船队浩浩荡荡的，会运回种类繁多的海产品。这时有理屋前的箔子上就会铺上踏板、沙尖、秋刀等大小不一的海鱼，这是老丈人王山柱叫人送来的。王山柱是避风港的村书记，他自己也造了一条三丈多长的木船，和村民们一起出海。当然，就是不出海，他家也不缺海货。他是村书记，村民们会送给他的。

玉香不断地翻晒摊在箔子上的海货，海货晒成干子了就不会坏了。笑天和家里那只馋嘴的猫一样，猫一会儿来叼走一条鱼干子，笑天也拿走一条放在口袋里。他把鱼干子当作山芋干子吃，觉得晒成干子的海鱼比山芋干子好吃。他在吃鱼干子的时候，猫已经吃完了，猫就坐在他面前看着他吃，偶尔会用爪子扒拉一下。笑天就冲着猫喊："干吗来抢咱的鱼？那边多呢。"笑天叫猫到箔子上去叼，互不干扰。

避风港的渔业生产红红火火，槐树屯的制坯现场也是机声隆隆。槐树屯的人用机械生产出来的砖坯从立体小窑那里换回红砖头，率先推倒茅草"丁头舍子"，用砖头砌墙建新房，条件好的人家还用红瓦盖顶，从上到下清一色的砖瓦房。

喜兰的姐姐喜秀家就砌了新瓦房，喜秀的丈夫大筛子在组里带头组建了制坯队，砌墙的砖头早就备好了。建新房的时候，大筛子说："已经掉进茅坑了，哪还在乎一个屁呢！"他又借了点债，买了几百块红瓦，把新房盖起来了。

大筛子这一年过得特别有滋味，他带着怀不上孩子的喜秀看了好几家医院，都说怀上的可能性不大，因为喜秀的下面在小的时候被树枝戳坏了，做爱是没问题的，想下种发芽几乎不可能了。好在大筛子不为难喜秀，他们从外地领养了一个孤儿，对这个孤儿视如己出。特别是大筛子，自从有了这个儿子，干活的劲头更足了，他和喜秀一鼓作气砌了幢红砖红瓦的新房子。

与避风港和槐树屯相比，芦苇荡的副业生产虽然也做得风风火火，但村民们都觉得利润远不如避风港和槐树屯。芦苇本来就不值钱，打成箔子也赚不几个钱，槐树屯油泥遍地都是，也值不了几个钱，但制成砖坯就不一样了，而且量也特别大。于是有人提出，你槐树屯制砖坯，咱芦苇荡就建小窑，烧你的砖坯再卖砖头赚你的钱。

火花生产小组也建了一座立体式小窑，就和抗战时期鬼子的碉堡一样。不过碉堡是圆的，小窑是四方的。窑的一面用泥土筑起一条四十五度的坡路，烧窑时要把砖坯从坡路挑上去，然后码在小窑的肚子内，码一层就撒一层煤。小窑点火时要举行仪式，一些讲究的小窑还专门办点火宴，一般要燃放鞭炮。

火花小组的小窑是有理带头和大家建成的，有理虽然是火花小组的组长，但和大家一样做，每天要把当天烧的砖坯挑上去，因为窑肚子里烧着砖头，烧成红砖后就要运出来冷却。窑肚子是等不得的，要一层一层地铺砖坯，要是有几层不铺，窑肚子里的砖坯数量就会降下去了，肚子里的砖坯烧空了，再填满窑肚子，不是一天两天就能完成的。

笑天放学后，会立即赶到小窑来，有理用担子挑砖坯，笑天就用双手搬，有理挑一趟，他搬一趟，一直把窑装满。有理摸着灰头土脸的笑天，心里说，这小子，还真行。

笑天已经上小学五年级了，长得虎头虎脑的，晚上睡觉时喜欢抱着家里的花猫。花猫身上有热度，被窝里一会儿就暖和了。它睡在笑天旁边，心脏跳得跟机器一样，但一点也不影响笑天的睡意。笑天也不觉得冷，一觉睡到天亮。

笑天是生产队里的孩子王。笑天出生那一年，生产队里一下子生了二十多个孩子，这二十多个孩子都是笑天的伙伴。每天放学后，在笑天的组织下，孩子们分成两个小组，学着电影里打鬼子的样子，在田野上干上一仗。他们当然不是打群架，而是用棍和木头当枪对打，身体没有掩护好的，被打了一枪就算被打死了，直到一个小组被打没了，才结束回家。

每次打仗时，笑天从来不装鬼子。他是孩子王，他叫哪个当鬼子，哪个就是鬼子，没有人反对。如果不打仗，那也分成两个小组，每人搬起一条腿"斗鸡"，直到把另一个小组全斗倒，游戏就结束了。笑天从来没被斗倒过，他劲头大，单腿跳跃也又高又远，冲向对方时，对方一般是招架不住的，要是不及时让开，肯定人仰马翻。但也有人斗得过笑天，不过看在笑天是孩子王的面上，让着点罢了。

火花小组的小窑烧了不到两年，就不断有人家开始建新房子。建新房上梁的时候，笑天和小伙伴们一夜不睡，他们要等上梁的人家在夜里抛粽子。上梁是砌房过程中安装屋顶最高一根中梁的过程，是建房中的一项重要仪式。上梁又叫"抛梁"，意思是把喜气从梁上抛下来。上梁是非常讲究的，要选吉日，还要办饭请亲朋好友喝酒，前来祝贺的人当然也要送大小不等的红包。

上梁那天，两边正柱子要贴上红纸对联，如"上梁喜逢黄道日，立柱巧遇紫微星"等，正梁要用红布包好，再用一根红绳串上几个铜钱，下面挂一棵万年青，意思万年长青有铜钱。上梁时，主人要给上梁师傅红包，上梁师傅把正梁搭好后，一边用瓦刀敲着梁头，一边说着"大家抢得快，主家发财快"等喜话，然后把早已准备好的糕粽、糖果等从梁上抛下去。孩子们在一片鞭炮声中抢糕粽、糖果。主人家认为来抢糕粽、糖果的孩子越多越好，孩子们认为抢来的糕粽、糖果越多越吉利，所以大人们都乐意孩子们去抢糕粽、糖果的。

张三喜家盖新房子时，笑天一趟孩子又是一夜没有睡觉，他们天一晚就跑到张三喜家的草堆里藏起来，有的钻在草堆洞里，有的爬到草堆顶上，没到半夜，张三喜两口子白天堆起来的大草堆就被踩平了。

子夜时分，孩子们一个个玩得饥肠辘辘，有人跑来说，张三喜家的茅草"丁头舍子"前有一架笼。孩子们都知道那笼是过年蒸馒头用的，办饭时就用来盛放肉坨子、肉膘之类的菜，放在外面不容易坏。有孩子过去一看，果真放着肉坨子，于是有人就提议把笼抬过来。不一会儿，笼被悄悄地抬了过来，肉坨子的油香味直扑孩子们的鼻子。孩子们再也按捺不住，不一会儿笼里的肉坨子就被抓了一空，全进了孩子们的肚子。吃饱了的孩子们没忘了把笼还给人家，又悄悄地把笼抬到张三喜家门口。不知道张三喜第二天的抛梁饭是怎么办的，反正没有一个孩子把这事说出来。

在张三喜盖房前，常青树父子几个的新房子就盖了起来，但常青树舍不得拆了茅草"丁头舍子"，偶尔会过去看看。有一天，一阵海风吹来，那几间"丁头舍子"就像断了箍的木桶般散了架子。常青树静静地望着老屋子，眼睛里露着晶莹的泪光。

第十六章

1989 年，水塘乡基本消灭了茅草"丁头舍子"，大多数人家都盖上了砖瓦房，也有少数人家盖的是瓦倒檐，就是在茅草屋面的前后檐口盖几排红瓦，这种也勉强叫砖瓦房了。

芦苇荡书记李青龙这几年工作开展得很艰难，很多棘手的事都赶上了，一边要催收公粮，一边要收取上交，最要命的是抓计划生育。抓计划生育实质就是抓大肚子，已经怀上了，在后面追就更难了。有的要超生的村民看到村里的干部就跑，不跑的村民已经超生过了。有的人家头胎生个女孩，就一定要生二胎，希望生个男娃。要是头胎生个男娃，又希望再生个女娃，前翻后起，大肚子抓不完。

李青龙抓大肚铁面无私、六亲不认全乡闻名，他组织的计划生育小分队在全村到处抓大肚子，搞得想超生的人家到处躲藏，可是村里布下的耳目也多，多数是躲藏不了的，费了一番周折后还是被抓了回来。

李青龙的妻弟媳妇怀上二胎了，村里的计划生育小分队到处追找她。妻弟觉得没处躲了，就带着媳妇躲到李青龙家。他以为李青龙是村里的书记，又是姐夫，一定会罩着他们的，谁还敢到村书记家里找人。可是到半夜三更时，李青龙亲自带着计划生育小分队的成员来了，把躲在自己家里的妻弟媳妇"活捉"了，气得妻弟几年没有上门，他的老婆几个月没有给他做饭吃。

李青龙抓计划生育工作不注重方式方法，往往和村民们造成直接对抗，自然也引起村民们的反感，村民们说他是"二杆子"书记。"二杆子"书记有时候也会碰到"二杆子"村民，要是碰到"二杆子"村民，"二杆子"书记浑身来劲。李青龙书记常挂在嘴边的一句话就是"最不怕就是'二杆子'"，要是碰到个"温汤水"的村民，那还真是刀刃上抹鼻涕——没法下手了。

李青龙不采取"二杆子"的方法，工作也没法开展下去，思想工作不是万能的啊。张三喜盖房子的时候，要求他盖到沿河的居民点上去，他舍不得离开老屋子，说是还在老地方盖。这怎么能行呢，要是盖在老地方，不是盖在麦田中间吗？要是大家都盖在老地方，那村里的农田什么时候才能整治得好啊！

张三喜也算个"二杆子"，尽管村里已经做了多次工作，他就是不听。他请来邻居把屋基夯了几天，根脚都垫下去了，就在准备砌墙的时候，李青龙带了一趟人来了，招呼也不打，直接把屋基和墙全毁了。张三喜气得大骂李青龙，李青龙说："你算什么东西，你资格还有青树老爹老吗，人家常老爹一家全盖到居民点上去了，你算个啥？"

张三喜吃个下风，也没办法，他要是再"二杆子"下去，受到的损失会更大，只能是吃不了兜着走，村里是不可能赔他损失的。就是李青龙同意，村民们这一关也过不了啊。

常青树父子与村民们一样，新房都盖在居民点。居民点沿河而建，背面是一条小河，前面是大片田地，河水清澈，流水潺潺，田地随着季节变换颜色，就好像在大地上铺着一幅美丽的风景画。

常青树已近七旬，有理兄弟几个坐下来商量父亲养老的事。友良来信说，友情读书的费用他全包了。友爱不读书了，在一个建筑队做小工。友正表示，兄弟几个每人每年给父亲一百元，外加一百斤口粮。

有理说："你也太抠了吧？要是就给父亲一百斤口粮，一年只有三百斤，还有友爱、友情呢？她们的嘴挂梁上啊？"

友正说："友情的费用，友良不是包了嘛？"

有理说："远水解不了近渴，他一年都回不了一次家，他说的话不能当饭吃。"

友明过来打岔："就按友正大哥说的办，要是咱们打的粮食多，就多给一点父亲，要是父亲粮食不够吃了，咱们再补上。"

有理觉得有理，同意这么办。

已是大姑娘的友爱说："这事也要商量啊，你们养不了父亲，就咱养着，咱就不信养不了一个老人。"

友爱的性格比较倔强，本来可以去读高中，因为父亲还要供友情读书，实在拿不出钱，所以她初中毕业后就坚决不读了，回家在一个建筑队做小工。

友爱在建筑队认识了一个小瓦匠，长得虎里虎气的，友爱主要帮他拎灰桶，时间长了，二人都产生了爱慕之心。这事让四凤知道了，就去找公公常青树，说他当初答应父亲杨明山，友爱将来长大了，嫁给她弟弟杨小五子，要不然她是不会嫁给友明的。

常青树笑了，他觉得四凤还把当年他父亲杨明山的话记着，不错啊。杨明山把四凤嫁给友明时，确实这样提议。常青树也是随口应承，不过他觉得既然答应杨明山了，就应该信守承诺，人不能言而无信。他就答应四凤，等友爱回来了，他一定跟友爱好好说说，尽管他知道友爱不喜欢杨小五子。

四凤又和友明说起这事，友明说："你就不要再提这事了，凭小五子那鬼色样子，咱友爱怎么可能看得上。"四凤一听火了，朝着友明吼了起来："什么鬼色样子啊？长得没你好看啊？咱看你才是鬼色样子。"她又说："这是你父亲答应咱父亲的，友爱嫁给咱弟弟，咱才嫁给你。"

友明捂着嘴发笑，心里说，你这鬼色样子，还用得着咱妹妹交换，咱当年要是胆子大一些，步子快一些，你就是送给咱咱都不要，估计咱早和小英子在一起了。

　　四凤不敢和友爱说，因为友爱的性子比四凤更倔强，弄不好一句话让友爱给杵到南墙上。友爱根本就和杨小五子不来电，她从小时就常听人说，她和杨小五子订的是娃娃亲，友爱不知道什么是娃娃亲，她只知道杨小五子上小学时，鼻涕还顺着人中往嘴里淌。一次，友爱朝杨小五子说："你要是把鼻涕吸上去，咱就把这个梨子给你吃。"她把手里的梨子递给杨小五子，杨小五子真的把鼻涕吸进鼻子。这时友爱又一把把梨子抢了回来，说："咱是跟你开玩笑的。"杨小五子又把鼻涕吸到嘴里，说："咱也是跟你开玩笑的。"友明在旁看了后，告诉四凤："你弟弟人小鬼大。"

　　友爱皮肤不怎么白皙，但眼睛明亮，就像一眼水井里的清水，明晃晃的。友爱越是长大，越显得漂亮好看，身材修长，村里的小伙子看了都眼馋。可是友爱一个都看不上。杨小五子凭借他父亲和友爱父亲从小订的娃娃亲，又满以为四凤是友爱的嫂子，能和他有戏唱，可是友爱从没拿正眼瞧过杨小五子，这让杨小五子很灰心。杨小五子就抱怨父亲杨明山，说父亲订的什么娃娃亲，说话不管用，就和放屁一样。杨明山这时已经退休了，他和杨小五子说："娃娃亲有什么用，结了婚还能离呢，关键得人家看上你，人家看不上咱家，叫咱咋办呢？"

　　杨明山在窑厂时，专门请人说媒，给儿子杨小五子介绍一个姑娘，可是认识的第一天，杨小五子就对人家动心思，把姑娘吓跑了。媒人说："你家儿子素质不咋的，咱以后不敢再介绍了。"把杨明山肺都快气炸了。

　　那天媒人把姑娘带来了，媒人和杨明山一边喝茶一边谈事情，就叫杨小五子陪姑娘到外面去聊聊，先沟通一下。杨小五子和姑娘顺着河边走，边走边聊，来到一片小树林中。他们就站在一棵小树下聊天，杨小五子看姑娘面如桃花，甚是好看，先是心里怦怦地跳，接着就不能控制了，一下子把姑娘拦腰抱住，手立即伸进姑娘的衣服里要乱摸……

姑娘被这突如其来的动作吓了一跳，用力推开杨小五子，骂了一句"流氓"，就跑了。杨小五子垂头丧气地一个人回来了，媒人和杨明山问姑娘呢，杨小五子说走了。杨明山知道怎么回事了，气得把手中的茶杯往地上一摔，说："你个不争气的东西，茶没热就等不及了。"

杨明山知道友爱是看不中杨小五子的，他和友爱父亲提都没提。四凤和父亲提起这事时，杨明山说："别丢人现眼了，咱那是说着玩的，怎么能当真！"

四凤说："不行，咱嫁给友明，要是友爱不嫁给咱弟弟，咱不是白嫁了吗？"

秋收时，水稻都上场了，有理、友明把父亲的养老粮扬净晒干后都送来了，友正也送了过来。四凤打开口袋抓了一把水稻往上一扬，水稻随风飘走了好多，四凤对友正和喜兰说："你们也太不像话了，把下风头的水稻当养老粮，这是要遭雷打的。"

友正说："不可能是下风粮啊。"

四凤朝飘走的水稻说："那哪来这么多壳子的？"

"哪来这么多的壳子？"友正转身问喜兰。

喜兰支支吾吾地不吱声。喜兰在往口袋里装水稻时，把上风头的水稻装好缴公粮了，因为她知道要是装下风头的水稻，是过不了粮站验粮员那一关的，所以就把下风头的水稻装好送来了。

友正吃过缴下风头公粮的苦，去年村里动员缴公粮时，友正早早就把粮食送到粮站。排队等候了大半天，等到他验收过磅时，粮站的人说粮食不但有壳子，还没晒干扬净，友正只得又把粮食袋子搬下来，到粮站的空场地上晒了个把小时，然后把杂质和空壳扬净，再去过磅时，没有缴足，第二天又运来一袋才把公粮补足。

四凤说："不能给国家缴下风头的粮食，更不能给老人下风头的粮食。老人一年就靠这点粮食，要是给下风头的，那口粮还够吃吗？"

喜兰红着脸忙说："是，是，下次一定弄上风头的。"

喜兰望了望四凤，觉得四凤有点陌生了，眼前的四凤还是那个满嘴"奶奶的"的四凤吗？喜兰又觉得四凤是在出自己的洋相，在对待老人的问题上，咱做得还算可以，常青树不仅是咱的公公，还是咱的姑父，咱虽给了点下风头的粮食，但总比婆婆在世时被你四凤指桑骂槐好多了。婆婆在世时，没为你四凤少操心啊！再说，你四凤和友明遇到点啥事还不是咱和友正给你们遮风挡雨的，怎么就一点面子都不给呢？

又过了几天，友明摇着船从射阳河回来了。船一靠岸，友明就把两条白鲢扔到岸上。四凤拾起一条活蹦乱跳的鱼说："给玉香送一条去，笑天去村里上班了，送给他家一条鱼祝贺祝贺。"又指着另一条说，"这条马上杀了，中午烧碗汤喝。"

笑天初中毕业后没考上县里的重点高中，就回家务农了。本来是想到南京找友良介绍个单位打工，碰巧张春雷书记下乡检查工作，走到芦苇荡时，被一座独木桥挡住去路。这座桥是用两根木棍捆绑后横在小河上的，方便村民们过往，要是一个人行走，最多挂一根棍子就过去了，可是张春雷和秘书一人骑一辆自行车，人能过去，车子过不去。秘书也说没走过这样的独木桥，两个人就在河边干望着。

正好笑天路过这里，看到两个人着急过河，就把自行车往肩上一扛，四平八稳地过去了，两辆车眨眼工夫就过了河。张春雷看着眼前学生模样的小伙子，就问笑天在哪儿上学。笑天说："不上学了，在家帮父亲种地呢。"张春雷问过后就和秘书走了，不过他对笑天印象深刻，一个身材稍瘦、皮肤稍黑、热情活泼的小伙子。

让笑天去村里上班，是村书记李青龙提议的。李青龙说村里缺一个青年书记，经过村"两委"考察推荐，笑天是最合适的人选。李青龙在村里宣布了此项任命，笑天就算是正式上班了，职位是青年团支部书记。

常青树开心得就差点把牙笑掉了，他说："咱家的祖坟上年年都长蒿子，咱就知道咱常家的后人有出息。"以前友良被推荐上了大学，他和老婆伍月红兴奋得一夜没睡觉，两个人讨论的主题就是祖坟上长蒿子，后来友诚去了部队，常青树更是乐得像是下巴骨脱了臼，合不拢嘴了。

喜兰看到四凤把一条鲢鱼送给了玉香，心里很不是滋味，这不是明显不把咱家当回事吗？她心里又想不出自己在什么地方得罪了四凤，总之心里是乱麻团缠皂角树——怎么也理不清。于是喜兰开始耿耿于怀起来。

一天早晨，雾还没退尽，四凤就拿着铁锹在屋基十边地上挖地。她要把这块地挖出来，栽上一排小青菜。自从搬到新屋基来，四凤从没让这块十边地闲着，不是种青菜就是点豆子，从没有人说她乱占田地。

四凤正挖得一身汗水，喜兰过来了，她跟四凤说："四凤，你挖过界了啊，这地是咱家的。"

四凤丈二和尚摸不着头脑，这明明是在咱家的屋基上，怎么就成了喜兰家的了？

四凤说："没错啊，这就是咱家的地，咱已种好几茬了。"

"人要自觉，以前你种过界了，咱没好意思跟你说，但你不能总是过界啊。"喜兰说。

"开什么玩笑呢？要是你家的地，咱也不可能来挖的。"四凤说。

"不信你来看。"喜兰将四凤拉到一边。

四凤从一边看了，挖过的地方是在自家的屋基上，但从另一边看，又像是在喜兰的屋基上。四凤着急了，她觉得喜兰是拿拐杖上鸡窝——故意捣蛋。

四凤说："你不要没事找事，咱不会占你家的地，咱种的是自己的地，天经地义的。"

四凤又要挖地，喜兰不让，一把抢过四凤手中的铁锹扔进了小河里。四凤不甘示弱，端起喜兰的洗衣盆就扔到河里。

两人的争吵声惊动了常青树。常青树过来问怎么回事。喜兰和四凤都抢着说地是自己的，请公公凭理断案。常青树看了看，说："你们也别吵了，叫人家笑话，咱看谁种就是谁的。"常青树这样说，言下之意就是地是四凤家的。

喜兰不承认，说公公偏心眼，向着四凤说话。友正也过来帮喜兰说话："如果谁种的就是谁的，那咱要是到路上种地，路就是咱家的了？"

常青树说："你说是你家的，那你为啥不种？"

喜兰说："咱家的地，就是长草也和别人没关系。"

友明过来了，朝四凤说："你挖你的地，不是他家的，他抢也抢不去。"

四凤的手往河里一指，说："挖个头啊，铁锹都下河了。"

友正朝友明说："啊哟，什么时候石头打乌龟——硬铮起来了？"

友明说："你老婆是老婆，咱老婆就不是老婆啊？"

有理过来调解："不要吵了，地是哪家的，当初放屋基的时候，生产队里都有账，查一下就知道了，一切按账翻。"

友正不耐烦地朝有理说："去去去，你这蚊子大的官，说的不算。"

友明说："组长说了不算，那咱找村干部说理去。"

有理说："别丢人现眼的了，家里的事家里解决，不用找到村里去。要是你们都不相让，就从咱的屋基划出一块地，让你们分。"

喜兰不好意思了，说："那怎么行，咱也不能要你家的地啊！"

四凤听有理这么一说，就朝友正说："那咱也不要了，巴掌大的地也发不了财，你说是你家的，那就你家种吧。"

友正也不好意思起来，但还是嘴硬，说："其实地就是咱家的，既然这样说了，咱也不争了，就让你家种吧，反正都是一家人。"

地的风波平息了，但心里的隔阂没有消除。地的界址是可以界定的，心的界址就难以界定了。

第十七章

　　笑天做了芦苇荡的青年团支部书记后，王山柱叫有理把芦苇荡的村干部一起请到家里喝杯酒，以示对村里干部器重笑天表示感谢。有理觉得笑天去村里工作可能是友良打的招呼，跟村里干部没有关系，用不着请客。王山柱说："县官不如现管，村里人不关照着，有个屁用。"

　　为请村里干部吃饭，玉香杀了两只老鹅、一只老鸡，还炸了五斤肉团子。有理去请村干部时，李青龙书记先是推辞，然后又答应了，问："主要请哪些人啊？"

　　有理说："你是头儿啊，你是头儿你做主。"

　　晚饭前，李青龙打开村里的大喇叭，喊道："为传达乡里紧急会议精神，现决定召开一次紧急会议，请村里的全体干部五点半前到村部参加会议。"大喇叭一连喊了几遍，芦苇荡半个村都听到了，村民们知道上面又要部署任务了。

　　笑天笑了，什么紧急会议，不过是今晚咱家请客。原来请村干部吃饭，还可以用广播通知。还没到五点半，村干部果然都到了。李青龙当然是第一个到的，他是召集人，不会迟到的，村主任、农业主任、计划生育主任、治保民调主任、妇女主任，以及民兵营长、会计和联队会计都来了。笑天是团支部书记，在编在职的村干部一个也不少。

大家还没坐稳，李青龙还没发话，平时就有点老气横秋的治保民调主任隋泥问道："书记，上面又有什么大事？是不是哪个大肚子跑了啊？"

李青龙也很直率，就说："没什么大事，今晚咱们青年书记小常家请客，过一会儿天上黑影了咱们就到他家去，大家放开肚子喝一杯。"

听说笑天家请客，大家都看向笑天，看得笑天很不好意思。隋泥拍了拍笑天肩膀说："好样的，好好干，将来一定有前途。"嘿，请客了就有前途啊？笑天觉得很可笑。

夜幕降临时，村里的干部陆续来到有理家。有理和玉香在厨房烧菜，喜兰和四凤也来帮忙。王山柱早就等在这里，他不仅是有理的丈人、笑天的外公，还是避风港的书记，他今天不是客人，而是主人，要给笑天主持今晚的酒席。

在入席时，王山柱请李青龙坐主席，李青龙哪敢坐啊，在他看来王山柱才是今晚最尊贵的客人。论资历，王山柱做避风港书记时，李青龙才是芦苇荡的一个小队长，不要说在有理家里碰到王山柱，就是在其他场合碰到，他也不敢走在王山柱前面。所以无论王山柱怎么邀请，李青龙就是不敢入席坐主席，于是其他干部一起过来劝王山柱，请德高望重的王老书记入席就座。

恭敬不如从命，经不住大家的一再邀请相劝，王山柱坐到了主席的位置上。酒过三巡，王山柱叫笑天端起酒杯，一起敬村里的干部，说："红花虽好，还需绿叶扶持，就请各位多照应笑天了啊！"王山柱说完，头一仰一饮而尽。笑天也跟着喝了，只觉得一团烈火从喉咙里滚了下去。

大家也跟着喝酒，并表示，请王老书记放心，他们一定好好培养常笑天。

隋泥喝完酒后说："笑天还用得着咱培养啊？咱是小溪里卷不出大

浪花来。"

李青龙朝隋泥说："你这个比方打得不对，咱是井底之蛙，见识少，就怕耽误了笑天啊。"

王山柱说："哪个一出娘肚就会走路？人生的路要自己走，但也要人帮扶。老话不是说，扶上马送一程吗？"王山柱说完手一挥，朝笑天说："端起杯子表个态，必须向大家学习请教。"

笑天赶紧端起杯子喝酒。

大家也要端起杯子，王山柱摆摆手说："你们就不要喝了，这是笑天为了感谢你们的栽培，自提一杯。"

当笑天父亲有理过来敬酒时，李青龙差不多要醉了，摆着手说："不喝了，再喝就要吐了。"大家看李青龙要吐的样子，也就致谢散了。

李青龙真的要醉了，他在回去的路上，一不小心摔进路边的牛粪堆里，到家后一头钻进老婆的被窝，头一歪就呼呼大睡了。

老婆被一阵臭味熏醒，爬起来一看，李青龙两条腿上全是牛粪，气得一脚把李青龙蹬下床去。李青龙像个冬瓜一样滚到地上，连着枕头也掉落下去。他顺手把枕头往怀里一抱，又睡着了。

李青龙当上芦苇荡的村书记，还要感谢老书记王山柱。李青龙还做生产队长的时候，王山柱就已经是避风港的村书记了，王山柱和杨明山一起做村书记，他们又是亲戚，王山柱的话，杨明山还是听的，王山柱在杨明山面前说了李青龙不少好话。况且李青龙做生产队长时，嘴像是抹了蜂蜜，特别甜，不仅鞍前马后奉承杨明山，还认杨明山为干老子，尽管杨明山不认他这个干儿子。王山柱也对李青龙赞赏有加，于是杨明山就把李青龙调到村里了。因此李青龙当上芦苇荡的书记很大程度上是得到了杨明山的鼎力推荐。杨明山推荐李青龙当书记，也少不了王山柱的全力帮忙。

杨明山虽然是李青龙的前任村书记，但杨明山的生活待遇和李青龙不一样。杨明山在任时，经济条件特别差，村民们温饱问题还没解决，哪还有能力请客吃饭，大队干部在一起开小灶时，能找到几斤鸡蛋烧个菜就不错了。李青龙做书记时，已经分田到户，农副业生产搞得红红火火。村民们基本上把茅草"丁头舍子"换成了砖瓦房，不要说村民们结婚生子请村里的干部，就是抛梁饭也让村里的干部们吃不过来。

可以说村里的干部是村民们的贵客，要是哪家有个红白事情，不请村里的干部上门弄杯酒，总感到红白事情办得不完美，在某种程度上更觉得没有得到村里的重视，也会觉得在村民们面前没有面子。村民们喜欢和村里的干部喝酒，村里的干部也通过和村民们喝酒笼络感情，一些不好解决的事情，往往喝过酒就迎刃而解了。

李青龙原来酒量不大，五钱的小酒杯喝下五杯就醉了，到村里做干部后，喝酒的机会多，也就练出来了，一次能喝十杯不醉。后来做了村书记，不但喝酒的机会多，被敬酒的机会更多，二两的杯子能喝四杯，要是李青龙醉酒了，村里的干部和村民们都知道，他肯定喝的超过四杯。

酒是个好东西，桌上有了酒，氛围就会热闹起来，不仅能振奋精神，还能融洽感情、商洽事情，有利于密切联系群众。不过酒也是个坏东西，要是喝过了头，伤了身体不说，还会误了事情，也有可能丢了卿卿小命。

喝酒的机会多，醉酒的次数就多；醉酒的次数多，出事的机会就多。李青龙经常被村民们请去喝酒，没有几次是清醒着回来的，喝醉了跌跟头、走错门是常事。有一次，他走错门，去敲村民三军子家的门。三军子两口子劳累了一天，正在睡觉，听到有人敲门，三军子的老婆月芹就出来开门。门一开，李青龙就一拳打过来，说："咱敲了这么长时间，你耳朵聋了吗？"他把月芹当成自己的老婆了。

三军子听到外面有人打人，赶忙出来看是怎么回事。李青龙又一拳打过来，说："怪不得不开门，原来在家偷人。"

风吹麦浪

三军子两口子一看是李青龙醉酒了，一起动手把他摁在凳子上，好不容易才让李青龙安静下来。李青龙老婆来接他回去，他躺在三军子的床上不走，说着胡话："这个地方真好睡啊。"

　　李青龙老婆想，幸亏遇到三军子这样好心的两口子，要是换了不安好心的人，人家不打断你的腿才怪哩。唉，摔到牛屎上算得了什么呢？能把小命带回来就算万幸了。

　　笑天到村里上班的那一年秋天，友爱和那个小瓦匠私奔了，一连几天没回家。常青树在村里到处找，也叫友正兄弟几个去找友爱，找了几天也没见友爱的踪影。玉香抱怨公公常青树不该干预友爱的婚事，现在年轻人都是自由恋爱，请人做媒的基本是嘴笨的老实人，友爱不见了，十有八九是在以实际行动和父亲做斗争，因为父亲不让她和小瓦匠谈恋爱。小瓦匠是外乡人，老家离常家有百十里地，常青树觉得把友爱嫁那么远，以后友爱一年也回不了几次娘家。他要友爱就嫁给杨小五子，因为他当初答应杨明山，不能说话不算数，尽管他也看不中杨小五子，他说杨小五子想咱家友爱做媳妇，那是白天做梦。但是现在友爱大了，不仅杨小五子来追着友爱，更要命的是四凤也提出来了，他觉得要是不把友爱嫁给杨小五子，四凤会生出什么事来，那就乱套了。

　　友爱要把小瓦匠带回来给父亲看看，父亲一听说小瓦匠是外地的，头摇得和拨浪鼓一样，说友爱不知天高地厚、胆有天大，他心里想，友爱怎么能嫁给一个外地人呢？要是嫁给外地人，那不是白养她了？如果不嫁给杨小五子，咱们怎么跟四凤交代？

　　友爱朝父亲说："如果不让咱嫁给小瓦匠，咱就不谈恋爱，烂在家里。"

　　常青树见友爱顶嘴，也来了火，说："就是烂家里也不准嫁外地去。杨小五子虽然人品差点，但杨小五子的父亲做过大队书记，还做过砖厂的领导，差不到哪里去的。"

友爱找大哥友正诉苦，希望大哥帮她说话。

友正也不同意友爱嫁给小瓦匠，说："小瓦匠家那么穷，嫁给他有什么好处？不就是一个穷瓦匠吗？能有什么出息，嫁个瓦匠要受一辈子苦的。"

友爱说："小瓦匠就是成了要饭的，咱也给他拿拐棍。"友爱也跟大哥友正亮明了态度。

有理也想劝友爱不要嫁给小瓦匠，小瓦匠家太远了，要是有事回娘家，就是自行车也得踏半天。

玉香说："咱看友爱做的就对，自己的对象自己选，吃苦受罪自己乐意，嫁给杨小五子就倒霉了，气都气饱了。"

四凤跟友明说："要是友爱不嫁给咱弟弟，咱就跟你没完。把咱气急了，咱收拾东西回家。"

友明"嘿嘿"一笑说："你就得了吧，要不是咱把你收回来，你现在还不知道在哪儿飘荡呢，估计现在也找不到婆家，谁愿意娶你啊！"

四凤说若非父亲硬要把她嫁给友明，她至少能嫁个大队干部，门当户对嘛。友明心里说，就你这个样子，还嫁个大队干部，嫁谁谁就是个倒霉蛋。

小瓦匠是跟师傅一起来到芦苇荡盖房子的，来芦苇荡前，小瓦匠跟师傅已经走了好多村庄，建了好多的砖瓦房。小瓦匠很能吃苦，脑子也活络，很受师傅的喜欢，师傅说他将来一定能做个能工巧匠。因为小瓦匠砌墙钻缝一看就会，劈砖头也很准，一刀下去，砖头会整齐地分成两段。小瓦匠的目测也准，有时不用吊线，就能把砖墙砌得如直线一样。

小瓦匠跟师傅来到芦苇荡后，友爱就和村里的姑娘小伙一起，跟着瓦工队伍做小工。瓦匠是户主请的，盖房的瓦匠一般都是个团队，五六个人一组，也有一组十来个人的，师傅就是这个团队的头儿。工

风吹麦浪

钱由户主一起结算给师傅，小工也是瓦匠师傅临时找的。他们做到哪儿，就在哪儿找小工，小工的工资当然由瓦匠师傅结算了。

小工主要工作是搬砖头、拎泥桶。友爱被分配给小瓦匠拎泥桶，他们已经在芦苇荡为十几户人家盖了房子。渐渐地，友爱看上了这个满脸是汗、一身灰泥、皮肤黑里透红的小瓦匠。友爱也不知道小瓦匠哪里吸引了她，反正给小瓦匠拎灰桶时就觉得特别带劲，她特别爱看小瓦匠麻利的劈砖手法和拌泥砌砖的优雅动作。哪怕一天看不到小瓦匠，她都像是失去了什么，觉得这一天过得毫无意义。小瓦匠也看上了友爱，他觉得友爱的眼睛特别迷人、友爱的身材特别耐看。他每天上工地时，就不停地向路口张望，等友爱来拎灰桶。友爱为他拎灰桶，他做起瓦工来有使不完的劲。要是友爱没来工地，他就心不在焉了，脑子老走神，砖头砍不齐，墙也砌不准。

自从常青树催友爱嫁给杨小五子，友爱就想和小瓦匠表明心迹。小瓦匠没有主动向友爱表白，他虽然看上了友爱，但他自觉和友爱有一段距离，因为他是外地人，而且家里条件也不好，人家都已经盖上砖瓦房了，他家只有几间茅草"丁头舍子"，还有一个哥哥是光棍汉，除了会瓦匠手艺外，他可以说是一无所有。身材修长、美丽漂亮的友爱怎么会喜欢上他，跟他一个穷光蛋过日子？他想都不敢想。

一次村里放电影，很多人自带凳子，友爱和小瓦匠没有凳子，就站在后面看。他们被站着看电影的人挤得靠在一起，小瓦匠贴在友爱的身体上，他能够闻到友爱的体香、感觉到友爱的体温。他想抓友爱的手，但又缩了回来，怕被友爱拒绝。友爱却一把抓住了他的手，捏在自己的手心里，就在那一刻，两颗心融合了。小瓦匠拉着友爱的手，两个人飞快地离开了电影场，在一个没有亮光的草堆旁站着。小瓦匠放开友爱的手，抱住友爱的腰。友爱把头靠在小瓦的胸前，她听到小瓦匠的心像波涛汹涌的大海一样呼啸不止。

那晚后，只要一有空，友爱就约上小瓦匠去村口的小树林，那里去的人少，他们手挽着手，自由自在地在林子里来回漫游。渐渐地，村子里就传出友爱和小瓦匠谈恋爱的消息。常青树当然不乐意，他要友爱嫁给杨小五子，坚决不同意友爱嫁给小瓦匠。

父亲明确表态不同意友爱和小瓦匠谈恋爱，还叫喜兰和四凤去杨明山家给友爱提亲。喜兰说："要是友爱不喜欢小五子，咱就给友爱重新介绍一个，只要不出水塘乡就行，但条件也不能太差，至少要有砖瓦房。"四凤插话说："咱家小五子就不错。"友明说："小五子虽不错，但跟友爱很不般配，就别做大头梦了，就是咱同意，友爱也不会同意的。"

父亲要友爱嫁给杨小五子，友爱也急了。她问小瓦匠敢不敢带她走，小瓦匠问去哪儿，友爱说想去哪儿就去哪儿，只要能和他在一起就好。小瓦匠说："还有好几户人家的房子要盖呢。"友爱说："你傻啊，再不走，父亲就把咱嫁人了。"小瓦匠一听也慌了，连夜带着友爱走了。

友爱走后，常青树好几天吃不下饭，总是睡不着，坐在床上一口接一口地抽着烟。他在想，友爱为什么会走呢？友爱会走到哪里呢？生下的一趟孩子没有哪个不听话，友正娶喜兰的时候，友正费了不少劲，但也是他点头同意的；有理娶玉香时，他要是不同意，玉香不会进得门来；友明娶四凤，直接是他指定的，友明没有回半个不字；友良在省城，娶的是干部家庭的女儿，他干涉不了，也不敢干涉；在部队的友诚还没娶亲，花在谁家还不知道。友爱是个女孩子，都不让他做主了，这让他觉得世道变了；友情在读书，据说成绩较好，这丫头将来走上社会，婚事还能让他做主吗？

常青树觉得世道变得太快，以前连一只鸡子都不让养，说是资本主义的尾巴要割掉，现在不要说养鸡了，就是养猪也没人管你，就恨你养得不多。村里和乡里不停地在广播里讲，要大家各显神通、勤劳致富。各显什么神通呢？就是什么能挣到钱就做什么，村里有人把好端端的地挖成塘养鱼了，又有人在好端端的地上栽上桑树，说要养蚕。

常青树觉得最大的变化是人的思想变了，变得越来越不听话。有理是生产组长，以前一呼百应，现在说话不灵了，到了防治病虫害的时候，有理挨家挨户地喊喷施农药，没一个喊得动的，都说不急，明天再说。吃庄稼的虫子能等到明天吗？特别是计划生育工作，这就更不听了，有理宣传只生一个好，村民们会朝有理说："你说的比唱的还好听，你为啥就不生一个呢。"村民们指责他，村干部批评他，他是风箱里的老鼠，两头受气。现在笑天又参加村里的工作了，他真的为笑天担心，笑天能把村里的工作做好吗？

　　常青树觉得人变得不知道羞耻了，村西张老四的女儿，竟然在家生了个孩子，还没人知道她是和谁生的。张老四气得要吐血，可是又有什么办法呢？女儿说人家要娶她，现在又不娶了，她只好带着孩子在家养着。这是什么事啊！想到这里，他又觉得友爱走了也好，要是把孩子生在家里，那就太丢人现眼了。

第十八章

常青树去找儿子有理，商量友爱的事，他想让有理去把友爱找回来，实在不行的话，就答应友爱和小瓦匠的婚事，选个吉日，把婚礼办了，不能这样跟小瓦匠私奔了，那样咱常家这个脸往哪儿放啊。

有理骑一辆破旧的自行车去找友爱，他一直找到小瓦匠的家，小瓦匠的父母正在地里干活，估计友爱的事他们早已知道了，所以热情地接待了有理。可是热情归热情，家里却不见小瓦匠和友爱。小瓦匠的父母说，也不知道他们到哪儿了，一直没见他们回来。有理想，就是知道友爱在哪里，这老两口也不会说的。小瓦匠带回来一个大姑娘，他们两口子肯定偷着乐呢。

有理无功而返，玉香就说："一个大活人，不会跑没的，最多生米煮成熟饭了再回来。这事就怪父亲干涉友爱的婚事，都什么年代了，还干涉儿女的婚事。要是父亲同意这门婚事，友爱也不会跟人家跑了。凭友爱那性子，不跑才怪哩，况且这个小瓦匠也挺能吃苦，会瓦匠手艺，是个本分老实的人，人家靠手艺挣钱，荒年饿不死手艺人，友爱嫁给人家，吃饱饭是没有问题的。"

经玉香这么一说，常青树也有点后悔起来。他觉得自己老糊涂了，玉香说得对啊，现在都什么时代了，还讲究三纲五常的封建鬼话，谁

风吹麦浪

爱听啊！跟人家私奔的也不是咱友爱一个，张老四的女儿虽没跟人家跑了，但在家生了个孩子，连娃是谁的也不知道，也一样在家过日子，咱友爱又没在家生孩子。谁知道友爱去哪儿了啊。他不担心友爱嫁给小瓦匠了，他担心的是友爱会不会回来。

月光从窗外射进来，再过一个时辰就要照到床上了。常青树翻来覆去睡不着，他已经几夜没有睡着了。自从友爱走了，他好像没有一点睡意，就是闭着眼睛也是迷迷糊糊的。突然，他听到外面有人喊他，赶紧披上衣服走出门。他看见伍月红坐在门前槐树下的凳子上。她穿着淡绿色的条绒裤子，静静地抹泪，伍月红说："老头子啊，咱和你说了多少遍的话，你咋就忘了呢？"

常青树走上前去，一把抓住伍月红的手。伍月红的手凉凉的，好像刚从水中拿出来一样。常青树问道："你说了啥话啊，咱咋就想不起来呢？"常青树摸着自己的脑袋，很茫然的样子。

"自己养的崽咋就不知道崽的特性呢？八姐从小性格就倔强，你咋就不能顺着八姐呢？"伍月红抱怨说。

常青树想起来了，友爱、友情从小时，伍月红习惯叫她们八姐、九妹。伍月红是个刚强的性格，八姐有过之而无不及。伍月红倔强起来的时候，要是和她好好商量一下，她会收起那倔强的脾气。八姐就不同了，她认准了的事，就像一头老牛一样，怎么拉也拉不回头，要想她回头，除了撞上南墙，而且还要撞个头破血流。

八姐上小学的时候，常青树才发现她像个男孩。冬天时，她不走路上，走河里的冰面上，尽管手和脚都起了冻疮，她也不觉得冷。她和男孩子一样，在冰面上滑行，一路上还抓起碎砖头把冰面砸得"咔吧"作响。她会搬起一块砖头猛砸冰面，把冰面砸出一大窟窿，然后用一个缝衣针做成的鱼钩，把蚯蚓穿在鱼钩上，能钓上几条斤把重的草鱼。

八姐的胆子也很大，大人都觉得心惊肉跳的事，她却觉得没什么。有一次村里放电影，在去村里操场的路上，她远远看见一行人围着地面看，有人发出恐惧的尖叫声。她钻进人群一看，一条几尺长的红赤链蛇吐着红信子在向周围的人示威。有的人吓得退了好几步，有的人拿着棍子要打下去，又迟迟不敢下手。八姐一个箭步上去，迅速抓起蛇的尾巴，往上一拎晃了几下，蛇就像一根草绳一样直线般垂了下来。八姐用棍子锤打了几下，又摘掉蛇胆，到河边用水冲了一下，又捧了一口水，将蛇胆一起吞下肚。在场众人惊慌失措，八姐却没事一样大摇大摆地去看电影了。

　　常青树记得八姐的报复心非常强。常跟笑天一起睡觉的那只大花猫是个馋嘴猫，这个大花猫夜里跟笑天睡，白天就坐在八姐身旁，八姐在哪儿，它就跟到哪儿，八姐也很宠着它。这个馋嘴猫常趁人不注意，偷吃邻居家的雏鸡。邻居们以为是黄鼠狼偷吃了鸡，就共同约定在自家鸡圈旁下网捕捉，结果张三喜把大花猫捉住了。恨之入骨的张三喜拿起一根扁担就把大花猫拍死了。

　　笑天哭了好几天，八姐也没少抹眼泪。她叫笑天不要哭，她告诉笑天，张三喜把咱家的猫打死了，咱要弄死他家的一头猪。后来她找到机会，趁张三喜一家外出，带着笑天扳倒张三喜家的猪圈栅栏，然后把一个小青瓜放在河边上。

　　张三喜才买回几天的小猪崽出了圈门，寻寻觅觅找到河边的小青瓜，还没来得及啃几口，就被八姐从后面一脚踢进了河里。小猪崽慌得前爪伸、后爪蹬，不一会儿就淹死了。

　　"打死也不要说出去。"八姐朝笑天说。

　　"咱们为大花猫报了仇，就是打死咱，咱也不会说的。"笑天握紧拳头说。

　　张三喜回来后发现小猪崽不见了，到处寻找，最后在不远处的河里找到了。小猪崽浮在河面上，身旁还漂着半截没啃光的小青瓜。张三喜大骂起来："哪个把咱家的小猪崽扔河里淹死了？死他祖宗八代。"

张三喜老婆说："骂谁呢？你眼睛看不到啊，是小猪崽偷吃青瓜自己掉河里淹死的，怪谁啊，自认倒霉吧。"

还有一年伍月红去水塘公社参加优秀贫下中农表彰会议，从芦苇荡到水塘公社有十多里地，芦苇荡四个代表准备一起步行过去，八姐也要跟着。伍月红不带她，说路太远，自己也背不动她。八姐就缠着母亲不让走。喜兰把她拉了回来，可八姐又不是一头牛，哪能被拴住。伍月红刚走了半里多地，八姐就跟着来了。伍月红没有办法，只好请同伴歇一会儿，她把八姐送回家。

伍月红到了水塘公社，在会议室里还没坐热板凳，八姐就跟了进来。她一直跟在母亲后面，喜兰和有理根本就看不住她。伍月红把八姐拉到身边，抱坐在腿上，心里想，这孩子咋就这么犟呢！她是来开会，又不是来吃酒席，会一散，还要往回赶十多里地哩。一旁有个女人夸奖说，这孩子长得真好看，长大了个子肯定不矮，因为八姐天生就长着一双长腿。

伍月红说九妹比八姐省心多了，性格温和，不爱说话，就是说起话来也是细声细语，这性格和她父亲差不多。常青树平时就不爱说话，遇到烦恼的事，会一根接一根地抽烟，好像烦恼会随着烟雾一起消散于空气中。

"九妹这孩子喜欢读书，咱一定要供她好好读书。"伍月红说。

"那是那是，再过一个学期就考中专了。"常青树说。

"咱对不起八姐，那时实在供不起她上学啊。"伍月红内疚地说。

"那也没办法啊，孩子多，哪能个个读上书！"常青树说。

"要是九妹能像友良那样就好了，考上中专到城里去，再不用在村里受苦。"伍月红说。

"有啥好的，到城里上班太忙了，友良有几年没回来了，要是能在乡里就好了，离家也不远，说到就到了。"常青树说。

"还是咱笑天有出息，到村里上班了，做了大队的干部。"伍月红笑了笑，说。

常青树开始眉飞色舞起来，他向伍月红介绍起笑天到村里工作的情况，说村里的领导很重视他哩，这小子脑子够用，做事也灵活，将来一定有出息，咱常家后继有人。

伍月红突然抓着常青树的手，央求似的说："你不要忘了到咱坟上多烧烧纸啊，咱有钱了，就去帮孩子们打点打点，保佑咱孩子们一帆风顺。"

常青树感觉伍月红的手像水一样的冰凉，伍月红不是就在眼前吗？好好的怎么要咱烧纸了？他一惊，醒了，原来做了一个梦。

月光像银子一样散落在床上。

这段时间，友正和喜兰没心思考虑友爱的事，因为喜兰的娘家接二连三地出事，先是喜兰父亲打场时劳累过度，一头栽倒在地上，就没有醒过来。喜兰父亲刚过了"六七"，喜兰母亲去地头上寻找几只跑没了的鸭子时，一不小心栽进河里，被捞上来时已没有了气息。喜兰又哭哭啼啼地送走了母亲。村里老年人说喜兰母亲去找喜兰父亲了，这两人死得一点痛苦都没有，也没拖累儿女，是有福的，白头偕老，双双驾鹤西去。

喜兰送走了双亲，还没从悲痛中解脱出来，喜秀两口子开始闹矛盾了，甚至还动起手来。喜秀被丈夫打得跑到了喜兰家里躲起来。喜兰问喜秀，说："怎么了？好好的两口子怎么打架了？"

喜秀说："他就是个神经病，他听别人说大队书记和妇女主任有关系，他就信了。"

喜兰说："那你要和他说清楚啊，他也不是个不讲理的人。"

喜秀说："你说什么他也不相信，他就认定咱和张书记有关系啊。"

"他看见了啊？"

"看见个鬼。"

"没看见怎么能瞎说呢？"

"所以就是个神经病。"

喜秀丈夫怀疑喜秀和张万堂有关系不是一天两天的事了。喜秀自从去村里当妇女主任，喜秀丈夫就有点不高兴。张万堂和喜秀公公是远亲，喜秀公公请张万堂把喜秀弄进村里时，张万堂一口答应下来，结果真把喜秀从卫生所弄到村里当妇女主任。

喜秀才进村里时，心里老是局促不安，因为前任妇女主任就是被张万堂吓跑了的。张万堂对前任妇女主任做了什么，喜秀没看到，但张万堂与儿媳妇万小芳"爬灰"却是不争的事实，因为张万堂对万小芳的图谋不轨，已经跟儿子张小宝吵过好几回了。

万小芳长得比较俊俏，在槐树屯算是一个美人。估计现在万小芳肠子都悔青了，想当初友良一心一意想和万小芳谈对象，却被她父亲阻止了，之后万小芳却被鬼迷住了眼，她对一表人才的友良不屑一顾，却偏偏看中了游手好闲、口蜜腹剑的张小宝，而看上张小宝很大程度上是因为看上了张万堂是槐树屯的大队书记。她觉得跟一个大队书记的儿子总比跟一个农民的儿子要强多了。

万小芳和张小宝结婚后，张万堂那双眼没少在万小芳身上瞄来瞄去。张万堂就像是一只饿坏了的馋嘴猫，只要一有机会就会扑向万小芳这条浑身散发着女人味的鱼。张小宝也不是个傻蛋，也看出了父亲张万堂的心思，神经绷得紧紧的，他怕父亲真的会做出见不得人的事情来。

张万堂的不轨举动终于让儿子张小宝给逮住了。一天天刚亮，张万堂就把儿子叫起来了，说是今天有几个乡里的干部要过来，中午在他们家吃饭，叫张小宝到射阳河边上买几条鱼回来。射阳河里有好多渔船在打鱼，天一亮就收网靠岸了，然后出售鲜鱼。张小宝拎起个箸子就走了。

张万堂见儿子张小宝走了，竟然毫不知耻地溜进万小芳的房间。万小芳刚要起床，裤子还没提起来，只穿了件短裤，露着雪白的大腿。张万堂走到万小芳的面前，万小芳跳了一跳，赶忙问："你进来干吗？这像什么啊？"

"小芳真好看，啧啧，你这皮肤真白。"张万堂看着万小芳裸露的腿，恬不知耻地说。

"您看您，都这么大年纪了，别跟咱小孩开玩笑啊。"万小芳说。

"宝宝啊，不要把咱当大人，就把咱当个指头大的人。"张万堂笑嘻嘻地说着，还竖起一根指头。

张小宝没走多远，一摸口袋，空空如也。没有钱买什么鱼呢？他又回头去拿钱。刚走到窗前，只听父亲张万堂在屋里和万小芳讲话，他气得把放在窗前耙地用的犁耙上的一个木齿给掰了下来。还未得手的张万堂听见窗外"忽嘶"一声响，知道有人偷听，忙跑了出去，只见儿子脸色铁青，手里拿着一截刚掰下来的木齿。他没话找话地指责儿子张小宝，说："你这不学好的小子，好好的犁齿你把它掰下来，以后还怎么耙地？"

张小宝气不打一处来，说："耙什么地？掰下来要用呢。"

"这么一块小木料有啥用？"张万堂问。

"打棺材。"张小宝咬牙切齿地说。

"这一点大的木块能打什么棺材？"张万堂有点好笑。

"手指头大的人，要多大的棺材！"张小宝朝张万堂伸出一个指头，恶狠狠地说。

张万堂无言以对。以后张小宝在外面干些偷鸡摸狗偷女人的事，张万堂一句也不敢批评指责张小宝。张小宝在村子里胡作非为，在一定程度上和张万堂的姑息放任有关。张万堂就是有一万张嘴，也说不过儿子张小宝，张万堂一说张小宝的不是，张小宝就会反唇相讥。

风吹麦浪

终于有一天，张小宝闯出豁子了，这对在槐树屯苦苦经营多年、一统全村的张万堂是致命一击。张小宝不仅在槐树屯，就是在水塘乡也没少干偷鸡摸狗的事，早已在乡里的派出所挂上号了，要不是张万堂经常和有关人士打打招呼，张小宝还不知道要把派出所的门槛踏多少遍呢。

　　张小宝在避风港小寡妇雪桃家马失前蹄，这是他万万没想到的事。张小宝是去避风港买海鱼时偶遇雪桃的，雪桃也在一条船上买海鱼，雪桃红扑扑的脸蛋和水蛇般的身材，一下子吸引了本来就爱拈花惹草的张小宝。张小宝魂不守舍起来，主动帮雪桃付清了买海鱼的钱。雪桃微微一笑，这一笑使得张小宝心花怒放、想入非非，他竟然尾随雪桃，找到了雪桃的家。他看到雪桃只有她一个人在家烧火煮饭，大白天冲进雪桃的锅屋内，一下子把雪桃从锅门口抱出来，放倒在锅屋内的小木桌上。当他要去拉雪桃的裤带时，一个人从外面冲进来，从背后把张小宝的裤带抓起来，像拎小鸡一样把张小宝往外一扔，张小宝被扔了个狗吃屎，门牙被磕掉了两个，鲜血从嘴角流了出来。

　　张小宝抬头一看，是个五大三粗的黑大汉。他觉得今天要是不奋力反击，估计就被打得回不去了。他趁黑大汉去拉雪桃，拾起根木棍往黑大汉后脑勺打去，黑大汉立即像个放了气的气球般瘫了下去。雪桃吓得大喊："杀人了，来人啊……"她还没来得及喊"救命啊"，也被张小宝打了一棍子，同样瘫倒在地上。

　　张小宝还没逃到家里，家里就来了两个警察。张小宝一到家，就被两个警察带走了。当天，水塘乡就传出了槐树屯书记张万堂的儿子强奸避风港小寡妇的故事。明明是张小宝强奸小寡妇雪桃，传来传去，又传成了张万堂强奸年轻妇女的故事，于是张万堂过去那些陈芝麻烂谷子的事情又被村民们传了出来，说张万堂逼走了前任妇女主任，又安排了一个更年轻漂亮的妇女主任喜秀，越传越神，说的和真的一样。

　　雪桃和黑大汉虽然都被张小宝打了一棍子，都没伤着要害，过一会儿就起来了。张小宝被关了两天。他是个老油条，进没进监狱都一个样子，一出来又神气活现起来。万小芳也拿他没办法，因为这样的事也不是一次两次了，万小芳见怪不怪。

不过喜秀家就不一样了，喜秀丈夫就和喜秀争吵，他要喜秀交代，是不是和张万堂有关系。喜秀认为丈夫羞辱了她，就和丈夫对着吵，一个说有关系，一个说没关系，吵得不可开交，最后还动了手。喜秀当然打不过丈夫，就说这个妇女主任不干了。喜秀要用事实证明，她和张万堂没有关系，其他人说村书记和妇女主任睡觉了，那她就不做了，没有工作交叉，谁还会说她和村书记有关系呢！

喜秀丈夫妥协了，但喜秀的妇女主任还没辞去，张万堂的村书记职务却被乡里免去了。

第十九章

　　有理在为友爱出走发愁的时候，玉香也坐立不安起来，这几天玉香娘家的窗户玻璃经常被人砸，玉香母亲整日提心吊胆的。玉香母亲告诉玉香："你大这个大队书记没做头了，得罪了一大帮人，咱跟着他就是活受罪。"

　　王山柱这几年带着村里人搞渔业生产，大伙的口袋确实充实了不少，算是水塘乡最富裕的村。不过村里的矛盾多了起来，特别是乡里明确的计划生育工作最让人头疼。王山柱一提到计划生育，头就疼得要裂开了一样，计划生育工作提倡多少年了，从来没有这几年管理得这么严格，动不动就抓人，可是不抓人又怎么管理得起来呢？过去是睁一只眼闭一只眼得过且过愿打愿挨的事，现在不行了，村民们东躲西藏非要超生个二胎，要是生了三胎那是天塌下来的大事。

　　避风港的吴老四已经超生了三胎，因为吴老四的超生让王山柱在全乡大会上做了检查。按理说吴老四应该满足了，况且吴老四的三孩还是个带把的，可是吴老四在外公开表示，就是砸锅卖铁也要生，一直生到老婆不能生为止，多子多福嘛。

　　这还了得，乡里决定把吴老四这一户作为重点管理对象，并明确由避风港村干部组织，把吴老四老婆送到乡里的卫生院结扎了。任务下来后，王山柱连夜组织突击把吴老四两口子堵在家里。吴老四老婆吓得浑身发抖，哪个不害怕啊，好好的一个人要在肚子上划上一刀，这不是自找苦吃吗。吴老四见要把他老婆抓去结扎，拿了把铁叉要和村里的干部拼命。这就由不得吴老四了，因为吴老四危害了大家的安全，王山柱一声令下，立即有人找来一根绳子，把吴老四捆了个结结实实，吴老四眼睁睁地看着村里的干部把他老婆抬走了。

晚上时，村里的干部把吴老四的老婆抬回来了。村里的医生和妇女主任一直陪护着，妇女主任的手里还拎着大包小包的营养品。不管村里的干部说了多少好话，也不管村里的干部送来多少慰问礼品，吴老四的眼里喷射着仇恨的光芒，他追着远去的村干部说："咱跟你们没完。"

村里的计划生育工作轰轰烈烈地开展着，王山柱家里的事也在轰轰烈烈地闹腾着，新年时，家家户户放鞭炮、拜大年，而王山柱家却是吵得像一锅粥一样，因为王山柱早上起来开门放鞭炮时，门一开，一个坟茔头滚了进来。新年图个吉利，不能讲不吉利的话，这新年一大早上，一个坟茔头滚进家里，明显是有人诅咒他家。

玉香母亲先是卷天骂地说哪个绝八代的，这种缺德事要遭雷打的，走路被车撞、养儿没屁眼，继而缠着王山柱又打又闹，说王山柱在外得罪人了，叫王山柱不要做这个吃力不讨好的事，再做下去家里要出人命了。

这坟茔头到底是谁送来的，王山柱心里也没底，因为全村那么多人，为计划生育的事哪家都做过思想工作，又有哪家没有和村里对抗过，像吴老四那样要和村里没完的户多着了。王山柱越是说不清哪个弄的，玉香母亲越是缠着他闹，在新春佳节这个喜庆的日子里，被人家送个坟茔头拜年，那是最忌讳的事。一年中是否吉祥安康、顺风顺水，新年的第一件事似乎就已经敲定了。在玉香母亲的眼里，这一切都是王山柱做这个村书记带来的祸水。

风吹麦浪

接下来的事，更让王山柱一家人提心吊胆，他们不知道下面还要发生什么事情。先是一头即将生崽的母猪，不知道什么原因死了，玉香母亲查来找去得不到原因，就把村里的兽医请来，兽医在猪食糟里找到十几根缝衣针，这让玉香母亲倒吸了口凉气，这跟谋财害命有什么区别？他们能害死咱家的母猪，就可能对咱家的人下手。玉香母亲叫王山柱到派出所去报警，一定要把害死母猪的人找出来。王山柱却说："还是算了吧，冤家宜解不宜结啊。"

　　"他今天能害咱家的猪，明天就能害咱家的人。"玉香母亲说。

　　"他的胆难道有天大吗？咱看他就是吓吓咱的。"王山柱说。

　　"咱放过他，他能放过咱？"

　　"就是把他抓起来又咋办，难道还关里面一辈子？"

　　"关里去教育教育也好，叫他不要和咱们作对啊。"

　　"要是能教育得好就好了，你不知道咱们做工作，哪个嘴皮不磨破了，有用吗？"

　　玉香母亲一听这话，又开始哭闹起来。她知道，如果不教育惩处那些和她家作对的人，下面还会出乱子。果然，接下来的几天里，王山柱家的玻璃接连被人用砖块砸碎了，这让王山柱愤怒起来，因为再这样下去，玉香母亲就要崩溃了。她整夜整夜地睡不着觉，白天也疑神疑鬼，见到哪个都是坏人，只要有人从她家门前经过，她就认为是来害她的，快要发神经病了。

　　王山柱终于发威了，村里干部全力支持王山柱，说不把这个鬼抓住，咱就不是避风港的村干部！王山柱也发狠说："如果不把这个鬼抓住，咱这个村书记就不干了，自动辞职回家。"

　　村里的干部一连在王山柱家周围守了好几夜，终于把半夜砸玻璃的鬼捉住了。你猜是谁？原来是槐树屯书记张万堂的儿子张小宝。此时的张万堂已被乡里免职，张小宝为啥跑来砸王山柱家的玻璃呢？村里的干部百思不得其解。

张小宝被避风港的干部捉了，张万堂赶忙来求情。张万堂虽然被免职了，但老村书记的面子还是要给的。不过王山柱要弄清楚张小宝为什么要砸他家玻璃，他可是与张小宝无冤无仇的。他要把这事弄清楚，也是还自己一个清白。

张小宝也很干脆，竹筒倒豆子，说黑大汉打了他，他要报复。王山柱明白了，黑大汉是他的兄弟王山石，王山石一直和村里的雪桃相好，张小宝是在为雪桃和王山石争风吃醋。王山石一般都住海船上，张小宝找不着王山石就找王山柱报复来了。王山柱既是避风港书记，又是王山石的哥哥。他叫王山柱做王山石的工作，不要再找雪桃了，雪桃是他的人。张小宝说的好像雪桃是他的相好一样。

王山柱觉得好笑，这事与咱风马牛不相干，咋就和咱作对呢？张万堂拾起根棍子要打张小宝，说："你能有点出息不？把自己老婆看好就不错了，还想着人家女人，真是丢人现眼。"

张小宝指桑骂槐地说："咱想的是人家的老婆，又没想自家的儿媳妇，丢什么人啊？"

张万堂无言以对，他觊觎儿媳妇万小芳这事槐树屯没有人不知道，连避风港的人也有所耳闻。张万堂和儿媳妇有没有真"爬灰"，外人只是传闻，张小宝却一清二楚。张小宝骂张万堂老不死的，张万堂就不吱声了。张万堂用行动向儿子张小宝表明，他真"爬灰"了，为老不尊，又有何颜面教训儿子呢！

一次，张万堂老婆的妹妹来了，这天正好张小宝和万小芳吵了几句，张小宝气得出去玩了。万小芳见张小宝走了，也出去找人打牌。张万堂两口子知道儿子和儿媳妇拌了嘴，估计二人都去了万小芳的娘家。晚上时，张万堂老婆叫张万堂睡儿子房间去，她们老姐妹俩要聊聊天，张万堂也就睡到儿子张小宝的床上了。

万小芳打牌打到半夜回来，一看床上睡个人，以为是张小宝，嘴里嘟囔着"咱去了半夜也不去找咱"，就把衣服一脱睡到床的另一头。

风吹麦浪

张小宝在外鬼混了一夜，天要亮时回来了，一看床上一头睡着老婆万小芳，一头睡着父亲张万堂，气得直跺脚，大骂床上两个人是畜生。骂声惊醒了万小芳，万小芳一看脚底下是张万堂，羞愧难当。张万堂也醒了，一看睡在万小芳的床上，无比尴尬。

张万堂老婆一看这场景，忙和儿子说："误会啊误会，这是咱安排的。"

张小宝手指着床上问母亲："你就安排这样的事？"从那次后，张小宝更相信父亲张万堂"爬灰"了，之后张万堂说啥他也听不进去。万小芳对他的所作所为既不阻止也不过问，他更加觉得万小芳是理亏而无嘴说人，愈发肆无忌惮起来。

张小宝看上了雪桃，他以为拿下雪桃是手到擒来的事，没想到雪桃的相好、黑大汉王山石看得很紧，尾追其后，差点没把张小宝砸死。王山石想，你算什么东西？避风港的前任大队书记张开仁差点没被咱一砖头拍死。

玉香母亲抽抽泣泣地哭着，外村人都来糟蹋咱家了，这日子怎么过啊！

友明没能把友爱找回来，十分恼火，但又无处出气，就迁怒于村书记李青龙。他跟四凤说："李青龙不是个东西，要不是咱丈人杨明山的帮助，他做个鸟书记。"四凤虽然也对李青龙有看法，但她不表露在脸上，她说："李青龙现在是书记了，哪儿还看得起咱老百姓啊！"

友明觉得李青龙在做了芦苇荡书记后明显变了。没做书记前，李青龙看见友明时赶忙上前打招呼，还递过一支烟来。尽管友明不会抽烟，他也硬塞进友明的手里，随即掏出火柴，划着一根，给友明点着火。友明也就恭敬不如从命，就势把烟夹在手指上，让李青龙点着了，就好像他是村书记一样。

杨明山被调走后，李青龙当上了芦苇荡的村书记，起先李青龙还对常家人客气一点，渐渐地就变了，友明去找李青龙办事的时候，再也享受不到以前的待遇，李青龙不再给友明递烟点火。这时候，友明会从口袋里掏出烟来，赶忙走上去给李青龙递上一支，李青龙也不客气，两个手指一夹，还没等友明拿出火柴来，他已从口袋里掏出一个银色的打火机，"啪"一声打出火来，很潇洒地把烟点着了，然后深深地吸一口，徐徐吐出烟圈。他根本就没正眼看一下友明。这让友明非常反感，他觉得李青龙翻脸比翻书还快，丈人杨明山才调走几天，你李青龙上任也没有几天，才刚刚脱掉漏裆裤穿上整裆裤，就神气活现起来了。

过不了几天，村里收缴"两上交"的尾子，杨明山在任时，友明家从不拖欠村里的上交。丈人是村书记，要是友明再不把上交带头缴了，这不是给丈人杨明山添堵吗。杨明山被调走后，友明不满李青龙的表现，故意拖着村里"两上交"，成了全村"两上交"的尾子。按照乡里的规定，"两上交"要按时完成，这就逼着村里必须尽快把"两上交"的尾子收了。

李青龙带着村干部到友明门上收"两上交"时，四凤在屋前洗衣服，友明正在菜地里挖田。李青龙一到，就有人搬个凳子让李青龙坐下了。李青龙点着一支烟后朝一名村干部说："去把友明叫来。"

友明过来了，他没有给李青龙递烟，他知道李青龙是来要上交的。和李青龙打了招呼后，他说："这些日子手头有点紧，等宽松时候一定缴了。"要是在以前，李青龙到友明家的时候，早就把烟递到友明手上了，这个时候李青龙连屁股都不想抬一下。

四凤也过来说："就请再等几天啊，过几天咱一定把上交送到村里去，咱家从来又没拖过村里的。"

有村干部说："那就再等几天吧，又不差这几天的。"

村干部以为李青龙会不看僧面看佛面，同意友明家的上交过几天再交，因为友明的丈人是老领导杨明山，不看僧面看佛面，杨明山的

风吹麦浪

面子总要给，况且友明也不是个"老大难"户。

没承想李青龙不同意，他对村里的干部说："要是他家过几天，你家也过几天，全村的上交就完不成了啊。"李青龙的意思再明白不过，友明的上交一定要缴了，一天也不能等。

四凤对李青龙说："那就请李书记帮咱家先垫一下，过几天咱一定还给你。"四凤的要求也不过分，要是李青龙帮助先垫一下，四凤过几天也真的还了，这在以前是常有的事，要是哪家手头不宽松，村里干部事先帮助救个急，村民们都是感谢不尽的。

可是李青龙却说："要是你家叫咱垫一下，他家也叫咱垫一下，咱家就是卖了房子也不够啊。"李青龙的意思很明确，不垫。

友明也来火了，说："不垫咱就没得，过几天一定有。"友明虽然态度强硬，但也留有余地。

村里的干部左右为难，就问李青龙怎么办。李青龙说："老办法。"

村里的干部知道老办法是什么意思，抬粮食是常规动作，捆猪牵牛是特殊动作。村里的干部也没办法，李青龙下令了，哪个敢不动手。村里的干部一起动手，从友明家的粮囤里扒了两口袋粮食抬走了。李青龙一声招呼也没打，头也没回，抽着烟，大摇大摆地走了。友明气愤地朝李青龙的背影说："屁大个干部，有什么了不起的！"四凤也愤愤不平，骂李青龙是个忘恩负义的东西。

有理丈人一家被搞得焦头烂额，也让有理两口子头疼不已，特别是玉香，和她母亲一样成天提心吊胆，害怕她娘家那边又出什么乱子。

早在前几年，常家发生了一系列的事情，让不愉快的众人兴奋起来。先是友情考上了市里的农业干部学校，虽然是个中专院校，但这等于是跳了农门，从此改变了身份，毕业后将由国家分配工作，是国家干部了。

友情和友爱不一样，友爱生性泼辣，友情生来温柔；友爱身材修长，友情娇小玲珑；友爱嘴不饶人，友情沉默寡言。从小就爱读书的友情终于熬出了头，当友情把学校录取通知书拿回来时，从不爱喝酒的父亲竟然在床上摆起了酒，一连喝了好几口。比友情还大一个月的友正的女儿怀香也考上了，这意味着怀香将来至少能做个小学老师，这是让友正没有想到的事。怀香不像友情那样读书不让人操心，友正觉得怀香从来就没学过习，因为他从没看过怀香做过家庭作业，他没工夫，也没水平指导怀香做作业。他说女孩读书有什么用，将来长大是人家的人，就是读上书也是为人家读。

友明的女儿怀玉没考上中专，却考上县上的高中了，考上中专就出头了，因为国家包分配，怀玉考上高中还要奋斗下去，不过要是考上大学的话，层次更高、前途更远了。

友诚在部队立功了，县武装部长亲自将喜报送到水塘乡，张春雷书记在全乡大会上专门表扬了友诚的先进事迹。在张书记的要求下，李青龙和当年杨明山送友诚入伍时一样，组织了锣鼓队，敲锣打鼓地把友诚立功的喜报送到友诚的家里，常家在全村扎扎实实地风光了一下。

更让常家人兴奋的是，常笑天被提拔到乡里当团委书记了。明眼人一看就知道，这一定是友良特意安排的，凭友良的身份，他和乡里领导打声招呼就行。笑天既没学历也没资历，还是个嘴上没毛、办事不牢的毛头小伙子，凭什么能去乡里当团委书记？那可是正儿八经吃皇粮的国家干部，更重要的是团委书记是乡里重点培养的后备干部，未来可期。常青树兴奋得喝醉了酒，酒后吐真言，说："咱就是死了也瞑目了。"有理和玉香也兴奋得一夜没睡好觉，有理说："咱做了一辈子的生产队长，连个村干部都没做到，笑天这小子，从小到大就和他叔友明一样喜欢捞鱼摸虾，竟然到乡里去做乡干部了！"

乡里专门派了两位组织上的同志来到芦苇荡，找村里的干部和党员代表访谈，他们要了解笑天的群众基础和品性德行。在找李青龙谈话时，李青龙的话让乡里来人丈二和尚摸不着头脑，不知道李青龙要表达什么意思。

"听说常笑天是自学成才的，是这样的吗？"乡里人问。

"自学是自学的，成没成才不知道。"李青龙答。

"不少人反映常笑天的业余时间喜欢看书读报，是个积极要求上进的青年，你应该了解吧？"乡里人问。

"在咱村里工作，读书看报有什么用呢？这是纸上谈兵。"李青龙答非所问。

"乡里要把常笑天调上去使用，你同意吗？"乡里人问。

"咱说不同意有用吗？咱这庙太小，容不得大和尚啊。"李青龙答。

乡里的人听来听去，觉得李青龙是阴阳怪气，按理说调常笑天去乡里工作，不仅是常笑天的荣光，更是芦苇荡村干部，特别是村书记李青龙的荣光，作为村里的"一把手"，他怎么会说出这种话来。当然，不管李青龙说什么，都不影响常笑天到乡里任职。

李青龙当上了芦苇荡的书记后，在实际工作中坚守原则底线，但方法不够灵活，他有时会大公无私，但有时也心存杂念。四凤说李青龙忘恩负义，玉香则说李青龙是自私小人，笑天在村里时，李青龙没少给笑天的工作"挖坑"。用有理的话说，他是怕笑天翅膀硬了，夺了他的位子。李青龙也不傻，常笑天有强大的后台，只要常笑天翅膀一硬，夺他的位置是分分钟的事。

村里的治保民调主任隋泥说李青龙是活触寿。过年了，李青龙亲自给每个老党员送了二斤鸡蛋，过年后他又叫笑天去逐户收回来，还振振有词地说是集体的钱不能瞎花，必须一只不少地要回来。笑天左右为难，隋泥是村里的老油条了，他直接朝李青龙说："哪个发的哪个再去收，别人怎么好去收。"这就是一个坑，如果不是坑，为啥李青龙自己不去收呢？

第二十章

笑天去乡里当上了乡团委书记，李青龙的心里很不是滋味。自笑天从娘肚里出来的那一天起，李青龙就当上了生产队队长，一直熬到杨明山被调走，他才当上了芦苇荡书记。他用一生的努力才当了个没有芝麻大的村书记，而笑天一点资历都没有，嘴上没长毛就进了乡里当团委书记。这是什么世道啊！

他压根就没看得起笑天，笑天在全村青年中并不出众，甚至还有点令人讨厌。在他的印象中，笑天从小就是个调皮捣蛋的孩子。笑天上小学时，就从李青龙家的门前路过，一群孩子去上学，只有笑天蹦着走路，还不时拾起路边的石子，砸进人家的鸡圈里，把人家的鸡子砸得咕咕直叫。

李青龙那时还在生产队做队长，笑天路过他家时，常把他家的鸭子砸跑了，李青龙只好拿着根竹竿子到处去撵鸭子。要是撵不回鸭子，第二天他就会在路口等候笑天他们的到来，他也会拿根竹竿子撵笑天，一直把笑天撵得没了踪影。

笑天还会带着一群孩子跑到李青龙生产队的队场上玩闹，常常把李青龙白天堆得小山一样的牛草堆扯得跟地面一样平，有时还把队里母猪圈里的母猪放了，害得李青龙组织社员到处找。李青龙找急了，

风吹麦浪

就拿着铁叉追着孩子们撵，把笑天一群孩子撵得满田跑。

李青龙到大队开会时，碰到同是生产队长的有理，会和有理说："你家笑天和猴子一样，要管管呢，咱生产队里的母猪被他放跑了，撵了大半天才撵回来。"

有理就摸着脑袋笑着说："这孩子好动，一刻也不闲着，有时一夜也不回来。"

李青龙说："笑天太顽皮了，肯定读不上书。"有理说："压根就没指望他能读上书。"笑天初中毕业后，李青龙亲自上门来找笑天，安排笑天到村里做团支部书记。

李青龙接到了张春雷书记的通知，要他把笑天安排到村里去做团支部书记。李青龙本来想把这个位置留给才嫁到村里的陈春桃的老婆高小丽，但是张书记的命令下来了，他不敢不从。但是李青龙心有不甘，他看上高小丽了，想把这个位置留给高小丽，这足以换得高小丽的欢心，因为他用治保民调主任的位置，成功俘虏了隋泥的老婆水草。

友良早就给张春雷打过电话，说侄儿笑天中学毕业了，请张春雷照顾一下，安排个事做。张春雷记着呢，友良的话他不能不听，友良是报社骨干，据说是报社领导的干将，未来可期，将来一定是实权派人物，请他照顾笑天，那是给他面子。

张春雷专门去了趟芦苇荡，正好在路上碰到笑天，笑天帮助他过了独木桥。张春雷一看笑天，满心欢喜，小伙子挺精神的啊。他一到村部就找李青龙谈话，叫李青龙把村里空着的团支部书记的位子填上。李青龙不知道张书记想安排谁，小心翼翼地问张书记有没有中意的人选。张春雷不说话，在一旁的秘书说："这还要问，常有理家的常笑天不是很优秀的吗？"

李青龙立即回答："照办，照办。"李青龙真是个呆子，安排个常笑天还用得着他同意吗？

李青龙胆有天大，竟然拖着不办，一连拖了个把月。好在张春雷不知道这件事，要是张春雷知道了，李青龙的芦苇荡书记位置早就没了。但有理和玉香有看法了，除了李青龙翻脸比翻书还快外，李青龙在对待笑天的问题上，也让有理两口子不自在，他们认为李青龙看不起他们，有理说："李青龙嘚瑟什么啊，咱丈人干了一辈子大队书记也没嘚瑟过。"

笑天做了团支部书记后，李青龙常让笑天骑一辆破旧的自行车载着他出行，他要是去乡里开会，也让笑天用自行车把他载到乡里。李青龙在会议室开会，常笑天就在会议室外等，常笑天就像李青龙的司机。这让隋泥很不自在，他不止一次说李青龙有官僚主义作风，官不大，却还用个司机。

常笑天觉得做李青龙的司机也不错，不仅能和村书记在一起，也不缺吃喝。李青龙除了早上外，中午和晚上基本是不在家吃的，他走到哪儿都有人家请他吃饭，他催粮催款时，中午催到哪家，中饭就定在哪家。被催的人家也很热情，很快就搞来了熟食之类的菜肴。要是在水塘乡开会，李青龙也有专门吃饭的地方，那就是王家饭店，只要签个李青龙的名字，随便吃多少，吃过了走人，不用付钱，年底了自然有人来结账。

笑天通过跟李青龙一起在村民家吃喝，基本认识了村里各家各户。他单独到水塘办事时，在王家饭店大吃一顿，只要签个字，年底一样有人给结账。

笑天觉得李青龙的派头比乡里的张春雷还大。笑天去乡里办事的时候，偶尔会碰到张春雷书记。张书记一看是笑天来了，忙把笑天喊到他的办公室来坐坐，主动给笑天倒茶，并了解工作上的情况。张书记和蔼可亲，笑天一点没有在李青龙那里的拘束。李青龙从来不喊笑天到他办公室，只有外出时，才会喊笑天用那辆破旧的自行车载着他出去。

渐渐地，笑天看出一些破绽，如果不忙的时候，李青龙会坐笑天的自行车去陈春桃家。笑天把李青龙送到陈春桃家后，就自己去玩了。

李青龙一到，陈春桃会从鸡圈里抓只鸡来杀了，叫高小丽烧鸡汤。高小丽在锅门口烧火，陈春桃就去村里的熟食店买熟食，陈春桃知道李青龙喜欢吃熏烧猪爪，每次都会拎两只来，账当然是记在村里集体的头上。

陈春桃去买猪爪的时候，李青龙就搬个凳子坐在屋里，看高小丽往锅灶里添柴火，灶膛里的火苗把高小丽的脸照得红扑扑的，李青龙就直勾勾地盯着高小丽的脸蛋，看得高小丽不好意思起来。锅门口的柴草烧完了，高小丽拿个畚箕出去抱柴草，还没出门，就被李青龙从后面抱住，两只手正好抓在高小丽的两个奶子上。高小丽吓得拼命挣扎起来，好不容易挣脱了李青龙的双手跑了出来，拿着畚箕在草堆旁转圈子，不敢再进屋子。因为李青龙还坐在屋子里。李青龙是条狼，高小丽是只羊，羊怎么敢进狼圈呢？直到陈春桃回来了，烧鸡汤的锅还没开，陈春桃抱怨高小丽不知道烧火炖鸡。高小丽心里想，还烧火呢？再继续烧火，咱就要被人家吃了。

村民们在背后议论李青龙组组都有丈母娘，常笑天不知道是什么意思。隋泥朝笑天说："你傻啊？就是组组都有小腿啊。"笑天不知道小腿是什么，但村里人当然知道了，他们都暗自发笑，你隋泥还笑话笑天傻，咱看你才是个傻子，你家的水草就是李青龙的小腿。

笑天懂了，捂嘴一笑。

清晨，东方的天际上铺了一缕缕金色的光线，那是太阳在地平线下射出的光，它小心翼翼地浸染着浅蓝色的天幕，新的一天从远方渐渐地移过来了。

友明和四凤一早把一头刚饲养了两个月多月的母猪赶到槐树屯的老唐爹家配种。老唐爹家饲养了一头良种公猪，身架子像是刚生下的小牛犊，但由于忙于配种，加上营养跟不上，公猪明显消瘦，有的地

169

方骨头都要露出来了。可怜的公猪啊，人家圈里的公猪肥头大耳，你咋就这么瘦呢？

友明家以前饲养过几头猪崽，猪崽长到六十斤左右的时候就发情了，在圈里乱窜、撞墙，这个时候友明就去村里请陈兽医来阉割，就是把猪的生殖器割了，这样猪就不会发情了，一门心思地长肉。要是不阉割，再怎么喂也不长膘，因为猪发情了，喊瘦了。

陈兽医不怎么专业，他的阉割技术是跟他父亲学的，一知半解。要是公猪还好办，公猪的生殖器在外面，一刀割了就是。母猪就不好办了，他不知道母猪的卵巢在哪儿，往往在母猪的肚子上开个口子，伸进手指去抠，抠了大半天也没抠出来，把母猪痛得大喊大叫。

一次友明请他为猪阉割，中午特地备了几个菜，陈兽医喝了点酒，兴奋得不得了，说阉猪是小菜一碟，手到肉除，周围几个村的猪都是他阉割的。酒足饭饱后，酒杯一放就叫人去圈里逮猪。逮猪至少要两个人把猪摁着，友明要去喊有理一起逮猪，四凤说："用不着，就咱两口子，这么小的猪崽还跑了不成。"友明抓耳朵，四凤抓后腿，小猪崽动弹不得，被摁在地上等陈兽医来下刀。

陈兽医趁着酒兴，麻利地在小猪崽的肚子上划出一个口子。然后将左手两根手指伸进口子，去抠猪崽的卵巢，可是抠了大半天也没抠到，猪崽痛得没命地挣扎大叫。四凤觉得奇怪，仔细一看，跟陈兽医说："不好，你阉错了，这是头公猪啊。"

友明也说阉错了，阉的不是位置。陈兽医一看是头公猪，赶忙把划了的口子用线缝了起来，这才一刀割了公猪的生殖器。伤口缝好后，猪崽被放了。猪崽立即不喊了，飞奔回猪圈，冷眼看着站在圈门口的陈兽医，像是在说："你还做什么兽医，公母都分不清，害得咱多挨了一刀。"

友明这次饲养了一头母猪，四凤不让陈兽医阉割了，她说："陈兽医技术不行，咱养母猪生猪崽，人家的母猪一肚子生十几头小猪崽呢。"

风吹麦浪

四凤说得也很爽快，叫友明打打鱼，咱就养养猪，各管各行，只要不懒，供应几个娃读书没得问题。

到了槐树屯的老唐爹家，老唐爹正在给公猪喂豆饼。一般猪吃的是草糠，这头公猪吃的是豆饼，老唐爹说不喂豆饼的话，配种时没有精神，就不一定能配得上，要是配不上，公猪瞎折腾一番不说，母猪就空来了一趟。

配种是在猪圈门前的场地上进行的，友明把小母猪牵过来后，老公猪也赶来了，老公猪不用牵，老唐爹把老公猪往场地上赶，它自己就知道该干什么。

配种完成后，友明从口袋里掏出十元的纸票子给了老唐爹，老唐爹也不客气地放进了口袋里。友明和四凤着急要把小猪崽往回赶，小猪崽不知道它是想再搞一次还是想吃豆饼子，赖在地上不肯走，友明用草绳子狠狠地打了几下，小猪崽才向芦苇荡走去。

在回家的路上，友明与四凤开起了玩笑，说："老唐爹家的公猪占尽了便宜，咱家的小猪崽还是个黄花大姑娘呢，被人家公猪糟蹋了还要倒找钱给人家，这不是太太看上当差的，倒贴了吗？"四凤说："咱家的猪没有倒贴啊，再过几个月咱家的猪就能生出十几头小猪来。"

果然，三个多月后，四凤家的母猪生下十几头小猪崽，小猪崽一生下来就活蹦乱跳的，争先恐后地挤在母猪肚上啃奶喝。小猪崽长到十多斤时，李青龙的老婆来赊猪崽，友明叫四凤不赊，因为友明知道李青龙赊村民的东西从来不给钱。四凤说就赊他家一头吧，咱看就一头小猪崽，他李青龙不至于把村书记的身份失掉吧？

李青龙当上村书记后，扩建了自家的猪圈，可以容得下七八头大肥猪。李青龙为什么要扩大猪圈呢？因为他赊小猪从不结账。他老婆特别爱占便宜，哪家母猪生崽了，她就经常去人家猪圈附近转悠，夸人家的小猪崽长得漂亮有膘。人家指望李青龙罩着呢，就会从圈里逮一头小猪送给她，她故意推辞几下，还是把小猪崽抱回去了。人家就在背后说，小猫不吃鱼——假惺惺的，小猪崽一生下来就皱眉头，漂亮个啥？

张三喜饲养了好几年母猪，每一次母猪下崽，李青龙老婆都会去看，看着圈里活蹦乱跳的小猪崽，喜爱得就差直接进圈里逮了。张三喜老婆知道她想要小猪崽，也知道她逮了小猪崽肯定不结账，就顺势叫李青龙老婆逮头小猪崽回去，小猪崽的钱算在明年村里的"两上交"账上。李青龙老婆一听不要她结账，头点得小鸡啄食似的，抱着小猪崽走了。

第二年秋天，张三喜成了全村"两上交"的尾子，村里开展"两上交"扫尾工作时，李青龙带着村里的干部来到张三喜家。李青龙一到，张三喜老婆赶忙搬条凳子请李青龙坐下，张三喜很快递上了根烟。李青龙深深地抽了口烟，问张三喜今年为啥不把"两上交"缴了，张三喜老婆嘴快，说："咱家早就缴了啊。"

"什么时候缴的？"李青龙问。

"去年啊。"张三喜老婆说。

"你家蛮积极的啊，去年就把今年的上交缴了。"隋泥抢着说。

"你家去年就把上交缴了，咱咋不知道呢？要是你家去年真把上交缴了，咱要上报乡里呢，这是个好典型啊。"李青龙说。

"你不相信啊，不信回家问你老婆去。"张三喜老婆说。

李青龙想不起来什么意思，张三喜老婆就用手往猪圈方向指，意思是去年李青龙的老婆逮了她家的一头小猪崽。李青龙揣着明白装糊涂，装作没听懂，隋泥听懂了。

"一码归一码，你家拖欠的上交是差集体的，李书记家赊欠的小猪崽是差个人的，个人服从集体，你家先把集体的一碗盛上。"

张三喜不承认了，说："要是咱家把集体的一碗盛起来，那个人拖欠咱家的怎么办呢？咱家不就差个窟窿眼吗？"

李青龙不吱声，隋泥来圆场子了，说："那这样吧，李书记写个欠

风吹麦浪

条给你家，你家先把上交缴了，你们个人的账慢慢结。"

这样要求看似合理，张三喜也不好再推，他想拿钱把账结了，但张三喜老婆又不同意了，说："那咱家也打个欠条给村里，等咱家把账收回来，保证一分不少地送到村里去。"

隋泥张口结舌，李青龙从凳子上跳了起来，朝村干部说："走，不知好歹的东西。"

一路上隋泥在想，谁不知道好歹呢？要是李青龙不把小猪崽的钱还上，张三喜这户的尾子还真的不好收呢。

第二十一章

　　常笑天轻而易举地去乡里当上了团委书记。对于芦苇荡空缺出来的团支部书记的位置，李青龙迫不及待地在村"两委"会上提了高小丽的名字，村"两委"大多数成员直摇头，表示不同意。一般情况下，只要村书记提出的事情，村里干部没有不同意的，因为一家有个主，一庙一个神，要是哪个不同意，不是明摆着跟村书记作对吗？不过对这件事，村里干部还是保持了清醒的头脑，他们认为李青龙和高小丽之间有着说不清的关系，要是把高小丽这样的女人安排到村里，芦苇荡很有可能出现鸡拿耗子、猫打鸣的现象，乱套了。

　　首先表示反对的是村主任杨金贵，李青龙当上村书记后，村治保民调主任杨金贵就走上了村主任的位置。杨金贵从生产队会计干起，从会计做到村主任，用了二十多年，五十岁刚出头头发就花白了。杨明山推荐李青龙当书记时，杨金贵就有看法，他认为杨明山不识人，李青龙是什么人？他是一个隐藏得很深的人，是一个伪装得很真的人，很多时候李青龙在杨明山面前表现得非常诚恳，执行工作不折不扣，但是在杨明山背后却评头论足，说功大、做功小，做事情大打折扣。当事者迷，旁观者清，杨明山不知就里，还以为李青龙对他忠心耿耿。杨金贵看得清清楚楚，可是他又不能说给杨明山听，他认为杨明山一定不会相信自己的话，没准还以为自己是在挑拨离间。

事实证明，李青龙是个善于伪装的人，杨明山离开芦苇荡没过个把月，李青龙就变了脸色，不用说杨明山在任时制定的制度规矩被他推翻了，就连杨明山相信的人也成了他的眼中钉，凡是和杨明山沾亲带故的，他一律视为异己，该办的事他也拖着不办，在催粮催款方面，他更是一点面子也不给，都是放在第一轮开刀。他是做给杨明山看，你杨明山已经不是芦苇荡的书记了，咱就是下手狠一点，你也没办法。

杨金贵不同意高小丽进村委会，是因为他实在忍无可忍了，李青龙当上书记后，村里的很多事情做得非常被动，特别是征收"两上交"时，过去村民们都是主动上缴。因为村里的干部和村民们走得近，几乎没有距离，干群之间无话不说，村民们有事就会找到村党支部村委会来，村里干部就当作自己的事情办。而李青龙经常做让村民们不高兴的事，如李青龙欠村民们的东西不肯结账，就是结账了也是算在村里集体的账上，村民们认为不合理。有的村民跟他打招呼，他也不像过去那么热情了，有时就好像没听到一样。有的村民给他递烟，他也不接过去，他既是有架子，也是嫌烟丑，没有过滤嘴的烟他是不抽的。他是个烟瘾很大的人，但他自己从不带烟，村民们向他递烟，他也不回递一支给村民们。他就带着一个漂亮的打火机，专等别人递烟给他。

村民们看不惯李青龙，就不会积极配合村里工作，村里的工作不好开展，常常拖乡里的后腿。李青龙是村书记，他就动动嘴，而杨金贵是村主任，他要做具体事情，他对李青龙的工作态度十分反感。要是李青龙像杨明山那样，敬重村民们、为村民们服务，和村民们有着较深的感情，他这个村主任就做得如鱼得水了。可是现在呢？现在有了寸步难行的感觉。

李青龙提议把高小丽弄进村委会，杨金贵的第一想法就是不妥当，他不同意。自从把隋泥提拔到村里当上了治保民调主任，全村就议论纷纷，还引起了一些是非，再把高小丽弄进村委会，这个村的工作还好开展吗？咱们村里的干部在村民们心中还有积极的形象吗？李青龙见大家都不同意高小丽进村委会，拍着桌子说："你们的思想觉悟都哪儿去了？咱是书记，咱说话就没用了啊？"

"村里那么多的年轻同志，干吗要选才嫁过来的高小丽呢？她对咱村里也不熟悉啊。"杨金贵说。

"你是书记不错，但也要让咱说说话啊。"隋泥接着说。

隋泥也表示反对，李青龙气得鼻子要冒青烟。李青龙觉得村里人中，隋泥最不应该反对他，你隋泥这个村治保民调主任还是咱给你安排的，你怎么能忘恩负义，来反对咱呢？你的良心被狗吃了吗？你这个不知道好歹的东西。

"咱也觉得高小丽不适合，高小丽就是一盆花，中看不中用。"村妇女主任穆穗玲也不赞成高小丽进村委会。穆穗玲和槐树屯妇女主任喜秀是同学，喜秀做妇女主任时，穆穗玲在芦苇荡小学代课。杨明山认为穆穗玲有文化，会做村民们的思想工作，还会写写文字材料，就安排她到村里做妇女主任，穆穗玲做妇女主任更有利于搞好村里的计划生育工作。

李青龙听穆穗玲说高小丽中看不中用，心里想你穆穗玲才中看不中用呢！作为村里的妇女主任，一点悟性也没有，咱村书记心里的想法，你妇女主任还用得着揣摩吗？哪个村的妇女主任不是和村书记保持高度一致的。咱看你才不适合当村干部呢。

一次，李青龙叫穆穗玲和他一起去送一个大肚子到水塘医院做流产手术，结束后完全可以回家，但他故意不回家，和同样送大肚子来流产的槐树屯村干部在王家饭店吃晚饭。饭桌上，他不敬槐树屯干部的酒，专门敬穆穗玲喝酒。李青龙是村书记，不能不给面子，穆穗玲本来酒量就不高，被李青龙敬来敬去，竟然喝多了，醉蒙蒙的，走路时两腿发软。李青龙以为穆穗玲醉了，他有机会带穆穗玲单独走了，想到哪里就到哪里。可是他失算了，穆穗玲筷子一放，就被喜秀和另

风吹麦浪

一个村干部直接送回家。他心里想,穆穗玲是村干部中文化水平最高的人,悟性怎么就不高呢?

穆穗玲在酒桌上喝酒的时候,就和喜秀说好了,要是咱今天喝多了,请喜秀一定要把她送回家。喜秀说你就是不说咱也知道,喝吧,放心。穆穗玲早就看出李青龙的心思了,他只要去王家饭店喝酒,一定要穆穗玲作陪,只要穆穗玲在桌上,他就特别兴奋,喝起酒来也特别带劲。他边喝边想,咱就不信办不了你穆穗玲,不把你弄到手咱就不配当芦苇荡的村书记。可他硬是办不了穆穗玲,穆穗玲的手他都没碰到过。

高小丽看来是进不了村委会了,因为大家都不同意,虽然李青龙是村书记,但他一个人也不能形成集体意见,他也不敢冒这个险,村干部的任命还要乡里研究批准呢。村里大多数人不同意,李青龙硬报上去,要是有人反映到乡里,就不是高小丽能不能进村委会的事了,而是李青龙能不能做村书记的事了。

村里人都知道村里干部不团结了,消息传得沸沸扬扬,说村书记和村主任公开叫板,村里形成了两个对抗集团。不满李青龙的人说,芦苇荡的书记应该让杨金贵来做,杨金贵耿直亲民。而不满杨金贵的人说,杨金贵和杨明山一样,是个"二杆子",想让他通融一下,是苍蝇围着鸡蛋转——没门。

有的人做了几年官,尽管是芝麻大,但却混得风生水起,轻车熟路,而有的人官不大僚不小。乡里的计生办主任张铁锤就到处说芦苇荡的书记李青龙不知道天高地厚,没个村书记的样子。

张铁锤带着乡里的计划生育工作小分队到芦苇荡检查工作,李青龙当着那么多人的面,直呼张铁锤为老张,而且也不给张铁锤递烟,弄得张铁锤很没面子,就好像李青龙是乡里的领导一样。张铁锤是水塘资格最老的中层干部,就连张春雷书记见了也要喊他张主任,但到了芦苇荡就变成了老张。以前李青龙在张铁锤的印象中还是比较好的,因为张铁锤每次到芦苇荡时，李青龙早早地就迎了上来，递过一根带有过滤嘴的烟。张铁锤回去想了好几个夜晚，终于想通了，李青龙的职务变了，他现在是芦苇荡的书记，一个小小的进步，他就上天了。

张铁锤得出结论，李青龙芦苇荡的书记是兔子的尾巴——长不了。

果然让张铁锤猜中了。又过了两年多，秋天，芦苇荡出了一件事，说白了就是李青龙在秋收结束后出了一个洋相，使他直接从芦苇荡书记的位置上跌了下来。秋收结束后，村里召开村民代表会议，征求村民们对秋播规划的意见。会上，李青龙把一本杂志塞到也来参加会议的陈春桃的老婆高小丽的手上，高小丽看也没看、翻也没翻，随手放在桌子上，会后也忘了带回去。村治保民调主任隋泥最后一个离开会议室，他看到桌上有一本《莫愁》杂志，就顺手放进自己的包里带回家去了。

隋泥老婆水草晚上靠在床头，从隋泥包里拿出杂志，刚翻开就从书里滑出一张纸片，水草一眼认出是李青龙书记写的字，这是一首李青龙写给高小丽的情诗，上面写道：

> 初见你，那甜美的微笑
>
> 恰如一朵花开，妩媚而娇艳
>
> 只是一个温柔的眼神
>
> 却点亮我萦绕在心底的黑暗
>
> 错过了最美的年华，却没有错过你
>
> 相遇如梦，原来你一直在梦里
>
> 亲爱的，你是我生命里最美的风景
>
> 是我心中永远的爱恋

风吹麦浪

水草知道李青龙不会写诗，不知是从哪儿抄来的。李青龙连发言稿都是叫穆穗玲写，别说写诗了，他写个小结都困难。

　　水草读不懂诗的内容，但毫无疑问诗是李青龙写的，上面爱啊恋啊的字眼，让水草一看就火冒三丈，血液直往脑门上涌，她心里大骂李青龙是个朝三暮四、喜新厌旧的色鬼，她和李青龙才好上时间不长，李青龙就看上了别的女人，看来宁愿相信这个世上有鬼，也不能相信男人，特别是李青龙的臭嘴。

　　那年，李青龙到各户征收村里的"两上交"时，看到水草一个人在家门前种菜，就上前搭讪。水草可不像卫生所的小草那么清秀苗条，她稍胖、大脸、大眼睛、肤色不白、头发像是爆米花，看上去稍有点姿色。李青龙跟水草要村里的"两上交"，水草说暂时没有。李青龙说："水草大妹子啊，没办法啊，上面催得紧，不然咱也不会亲自到你门上要。"

　　"咱家田里今年收成不多，隋泥这两年在外打工也没苦到钱，等下年吧！"水草跟李青龙说。丈夫隋泥说是在外打工，其实鬼知道干吗去了，反正水草一年到头没看到他带一分钱回来。

　　"既然水草妹子这样说了，咱也不是不讲理的人，就往后等等吧，水草妹子说啥时交就啥时交，不过水草妹子不能把咱忘了啊！"李青龙瞄着水草的脸蛋说。要是在别人家，李青龙绝对不会说得这样柔绵，那声音不知要高多少分贝。

　　李青龙话中有话，水草也是心知肚明，苍蝇不叮无缝的蛋，两人眉来眼去没几天就好上了。水草跟李青龙好上后，村里人发现隋泥不再外出打工了，不久就当上了村里的治保民调主任。原治保民调主任杨金贵当上了村主任，隋泥正好填补了这个空缺。

　　李青龙明明知道隋泥不够资格当村治保民调主任，但是经不住水草妖妖娆娆地请求。为了让隋泥当上村里的干部，李青龙一个个地找村里干部做工作。隋泥也明明知道自己不配当一名村干部，但是当李青龙找他谈话要他当村治保民调主任时，他竟然厚颜无耻地说："咱早

第二十一章

就应该当村干部了，再不给咱弄个干部当当，咱叫你们也当不成。"

李青龙让隋泥做上村里的干部也是没办法的事，他不知道水草会提出这样的要求，他要是知道水草想让隋泥当干部，他也不敢去招惹她。自从和水草好上后，水草就差拿着刀子抵着他的腰，要求他把隋泥弄到村委里去，她说："凭什么让别人当干部，咱家隋泥就不能到村里去混混？"水草不太喜欢隋泥，隋泥不但长得不好看，手脚也不干净，水草常被人家在背后指指戳戳的，不过隋泥再不好看，手脚再不干净，也是她的丈夫啊。

水草觉得和李青龙搭上关系也好，自从和隋泥结婚后，隋泥也没工夫理她，她觉得与其一个人耗着，还不如搭个相好的，不然生活一点滋味也没有，况且搭的还是村书记，有权、有势、有面子。水草叫李青龙把隋泥弄到村里当干部，李青龙很是为难，说："隋泥不够格。"水草说："你们村里干部哪有一个够格的，你要是不答应就把你跟咱的事告诉全村人，叫你难堪下不了台。"李青龙没有办法，只得把没有一点群众基础的隋泥找回来当了村干部。

隋泥当上村干部后，水草明显感觉她和李青龙渐行渐远。她认为也许是隋泥当了村干部，李青龙有所收敛，她万万没有想到李青龙又去拈花惹草了。女人就是个醋坛子，如果不在意你，你干啥都无所谓；如果在乎你，她就黏着你，为了你，她什么事都干得出来。李青龙写给高小丽的情诗，让水草醋意大发，水草发誓要去告李青龙，不把李青龙的乌纱帽摘了，她就跳进射阳河里淹死。

水草拿着李青龙写给高小丽的情诗，找到正在乡里开会的穆权书记。张春雷书记已经被调到县农业局做局长了，穆权是从另一个乡的乡长位置上被提拔过来的，性子有点刚烈，开会讲话时会拍桌子。他见一个大眼睛、爆米花头发的女人要见自己，就问水草什么事。水草说："李青龙是咱芦苇荡的大公鸡，不务正业，不办正事，整日里像个幽灵一样在村里游荡，要是哪家男人不在家，他就往哪家钻，死皮赖脸缠着人家女人，搞得女人们心惊胆战、不得安宁。"水草说得也太夸张了，但她有点激动，因为她手中握有证据。穆权书记听后拍着桌子说："你不要胡说八道、血口喷人，栽赃陷害是犯法的，你说李青龙是个大公鸡有什么证据吗？"

水草就把李青龙写给高小丽的情诗往穆权书记面前一摆说："你就仔细看看吧，李青龙都搞到高小丽头上了。高小丽是咱村里计划生育重点管理对象，他搞计划生育搞到人家女人床上了，再这样下去咱芦苇荡就乱了。"

穆权书记一看，怒不可遏，骂道："李青龙脑壳子进水了，心存邪念，作风败坏，必须严肃处理。"

水草说："你自己看着办吧，要是不把李青龙头上这顶小帽子撸了，咱就把李青龙的事告诉水塘乡的乡亲们，看你这个书记的脸往哪儿搁。"

水草去找穆权书记反映李青龙生活作风问题时，隋泥不知道，芦苇荡也没有人知道，李青龙当然更不知道了。穆权书记突然撤销李青龙的职务，乡里有人不理解，虽然李青龙也做了不少让乡里人不满意的事，但不至于被突然撤职。可是穆权书记是头儿，他定下来的事一般谁也不会去问穆权书记缘由，只有水塘乡团委书记常笑天不知天高地厚地去问他："怎么把李青龙撤职了呢？"

穆权书记的眼睛瞪得跟牛眼似的，不耐烦地说："你干你的事，别废话。"

笑天又说："要是把李青龙撤了职，芦苇荡就找不出人来做书记了啊。"

穆权用笔敲了敲桌子说："实在没人，就你去。"

常笑天听了，愕然失色，心里说，穆权还真会开玩笑。

第二十二章

穆权书记是从基层一步一个脚印走上来的，且是县委领导十分器重的一位乡领导，他的话不是空穴来风的。他办事果断务实、雷厉风行，初到水塘就给了当地的一个"老霸王"下马威。这个"老霸王"自称和县里一位领导是拜把子兄弟，平时欺行霸市，有时还到乡里吆五喝六，历任乡领导都把他当作座上宾。因为"老霸王"去找县领导办事时，还真不是吹的，那位县领导几乎是有求必应，有的村干部想往上提一下，就去请"老霸王"试试，只要礼到了、"老霸王"答应了，那位县领导的电话就真的打来了。县领导的电话，乡领导哪有不听的，立即照办。于是"老霸王"出名了，他在水塘走到哪儿都有人奉承，甚至家里来人了他都带到乡里食堂吃饭，乡领导还不忘安排一条烟让他带着。

穆权上任后，有人提醒他去拜访一下"老霸王"。穆权书记说："这是什么话？他又不是老红军，也不是老干部，难道为老百姓做过什么贡献？咱怎么能向一个跟老百姓作对的人低头呢？"

穆权书记来水塘大半年了，也没去拜访"老霸王"。那个"老霸王"气得直咬牙，他叫亲信带话给穆权书记，说："别跟咱老气横秋的，还没有哪个领导来水塘后不看望咱的呢。你穆权要是不把咱放在眼里，

风吹麦浪

182

咱也让你在水塘待不长。"

穆权书记义正词严地对来人说:"也请你带话给'老霸王',他要是还敢在老百姓头上拉屎,咱就把他的情况反映给他的拜把子兄弟,好好说道说道,他的拜把兄弟跟咱也是拜把兄弟,咱就不信咱的领导跟咱不是一条战线的。"

"老霸王"在穆权书记面前扎扎实实地吃了一根硬钉子。自穆权在水塘当书记以来,"老霸王"还真的没敢给老百姓找一次麻烦。有人就问:"真是奇怪了,'老霸王'看到咱穆书记就像是霜打的茄子——蔫了。"

穆权书记说:"正要压邪,如果正不压邪,邪气上升,老百姓就会受罪,保护不了老百姓,要咱干部干什么?"穆权书记把两手一摆。

穆权书记做事从不按套路出牌,常常把大家弄得莫名其妙,可是又不得不佩服。你说乡政府大院的环境卫生,应该由哪个部门负责?不用说,那是乡政府办公室和后勤人员的事情,这是常年形成的惯例,约定俗成。然而穆权书记在乡政府大院里转悠时,偶尔会看到果皮、纸屑之类的垃圾,要是哪个路过看见垃圾而不闻不问的,不管是谁,他都会冲着来人大发雷霆,指着地上的果皮垃圾问:"这是什么?"

路过的人肯定会说:"垃圾啊。"他就会毫不留情地吼道:"你眼睛瞎了吗?你作为一名乡政府工作人员,你有没有责任把它扫走?"被批评的人二话不说,赶快找来扫帚把垃圾清理带走。

穆权书记有时会到乡里有关部门串门子、了解情况,偶尔听到隔壁有老百姓和干部争执,甚至吵架,刚刚还满面春风的笑脸会突然阴沉下来,朝工作人员说:"你们没听到吗?隔壁同志的事情你们就没有一点责任吗?老百姓的事情你们就不能一起帮忙解决吗?要是大家都这样事不关己、高高挂起,咱们的工作怎么推进?怎么才能让老百姓满意啊!"

被穆权书记这么一说,大家都赶到隔壁来,一起做老百姓的工作,老百姓也很快就欢欢喜喜地走了。

穆权对常笑天的印象特别好，他一到水塘乡，就知道常笑天在乡里搞了一个"青年志愿者行动"，这个行动解决了乡里好多事情。穆权书记在全县"五四"青年节表彰大会上，代表水塘乡团委向大会介绍了"青年志愿者行动"经验，他与县委江书记坐在一起和全县的青年团代表合了影。

穆权书记欣赏常笑天，是因为他聪明、勤劳、听话，且沉稳、勇敢、胆大。常笑天在水塘乡做团委书记已经两年多了，一次穆权书记带着常笑天专门到芦苇荡视察农业生产情况，李青龙在接待穆权书记一行人时，直呼穆权书记身后的常笑天为"小常"。

穆权书记脸一冷，问："他是谁？"

李青龙小心翼翼地回答："是咱们村的小常啊。"

穆权书记冷着脸说："你怎么就不知道天高地厚呢？小常年龄再小，也是咱们水塘的团委书记，咱是老书记，他是小书记，咱们的事业早晚要靠他们来完成，怎么能叫小常呢？"

当穆权书记走上村里的一座独木桥时，不慎脚底一滑，一个跟头栽到河里。陪同一起视察的几个乡干部手忙脚乱、不知所措，只有常笑天纵身一跃，跳下一人多深的河里把穆权拉上岸来。后来全乡就传出了常笑天将被提拔做水塘乡副乡长的话来。有人说常笑天要当副乡长跟这一跳有关，到底有没有关系谁也不知道，能不能做上谁也不能保证。

渐渐地，常笑天也觉得自己好像真能当上副乡长了，他春风得意起来。因为他在水塘乡政府干部里是最年轻的，虽然只有初中学历，但通过刻苦攻读，成功获得省委党校行政管理大专毕业证书。这在水塘也算高学历了，领导班子中也没有几个大专毕业的，至多是农校中专生。

谣言愈演愈烈，全乡各级干部妒忌得不行。因为在全乡七所八站

风吹麦浪

和十多个村的负责人当中，常笑天并不是十分冒尖的，比常笑天优秀能干的大有人在。有的说县上的领导到水塘乡考察挑选副乡长时，名不见经传的常笑天脱颖而出；有人说县上领导考察挑选只不过是个形式，早就内定了；也有人说常笑天背后有说不清的人际关系，人家的叔叔友良在省城做大干部了，把常笑天提个副乡长当当，是小菜一碟。况且常笑天还救过穆权书记的命，副乡长这个位置，常笑天是罐里逮王八——十拿九稳。

在水塘乡，常笑天不管是当村干部还是当乡团委书记，都干得轻车熟路、风生水起，就好像早就经历过一样。常笑天肯学习、能吃苦、办事认真、做事圆滑，到乡里后经常挑灯夜战，为领导写报告、拟方案，做着乡里秘书文书的事，这样勤快麻利的人当然会得到领导的喜欢。自从穆权调到水塘乡当书记后，常笑天很快就进入了穆权书记的视线。穆权书记不管开什么会、办什么事都把常笑天带在身边，这不仅是因为常笑天从来都是雷厉风行、不打折扣地完成穆权安排的任务，也是因为常笑天还会事先帮穆权书记拟好稿子、写好方案，穆权书记基本不用动什么脑筋，有时常笑天还像个跟屁虫一样跟在穆权书记后面拎包倒水。穆权觉得常笑天就是自己肚子里的蛔虫，既机灵又实在，于是啥事都交给常笑天去办，有时甚至连自己家里的事也叫常笑天去处理。水塘乡的人心知肚明，常笑天是穆权书记的人，被穆权书记看中的话，提拔一级是早晚的事。

常笑天也觉得自己在水塘乡领导班子后备干部中鹤立鸡群、独占鳌头，一方面是穆权书记对他非常器重，这是大家有目共睹的事；另一方面是自己年轻有为，除了县上派来的农业助理外，其他机关干部基本不在常笑天可比的范围内。不过这个农业助理的父亲有过前科，对常笑天不构成威胁，一想到这儿他就飘飘然起来。

人往高处走，水往低处流，他开始动起了当副乡长的心思，觉得自己有信心、有能力，也非常有可能当上副乡长，他从内心深处觉得穆权书记一定支持他当副乡长，自己平步青云指日可待，于是水塘乡的干部们常常看到常笑天工作时哼着那首十分流行的歌曲《少年壮志不言愁》：

几度风雨几度春秋

风霜雪雨搏激流

历尽苦难痴心不改

少年壮志不言愁

金色盾牌

热血铸就

危难之处显身手　显身手

就在这个时候，副乡长老于调走了，而且位置一直空着。常笑天觉得穆权书记把副乡长的位置留着就是为自己准备的，虽说副乡长这一职务是由县上领导考察决定的，但按常规，穆权书记有推荐权，只要穆权书记表态，副乡长人选十有八九就定了。

常笑天以为穆权书记一定会推荐他当副乡长，因为穆权书记在多个场合甚至非常严肃的领导集体班子会上，毫不避讳地说常笑天办事认真、务实能干、舍得吃苦、懂得协调、善于统筹。多高的评价啊，说得常笑天自己都不好意思了。常笑天认为这意思再明白不过了，穆权书记在为推荐他当副乡长提前制造舆论。

穆权书记这样高的评价常笑天到底什么意思，其他领导集体中的成员也没弄清楚什么意思，是通过表扬常笑天来批评咱们吗？那会适得其反，水塘乡难道就一个常笑天能干？是为推荐常笑天当副乡长而提前打招呼吗？那也不必，推荐谁当副乡长都摆在你自己的肚子里，你说了算，别让咱猜着，咱们说了也白说。

笑天回去告诉爷爷常青树，说他想当副乡长，而且乡里正好空一个副乡长的位置。常青树赶忙把有理找来，叫他上街去给友良打个电话，让友良无论如何都要跟县上的领导说一下，把笑天提拔到副乡长的位置上来。常青树睡觉都笑醒了，他的大孙子常笑天要当乡领导了。

友良这时已经是报社的副总编了。他这几年没有回家，接到有理的电话，已经听不出有理的声音。他觉得不为家里人做点事，真的心里有愧，特别是对不起父亲，由于工作太忙，他陪父亲的时间一年都没有一天。父亲的话能不听吗？他告诉有理："放心，咱心里有数呢。"

有理觉得虽然有友良打了招呼，但笑天也不能老气横秋，要主动向穆权书记汇报，关键时候还要给穆权书记送点东西，这样更为保险些。笑天也很听话，隔三岔五地往穆权书记办公室跑，早请示、晚汇报，有时还带条烟。

"咱的事就全拜托您了啊！"常笑天把话说明了，意思是他想当副乡长，他悄悄地给穆权书记又送上了两条软壳"中华"香烟。

穆权书记对常笑天连续表扬且大加赞赏，但常笑天从来没有主动表示过。为了确保能如愿当上副乡长，常笑天还是小心谨慎的，在县上领导到水塘乡考察副乡长人选前，常笑天见穆权书记一个人在办公室里，就悄悄地走进去，请穆权书记在推荐副乡长人选时务必提到自己，然后小心翼翼地从包里拿出两条软壳"中华"塞进穆权书记的抽屉。他知道穆权书记平时最爱抽软壳"中华"了。

穆权书记正在聚精会神地看文件，头也没抬，只是"嗯嗯"了两声，就让常笑天出去了，就好像没事一样，也好像常笑天就应该送他两条香烟。穆权书记收了常笑天的两条"中华"，而且还"嗯嗯"了两声，"嗯嗯"就表示同意了，常笑天的心就像一块石头落了地，现在就静静地等候着令人惊喜万分的好消息。

等候的时间最漫长，在漫长的等待中，常笑天开始胡思乱想。他在想自己当上副乡长时一定风光得很，又将迎来一片掌声；自己也可能当上水塘乡的乡长，或者到其他乡当乡长，要是到其他乡当乡长也行，裁缝师傅对绣娘——一个行当，只要当上乡长就行，在哪儿当都一样。

可是当县里研究人事会议结束时，县上没有通知常笑天去谈话，而是通知那个从县里派下来的、比自己年长几岁且穆权书记总是批评办事不稳、父亲有前科的农业助理当上了副乡长。常笑天感觉天旋地转，一时不能接受现实，可是常笑天想到人家当上副乡长的家庭背景时，又很无奈，咱也有背景啊，可是咱也没去找友良叔，只是父亲打了个电话，打电话有屁用，电话一放估计友良叔就忘了。友良叔是大干部，副乡长算什么，在他眼里芝麻官都不是。

笑天后悔没亲自去省城请友良叔，要是他亲自去请友良叔，友良叔当着他的面打电话给县领导，那当上副乡长是十拿九稳的。你看那个农业助理多神气，人家母亲绕了八个弯的亲戚在市里工作，而且是专管干部的人事处长，咱有啥呢？咱是朝里有人也难做官啊。常笑天一个要好的同事悄悄地对他说："工作能力强没得用啊，不跑不送原地不动，关系优先、有礼好上。"

常笑天觉得同事虽然说得很有道理，但他确信穆权书记没有真心实意地关心他，或是根本就没有尽心尽力向县上领导推荐，谁知道他心里想的啥啊。口是心非的多了去了，为了让你跟着他卖命，嘴里灌了蜜一样哄你上当。

常笑天冷静下来时回头又想想，觉得自己没有当上副乡长也就算了，咱本来就是个纯粹的泥腿子，在全乡的同龄人中能当上水塘乡的团委书记就不错了，难道还不满足吗？难道下次就没有机会了吗？也许穆权书记自有安排呢？常笑天还没有完全平静下来，接下来的事又给他当头一棒。人心真的难测啊，穆权书记在搞的什么玩意呢？他主持召开水塘乡党委会的时候，穆权书记提议，不，是决定，要常笑天立即回到芦苇荡去接替李青龙做村书记，而且是即刻行动。不推荐咱当副乡长也就算了，咋叫咱当村书记了？这不是下降一级了吗？驴子下了个小兔子——一代不如一代了。

　　会议结束后，穆权书记找常笑天谈话，常笑天越想越气，就在穆权书记走出门后，他怒不可遏，一拳砸在墙壁上，墙上好像站着穆权书记。

第二十三章

在水塘乡通往芦苇荡的小路上，一辆黑色桑塔纳轿车颠簸着向前行驶，后面滚起一片尘土。河边的芦苇在微风的吹拂下哗啦啦地摇着头，像是一群小孩在向他们挥舞着双手。

车上坐着水塘乡党委书记穆权。穆权书记长脸、清瘦、高个、阔肩，到水塘乡担任党委书记后，常常是很严肃的状态，整日把脸拉得长长的，跟个驴脸一样，好像个个都欠他的债。

笑天心里腾起一团火，像是被人突然浇了一盆凉水，拔凉拔凉的，又像是好不容易登上山顶，突然脚底一滑，迅速地滑到山底。玉香一连生了三个孩子，笑天、笑云和笑风。常青树常对儿女们说："就是砸锅卖铁也要给咱多生子孙，要不然咱家兴旺不起来了，你娘还生九个呢。"在常青树眼里，生得越多越有福。玉香非常争气，第一胎就生了个男娃。由于胎儿块头比较大，玉香费了九牛二虎之力才生了下来，要不是婆婆伍月红在外面没命地催，估计还要费点劲。可能是劲用大了，常笑天生下来时，后脑壳受了挤压，不过一点不难看，常笑天脸庞圆圆的，后脑壳平平的，睡觉时脑袋正好摆平睡稳。

常青树说这娃有福相，将来定有贵人相助。有理不相信父亲那一套鬼话，因为在他小时候，爷爷也说过这样的鬼话，说他面相好，定有贵人相助，有理信以为真，总觉得自己志在必得，可是过了大半辈子也没见贵人来相助，相反命运总是跟他过不去，干啥事都不顺。尽管常青树相当虔诚，逢年过节总忘不了给祖上烧些纸钱，可是好像从来没有好运降临。大集体那阵子，生产队里选会计，有理算盘拨得哗啦响，是全生产队的珠算精英，可是大队书记妒忌他的能力，就是不提携他，情愿把个呆头呆脑、一点业务都不懂的邵广飞弄到生产队当会计，让有理给呆子当了好多年的代理会计。后来这个呆子还当上了队长，要不是邵广飞写错了标语，把"艰苦奋斗"写成了"艰苦不斗"，估计这个呆子一直做着队长。

直到笑天长大了，当上了村干部，有理突然觉得父亲的话还蛮灵的，贵人相助不在这代在下代啊。笑天虽然没考上中专或高中，但回乡务农后却顺风顺水地当上了大队干部，后来又被乡里领导看中调到乡里当了团委书记，这是有理和玉香做梦也没有想到的事。有理做梦都想做个大队干部，但是一直做不到。玉香笑嘻嘻地说："哪是爷爷说话灵，还不是看在他叔叔友良的面子。"

这几天，听说笑天不仅没当上副乡长，还要回到芦苇荡做书记，有理十分懊恼，他开始怀疑贵人相助的事来，他觉得父亲说话不灵，哪有什么贵人相助，本来儿子常笑天再提一级当副乡长是芝麻开花、水到渠成的事，可现在是驴子推磨又转回原点了。真是怪事，还贵人相助呢，明摆着就是个倒霉蛋。

穆权书记觉得李青龙胆大包天、独断专行，严重脱离群众，群众意见太多，芦苇荡不能再交给他了，再交给他估计要出更大的乱子。芦苇荡出乱子，就是他穆权书记出乱子，必须立即换人。他觉得常笑天年轻有为肯干事，虽然在基层干过，但仍然缺少基层工作经验。穆权书记说得振振有词："你是个肯干事的年轻人，到基层一线大有可为。"常笑天想，这是什么逻辑？肯干事的就多干，那么不肯干事的怎么又照样提拔了呢？那个县上派下来的农业助理现在是水塘乡的副乡长了，从县上到水塘来恐怕连乡村干部的名字还叫不全。笑天心里捣鼓着，愤愤不平。

和风习习，阳光普照，农田上弥漫着春的气息，绿油油的麦田像铺上了一块绿色的地毯，春风吹过，一波一波，似无数个小孩在地毯上打滚儿。穆权书记坐在轿车里眯着眼睛、哼着小调，不时来一句"廉洁源于自律、堕落始于贪婪"的警句，常笑天听了很不自在，穆权书记是不是在提醒他，做人做事不要像李青龙那样？

常笑天的心在七上八下地捣鼓着，就在爬进穆权书记那辆破旧的，也是乡政府唯一的桑塔纳那一刻，他也在反思自己的成败得失，是不是咱在哪儿做得不到位，让穆权书记生气了？细节决定成败，也许是咱不注意言行，被穆权书记放在心上，觉得咱还不成熟稳重。想着想着他又开始责备穆权书记对自己漠不关心，甚至开始抱怨穆权书记是盲人坐镇——瞎指挥，咱一个堂堂的青年团干部，即使当不了副乡长，也是一个受到县里领导认可的团书记，退一万步讲，即使看不惯咱的本领能力，咱开船未解缆——原地不动总行了吧？咱就在团书记的位置上读书、喝茶，享享清福，也不应该把咱这个年轻有为、有着广阔前景的团委书记弄到这个鸟不拉屎的芦苇荡来。再说芦苇荡是咱土生土长的地方，地还是那块地，田还是那块田，人还是那些人，锅灶里烧山芋——熟透了，有什么新意啊？

当车子开始摇晃得厉害的时候，常笑天就知道已经驶入芦苇荡地界了。芦苇荡甚至水塘乡的人都知道，到芦苇荡车子跳，因为芦苇荡的路差得出了名，乡亲们也受够了罪，村民们的生产资料和农副产品都是肩挑担扛出来的，村民们连人带货掉河里是常有的事。

笑天想起芦苇荡修路的往事。芦苇荡的路修过好几次了，每修一次，芦苇荡的村民们就吵翻天一次。李青龙和养猪专业户陈玉花赌气干架时修过一次，不过时间不长又坏了。几年前李青龙带着芦苇荡的干群痛下决心要修路，就召开全体村民大会，把集资修路的事跟乡亲们说了，乡亲们也因无路可走而伤透了心，于是异口同声同意集资修路，没到半个月全村就筹齐了修路款，然后大家又一起动手，铺砖夯土，硬是修了一条砖渣路。

当村里的麦子成熟上场时，村民们就在这条新修的路上来回运送麦子，然而老天不作美，偏偏在这个节骨眼上又是连天阴雨，车轮和着泥水把砖渣路轧了个稀巴烂。麦收过后道路千疮百孔、破败不堪，村里人伤心地说比修之前还差，白白浪费了钱。

村里人气炸了肺，矛头直指村里的干部们，骂村里干部都是酒囊饭袋、废物一个，建好的路不好好管护，被车辆碾坏了，把咱的血汗钱扔下水，打了水漂，要求必须有人站出来负这个责任。于是有人开始挑刺找碴，外号叫"刺猬"的村民在李青龙家门口足足跳了两天，发了两天的肝火，然后直接跑到乡里找到时任书记张春雷，发狠说要是张春雷书记不出面处理，芦苇荡将有一百多号村民赶到乡政府门口来评理。

张春雷书记吓了一跳，群体上访那是何等的大事，来不得半点马虎，立即派人到芦苇荡调查了解情况。张春雷书记为此被县里领导严肃地批评了一顿，说水塘乡好事听不到、纰漏特别多，屁大个事搞得跟放鞭炮似的。

常笑天坐在穆权书记一边，耷拉着脑袋，不远处，就是他的家——芦苇荡了。

水塘原是黄海岸边的一块滩涂湿地，一望无垠，水肥地美，风景如画。分田到户那阵子，水塘人依仗田肥地多的优势，大力发展棉花种植，村民们的口袋确实鼓了一阵子。进入九十年代后，随着市场经济的深入发展，国内市场与国际接轨，全县纺织产业进一步兴旺起来，县上的几家纺织企业搞得风生水起，水塘乡的棉花产业也发展得风风火火，可是市场经济如海洋风浪，今天风平浪静，明天可能恶浪滔天，村民们还没填满口袋，国际纺织行业开始下滑，县上的几家纺织企业相继"哑火"，尝了棉花行业甜头的村民们也跟着"哑火"，从田里收上来的棉花在纺织厂的大门口堆积如山，无人问津，于是一些村民纷纷改行种植其他作物。

乡村干部把不准市场形势，村民们更弄不清市场行情了，农田都包在各户手里，各村各户都是各摇各的船、各唱各的调，张家今天长豆子，李家明天种玉米，有的干脆挖成鱼塘养鱼养虾，眉毛胡子一把抓、瞎子摸鱼碰运气。即使乡里一再强调统一作业，地里也是五花八门，因为乡里压根也不知道种什么赚钱，整个一片乱哄哄，经济生产每况愈下。

芦苇荡、槐树屯、避风港三个村不是世外桃源，也处在一片乱哄哄当中，但是各有各的优势，这三个村虽然处在全乡较为边远的地方，但经过村民们多年的整治，村里有地、有塘，也有荡，特别是靠在射阳河边上，村民们靠塘吃塘、靠荡吃荡、靠河吃河。射阳河水肥草美，忙时长稻种麦，闲时下河捕鱼捞虾，靠塘边养鱼蟹，靠荡边编苇席，传承着朴实无华的古老活法。射阳河给予他们天然的惠赐，但也让他们吃尽了水沛的苦头，每到汛期来临时，往往水漫堤边，村民们难保旱涝丰收。

芦苇荡一半旱田、一半水田，过去旱田也长过棉花，如今棉花不值钱了，而且费工费时，于是旱地改种了西瓜、玉米之类的旱熟作物，水地还是稻麦两季，长一季水稻一年的口粮就有保障了。也有人家就地把水田挖成鱼塘，不过水里的钱不好拿，年成不好的话会翻塘，一袋烟的工夫水面上就会白花花一片，整个鱼塘鱼死虾亡，一年的口粮也就没着落了。

常笑天在芦苇荡当村干部时，曾力劝李青龙带领村民们沿射阳河边大搞圩堤整治，把圩堤增高了一层，这时乡里又在圩堤上新建了两座排灌站，汛期到来时只要内河水位高出警戒线，立马就开动电站抢排，要不了半天工夫，可保全村万无一失。要是碰到干旱少雨的季节，内河水位急骤下降，水田无水，旱田受干，就发动马力向内河灌水，保证各户有水浇地。

芦苇荡、槐树屯、避风港三个村是水塘乡有名的"锅底洼"，地面平均增高约七十厘米，土质松软。其实"锅底洼"就是"稀薄地"，分地那阵子，村民们为了不要"稀薄地"，闹出了不少矛盾，搞得乡村干部头疼得要命。特别是靠近河边的芦苇荡，被河水浸透的土质更加松软，增高的圩堤不够坚固牢靠，在汛期来临、外河水位增高时，圩堤就有被河水冲垮的危险，为此村民们顶风冒雨堵洞抢修费了不少神。

芦苇荡沟河港边仍然生长着旺盛的芦苇，清晨的芦苇，沾满了露水，轻轻摇曳，像珍珠一样闪耀。槐树屯槐树多，这几年田地路边被村民们插上了杞柳，村民们利用杞柳搞了柳编，编出的柳制品在县上出了名，常有地方来考察学习。避风港渔业生产进一步得到发展，好多村民的渔船鸟枪换炮了，有的人家把木船换成了小铁驳，可以更进一步到外海捕捞。

芦苇荡的田埂上、路道旁、小河边，村民们的家前屋后，甚至已经种上庄稼的农田里，不知道什么时候长出了青郁郁的巴根草，搞得村民们很是头疼。常笑天告诉村民们："巴根草耐涝耐旱，只要有根在，即使草苗被火烧了，也会春风吹又生，顽强地生长着。"常笑天带动村里的青年团员们、发动村民们，在圩堤边栽种巴根草，结果巴根草巴得堤圩固若金汤，没有被大水冲垮过一次。村民们惊奇地说："这种草能护堤，怪不得叫巴根草哩。"

巴根草多了，又是村民们饲养畜禽的好饲料，养猪人家的女人会在早饭前或是午饭后花上一点时间，带着镰刀、背上背篓外去打一篓巴根草喂猪，有山羊的人家直接把山羊牵到巴根草多的地方，青郁郁的巴根草被啃光了，没几天又会长出嫩芽来。那些养鸭养鸡的村民，自觉的都把鸡鸭拦在圈里，打一些巴根草来喂；不自觉的会直接把鸡鸭散放着，满河满田地乱跑。这样三天两头地就会发生纠纷，常有村民反映说哪个人家的鸡鸭吃了他家门前的巴根草。

常笑天突然想起一件事，那是他引以为豪的一件大事。前几年在芦苇荡做干部时，芦苇荡出了个大英雄，这个大英雄在广东打工，因见义勇为而光荣牺牲，笑天把这件事报告给乡里的报道组，并和报道组一起写成新闻报道发给市里、省里的报社。报纸很快就登出来了，县里领导为此专门来到芦苇荡慰问，并在全县号召学习英雄见义勇为的事迹。后来，这件事还惊动了省里，省见义勇为基金会在水塘乡召开了见义勇为表彰大会。这是一件让常笑天始终引以为豪的事，他终生难忘。

芦苇荡的村部是茅草"丁头舍子"改砖瓦房子的时候改造的，仍是一幢红砖黛瓦的屋子，当时在全村是最后一批建成的房屋。会议室、办公室、广播室全挤在不足一百平方米的房间里，有一张办公桌摆在最前端的窗口下，那曾是常笑天的办公桌，如今依然摆放在那个地方。

最里边不大的办公室是前任书记李青龙的，办公桌上蒙着一层厚厚的灰。常笑天当年专门从广播室接过来的广播话筒摆在桌子的左侧，这样坐在桌旁就可以对全村进行广播动员。尽管已经过去几年了，但那个话筒仍然摆在那里，话筒下垫着的还是常笑天在县上买的一张故事报。笑天觉得李青龙没干什么事，山河依旧，一成不变啊。

主任杨金贵、治保民调主任隋泥和妇女主任穆穗玲等几位村里干部早就坐在村部等候了。之前听说李青龙的职务被乡里撸了，大家议论纷纷，说李青龙被撤职是板上钉钉的事。

议来议去又议到谁当芦苇荡书记的话题上，隋泥说："不用猜了，秃子头上的苍蝇明摆着，排队也应是杨金贵主任。"

杨金贵说："咱年纪也大了，这两年脑子腿脚都没以前灵活，应该让年轻人来当。"

风吹麦浪

隋泥比杨金贵小十来岁，眼神立即明亮起来："年轻人经验不足啊，您老当益壮，咱这个村没您来当恐怕不行啊。"傻子都能听得懂，隋泥做美梦呢。

穆穗玲心直口快，立即插上话，对隋泥说："你就别做梦吧，就是从外面调人来，也轮不到你来当。"

村里干部们议论着，乡里来了电话说穆权书记要把常笑天送到村里来当书记。杨金贵说："常笑天回来好，常笑天实在能干事，只是委屈他了，大材小用了。"

隋泥惊呆了，似乎不相信自己的耳朵，继而又说："咱看常笑天就是个傻蛋，听说要当副乡长了，哪有副乡长不当，来当村书记的？这不是眨巴眼养个瞎儿子——一代不如一代了吗？"

第二十四章

听说常笑天回村当书记，村部一下子拥入十来个村民。李青龙突然下台了，有人拍着心口说："咱早就说过了，李青龙做书记是兔子尾巴——长不了，下台是早晚的事。"也有人说得更玄乎："李青龙贪污了好多钱，上面早就发现了，这不，上面把他拿下了。"有的村民就是来看李青龙的笑话。

可是即将当上副乡长的常笑天回来当村里的书记，村民们有点丈二和尚摸不着头脑，不知道上面葫芦里卖的什么药。不是听说常笑天要当副乡长了吗？这个消息村民是深信不疑的，常笑天诚实能干，村民们对其印象很好，况且他叔叔常友良在省城做干部呢，不可能不关照常笑天。有的村民问："常笑天是不是也出了问题，怎么好端端的被贬了下来，要不怎么不升反降呢？"想当年常笑天被提到乡里当团委书记的那一刻，整个芦苇荡沸腾了，不少村民涌向常笑天家祝贺，竟然连避风港的村干部也来了，因为常笑天是避风港书记王山柱的外孙。有的村民还燃放了鞭炮，常青树和有理专门宰杀了一头猪招待村民们，那酒席整整摆了两天。

由于窗子较小，室内光线有点暗，会议室里已经挤得满满的。常笑天放眼望去，都是一张张熟悉的面孔，坐在前面的是从田里才上来的友正大爷和袁山表大爷，他们的脚上全是泥巴。友正是常笑天的嫡亲伯伯，说话声音洪亮，为人比较耿直，看不惯的事情如汽油碰到火星点火就着。隋泥当上村里的治保民调主任后，友正就不服气地找到李青龙说："隋泥算什么鸟啊？他有什么资格当咱芦苇荡的干部？咱芦苇荡的人就是死光了也排不到他隋泥，真是丢尽了咱芦苇荡人的脸。"

李青龙被友正的大炮猛然一轰竟然给轰哑了，他也知道隋泥实在不符合当村干部的条件，尤其是当负责全村治安、调解全村矛盾的治保民调主任。可是拿人家的手短，吃人家的嘴软，何况他又睡了人家的老婆。面对友正的责问，李青龙一时语塞，忙从口袋里掏出一支烟来跟友正套近乎。李青龙想反驳友正，想说我不会当村书记，但凭什么你家侄儿笑天年纪轻轻就能当上乡干部。可是话到嘴边又没说出来，他知道友正性子火暴，而且人家弟弟友良还在省里当干部，咱李青龙算个什么啊！

听说常笑天回村当书记，友正热乎劲来了，他认为侄儿常笑天当芦苇荡的书记是他们家祖上积下来的德，祖上几代没一个当官的，都是土里刨食的泥腿子，到了他们这一代，友良当官了，友诚当兵了，如今常笑天当上了乡里的干部，还回到村里当了村书记，别小看这个村书记，尽管是个芝麻绿豆大的小官，那在全村也是个一言九鼎的土皇帝。

"李青龙那东西一看就知道不是个好人，竟然把个偷鸡摸狗、净做坏事的隋泥弄上来做干部。"友正开始向侄子常笑天告状了。

"听说跟他老婆有一腿，他是中了人家的美人计了，笑天你可不要向他学习噢！"人群中一个女人的声音传过来。

"呸，狗嘴里吐不出象牙来，笑天这伢子从小到大就没个坏习气，当咱们村的书记绝不会像李青龙那样拈花惹草、无事生非。"这是袁山在冲那女人发火。

村民们拥到常笑天身边，家长里短地寒暄起来。常笑天的心中立即涌起一股暖流，他仿佛又回到从前，眼前晃动着芦苇荡乡亲们朴实的身影。

　　芦苇荡的夜晚静谧无声，偶尔从田间地头传来几声虫儿狗儿的叫声，忙碌了一天的人们相继熄灯休息。夜空中星光灿烂，夜幕下只有村部那边的窗户里射出一束光亮。常笑天组织芦苇荡的村民代表和干部们开会，和大家一起研究如何把村上的道路修起来。

　　常笑天从乡里回来后，再也用不着天天骑车上班了。当初，有理夫妇到乡里食品站卖了一头大肥猪，再到县城为笑天买了一辆"飞鸽"牌自行车。每天晚上下班时，笑天会骑着崭新的"飞鸽"回家，车头上挂着一只黑色的公文包，那是乡村干部的象征。他风风光光地回到村里来，有时他也会顺路到乡中学，看看正在读初中的笑云。笑云是去年上的初中，弟弟笑风也上了小学。父母的负担不是很重，父亲的队长交给张虎子了，现在有时间专门打理田地了。友明和四凤养的母猪"猪丁兴旺"，挣了不少钱。玉香也饲养了三头大母猪，都是她一个人侍弄。爷爷体质虚弱，不能下地干重活，轮流在友正、友明、有理家住着，有时也会帮着烧茶煮饭，多少减轻点他们的负担。

　　笑天回来后，母亲玉香也不让他插手做事，他就从东家跑到西家，或者坐在田头上、小河边，和村民们聊天，大到长什么东西增收赚钱，小到小两口赌气斗嘴，不管是年老的，还是年轻的，都毫无拘束地说着自己的诉求，像是找领导汇报工作。在交谈中得来的林林总总的问题中，常笑天明显感到村民们对自己出钱修路遭到破坏的事而耿耿于怀，但也迫切希望把村里的道路重新修起来。

　　为修复这条乡村小道，已经开了不止一次会议了。第一次召开村里干部会议时，大家是七个和尚八洋腔——各唱各的调子。隋泥抢着发言说："不能修，修了也没用，要穷大家一起穷，不值得为这帮刁民修路。"隋泥为有的村民到县上信访而耿耿于怀，他觉得村民们联名写

风吹麦浪

200

信上访是友正领的头，友正曾经当面责备李青龙书记，反映隋泥没资格当村干部，即使全村人死光了也轮不到他，因此他对友正恨之入骨。如今常笑天当了书记，常笑天又是友正的侄子，隋泥尽管对友正怀恨在心，有所顾忌，但又不好直接表露出来，但常笑天提出来的事他明里暗里有所抵触，甚至挑拨离间，多少整出点事来。

隋泥原是个小混混，三角形的脸上总是架着一副黑色眼镜，头发总比常人多留一寸，嘴唇上面还蓄着小胡子，有时不穿衬衣也会打一根红色领带，喇叭裤是全村第一个穿上身的，站在传统本分的人群中一看就是个另类。

隋泥是不愿干农活的，农田里忙得热火朝天的时候，大伙就看到隋泥老婆水草一个人忙活着。不过隋泥家的伙食一点不比别人家差，每天不是宰鸡就是杀鸭，别的人家要是不来个亲朋好友一般是不可能杀鸡买肉的。除非哪个乡干部下乡了，才必然有一个村干部到村头的郭三爹熟食店买点猪头肉来招待乡干部，没有这样的贵客上门，一般都是割一把自留地里长的青菜炒炒就行了。

村民们都知道隋泥手脚不太干净，走到哪里都会雁过拔毛。起先他从来不拔芦苇荡人的毛，兔子不吃窝边草，村民的鸡子就是跑到他家地里他也不会去逮。不过后来他有恃无恐了，村民们不敢惹他，他就得寸进尺，经常深更半夜串门子，回来后常常盆满钵满，从不买苗鸡饲养的他，鸡圈里下蛋的母鸡总是挤得满满的。

要是哪家少了鸡鸭家禽，大家几乎异口同声说，准是被隋泥那馋猫叼走了。可是大家又没办法。水草那年坐月子，家里的鸡鸭已经被吃光了，隋泥来到陈春桃家说是借只鸡。陈春桃不在家，他老婆高小丽赶紧说："你想哪只鸡自己去逮，不用还的，咱都是自家人。"隋泥钻到鸡圈里逮了一老母鸡一声招呼不打就走了。隋泥前脚刚走，高小丽就朝隋泥的背影"呸"了一口，心里说：哪个跟你是一家人啊，要是不给你一只鸡，估计半夜里一圈鸡都没了。

常笑天通过召开多个层次的会议，终于统一了芦苇荡人的思想，那就是砸锅卖铁也要想方设法把道路修建起来。因为夏收季节就要到了，村民们要是不能及时运出收上来的庄稼，又将是一次重大损失。

隋泥的思想工作还是友正和袁山做通的。那天村民们在讨论修路的事，隋泥又抢话说："别出那个洋相了，咱村是个穷光蛋，不用说拿钱修路了，咱村部都要停水停电了。"

袁山说："你说这话还像个干部吗？广播上天天说，要致富先修路，看看人家槐树屯的乡亲，前年修了一条路，种的西瓜都比咱村贵。"

"你脑壳子上看似戴了顶官帽子，怎么脑袋比咱老百姓还差。"友正警告隋泥，"你要是再到乡亲们那边说反话不让修路，咱就到乡里去反映情况，把你的村干部给撸了。"

隋泥不吱声了。其实他也想把村里的路修起来，因为他家也被这条破败不堪的路害惨了。前年水草好不容易育肥一头大肥猪，因为收购的贩子进不来，水草请邻居六子哥还有其他人一起帮忙，捆好后抬上小板车，打算运到村外的收购点。几个人在后推、几个人在前拉，路上洼塘特别多，猪像是知道要去刑场了，一路疯狂地挣扎嚎叫，结果一个坑塘没过去，小板车歪了，捆好的大肥猪顺着路坡滚到小河里。他们费了九牛二虎之力才把大肥猪拖上来，但大肥猪已奄奄一息，还没到生猪收购点就断气了。水草伤心不已，要不是隋泥当村干部，水草准把死猪拖到村里去胡闹。

不仅如此，隋泥也亲自体验了一回没路回家的苦处。一天夜里，隋泥在邻村扫荡了一麻袋鸡鸭，怕后面有人追上来，所以惊慌失措地蹬着自行车往家赶，像是屁股后面有恶狗在追自己。结果车子前轮栽进一个笆斗大的坑塘里，隋泥从车龙头上翻过去，狗吃屎一样直接扑地，被一块碎砖磕得满嘴是血，还掉了一颗门牙，说话时总是漏风。

隋泥不想修路是因为心里有鬼。他希望路修不起来，那样常笑天就会在村民中出丑。不过也有人比隋泥更希望常笑天出丑，那就是李

风吹麦浪

青龙。刚被撸掉芦苇荡书记职务的李青龙态度就很不明朗，他阴阳怪气地说："修路是要用很多钱的，上面也没钱支持，都靠咱各家各户筹钱，现在哪家子有钱？你家有钱吗？"有人讥笑李青龙说："你又不是咱村的书记了，你不让修就不修了啊？咱看你还是闭嘴少问点事吧，你那点破事咱芦苇荡哪个不知道？"

村民们知道李青龙对高小丽的心思。因为高小丽没能做上村干部，李青龙的心思自然落空了。李青龙很是失望，如今村书记不做了，对高小丽，他更是想都不敢想了。不过他的故事很多，村民们茶余饭后，津津乐道。尤其是他跟田六姑的事，大家总在背后悄悄嘀咕。

李青龙跟田六姑的事也不是没人知道。一次李青龙去田六姑家，有人路过看到李青龙进去了，又不敢进去救田六姑，怕跟李青龙来个正面冲突，就偷偷把李青龙放在屋后的自行车推下了河。

李青龙找不着自行车，知道有人跟踪他，故意偷走了他的车，就在村上的广播里大喊大叫："谁拖走了咱的自行车，赶快送来。你不送来，咱也知道是谁干的，要是不主动送来，咱明儿个就把你送到乡里的派出所去。"那个推车下河的人偷偷发笑，心想：你知道个屁，你的自行车正在河里睡觉呢。

第二十五章

隋泥当上村干部后，在村民们面前常常得意忘形、神气活现。村民们十分反感，说咱芦苇荡的村干部一点不讲究质量了，谁都可以弄个村干部做做。笑天来了以后，觉得隋泥的打扮滑稽可笑，有损村干部的形象，就要求隋泥摘去墨镜、刮掉胡子、剪短头发。隋泥只保留了红领带，他舍不得拿掉，不管春夏秋冬都系在脖子上，好像小朋友脖子上的红领巾。

有的村民在背后讲隋泥坏话，甚至说他不配当村干部。隋泥恨得咬牙切齿。有人当面调侃他："哎哟喂，什么时候弃暗投明了，猴子戴帽子成人了啊？"隋泥跳着脚说："什么素质啊，关公耍大刀，咱又不是没这个能力的，掉下茅坑还不让爬上来啊？"

不过隋泥当上村干部后，稍微收敛了不良习气，工作上也表现得特别积极，哪家有矛盾纠纷，他就是不吃饭也会赶到现场调解，因为他是李青龙提携上来的，所以李青龙交代的事他当然是二话不说积极主动地去完成。常笑天来了后，他表面上还是积极配合，背地里却想着法子推诿扯皮。

那天晚上，常笑天在家读着高尔基的《母亲》，突然门"嘭嘭嘭"响起来。"谁啊，有事就不能轻点敲门吗？"常笑天刚想发火，母亲玉香把门打开了，一个人撞了进来。常笑天仔细一看，被吓了一跳，原来是村西的三军子。三军子满头是血，衣服被撕成一条条的，像电视上舞女身上的裙子，显然是和人打架了。

"你今天不把那个打人的家伙抓起来，咱就捣烂你家的鸟窝。"三军子一手捂着血淋淋的脑袋，一手拍着桌子，朝着常笑天大喊道。

过去村民们思想纯、作风正，生产生活上循规蹈矩，干群关系也特别紧密，没有哪个不尊重村干部的。那个年代就是一个生产队长也会做得风生水起，基本指哪儿打哪儿，要啥得啥。村书记那就更不用说了，哪个敢到村书记门上大喊大叫，那真是太岁头上动土——惹祸上身了。

可是现在不一样了，人们的思想得到解放，不再只听干部们的安排，而且也敢与干部们叫板了，哪家碰到个难事、遇到个矛盾会直接找到干部门上。如果是生产难事、生活困难，找干部倒也理直气壮，但有些人遇到腌臜事也不知羞耻地找干部，要是干部不理不睬，他就会说："多大个官啊，别在咱面前神气活现的，你不处理咱就去找乡里领导。"你看，根本不把村干部放眼里，横得很哩。

三军子在常笑天印象中是个特别本分老实的人，那年李青龙喝醉酒跑错了门，人家三军子两口子也没为难李青龙。是谁把三军子伤成这样？他赶忙让母亲拿出布来帮助三军子包扎伤口。三军子坐下后，像只斗红眼的公鸡似的，一直斜着头怒视着常笑天，像是常笑天把他打得头破血流似的。这时隋泥追过来了，说："咱说三军子啊，今天是你不对，你不应该当着人家哥哥的面打人，你这不是老虎头上站老鼠——找死吗？"

三军子四十来岁，这几年和老婆月芹感情不太好，常常吵得四邻不得安宁。过去只要一吵架，月芹就去找隋泥，隋泥巴不得有人找他，那样他才觉得自己是个真正的村干部。他来到三军子家劝架，先说三军子殴打老婆不对，打女人的男人不算个男人，老婆是用来哄、用来宠的。三军子却捂着嘴暗笑，心想：你把老婆送给别人睡，难道就算是男人？

这天下午，三军子两口子不知为了什么又吵了起来，没吵几句三军子就拾起根木棍要打老婆。月芹一看，好汉不吃眼前亏，跑吧。她在前头跑，三军子挥着木棍跟在后面追，追不到百十米，迎面撞见从街上赶集回来的大舅子月光。

"大哥快来救咱！"月芹像是遇到了救星一样大喊。月光是个大老粗，见妹妹月芹又要挨打，气不打一处来。以前三军子打月芹他看不到也就算了，今天正巧碰见，月光头上火星子直蹦，将自行车一扔，怒目圆睁，大吼一声："站住，你胆敢碰咱妹子一根毫毛，咱叫你躺着回去。"三军子正在气头上，见是月光挡住了去路，怒不可遏，一棍子横扫过去，正打在月光的小腿肚上，月光的小腿肚当即就肿了。

这下像是点着了火药库，月光是个打架不扬膀子出了名的人，在水塘乡无人敢惹，哪里打群架，十场八场都有他，就连村里没人敢惹的刺猬都说："月光，哪个跟他斗噢，谁斗谁找死。"一次他家的狗追着一个路过的村民咬，那个村民拾起一块砖头扔过去，将狗吓跑了，却惹了一身的祸。月光把那人抓来，硬说狗被吓坏了，拍着桌子叫那人赔偿狗的精神损失费，那人一看苗头不对，花钱消灾，给了一百元了事。

三军子哪里是月光的对手，两个回合就被月光打得趴在地上。"三军子，今后敢对咱家妹子动粗，咱就打断你的狗腿。"月光一边骂着一边挥着拳头。三军子脸上鲜血直流，大喊饶命，亏得两个路过的村民将月光拉开，否则三军子必然被打个半死。

三军子甘拜下风，捂着流血的脑袋直往村里跑，他要找隋泥给他评评理。但这次隋泥却没朝他发火，隋泥说这个事情他管不了，得找常笑天书记，他说话管用，一句抵一万句。

常笑天了解情况后说："你先回去吧，这事你大舅子是有责任的，

风吹麦浪

再不好也不该把人打成这样，出了人命怎么办？这是犯罪。但是你也推不开干净身子，如果你们夫妻不吵架，就不会出这种事。"

三军子被月光打了一顿后，再也不敢殴打月芹了。每次跟月芹吵起来，他就往村部跑，对着村干部拍桌子、摔凳子，有一次村部的门竟然被他踢坏了，电话机也被摔得粉碎，而在场的隋泥转眼却怎么也找不着了。

常笑天动员村民们集资修路的同时，又动员村民把村边那块荒芜多年、无人问津的芦苇滩整治一下。那块延伸至村外、足有数个足球场大的芦苇滩之所以多年无人开发整治，是因为那是一块"三不管"地带，当年分地到户时，芦苇荡和槐树屯的村民为此差点打了群架，多少年过去了，一直荒废着。常笑天在芦苇荡当村干部时就曾经建议动动那块地的心思，因为乡里人说那是集体的地，一直不敢下手，常笑天回来后把这事提上议事日程，可是又不能擅自动手。在乡里开会时，常笑天跟穆权书记汇报说，想把村边的那块芦苇滩开发一下，问穆权书记是否同意。穆权书记不知道哪块废地，常笑天就想请穆权书记到村里去看看，现场拍板。穆权书记说："没空，忙着呢，马上县上的江书记要来水塘乡视察。"常笑天就指着穆权书记墙上的水塘乡地图让穆权书记看，说："就这块，搁那多少年了，白白浪费着。"穆权书记用眼瞄了一下，似乎没思考太多，挥挥手说："你去整治吧，哪家开发出来，这块地就是哪家的。"

常笑天告诉村民们，把这块地开发出来，然后再转包出去，说不定就能筹到一半的修路款。村民们当然乐意了，如果能筹到一半的修路款，那他们就少负担一半的钱，在这个问题上谁也不傻，于是都愿意出钱出力，希望尽快把这块地开发成新鱼塘。

芦苇荡人积极地开发芦苇滩，这时槐树屯的人不来争了。槐树屯的书记张万堂早就不做了，换上来的书记杨晓柱喝起酒来不要命，哪还有精力管村里的事。这时各家各户都在搞副业，顾不上那块荒芜多年的芦苇滩，估计就是分给大家，也没空去忙活了。

即使出一半修路的钱，李青龙也不太乐意。常笑天叫村干部分头到各户筹钱，隋泥筹到李青龙门上时，李青龙两手摆摆对隋泥说："没有钱，要不你隋泥先给咱垫上，等明年咱家地里的西瓜上市了还你。"

隋泥对李青龙与老婆水草的丑闻也有所耳闻，只是李青龙在位时他不敢发作，现在李青龙不做书记了，他也就有了底气，但又不好明说出来，这时正好有个出气的机会。

"你说这话还像个曾经做书记的人吗？你做书记时，天天告诉咱们要致富先修路，看看人家槐树屯的乡亲，前年修了一条路，种的西瓜都比咱村贵。"隋泥用袁山的话教训李青龙。

李青龙摆着手说："在其位，谋其政。现在咱又不是干部了，用不着带头了，修路这样的好事就留给你们干部做吧。"又说："你隋泥嘚瑟什么？整裆裤子才穿几天啊，要不是咱把你弄到村里去当个小官，你还不是和咱一样呢！"

李青龙不说这个倒也罢了，一提到当干部的事，隋泥心中的怒火直往头顶上冒，心想：天上又不会掉馅饼，要不是你和咱老婆水草勾勾搭搭，这么好的事能轮到咱隋泥？咱隋泥是什么人你又不是不知道，为这事咱在乡亲们面前是驴粪蛋子表面光，打掉牙齿往肚里咽。

"今天你一定要把钱交了，不交咱就不走。"隋泥犟劲上来，搬个凳子坐了下来，指着李青龙家的猪圈大声说，"实在没钱的话，你家那头肥猪咱们牵走卖了，多退少补。"

李青龙当书记时就经常这么做，每到村民门上收上交时，要是哪户说暂时没有钱，他就叫隋泥几个村干部到圈里去看看猪养多肥了、羊长多大了，牵走卖了，多退少补。村民们没办法，牵走就牵走吧，迟早还是得交。李青龙的这招现在被隋泥学会了，隋泥把这招用到李青龙头上，俨然就是过去的李青龙。

李青龙气得脸跟猪血泼的一样，差点没晕过去。他没想到隋泥会拿自己过去对付村民们的办法来对付自己，他觉得那种办法对付村民们非常管用，而对付他李青龙就失灵了。如果不是自己和水草有情况，李青龙早就一个巴掌扇过去，拿老子的办法来管老子，没门。可是拿人家的手短，吃人家的嘴软，何况自己睡了人家的老婆，李青龙是打掉牙齿往肚里咽。

这时李青龙老婆冲过来指着李青龙的鼻子破口大骂："你这个没良心的东西，人心都到狗肚了，咱一辈子吃尽苦头服侍你，你却在外拈花惹草、惹是生非。"李青龙老婆骂着骂着变了味："又不是什么好货色，要是个黄花大闺女咱就睁只眼、闭只眼算了，你却找个没人要的、肚大腰圆的黄脸老太婆，长得像头肥猪，有什么兴头？把咱的脸也丢尽了。"

隋泥听出李青龙老婆在指桑骂槐，气不打一处来，直往李青龙老婆面前闯，要不是人们拉着，李青龙老婆少不了要挨几个嘴巴子。李青龙怕把事情闹大了，对隋泥说："算了吧，牵走就牵走吧，反正这头肥猪也要卖了。"李青龙老婆一听，一屁股坐在地上号啕大哭起来。

李青龙家的肥猪跟在隋泥的屁股后面晃悠悠地走了。

李青龙在芦苇荡可以说是干了一辈子的村干部，从做队长开始，一步一步爬到村书记的位置上，这对李青龙来说也是一件十分不易的事情。

李青龙能做到村书记与特定的环境不无关系，那时考察一个村书记也是很讲究的，能力和绩效非常重要，来自基层的声音是主要方面，次要方面是杨明山特别信任李青龙，他的推荐起了一定作用。但是李青龙做了书记后，渐渐地缺少了一种冲锋陷阵、战天斗地的精气神，也逐渐脱离了群众，不管遇到什么事，都是悠然自得的，像是什么事也没发生一样。这样的人当书记，这个村的乡亲们能得到什么呢？

一次，黑云压境，暴雨将至，广播已经播了几次天气预报，说是即将有暴雨，有个村民跑到村里来提醒李青龙说，赶快封住射阳河圩堤那个敞口，要不然暴雨真来了，河水倒灌农田，全村要遭殃的。李青龙指着天上的云说："雨在哪儿呢？刮风下雨是常见的事，怕什么？"

李青龙上午表态说没雨，下午暴雨倾盆而下，射阳河水开始上涨，已经通过敞口向田里倒灌了。这时李青龙因为中午在一个村民家喝了酒，还醉在梦乡，怎么喊都起不来。村民们赶紧拿着工具去填封缺口，大家都说："不要指望李青龙了，咱们动手自救吧，指望他把敞口封起来，咱们庄稼就要淹没了。"

李青龙去乡里开会领任务，往往是会一散就结束了，会议精神也到此为止，因为他开完会后从不及时传达贯彻，要等到上面催得山响，他才想起任务还没完成，有的会议事项他连记都没记。他自己部署工作时，也是有部署，但不落实，村干部落得个轻松，你不落实督查，谁还主动找事做，要玩大家一起玩。只有村主任杨金贵有时会气得直跳，说李青龙干的什么工作，简直就是二流子学徒混日子。可是杨金贵又不是书记，跳脚也没用。

李青龙当书记时，村干部不愁没酒喝，集体花钱吃喝就不用说了，到熟食店买肉或是到乡上的饭店吃饭，签个字就行了，大家都觉得是天经地义的事。村民们家里要是有个红白喜事，请村干部去喝杯酒，大家也觉得理直气壮，没什么过错，往往是一请就到，开怀畅饮。李青龙也非常能喝，一顿能喝光一瓶白酒，啤酒更是李青龙的强项，一瓶啤酒头一仰就没了。一顿饭局下来，一箱啤酒下肚不成问题，而且自始至终不上厕所。干部们佩服李青龙的海量，没人敢和他拼酒量，谁拼谁完蛋。

李青龙也能吃肉，一次收"两上交"时，看到一村民桌上有一盘熏烧猪头肉，几个村干部就打赌，谁要是把这盘肉吃光，就放谁一个星期假。李青龙自告奋勇，二斤猪头肉被他一个人吃了一斤八两，还有二两实在吃不去了。干部们看李青龙撑得脸通红，怕把他胀死，就

风吹麦浪

说:"你赢了,剩下的不用吃了。"李青龙赢了,自己放了自己一个星期的假。由于李青龙放假了,没人组织收上交,所以其他干部等于也放了假。

李青龙能吃能喝,自然长得肥头大耳,脸如脸盆大,腰比常人粗了一圈,体粗人重,走起路来老远就听到喘息声。李青龙的老婆和儿子、儿媳妇都反对李青龙喝酒,可是李青龙喝酒喝出了瘾,要是没酒喝这一天还真的很难过。前些年李青龙做了个小手术,住在医院里几天吃不下饭,老婆知道他酒瘾来了,可是手术后又不能喝酒。老婆想了个办法,准备一个倒满水的酒杯,李青龙每吃一口饭就喝一口水,以水代酒,饭竟然能下肚了。

李青龙不仅好吃,还有点好色,喜欢逗村里有点姿色的女人说话,为此没少和老婆吵架。某个深夜,李青龙去找寡妇田六姑。李青龙老婆悄悄地在后面跟踪,她觉得肯定没好事,可是又不敢把事情闹大,毕竟李青龙是村里有头有脸的人物,事情闹大了自己也没光彩。于是,她索性拿把锁把门反锁了。李青龙在里面出不来,急得直跳,好在隋泥半夜路过,砸开锁,放了李青龙。隋泥半夜来这里干什么,李青龙也不问了,一晃就消失在夜幕里。

隋泥指着他的背影大骂:"要是扣子在世,准会一砖头拍死你。"村干部说穆权书记把李青龙书记撸了一点不冤枉,可李青龙总觉得是常笑天占了他的窝子,要不是常笑天,还真的没人能夺了他的位置。

第二十六章

那片"三不管"的芦苇滩，以前还有人割几捆芦苇回来编苇席或当柴火烧，后来副业搞得兴旺了，也没人当回事了。这块无人过问的芦苇滩很快被开发成一片鱼塘，有养虾专业户说要承包鱼塘养虾，承包费每亩一千元。村民们吓了一跳，这堪比几亩地的收入！

金子埋在土里没人要，刨出来就会有人来抢。这时有人红眼了，说"三不管"的芦苇滩是他家的祖产，他爷爷的爷爷在世时就在那片芦苇滩里养鱼，村里上了年纪的人都知道。跳出来抢鱼塘的是住在村西苇边附近的施七，说起来那片芦苇滩还真是施七的祖产，可是时过境迁，分田到户多少年了，哪还有祖产一说？要是有祖产的话，乡亲们手里的田还都是地主的后人的呢。

可是施七不依不饶，非说那片鱼塘是他家的，得分一点钱给他家，否则就到乡里去找穆权书记上访。乡亲们不同意，都不买这个账，这是什么道理？这不是明目张胆地抢劫吗？于是施七真去找了穆权书记。穆权书记不明就里，叫常笑天处理好了再发包，不能叫老百姓有意见。常笑天一头雾水，这是明摆着的事实，那片鱼塘虽说过去是施七爷爷的爷爷的，可那是猴年马月的事，分田到户后根本就不存在田有祖产的话说，跟施七是八棍子打不着。穆权书记为啥就不能明说呢？还要村里处理好了再发包，照他这么说，处理不好还不能发包了。

常笑天和杨金贵几乎天天登门找施七做工作，施七仍然是一根筋不转弯，硬说鱼塘是他家的。常笑天跟村里人商量，跟施七这样的人就是沟通一万遍都没用，他说鱼塘是他家的，就是他家的吗？咱说乡政府房子还是咱家的呢。别跟他瞎扯淡了，咱干咱的。

鱼塘合同签了，承包金也都如数交到村里的账上，可是人家却进不了场。承包人找到村里说："我没法养虾了，施七天天带人到塘口闹，搞得咱伸不开手做事。你们不把施七的工作做好了，造成的损失，村里可要认了。"常笑天想想也对，不能耽误人家养殖，水产养殖季节性很强，耽误不起。

一大早，常笑天带着隋泥等几个村干部来到虾塘现场，看到施七带着的人都站在塘口上，你一言他一语地说不让弄。隋泥跳起来了说："你有什么资格不让人家弄？"

施七说不要什么理由，就是不让弄，声音越说越大，最后开始推搡起来。施七人多，村干部们逐渐居了下风。常笑天见局势就要失控，赶紧打电话给乡里的联防队请求支援。联防队队长很快就带着一群穿制服的队员到达现场。施七带来的人看到来了一趟穿制服的，立马逃之夭夭。

施七斗不过村干部，就跑到县上去找江书记，扬言说如果江书记不管，他就到省里上访。于是，江书记打电话给穆权书记，说芦苇荡的那个施七无论如何不能去上访，穆权书记说："芦苇荡的矛盾不好惹，那施七就是个刺头，已经找过咱几次了，不把这个刺头削平了，矛盾就平息不了。"江书记说："这个咱不管。"

穆权书记打电话责备常笑天："那块芦苇荡多少年没人动了，你去动它干吗？那是太岁头上动土，一动就有麻烦啊。"

常笑天感觉可笑，说："那块塘原本是块废塘，没有多大价值，再说承包出去也是经你同意的啊。"

穆权书记要求常笑天做好施七的思想工作，否则不要动那块鱼塘的心思。常笑天为难地说已经做施七的思想工作不止一万遍了，但施七的脑子是下水道进水泥——堵塞了，再做工作，自己就是个二百五。穆权书记说："这个咱不管，施七要是去上访，你常笑天就不要来见咱。"常笑天还要继续解释，但穆权书记直接挂了电话。

常笑天没有办法，只得坐下来和施七谈判，最后与施七签了份协议，村里每年补助施七一千元现金，施七放弃祖产要求，全力支持村里工作，不得再到上面上访。施七拿着签好的协议高高兴兴地回去了。村民们气愤地说："这是什么世道？瞎鬼闹还能闹到工资了。"

施七真的没再去上访。芦苇荡人梦寐以求的乡村小道也修好了，村民们吃一堑长一智，立即安排人管护新修道路，所以这条小道竟然多少年完好无损，直到后来在这条小道的基础上修建了宽阔的水泥路面。不过那已是新世纪第一个十年间的事了。

常笑天想起三军子的事来，他要去找三军子谈谈，干吗老是跟月芹吵架？家和万事兴，家家都和睦了，芦苇荡就平静了。常笑天天一亮就起床了，他要赶在早饭前去三军子家，否则三军子可能就出去了。

远处已有炊烟升起，早起的女人端着盆子来到河边淘米洗衣，常笑天路过一户村民家时，那家女人正在拿着扫帚打扫门前场地上的尘土。常笑天主动上前打招呼："嫂子早啊！"那个女人看了看常笑天，好像没听到一样，仍旧扫着地面，当常笑天走到她面前时，她的动作突然快了起来，尘土飞扬，弄得常笑天一脚一腿的泥灰。

尽管常笑天为村民们做了一些务实的事情，但有的村民仍然不相信村里的干部。李青龙做书记时整日酒气熏天，会计老朱贪污了村里的公款，隋泥那样的人竟然做起了干部，水草那样勤劳本分，还是瞒着隋泥跟着李青龙鬼混。村民们嘴上不说，可是心知肚明哩！

常笑天心里想，咱又不是李青龙，你不信任咱，咱也没有办法，

风吹麦浪

不过咱也不会当李青龙，也不想着贪污集体一分钱，工资虽然低一点，但咱家有地有猪，够用了。不去想了，想也没有用，你不信咱，那就等着看吧，总有一天你会信任咱的。常笑天心里想着，又踏实了许多，精神焕发起来，不由加快了脚步。

三军子家位于村西的小河旁，离施七家不远，三间砖瓦房后面拖着一间小厨房，说不上有多富裕，但也没穷到哪里去，女儿正在读高中，从家里挂满奖状的墙上就可看出女儿很优秀。

月芹早早就起来了，正在门口晾晒洗好的衣服。月芹的娘家是避风港村的，离笑天外公王山柱家不远。王山柱也不再是避风港的村书记了，就是一个普普通通的老党员，王山柱一离开村书记的位置，家里沸沸扬扬的事情就风平浪静了。

月芹年轻时长得俊俏，追求的人多。所谓"一家养女百家求"，被年轻人追求也就罢了，但村上几个结过婚的好色鬼就像馋嘴猫一样，有事没事也到月芹家转转，吓得月芹父母一天到晚跟防贼一样看着家。

可是明枪易躲，暗箭难防，总不能一天到晚把姑娘关在屋里。有天晚上村里放电影，月芹经不住两个同龄女孩的一再邀约，就结伴来到村里的场头上看露天电影。电影才放一半，场头上发生了械斗，立即混乱起来，月芹三人很快就被冲散了。

就在月芹前后张望、寻找同伴时，她突然觉得自己胸口被人用劲抓了一把，顿时感到火辣辣的疼痛，回家后解开衣服一看，乳房上被人抓了一道血口子。月芹妈妈知道后很是伤心，就把女儿被人欺凌的事告诉了丈夫。月芹父亲就到乡上派出所报了警，说女儿看电影时被人调戏了。

派出所接警后，立即派了几个干警到村里调查情况。由于月芹没看到作案的人，干警们就一个个地排查，有过调戏妇女、小偷小摸等不良前科的全被叫到村里站成一排，叫月芹上前指认。月芹确实没看到是谁干的，哪认得出谁是谁。一个高个子干警问谁干的站出来，谁也没有站出来，站出来才是傻子呢。

月芹被人调戏的事不了了之，但各种流言却传得沸沸扬扬。月芹妈妈说，这丫头怕是嫁不出去了，不如找个人家，差就差点，省得烂在家里头丢人现眼。于是月芹嫁给了芦苇荡的三军子。

月芹嫁给三军子是个实在没办法的事。三军子是个实诚人，人长得不那么壮，瘦不拉几的，人一瘦，耳朵就显得特别大。三军子还算勤快，只要能挣到钱，他都想着法子去试试，所以家里条件还说得过去，早早就买了一台黑白电视机。

三军子觉得能娶到月芹这样漂亮的女人是前世八辈子修的福。月芹是十里八乡有名的美女，说月芹被人调戏了，三军子不相信，他说那是屁话，月芹父母的性格咱又不是不知道，整天像是看贼一样看着她，谁能碰得到。后来三军子证实了月芹是个大姑娘，常在半夜笑醒了，天上真的掉下个林妹妹。

一块馒头搭块糕，月芹知道三军子跟自己不般配，但三军子人勤快，心也好，于是两口子恩恩爱爱过了一阵子。好日子过不了几年，有了女儿后，特别是女儿上学后，三军子觉得不对劲，怎么熟悉不熟悉的人都喜欢往咱家里跑？有的虽然没往咱家里跑，但也像个狼一样在咱屋子前后转悠。有的还带月芹去玩，说是打麻将三缺一，有时一打就是一整天。三军子开始怀疑月芹是不是有外遇了，老婆好看但难守，三军子断定月芹在外面偷人了，不是老婆偷人，是别人偷咱老婆。三军子开始注意月芹的行踪了，亦步亦趋地跟着，月芹很不耐烦，先是拌嘴，后来吵着吵着又动起了手。

月芹见常笑天来了，连忙搬出一条凳子来，叫常笑天坐下。三军子躺在里屋的床上没出来。月芹说："昨晚在田里收庄稼，忙到大半夜，早上起不来了。"

常笑天说："没事的，让他睡吧，不能累坏了。"

月芹知道常笑天的来意，不好意思地低着头说："是咱家三军子不好，给你们添麻烦了，你们该怎么处理就怎么处理他吧，三军子再这样下去，咱家都成什么样子了！"

常笑天知道月芹平时会小赌，就说："话也不能这样说，咱们干部也有责任，工作没有做细，三军子有三军子的想法。就说打麻将这个事吧，没事时几个人聚一起娱乐一下也不是不可以，但是一天到晚打麻将就不好了，耽误了事情不说，还搞得家庭不和。"月芹被常笑天说得不好意思起来。常笑天接着又说："咱今天来找你家三军子谈谈，请他提提意见，有话好好说，有事好商量，不要闷在肚子里，那样容易气坏身体，也不利于你家勤劳致富啊。"

月芹还没接上话，里屋的门"吱"的一声开了，三军子出来了。常笑天一看，三军子黑不溜秋，活像个瘦猴，难怪打不过大舅子月光。

三军子根本就没睡着，常笑天和月芹的对话他听得一清二楚，当他听到常笑天批评老婆打麻将，又让他给村里工作提意见时，堵在心口的冰一下子融化了，心情也开朗起来。三军子一脸的歉意，笑嘻嘻地看着常笑天，就像一个小孩做了坏事被大人发现一样。三军子说："太不好意思了，总给你们干部添麻烦，你想怎么处理咱，咱都没意见。"

三军子对常笑天能亲自到他家里来调解矛盾感到非常惊讶，他那天参加了村民代表会议，听了常笑天的讲话，也听了乡亲们的议论，都说常笑天今非昔比，讲话干脆，很耐听，有气魄，不像李青龙，慢声慢语一讲就是大半天，唾沫星子满天飞，东家扯到西家，乡亲们根本听不懂他讲的什么，品性也不好，简直就是个大混蛋。

谈起和老婆的冲突，三军子的脸瞬间红到了脖子根，说："不瞒你说，她老跟人家出去打麻将，一打大半夜，一个婆娘半夜不归家，算个什么事？叫咱丢脸啊。"三军子的意思常笑天心里明白，三军子吃醋了，就差没把怀疑老婆跟人家睡觉说出来。

三军子打老婆却被大舅子月光打了一顿，他是打掉牙齿往肚里咽，有话没处说，他总不能跟大舅子说你家妹妹跟别人睡觉了，那不是把屎往人家脸上抹吗？你说咱妹子跟人家睡觉，你拿出证据啊，你拿不出证据肯定又要挨巴掌。他觉得这个女人已经翻天了，但又没办法，就去找村干部评理，可没人理他。隋泥还在背后指指戳戳地说："你有什么脸朝外跑？你头上的绿帽子戴得老高了。"

常笑天一大早就找上门来，这是三军子两口子万万没有想到的。在这之前，村干部只在要账和摊派任务时上过门，而且说话时语气生硬，一点商量余地也没有，所以他们觉得村干部没一个好东西。

常笑天也不再称他三军子了，而是叫他三军哥："三军哥啊，你也太粗俗了吧！你老婆已经很不容易了，你怎么能在她的伤口上撒盐呢？你说她有人了，你有什么证据？咱不能凭空臆想乱猜疑，你说那些话会影响夫妻感情。村里一家挨一家的，串串门子是常有的事。"

常笑天话锋一转，又对月芹说："咱也得批评你，你不要有意见，打麻将也要看是什么时间、跟什么人玩。农闲没事时玩两把无可厚非，但整日打麻将就是你的不是了。"

常笑天一席话说得三军子的头一下子耷拉下来，月芹脸上也泛起了红晕。月芹表示以后不再外出打麻将了，三军子表示以后绝不碰老婆一个指头。后来，常笑天再没听说三军子两口子吵过架，也没发现三军子来村里闹过一次。常笑天偶尔路过三军子家的承包地，能见到两口子在挖田、锄草。三军子看到常笑天，老远就扯开嗓门大喊："笑天书记，今儿哪也别去了，到咱家喝一杯吧。"

第二十七章

　　常笑天觉得三军子和月芹的婚姻虽然不那么美满，但只要不吵不闹，日子倒也和和美美。

　　小英子的女儿月季的婚姻就不那么幸运了。说起月季，那是村里的一枝花，她妈妈小英子曾经也是村里的一枝花。想当年，小英子喜欢上了友明，可是友明像个木头，不懂儿女情长，硬是错过了机会。女儿月季跟她一样，虽是村里的一枝花，可是花好月不圆，女人嘛，就是个雪花命，飘到哪里是哪里，飘进好人家是福气，飘到坏人家是晦气。月季简直就是个倒霉蛋，一次次地遇人不淑。

　　月季婚姻不幸，有父母的原因，但更多是自己的原因。月季从小就被父母和两个哥哥当个宝贝宠着。因为有人哄、有人宠，月季自小到大没吃过什么苦，家里啥事也都由着她，任性着呢。就是这个任性，酿就了她不幸的婚姻。

　　那时的农村娃子多数是读不了几年书的，能像常笑天那样读到中学就是了不起的人物了。当年友良考上县重点高中轰动了全村，后来又上了大学，那是全村历史罕见的事。常笑天中学毕业后没多久就当上了村干部，那是人的主观努力，更是一个人的运气。

　　月季读完小学就不读了，不是小英子不让她读，也不是她父亲舍不得读书钱，而是月季自己不肯读书，月季说一读书头就疼。小英子两口子怎么劝说都没用，老师上门来劝也没用。月季就这么任性。

农村的娃子要是不读书，十八岁一过，就谈婚论嫁了，早婚是常见的。常怀玉继承了父亲友明的基因，长得水灵灵的。友明老夸女儿长得漂亮，一看就是亲生的。四凤说："女儿长得漂亮是咱的功劳，咱就会生。"友明说："那你父亲杨明山就不会生孩子，把你生得跟个油桶似的。"四凤听了就拿根芦柴追着要打友明，说友明什么时候学得油嘴滑舌的了。

芦苇荡这地方的水土太养人了，生出的孩子没有歪瓜裂枣的，女孩子一个个小仙女似的。怀玉十八岁时，即将高中毕业，她心无旁骛，只想考大学。月季十八岁已经在家好几年了，不读书，没工作，身体和思想就早熟。不早熟不行啊，不然干啥呢？

月季十八岁那年上街赶集，认识了一个梳分头的小青年。他看月季长得漂亮，就凑上来跟她套近乎。小分头说他住在县城，家里开着小厂，到水塘来走亲戚，要是月季肯跟他交朋友，他可以把她安排进他家的小厂里上班。

到县上的厂里上班是月季做梦都想的事，那是个非常有面子的工作，可以不用在村里割草种地务农了。村上有几个姑娘就进了县纺织厂，那是集资了三千多元才争取到的名额，每到周六下午时，那几个进城上班的姑娘就骑着"飞鸽"自行车飞也似的回来了。月季羡慕得不行。

小英子当然无钱给月季集资去县城上班，月季只能眼巴巴地羡慕着那几个姑娘。这会儿进城上班的机会来了，月季迷上了小分头，小分头没来找她时，她倒有点想小分头了。小分头要月季嫁给他，月季就毫不犹豫地答应了。

一个繁星伴着冷月的黑夜，小英子发现月季没了。月季跟小分头私奔了，那时家里娃子多，女孩跟男孩私奔了或是男孩带个女孩回来实在不是件稀奇的事，男孩多的人家娶不起媳妇，而圆滑的男孩准能带个女孩回来。高小丽就不是陈春桃明媒正娶回来的，陈春桃在外面做瓦工，高小丽跟着做小工，一来二去熟悉了，两个做工的做到一起去了。陈春桃是个穷光蛋，兄弟几个没一个娶到媳妇，谁愿意跟穷光蛋过日子？陈春桃放工后不回家，拉着高小丽跑到村外的小树林去了，两人跪在月光下赌咒发誓，表示今生一起走。二人生米煮成了熟饭，抱着个孩子回家，两头父母只好认了。

月季回来时，怀里也是抱着个孩子，是个男孩。还没等小英子两口子说什么，月季就说上当了。小分头家根本不在县城，也没有厂，关键的是小分头也不是小青年，小分头有家、有老婆、有孩。月季的孩子足月时，小分头因盗窃被公安局抓了，月季自己跑到医院把孩子生了下来。小分头被法院判了刑，月季只得抱着孩子回到自己的家里。

小英子也没办法，只好帮月季带孩子。月季在家实在待不下去了，大姑娘跟人家私奔了还好说，毕竟有个家，可是一个大姑娘在家生个娃算什么玩意啊？月季跑到外面去打工了，不久又跟了个男人，可是好景不长，这个男人生了绝症死了。月季只好再回家待着，娘俩一起带着个没老子的孩子，月季见人总是抬不起头来。

因为月季长得漂亮，常笑天那年毕业回乡后，就曾有人牵头说要把月季介绍给常笑天，村里人说月季跟常笑天才是金鸡配凤凰，天生一对，郎才女貌。可是还没等把这根线牵上，月季就跟人家跑了，估计媒人要是早把这根线牵上，月季也不至于跟小分头跑了。缘分就这样擦肩而过。

常笑天也承认，要是早把月季介绍给他，他是无论如何也无法拒绝的，因为月季长得真的如月季花一样，红得艳丽，黄得高雅，粉得妖娆，怎么看都得动心。不过常笑天一点不懊悔，他的女友金玉一点不比月季差。金玉是避风港书记金桥的三女儿，毕业后在乡里小学当代课老师。在校时，两个人都有好感，但一直没有表白。笑天当上乡团委书记后，在一次文化活动中与金玉再次相遇。金玉抱怨笑天不找自己："难道乡里到学校有十万八千里吗？"

笑天解释："不是，乡里的事情忙呢。"

金玉有点生气，说："忙什么呢？咱看是当上干部了，瞧不起人了。"

笑天连忙再次解释："哪有的事？咱还怕你看不起咱呢。"

金玉笑着用手指点了一下笑天的脑袋，说："你就是一个木头。"

笑天一把抱住金玉，动情地说："等咱当上了副乡长，一定把你娶回家来。"

金玉反问笑天："要是当不上副乡长，就不娶咱回家了啊？"

自从回到芦苇荡当了书记后，笑天一直没敢和金玉提结婚的事。他没当上副乡长，有点不好意思找金玉，对于金玉会不会答应嫁给他，他的心里没个底。

金玉的父亲金桥是王山柱的继任者，能当上避风港书记，也得力于王山柱的全力推荐。当时，金桥是避风港的村主任、王山柱的得力助手，王山柱不管什么棘手的事，都是金桥出手给他摆平了。一次，张春雷书记半夜给王山柱打电话，叫他务必在半小时内赶到乡里来，有重大任务要部署落实。

王山柱在村里刚开完会，到家洗了脚还没来得及洗脸，接到张书记的电话后，气得拳头往桌上一砸，说："失火了啊？啥事这么重要，不能明天再说吗？深更半夜叫咱去开啥会嘛！"可是又一想，不去不行，一定有重大任务，否则书记不会亲自给咱打电话，顶多安排办公室小周通知一下，况且这是半夜来电。

王山柱不敢有丝毫怠慢，立即跨上开了好多年、已经很破旧的摩托车，不一会儿就消失在茫茫夜色里。

其实那天下午，王山柱就被乡长张小军叫到办公室，说是市委李

风吹麦浪

书记过几天要来水塘调研，要求王山柱以最快的速度把沿路村民们的房屋用涂料粉刷一新，决不能让李书记对水塘乡有半点破旧落后的感觉。

王山柱问张乡长："过几天到底是几天？"

张乡长说："咱也不知道，要是不能在李书记来之前完成任务，咱拿你是问。"王山柱知道"拿你是问"是什么意思，因为此前已经有好几个村的书记被"拿你是问"掉了。

王山柱回去后，晚饭也没来得及吃，就组织村干部开会，传达张乡长交办的任务。村干部们一听，立即上了火。主任金桥说："咱村也是水塘乡的一条要道，多少年来往返的人络绎不绝、川流不息，也有当大官的回乡来，从没听哪个人说咱村给全乡人丢了脸，怎么市里来了个李书记，就叫咱突击改头换面呢？再说这个粉刷钱由谁出？"

"对，粉刷钱该由谁出？"

"咱村里也没有多少积累，现在的政策也特别严格，不准到村民们头上筹，难道叫咱们干部集资给村民们刷墙？"大家七嘴八舌、议论纷纷，没一个赞同的。

王山柱也感到为难，避风港这几年虽说发展了，但村里的底子也不厚实，好在这几年国家惠民政策越来越多，不但给村民们办了很多实事，村里多少也有了一些积累，少得可怜的积累，村干部一分钱恨不得掰成两半用，可是上面一会儿检查验收，一会儿领导视察，每次都是雷打火烧地搞突击，搞得村民们十分反感。每搞一次突击就要花掉村里的一部分积累，金桥觉得这样的突击就是瞎折腾。

就说去年植树造林，村民们自发地响应村里的号召，按照乡里统一部署沿路沿河补植了各类苗木，有的人家还在屋基地上种上了经济林，不但完成了上面交办的任务，还没花集体一分钱。

然而县里的一个检查组在验收时，对避风港植树造林工作进行了严厉批评，说避风港不按县里规定布局栽植，擅自做主，必须在三天内弥补到位，否则乡里主要领导要在全县大会上做检查。

书记张春雷为此大动肝火，要求王山柱必须在两天内沿路向里纵深三百米栽上树苗，否则"拿你是问"。王山柱解释说："沿路向里三百米是绿油油的麦田，不宜栽树。"张春雷头向上一仰："那咱不问。"

王山柱就安排金桥带着干部和村民到田里植树。村民们说："你们疯了啊，那是咱们的活命田，都种上树，咱们喝西北风去吗？"

金桥说："就是喝西北风也要把树栽起来，咱这个村主任不当不要紧，要是乡里领导到县里的大会上做检查，咱可扛不起这个责任。"

村民们见村干部执意要他们在麦田里栽树，就说："咱把话挑明了，要咱栽树可以，工钱咱就不要了，树苗钱村里一定要认账，等到秋播时田里的树苗要不要咱说了算。"村干部们没办法，表态说走一步看一步吧。

金桥觉得这是最好的办法了，不管结果怎么样还得感谢村民们的真诚合作，要是在别的村，你就是跪下来央求，村民们也不会同意在麦田里给你栽树的。

干部组织有力，村民密切配合，避风港不到一天时间就在主干道沿路三百米之内全部种上了杨树。张春雷大喜过望，亲自到现场查看，竖着大拇指表扬王山柱讲大局、行动快、措施实、有魄力。据说，在全县植树造林工作总结大会上，分管县长表扬水塘书记张春雷在推动植树造林工作时，跟张春雷表扬王山柱一个样：讲大局、行动快、措施实、有魄力。

不过王山柱实在打不起精神来表扬真诚合作的村民们，因为今年的植树造林活动，没有得到村民们实实在在的支持。在秋播时，村民们把栽在田里的树苗拔掉扔了，又撒上了麦种。树苗没了不说，村里花的树苗款也打了水漂，标准的劳民伤财瞎折腾。金桥和村干部们想想都心疼。

如今，张小军又把王山柱叫去，和上次植树造林工作如出一辙，

风吹麦浪

要求速战速决。上次植树造林是春天植、夏天黄、秋天进锅膛，是石头上种瓜——赔本的买卖。这次要求突击给村民们的房屋进行刷新，村民们总不能把墙上的涂料铲了吧？给村民们的房屋刷新，多少还能美化村庄形象，就是花了钱也值得，王山柱和金桥这样给干部们做思想工作。

村干部们不愿意这样被动地花冤枉钱，也觉得这件事做得实在别扭。村干部跟村民们黏得热乎，说话管用，主要是大家围着村民转，帮助他们解决困难、发展生产、增加收入，可是这速战速决的事，连傻子都能看得明白，沿路人家刷新了，里面还是老样子，是典型的面子工程，劳民伤财不说，还在村民之间挑起事端，总不能为了上面一个人，一个村的人往坑里跳吧。

王山柱还没把大家说服，乡里的张书记像失火一样，半夜把王山柱叫来。乡长张小军虽然交办了，但张春雷不放心，除了语调比张小军更严厉外，又交代王山柱一项新任务，就是主干道沿路视线内的厕所一律拆除。这件事就像一盆凉水把王山柱浇了个透心凉，主干道沿路视线内的厕所少说也有几十座，就算不睡觉几天内也拆不完，况且村民们也不会同意的。

王山柱离开张春雷的办公室时，张春雷也撂下狠话："就是不做村书记了，也请你王山柱完成任务再走人。"

王山柱当了多年村干部，大局意识比谁都强，贯彻执行上级领导指示精神决不含糊，尽管上面部署的任务有难度，有的还不符合客观实际，在尽力解释无效的情况下，他也会坚定不移、不打折扣地落实工作。他也和张春雷一样交代金桥，就是不睡觉也要把上面的任务完成了。

于是天一亮，金桥就把村干部们喊起来，挨家挨户地做工作，村民们说刷墙体可以，刷了亮堂，但拆厕所不行，厕所碍什么事呢？拆了到哪里方便去？难道到田里去大小便？

金桥去第一家就碰了壁。吴老四虽然因为计划生育那件事跟村干部起过冲突，但后来和解了，平时不但带头完成集体任务，还主动协助村里解决一些老大难问题，有时会请村干部到他家里吃顿饭、喝杯酒，可见吴老四和村干部之间感情深厚。金桥自认为有十足的把握做通吴老四的思想工作，想请吴老四开个头、打个样。

　　"什么？把厕所拆了？"吴老四听说要他拆厕所，惊得眼睛瞪得牛眼似的。

　　"没办法啊，过几天市里李书记要来咱避风港调研，你家厕所紧挨着路沿，确实影响咱乡的形象面貌。"金桥这样解释。

　　"影响什么呢？"吴老四反问金桥，"这几年国家投资改造农村厕所，咱家第一个带头改了，上次刘县长来咱村考察农业特色项目，还专门上了趟咱家的厕所，也没听他说咱家的厕所碍事。"

　　金桥记得那一年刘县长来村里考察农业特色项目时，中途确实去了趟吴老四家的厕所，还是金桥亲自陪着去的。要说吴老四家的厕所，除了位置靠路边外，干净卫生，无关大碍。可是上级的命令，又不能不执行。

　　"刘县长是县里的干部，李书记那是市委领导，一言九鼎，咱能不听？"金桥执意要让吴老四拆厕所。

　　"李书记干部再大也要上厕所，哪个吃饭不拉屎？厕所拆了到哪里拉屎去？总不能顾前不顾后啊！"吴老四也火了。

　　金桥第一次看到吴老四发这样大的火。他一时找不到话来劝说吴老四，站在那里干瞪着眼睛。吴老四见金桥没话说了，反过来教育金桥："又不是打仗，也没有失火，干吗要那么火急火燎的呢？即使这项工作必须做，也要坐下来认真地谋划一下，征求大家的意见，取得大家的理解支持，这样更有利于工作的开展嘛。"

　　金桥感觉吴老四倒像个领导一样，好了，要是吴老四真是个领导，咱也不用劳民伤财，瞎折腾了。可是吴老四又不是张书记，说得再有理顶个屁用。金桥急得抓耳挠腮，他知道在王山柱那里也不好交差。

吴老四又说："前些年你们搞农田改造也是这个病，害得咱家住了一个夏天的草棚子。"

一想起吴老四一家住草棚子的事，金桥心里就内疚起来。

那年春夏之交，乡里在避风港搞千亩良田建设，吴老四和另外几户村民住在规划区内，需要拆迁，村里本来已经和各户谈好了，等新房子建起来，立即拆掉老房子，不影响千亩良田建设。吴老四已经选好了新屋基，筹备材料准备建新房。

可是还没动工，乡里来了通知，说是市里有个领导过几天要来视察指导千亩良田建设工作，要求规划区内的人家在一天内把房屋拆除。王山柱到乡里找到张春雷书记，说和村民们的协议签好了，等新房子一建起来就拆迁。

张书记不分青红皂白，劈头盖脸地训斥了他一顿："你讲不讲政治？你还够不够格当村书记了？这是上面的要求，上面的要求就是命令，命令下来了，不用说那几户，就是全村也要给咱拆光。"

王山柱小心翼翼地说："主要是新房没建起来，现在拆了没地方住。"

还没等王山柱把话说完，张书记又是一顿训斥："你们脑子进水了，想办法啊！住哪儿咱不管，咱要的是立即拆掉，要是领导来了，那几户人家还没拆走，拿你是问。"

王山柱只好照办，他回去后要求金桥立即行动。金桥组织干部连夜找拆迁户做思想工作。吴老四还好说，为了支持村干部工作，他家在新屋基上搭了个简易的草棚，很快就把房屋拆了。可是另外几户就不那么简单了，先是说没地方住不拆，后又说村里违反协议必须加价。可是时间不等人，领导就要来了，要是还不拆，咱就要被拿掉了，为这事把咱干部给撸了，确实冤枉。

村干部们只得让步，拆迁费比原来高了一倍。可是拆迁户都拆了，王山柱整整等了一个夏天，也没等到那个市领导来视察工作。更要命的是那几户拆迁户，房子拆除后，新房还没动工，梅雨季节来了，老天隔三岔五不是刮风就是下雨，一直到天气渐凉才把新房建起来。吴老四的老婆常常抱怨吴老四："你搭的这个棚子哪是人住的地方，简直就是个猪圈。"

吴老四把住草棚的事提出来，王山柱和金桥就像是霜打的茄子，更没信心做吴老四的工作了。其他村干部跑来说："这个工作没法做了，村民们都说，刷墙可以，拆厕所不行，要是把厕所拆了，咱就到你家拉屎去。"

王山柱突然把头抬了老高，说："咱也不能为难村民们，不就是个芝麻大的官嘛，谁要谁拿去，市委李书记来了，张书记、张乡长不敢讲，咱解释，咱就不信李书记不讲理了。"

金桥也跟着说："对，没有不讲理的干部。"

村民们第一次看到村干部违纪抗令。

几天后，李书记路过避风港，在路边停了下来，他看了看千亩稻田片片金黄，又看了看随风翻滚的稻浪中的白墙红瓦，不由得赞叹："要是全市各村都把农田村庄打造成这样美丽的画卷该多好啊！"

金桥跑过来向李书记问好，他指着一户村民的厕所向李书记检讨："请书记放心，咱就是不吃饭、不睡觉，也要把厕所拆掉。"

刚刚还满面春风的李书记脸色立即阴沉下来："谁让你们拆老百姓厕所的？谁家没个厕所？没有厕所让老百姓到哪儿方便去？现在是厕所革命，厕所不但不能拆，还要讲究厕所现代化。"李书记说完就钻进了轿车，一会儿就消失在路的尽头。

王山柱的眼睛瞪得像个鸡蛋，他望着也愣在一旁的金桥，好一会儿才回过神来："他奶奶的，假传圣旨啊！"

第二十八章

乡里一连开了几次会。粮食定购会结束后，紧接着又召开了夏季上交征收会，几场会议下来，芦苇荡没有一次不被表扬的。而槐树屯逢会必被批评，穆权书记直接点名槐树屯书记杨晓柱："槐树屯这几年怎么搞的？村干部一个个都是吃干饭的，年年拖欠乡里的上交款，每年上交款都要乡里派人下去催，否则绝对收不上来。"

水塘乡是个农业乡，财政收入的主要来源是村民们的"两上交"。这几年农业生产形势不太好，村民们的收入每况愈下，有的人家入不敷出，因此村干部收"两上交"时十分困难。"两上交"要是收不上来，财政就要吃紧，各项工作无法开展不说，靠财政养活的人就要喝西北风了。

这几年，槐树屯的处境一落千丈，因此凡是被点名批评的，肯定有槐树屯，只要一开会，只要穆权书记讲到批评那一个程序，杨晓柱就知道又要挨批评了，他赶紧低下头，不敢左顾右盼。他一看到穆权书记那张驴脸，就心惊胆战起来。

杨晓柱不止一次两次被批评了，不过虱多不痒、债多不愁，被批评多了，杨晓柱似乎也不在乎了，脸已经红到脖子根了，再红也看不到了。杨晓柱觉得穆权书记批评槐树屯时，也就那么几句话，"怎么搞的""都是吃干饭的"，然后就没有了，会后也没有什么动作。后来，穆权书记再批评槐树屯时，杨晓柱也不那么紧张了，因为他已经做好被批评的充分准备。穆权书记批评槐树屯时，杨晓柱已经敢向台上的穆权书记望去，他觉得穆权书记就是在嘴上说说而已，也不能把咱杨晓柱怎么样。不过杨晓柱有时也想错了，有时穆权书记是绝不会给你留情面的。

就在开展夏季上交征收前，水塘乡召开了全乡养殖副业生产现场会，穆权书记要求各村都要有一个养殖副业生产项目，只要达到一定的规模就可以。穆权书记鼓励村民发展养殖项目，增加收入，至于种植业，农田放在那边总不会抛荒的。

槐树屯的村民们这几年的养殖业得到蓬勃发展，不是这家养猪羊，就是那家养鸡鸭，各户多少都养了一些畜禽，比如老书记张万堂家一圈就养了好几头猪，喜秀家除了养了一趟鸡鸭，还有几只羊。对此，穆权书记破天荒地表扬了槐树屯，说槐树屯的村民们聪明，田里不够田外补，粮食不够牲畜凑。

杨晓柱认为槐树屯其他方面的工作与别的村相比较为落后，但是养殖业方面在全乡还是冒尖领头的，哪个村也比不了咱槐树屯。他在落实乡里布置的养殖任务时，要求村干部一定要认真准备，拿出全乡独树一帜的"盆景"来，把槐树屯在全乡被动落后的局面扭转过来，坚决消除穆权书记对槐树屯"怎么搞的""都是吃干饭的"的极坏印象。

杨晓柱在安排工作时，又碰到了难题，村民们养的畜禽数量确实不少，但各户都是零零散散地养，这户养了几十只鸡，那户养了十几只鸭，这两家养的是几头猪，哪几户养的是几只羊，虽说是家家有，但是实在看不出规模来。村里干部一商量，决定把养鸡养鸭的都集中到村西的小王庄街上，让小王庄街上的人家每户圈出一块地皮来，每块地皮上用网拦成个圈，搞个养鸡、养鸭、养猪一条边。

于是村里干部都被派到各户去动员，叫村民们一早就把自家圈里的鸡鸭猪羊逮到小王庄街的现场点去，并保证凡是把畜禽赶到小王庄街的人家由村里统一开杂工钱，数目根据畜禽多少而定。村民们听说有杂工，都拍着胸口说没问题，到时一定把畜禽送去。

现场会那天，各户的畜禽陆陆续续被送到小王庄街。畜禽多了，人也多了，送畜禽的人不肯走，怕畜禽搞混了，不看住不放心。杨晓柱说看就看吧，人多热闹，反正现场会时间也不长。

因为是流动现场会，穆权书记带着各村书记逐村参观，每到一个村还要这个村的书记介绍情况，穆权书记现场点评。对于搞得好的村，穆权书记点点头就过去了，要是穆权书记看得不满意，肯定是一通批评，那样子就像是要拿叉子叉人一样。各村书记都抱怨穆权书记太严肃、太认真了，要是脾气好点就好了。可是穆权书记就是那个脾气，改也改不了。

村民们从早上太阳挂上树梢起一直等到正中午，也不见参观的人来，不少村民等不下去了，说："开什么现场会，咱家的鸡子要回去下蛋呢，咱家的猪还要喂食呢。"有的说着就要进圈抱鸡子出来，有的要牵出小猪、肥羊。村干部赶紧拉着不让走，说："不要瞎来，现场会还没开始呢，再说抱来牵去会弄错的，要是弄错了，全村就乱套了。"这时有的鸡子已经下蛋了，开始"咯咯"叫起来，送鸡的村民就抢着进圈拾蛋，小王庄街的村民也不让进，说："鸡蛋是咱家的鸡子下的，凭什么说是你家的鸡子下的？""到底是谁家的鸡子下的，哪个看见了？"有几个村民已经为此吵嚷了起来。

正在争吵时，来了一趟人，都是骑着式样不一的自行车，带头的穆权书记问村民们是咋回事。送鸡的村民告诉穆权书记："杂工钱咱也不要了，咱家的鸡子就要下蛋，赶快放咱家的鸡子回家吧。"又有村民挤过来说："明明是咱家的鸡子，咱家的鸡子咱认识，抱过来才半天就不承认是咱家的鸡子了，你们开个现场会倒要咱家赔上十几只鸡子啊。"

穆权书记把杨晓柱叫到跟前，指着圈里的鸡子问："这是几个意思？"杨晓柱答不上来。穆权书记当着全乡干部的面劈头盖脸一顿痛骂，说槐树屯干部弄虚作假、欺上瞒下、形式主义，必须在全乡干部大会上做深刻检查，又要求全乡各村引以为戒，真抓实干，脚踏实地，切实转变工作作风。

槐树屯的养殖副业现场会瞬间变成了全乡干部作风警示教育现场会。杨晓柱恨不得脚底有个洞，一头钻进洞里去。

常笑天发誓要把这一年的夏季上交款全部收起来，必须保二争一，绝不落后，要是哪个干部拖全村的后腿，就在村干部会议上做检查。笑天告诉大家，要是咱不完成，乡里的穆权书记就要像对待槐树屯一样，拿叉子叉他。常笑天和村干部们商量了下征收夏季上交的办法，他要求村里干部自己先把款子交了，然后再到村民门上去动员征收。常笑天说："咱们自己都没交，有什么资格到村民门上要钱？"

隋泥说："老百姓先交是咱芦苇荡多年来的规矩，这个规矩不能破啊，破了要影响干部们的积极性。再说咱干部一天到晚忙得屁股后面冒青烟，还不如老百姓了啊？"

妇女主任穆穗玲立即反驳："隋泥你怎么说出这样的话来？过去咱们做的确实不妥，家家户户都有缴上交的义务，做干部就要带头放样子，你耳朵是不是差了个洞？咱村里开会时不是常讲要发挥模范带头作用吗？党员干部不发挥模范带头作用，难道还要求老百姓先带头？"

杨金贵也批评隋泥不对，私心太重，说："哪个叫你当干部的？当干部就得吃亏，当干部就是要走在老百姓前头，过去老百姓不肯交，就是看咱干部没有交。咱都没交钱，还神气活现地到老百姓门上要钱，能怪老百姓不肯交钱吗？"

常笑天说："这个问题别争了，要破旧立新，老规矩要有新办法，明天咱们先把钱交到村里的账上，谁不交谁做检查。"

第二天，芦苇荡的干部们都主动把上交款交到村里的账上，村会

风吹麦浪

计张行条按照常笑天的要求，又把干部们交款的账贴在村部门口的墙上。村民们看到了，奔走相告："今年咱村真是出了鬼了，干部先缴上交钱了，往年都是逼着咱们先缴，他们说咱们缴了他们才缴，鬼知道他们交没交。"过去都是村里干部上门催的，今年干部们先交了，而且交钱的账明明白白地贴在墙上，村民们都深信不疑，于是陆续有人主动到村里来交钱，来迟了的村民常笑天就请村干部上门去动员，说交迟了是要罚款的。

杨金贵去村民张三喜家做工作，张三喜年轻时有点自私自利，曾和友正为指头宽的田界址差点大打出手，后来家庭副业搞得不错，他觉得是村干部领导得好，一直安分守己，积极完成集体的各项任务，是个先进户。但是这次却让杨金贵吃了个闭门羹，杨金贵感到很意外，因为以前张三喜完成集体任务时从没落后过，都是积极带头完成的。这次张三喜翻脸了，板着脸对他说："你们干部就该先把钱交了，不要以为你们先交了钱，咱们就跟着交，你们村里干部从来就瞧不起咱老百姓，咱这个钱放家里霉不了，也跑不掉，也让你们来求求咱。"

张三喜话里有话。前一年他老太爷去世，寿大的老人去世时都是丧事当作喜事办，张三喜专门办了一桌饭，请村里干部无论如何赏个光，晚上一定到他家来喝杯酒。乡亲们哪家碰到红白喜事，都会请村里干部上门喝杯酒，村里干部也不客气，往往都是爽快地答应。只要有人家请客喝酒，大约在晚饭前半小时，会有一个干部用广播通知，说是请全体村干部立即到村里召开紧急会议。干部们都心知肚明，这个时候通知开会十有八九是要到哪家去喝酒。

那时还是李青龙做书记。张三喜去请李青龙时，李青龙正在一个村民家喝酒。李青龙醉醺醺地说："你家老太爷活到九十多，高寿，这个酒一定要去喝。"张三喜高高兴兴地回去准备了。可是李青龙酒喝多了，竟然把去张三喜家喝酒的事忘了。

张三喜杀鸡宰鹅做了头十道菜，还专门从街上批回几箱青岛啤酒，可是左等右等就是不见村里干部的踪影。张三喜急得直搓手，多没面子啊，左邻右舍的人都知道今晚村干部全体出动来喝酒，可是现在月上柳梢了还不见一个人影。于是他骑着自行车满村找，找到李青龙时，李青龙却在陈春桃家，和陈春桃喝得正高兴。

张三喜说："李书记，你答应今晚到咱家喝酒的呢，咱家的菜端上桌子都凉了。"

李青龙喝得跟红头虾一样，脑袋一拍，说："啊呀，咱忘了。"他忙拉着张三喜的手，"对不起，下次一定补上。"张三喜气得差点鼻子冒烟，可是又不好发作，头也不回地拂袖而去。

"奶奶的，还下次呢，老太爷刚死，盼咱家老太太早死啊？咱看你们干部就是瞧不起咱家。"张三喜觉得很没面子，为此一直对村里干部耿耿于怀。杨金贵上门来收钱时，张三喜一口回绝了："别说你杨金贵来，就是常笑天上门来也没用，不交就是不交，看你能把咱家怎么样！"

杨金贵吃了张三喜的闭门羹，常笑天觉得他应该去做三喜叔的思想工作。三喜叔是看着他长大的，应该不会不给面子。

常笑天是晚饭后去张三喜家的，白天要是忙了没空，常笑天会利用早晚时间到村民家里聊聊，这样既能了解到一些情况，也能和村民们增进感情、拉近距离。常笑天对村干部们说："咱们大家都要到村民家里走走，问问大伙对咱村里有什么看法，有看法就提出来。"

隋泥接上话茬说："咱不能去，有的人家男人又不在家，去了瓜田李下咱说不清。"

穆穗玲说："你隋泥一天到晚就瞎想，咱堂堂正正、光明正大，怕个啥。"

常笑天到张三喜家时，张三喜已经吃过晚饭了，张三婶正在厨房洗碗。见是常笑天来了，张三喜赶忙搬条凳子来，三婶端来一杯茶。张三喜问常笑天吃过没有，常笑天说吃过了，张三喜说："咱知道你来干吗，既来之则安之，来了就陪咱吃杯酒。要不就什么也不要说，赶快回家睡觉去。"

常笑天被三喜硬推到桌子旁坐下，三婶已经热好两个小菜。常笑天只好说那就只喝一杯，多一杯都不喝。三喜给常笑天倒上酒，自己也满满地倒上一杯。三喜家人口多，有两个女儿、一个儿子。夫妇俩东躲西藏生下小二子时，发现是个女娃。三喜的老太爷说"你们不给咱生个重孙子就不要回来"，为此三喜和三婶受了好多罪，生小三子时跟村干部打了一年多游击。小三子抱回来了，三喜的父亲和老太爷都高兴地说："你们给咱生个金团子，村上要罚多少钱都由咱出。"三喜叔告诉常笑天，他父亲是死要面子活受罪，没命叫咱生个儿子，自己把积蓄掏个精光，现在心甘情愿地喝粥、吃咸菜。

"咱爸妈也是啊，这几年天天催着咱找女朋友生儿子，催得咱头疼得要炸了，为此他们整天还闷闷不乐，咱爸瘦了一大圈。"常笑天又说，"但是现在跟过去不同了，人们观念都变了，咱不能跟上辈人一个想法，男女都一样，女儿也是儿。"

"话是这么说，但是看到人家生个男孩心里总有一点不是滋味。"三喜劝常笑天，"你就是要听听爸妈的建议，赶快找个对象结婚，抓紧为你爸妈生个孙子，你有路子，到时再到上面找找关系，还能再多生一个，就是生个女娃，也比只有一个强。"

常笑天笑着，不知不觉一杯酒下肚了，三喜也来了兴致，三婶又过来帮忙再倒了一杯。常笑天说不能喝了，三喜说再喝一杯，咱有话说。三喜叔抿了一口酒后说："你们干部要把自己的嘴管好，不要拿集体的钱去搞吃喝，你们吃啊喝啊，都是咱们掏腰包，咱们也都看在眼里，气在心里。"

常笑天喝了一点酒，脸有些发烫，他静静地听着。

张三喜趁着酒兴，嘴巴像是开了闸，哗啦啦地说开了："前年秋收时你们干部那一顿吃喝真是出尽了洋相，连咱老百姓都觉得丢脸。"前年是李青龙做书记，又不是常笑天，因此张三喜竹筒倒豆子，口无遮拦，当着常笑天的面毫无顾忌地说着。

前年秋收，村干部分别到各家催卖定购粮，叫村民们把收好的粮食打晒干净后主动送到粮站，乡里在秋收没开始时就向各村下达了任务，凡是后完成的不但不发一分钱奖金，还要罚款、做检查。

李青龙带头逐户上门催收，收到村民江三碗家时已是中午。隋泥说："今天太累了，不回去了，就在三碗家弄杯啤酒喝喝，下午再干。"李青龙说："也行，叫三碗逮只老鹅杀了。"村干部在哪家吃饭，饭后由村干部打条子，收上交时抵账，从来不白吃。三碗夫妻很快就把老鹅杀进锅里，又从村里的小店搬来几箱啤酒。李青龙、杨金贵、张行条、隋泥、穆穗玲等村干部就在三碗家里打起了扑克，专等鹅熟下酒。

三碗夫妻在厨房烧熟了一大锅老鹅，然后就到隔壁的堂屋摆碗拿筷准备吃饭。小河对岸的刺猬和几个朋友也在打牌，看到村里干部在三碗家烧老鹅，就带着个洗脸盆子悄悄来到三碗家后面等着。趁三碗夫妻去堂屋时，刺猬手脚麻利地来到锅台旁，掀开锅盖，将老鹅连肉带汤一锅盛走，端到刺猬家里后，刺猬家里早已摆好碗筷，大伙立马打开啤酒痛饮起来。

三碗夫妻把酒桌摆好后，到厨房把锅盖一掀，大眼瞪小眼，锅里空空如也，一滴鹅汤都没有。隋泥知道后要过桥去打刺猬，穆穗玲拉住他："你这是干什么？没得吃，咱回家吃去。"刺猬和几个朋友酒足饭饱，打着饱嗝过来了，满嘴喷着酒气，冲着李青龙喊："今年上交，咱一分钱都不缴，交给你们的钱迟早会被你们吃光了。"刺猬还真的没缴"两上交"，也没有去卖定购粮。

第二十九章

　　三喜和笑天边说边喝，不知不觉三喜喝下去了三杯，那是张三喜喝茶用的粗口茶杯。笑天喝了两杯，他从没喝过这么多酒，渐渐地眼花起来，头要往桌上歪。张三婶说："不能再喝了，再喝笑天就醉了。"三喜说："没事，哪个村干部不喝个斤儿八两的，如果喝多了，咱送笑天回去。"

　　没醉的人往往说自己不能喝，喝一点就故作矜持喊醉了，而要醉的人往往不说自己不能喝，要是哪个给他倒酒，他也故作没看到。笑天摆着手说："不用，这点酒醉不倒咱，咱自己能回去。"又一杯下肚后，笑天推着车子往回走，张三喜坚持要送，笑天拍着胸口坚持不让，说这点酒算什么。张三喜也带着醉意跟在后面喊："放心啊，咱家保准不拖你们后腿，明天咱就把上交款送到村里。"

　　夜已深了，村民们都已关灯睡觉，有几户窗户里透出光亮，那是孩子们在赶写作业。芦苇荡的夜很静，远处偶尔传来几声狗叫。笑天感觉头重脚轻，天上的星星在转圈子，黑暗中的小路好像在晃动着。他是骑不稳车子的，就推着车子跌跌撞撞地往前走，没走多远就倒在了田边上。他想爬起来，却怎么也站不起来，这时胃里翻江倒海，嘴一张，晚上进去的酒啊肉啊全都吐了出来。笑天头一歪，躺在地上睡着了。

　　笑天出来时没和父母打招呼。自从回来当村书记后，似乎比在乡里还忙，不但没帮上家里一点忙，玉香还得为他端茶烧水，侍候着一天三顿。有时刮风下雨，或是哪家吵架了、哪家着了火、哪家被盗了东西，就是半夜笑天也得赶紧起床过去，所以父母也不追着问他的行踪。

　　不过笑天晚上出去前，跟父亲有理说去三喜叔家看看，因为张三喜最近火气蛮大的，估计有一肚子话要说。玉香等到半夜，还是不见笑天的影子，担心他醉酒了，就叫有理打着电筒到张三喜家去找人。张三婶看到有理半夜来找人，吓了一跳，告诉有理："笑天早走了，早就应该到家了啊。"有理立即担心起来。张三喜已经一醉不起了，三婶赶紧穿好衣服跟有理一起沿路找，走到一条小路边时，隐隐约约看到一个人躺在地上。两人走近一看，一条小白狗正舔着地上人的脸。

　　"咱家那死鬼，叫他不要喝那么多的，没命地劝笑天喝，看把笑天喝成什么样子了。"不容细看，张三婶和有理就知道躺在地上的人是笑天，张三婶开始责怪张三喜。

　　有理说："找着了就好。"两人一头一尾抬着笑天走，笑天半醒半睡不肯走，说睡在这里好舒服。有理朝着笑天说："咱回家睡吧，这里凉气重，睡这里会感冒。"

　　有理告诉张三婶，笑天没什么酒量，在外应酬又没得办法，不喝不行。有理觉得现在的干部好奇怪，有时找人办事，不喝点酒就好像事情没法办一样，非要喝个你死我活才把事情办了。

　　上个月县上来了一批扶贫肥料，笑天去找穆权书记，想请他多给芦苇荡分配一些。以前，乡里这样的物资分配权力掌握在团委书记笑天手里，因为穆权书记对笑天十分信任，所以将分配权力交给笑天。自从笑天下村做书记后，穆权书记叫他把手上的事全放下来，一门心思抓好芦苇荡的工作。现在想多争取一些肥料，笑天只能去找穆权书

风吹麦浪

记了。

可能是穆权书记真的太忙了，笑天去找了几次没找着，怀疑穆权书记故意躲着他，就打电话说请穆权书记有空到街上的王家饭店吃顿便饭，顺便把芦苇荡的工作汇报一下。穆权书记说："好好好，今天中午没空，晚上一定到。"

晚上，杨金贵和笑天一起陪穆权书记喝酒。穆权书记从县上开会刚回来，很是兴奋，因为他的发言被县领导表扬了好几次。县领导说，水塘乡的干部认真贯彻上级精神，一点不含糊，措施实、行动快，各乡各单位都要向水塘乡看齐。穆权书记来到饭店时，笑天观察他的表情，感觉他好像刚得到个欢喜团子，今晚这事应该不难办。

穆权书记屁股往凳子上一坐，立即叫人把酒杯换了，一人面前摆上一只碗。笑天暗自叫苦，心想今晚又要死一次。穆权书记高兴的时候，往往会把小酒杯换成大瓷碗，他喝多少，别人也要跟着喝多少，哪个不喝的，就让他像小孩一样坐到一边吃饭，谁也不肯丢这个脸。

笑天不想在酒桌上提起扶贫肥料的事，他觉得这样会让穆权书记反感，找咱办事就来请咱喝酒了，要是没有事情办就不喝酒了，这不是有事有人、无事无人吗？可是一碗酒下肚，笑天脚底开始打飘了，头晕目眩，嘴也关不住风了，他端着碗走到穆权书记面前说："书……书记啊，咱……咱今晚请你这……这顿饭，主要想请你帮……帮个忙。"

穆权书记问什么事，笑天说："请……请书记把……把扶贫肥料多分……分配点给咱们村。"穆权书记哈哈大笑，端起酒碗说"这个好办"，仰起脖子一饮而尽。

敬酒是先干为敬，笑天觉得自己酒喝迟了，赶忙也仰起脖子，眼一闭，一碗酒咕咚咕咚下去了。

笑天把酒碗一放，身子就像棉花一样瘫软下去，再也没人喊得起来。笑天醒来时，发现自己躺在乡医院的病床上，正吊着水。玉香在旁边抱怨："你不要命了啊！已经吊了一天水了。"笑天说："值得啊，穆权书记答应多给咱村分配物资了。咱村的上交不会拖全乡后腿了。"

还真让笑天说着了，芦苇荡的"两上交"真的没拖全乡的后腿。

张三喜第二天一早就跑到村里把上交款缴了。刺猬知道后跟在张三喜后面大喊："你说不交的，怎么说话不算数了？"张三喜请村里干部喝酒，村里干部没有上门，让张三喜很没面子，在村民们面前发狠说今后再也不给干部面子，也不缴上交了。

大多数村民觉得张三喜这种以牙还牙的方式不妥，请不请人家喝酒是你自己的事，来不来喝酒是人家的事，但要上交是集体的公事，也是你的义务，你不能公私不分，让家事影响公事，因此附和者不多。只有刺猬等几个村民啧啧称道，积极拥护。刺猬专爱挑刺，左邻右舍干点啥总会碍他的事：左边张大爷扬谷子，他说他家在下风头，张大爷把灰尘扬到他家了，所以不让扬；右边李奶奶唤小鸡，他说把他家的母鸡唤跑了，让李奶奶一起去找母鸡；人家两口子坐在门口吃饭拉家常，他怀疑人家私下里议论他，过来问说他什么了，人家说没有，他说自己听到了……

张三喜比较耿直，爱要面子，只要有人尊重他，他会真诚相待、两肋插刀。笑天上门看他，还跟他掏心窝子说话，又喝了个一醉方休，他就觉得笑天够男人，就配当咱村的书记，他当书记咱服气。他觉得村里的上交款一刻也不能拖，去交上交款时，还沿路动员村民们不要犹豫了，不能耽误了集体的事情。

张三喜路过三碗家时，问三碗有没有交上交款。三碗说："今天母猪要下崽了，等母猪下完小崽再去交。叫笑天放一千个心，咱家从来不落后，年年都是模范带头。"

张三喜说："拉倒吧，等母猪下完崽你再交就迟了，还模范带头呢！母猪下崽让它自己下吧，你也帮不了忙，赶快把钱交了再说。"

张三喜一路走，一路动员村民们去交上交款。刺猬急了，责备张三喜是口传家书——言而无信，说话如放屁。张三喜针锋相对，说：

风吹麦浪

"浅水里养甲鱼，也不看看什么货，过去是李青龙当家，咱不服气，现在是常笑天了，常笑天尽给咱们办好事，咱们要是不缴上交，还能叫常笑天和村干部从自己家里拿钱给咱们办事？"

刺猬说："你就是个傻瓜，交给他们就被他们吃光了啊！"

张三喜说："那是过去，咱没看到常笑天吃吃喝喝的，再说当干部也不能一天到晚把锅背着给你办事。"

刺猬说："要交你去交，反正咱不交。"

张三喜说："你躲得了初一躲不了十五，上交是咱们大家的义务，大家都交了，你凭啥不交？要是大家都不交，咱村的道路修得起来吗？大雨来了拿什么排水？"

刺猬笑着说："你自己当模范吧，反正咱不当，咱也不要先进，钱在咱口袋里，你就是说破嘴皮子，咱就是不交，看他们咋办！"

张三喜气得直撸衣袖，说："你不是种着集体的田吗？种田交钱天经地义，你不交钱人家干部拿你没法子吗？马上叫村干部在广播里讲讲，看哪家没交的，让他亮亮相、丢丢丑。再说你不交钱，就增加咱们的负担，凭啥子叫咱们给你负担啊？"

刺猬看张三喜似乎要打他，也朝前冲着说："你又不是干部，你凭啥子教育咱？咱交不交钱关你屁事。你就是狗拿耗子多管闲事。"

刺猬和张三喜跟斗鸡一样正吵在兴头上，隋泥过来了，说："吵啥子呢？咱看这天快要被你们吵翻了。"他又对刺猬说，"你不是说不交吗？好啊！你有本事了，咱村里刚定下规矩，今年哪家不尽集体义务的，咱就用高音喇叭在哪家门上喊，一直喊到他交钱为止。"

隋泥叫人把架着高音喇叭的三轮车开到刺猬家门前，那是村里专门搞巡回宣传用的专车，开展哪项工作就在车前车后张贴相关横幅，如突击开展计划生育双月查时，就张贴着"计划生育，丈夫有责""超生一孩，立即结扎"等横幅，喇叭里播放着村书记或村主任的专题讲话。要是遇到十分棘手的事情，村干部就直接站在车上，手拿话筒现场宣传，说是宣传其实就是拿着话筒和当事人对着讲，哪个声音有高音喇叭大？往往是十分钟不到就甘拜下风了。

刺猬老婆见隋泥把高音喇叭架起来了，赶紧过来把刺猬往家里拉，并对隋泥说："咱家怎么可能不交呢？大家都交，咱家保证也交，咱不丢那个人。"又对刺猬说，"你脑子坏了啊？你一百张嘴也喊不过大喇叭，要是人家大喇叭真喊起来了，咱家小毛就没法说亲事了。"

刺猬知道敌不过隋泥，也说不过张三喜，自知理亏，就悄悄地躲回家。隋泥拿话筒跟在后面喊："什么时候交？"

刺猬老婆说："放心啊，咱家保证不拖全村后腿。"

张三喜刚把钱交上，刺猬老婆也把上交款送来了。

刺猬别说在芦苇荡是个"名人"，就是在整个水塘那也是"大名鼎鼎""惊天动地"的人物。李青龙最后一年做书记时，由于刺猬干了一些"惊天动地"的事，李青龙没少被上级领导批评。

李青龙的老婆饲养了两头母猪，母猪特争气，一年要产两次崽，每头每窝能下十几头小崽。李青龙曾在学校学过兽医，有母猪饲养经验，还会为母猪接生。每次母猪下崽了，老婆手忙脚乱下不了手，都是李青龙亲自接下软绵绵的肉疙瘩。经过李青龙的手，小猪崽一个个活蹦乱跳的，一下来就拼命往母猪乳头上挤。

那天李青龙从乡里开完会赶到家，他老婆刚把晚饭端到桌上，可是他没心思吃晚饭，拿了件换身的衣服，一晃就消失在小路的尽头。老婆跟在后面大喊："干吗去？母猪今夜要下崽了，等着你接生呢。"

"混蛋刺猬，这次逮着非把你身上的刺拔下来不可。"李青龙边走边骂。在这个母猪下崽的节骨眼上，刺猬跑了。就在散会回家的路上，张春雷书记打电话找他，问他看到刺猬没有。他说："看到了，下午咱去乡里开会时还看到他在河里摸虾呢。"李青龙话还没说完，张春雷书记就劈头盖脸冲着他大吼："你看到个屁，刺猬跑了，下午有人看到他背个包袱去车站了。"

刺猬可是县里有名的重点信访对象，几天前，县里召开全县信访工作大会，说是近期省里要召开省委扩大会议，为了不影响会议的胜利召开，要求全县不得有一人上访，如有上访的年度综合奖将被一票否决。

县里把有可能上访的人员名单一一排出来，芦苇荡的刺猬不但排在名单的前几位，还被打上个钩。打钩的是危险分子、重点对象。

张春雷书记从县上开完会回来后，也依葫芦画瓢开了大会，不过他比县里书记要求更严厉，火药味更浓。张春雷书记拍着桌子说："要是咱们乡有人到上面上访，各村书记你自己看着办。怎么办大家心知肚明。"

刺猬是县里点了名的，因此，乡里开会时，张春雷书记专门点了芦苇荡李青龙的名，交代李青龙要采取一切办法看住刺猬，要是刺猬在这期间跑了，李青龙也跟着滚蛋。

李青龙回去后，像是火烧眉毛一样如临大敌，立即找村干部们开会研究，如何让刺猬这次不上访。可是腿长在刺猬身上，刺猬又不是一个牲畜可以拴在树上，你越是不叫他上访倒可能越是提醒他去上访。怎么办呢，李青龙一连几夜都无法入眠。

李青龙先是提着二斤蹄髈肉和两瓶"洋河大曲"，来到刺猬家，陪酒赔笑，跟刺猬套近乎，请刺猬这次无论如何高抬贵手，在上面开会时不能去上访。

"刺猬老哥，这次你要是去上访，咱头上这顶小帽子就没了啊！"好话说了一箩筐，小酒敬到大半夜，酒足饭饱，刺猬才勉强答应这次不去上访了，如去上访一定事先告诉李青龙。李青龙当然不相信，可是不相信又能怎么办呢？

李青龙悄悄地找来几个很有责任心的村干部，交代他们两人一班，三班倒，一天二十四小时秘密监视刺猬的行踪，刺猬到哪就跟踪到哪，如果哪个把刺猬看跑了，就拿哪个问罪。李青龙说得恶狠狠的，村干部为了表决心，都扬起胳膊赌咒发誓，决不能让刺猬跑了，李青龙还发狠说哪个让刺猬跑了就叫他养儿没屁眼。

这刺猬上访是有一定经验的。几年前他去找县里江书记上访，跑了三次没找到。他认为是江书记故意躲着他，就坐在县政府大门口等，江书记下乡回来后正好在大门口被刺猬撞个正着。江书记问什么事，刺猬说了一大通。江书记似懂非懂，想走又被刺猬拉住不放。于是江书记打电话把张春雷书记狠狠地教训了一顿，说张春雷书记连这点屁事都处理不了，吃什么干饭的。

这次刺猬又跑了，那还了得。

张春雷书记要求李青龙想尽一切办法，不惜一切代价，在二十四小时内把刺猬拦截在半路上。李青龙为难地说："走不了啊，家里母猪今夜下崽呢。"张春雷书记骂道："你就是老婆下崽咱也不管，拦截不住刺猬你就别想回来。"张春雷书记的意思非常明确，要是刺猬真去上访了，就撸掉李青龙芦苇荡书记的职务。

李青龙气得脚直跺，怎么屁大个事搞得像是天要塌下来似的，难不成多了个刺猬上级大会就开不成了？李青龙骂骂咧咧地往家赶，"截击令"下来了，军令如山，必须马上行动，不用说母猪下崽，就是咱老婆生娃也顾不了了。

李青龙分析，刺猬是下午跑的，要么坐车去了县城，第二天一早坐早班车去省城，要么叫了出租车直接去了省城。根据刺猬的特性判断，坐出租车的可能性不大，因为出租车的价格比较贵，刺猬是那种一个硬币掉进茅坑要钻三个猛子捞上来的人，他是绝对舍不得花钱租车的。

可是拦截李青龙的任务十万火急，容不得半点疏忽和耽误，必须万无一失地把他拦截在半路上。于是李青龙安排两个村干部连晚去县城车站守株待兔，自己带着青年张猛子租了辆面包车，风驰电掣往省城赶。李青龙想，即使刺猬真的租车去省城，在次日上午上班前拦截住并把他带回来，也算是拦截成功，张春雷书记也没话说。

"这个可恶的刺猬，屁大个事情搞得惊天动地！"李青龙心里骂着。刺猬算不上个品行十分低劣的人，就是爱挑刺找碴，遇事也会钻牛角尖，认死理，一旦认准这个理，老牛也拉不回来，李青龙常骂他是脑积水。

在李青龙主事的倒数第二年，刺猬家饲养了一趟鸭子，人家的鸭子都是圈起来养的，为的是不让鸭子吃了别人家的庄稼。而刺猬家的鸭子都是散放着，满河满地地乱跑，到晚时刺猬才把鸭子往自家赶。

那天，刺猬把鸭子赶回家，数来数去发现差了一只，就到处找，结果发现死在邻居王五家的田里。刺猬认定是王五打死的，因为刺猬几个月前家里药老鼠，王五家的小猫过来吃了只被药死的老鼠，结果小猫也死了。

刺猬认定王五在报复他，就找到王五，说是王五打死了他家的鸭子，要王五赔钱。王五说没有，不知道有鸭子死在自家的田里。一个一口断定鸭子是被打死的，一个拒不承认，两个人吵着吵着竟然动起手来。刺猬虽然有点蛮劲，却没有王五手脚灵活，只两个回合，王五就把刺猬打了个狗吃屎。

刺猬吃了败仗，找到李青龙评理，李青龙说鸭子死在人家地里，不一定就是人家打死的，要调查清楚了再说。刺猬说："不行，死在哪家地里就是哪家打死的，你处理不了咱去找乡里领导。"

李青龙犟不过他，只好去找王五。他跟王五说，一只鸭子值不了几个钱，花钱消灾，给他一只鸭子钱算了。王五一脸的委屈，说鸭子真不是他打死的，自己赔钱实在是太冤枉了。

李青龙请王五给自己个面子："要是你舍不得赔鸭子的钱，就记在村里的账上，到时咱还你。"王五见李青龙这样说，也不好意思起来，就答应赔刺猬一只鸭子钱。

王五给刺猬送钱时，气呼呼地把钱往刺猬面前一掼，气愤地说："拿去吧，只当喂狗的！"刺猬一看来了火，说："一只鸭子少说也值五十元，怎么就给了二十呢？"王五说："死鸭子能值几个钱，给二十就不错了。"刺猬说："至少得八十元。"王五说："我还一分钱不给了，本来就不是咱打死的，谁打死的找谁要去。"刺猬说："你现在不赔，以后再赔就不是一只鸭子的钱了。

刺猬跑到乡里去找张春雷书记，张春雷问他什么事，刺猬说邻居王五打死了他家的鸭子，要王五赔钱。张春雷觉得屁大的事也来找他，很不耐烦，就叫他回去找李青龙处理。刺猬说李青龙处理不了，张春雷书记问："谁说的？李青龙处理不了，咱就处理他李青龙。"

刺猬回去后，想来想去觉得自己亏了，那只鸭子正在生蛋，而且是种蛋，很贵的，一只蛋要卖几角钱，一个月就是十几块，一年下来好几百呢。

刺猬又找到李青龙，李青龙知道刺猬找过张春雷书记了，答应帮助刺猬再去找王五要钱。刺猬说："这次不止赔一只鸭子，至少赔三十只鸭子的钱。"李青龙蒙了，明明是死了一只鸭子，怎么又成了三十只了？刺猬说："那只鸭子下蛋呢。"李青龙说："又没下金蛋。"刺猬说："那是只种鸭，一个蛋要好几角钱呢。"

王五听了气得跳脚，真是邪了，死了一只鸭子，倒要赔上一头猪了。李青龙也觉得没法处理，不就是一只死鸭子吗？怎么又下起了蛋？要是鸭蛋再孵化成小鸭，这账就更没法算了，真是不可理喻。

李青龙索性不理刺猬了。刺猬后来又去找了几次张春雷书记，张春雷书记听不到一半，就叫手下人接待，手下人便给李青龙打电话。李青龙很不耐烦，每次都是连哄带骗地带走刺猬，实在骗不了就悄悄塞给刺猬几十块钱。刺猬得到钱后，就屁颠屁颠地跟在李青龙后面，说这次先回去再说。

第三十章

刺猬上了县里重点信访人员花名册是在李青龙主事的倒数第二年。那年省里召开人代会，会前，县里召开了信访工作大会，要求全力以赴把信访人员稳控在当地。刺猬虽然不是县里重点关注的对象，但是张春雷书记交代李青龙："你们芦苇荡的刺猬也不例外，要死死地看牢，防止他跑出去惹祸。"

李青龙认为，不就是一只死鸭子吗？刺猬不至于小气到这种程度，不可能跑到省里上访。可是偏偏这个时候，王五找上门来说："你个犟牛，给你赔只鸭子钱不就得了，还去找张书记，顶个屁用。"他越说火越大，最后又和刺猬动起手来。结果自然是刺猬不敌王五。

刺猬回来后，越想越气，想了一夜竟然觉得王五说的有道理，找乡里干部顶个屁用，咱要到省里去找大干部评评理。刺猬是不知道省里要开人代会的，他只知道自己有一个做货车驾驶员的侄子每周要给老板送趟货去省城，就跟侄子说要去省城玩两天，下次送货把他也带上。

刺猬真的去了省城，到了省城后，他不知道往哪儿跑，坐上出租车跟师傅说要去找个大干部评评理。师傅知道是个上访的，就把他送到专门接待各地来访者的地方。他刚一下车，就有人围上来与他搭话，随即就有县上的人找过来，那是县里在省信访部门负责拦截的人员，说是有事跟他说，别在这儿瞎闹。

刺猬在省里上访的事立即在水塘乡炸开了锅，县里江书记半夜打电话批评张春雷书记弄虚作假："你们乡的刺猬为个屁大的事跑到省里去。"张春雷书记被批评得冷汗直冒，天一亮就把李青龙叫来，骂个狗血喷头。张春雷书记也骂李青龙弄虚作假，屁大的事把天戳了个洞。

按照张春雷书记的指示，李青龙没来得及吃午饭就出发了，他带着张猛子叫了辆面包车风风火火地往省城赶。

李青龙在省城找到了刺猬。刺猬住在侄子临时租住的地下车库里，潮湿而闷热，刺猬死活不肯跟李青龙走，说是再玩两天。李青龙不敢答应，就向张春雷书记请示。张春雷书记听说找到人，悬着的心也放下来，只要见到人了，就不怕去找领导麻烦，玩就玩两天吧，但是绝对不能去上访，要一步不离地跟着。李青龙觉得已经见到刺猬了，不可能让他跑掉，玩就玩吧。他也巴不得呢，难得来省城一趟，要玩大家一起玩。

因为一只鸭子，刺猬把县里、乡里、村里的各级人马折腾了个遍，在这开省代会的关键时候，也是李青龙主事的最后一年，他又去干什么了？

李青龙坐在车上，想着刺猬的过往，气得牙齿咬得咯咯响。突然，"啪"的一声，车子震了一下，几人下车一看，是一头小猪被撞倒在地上。原来，驾驶员没看清路上还有一个老农在赶着一趟小猪崽，所以不小心撞了上去，一头小猪崽倒在地上死了。

老农说："小猪崽能出售了，正往货车那赶呢，看你们远途来的，也不容易，而且咱夜里赶猪也有责任，就少赔点，给个一百元吧。"李青龙这才想起，家里的母猪应该也下崽了，或许小猪崽正在活蹦乱跳地吃奶呢，老农养猪也不容易，一百就一百吧，咱家猪崽养这么大还

风吹麦浪

不止一百呢。你看看，人家素质多好，撞死头猪几分钟就解决了。李青龙叹着气。

李青龙赶到省城时天已大亮，他们在车站转了一圈，没找着。刚出车站，张猛子突然说："看，刺猬。"李青龙问在哪儿，张猛子说上出租车了。二人乘坐面包车紧追不舍，出租车七拐八弯地在一个市场门口停了下来，李青龙看到刺猬下车后走到一个粥摊点坐下了，气不打一处来，冲上去一把抓住刺猬的衣领，骂道："刺猬你害死咱了啊！"

"骂谁呢？骂谁呢？"那人抬起头冲着李青龙喊。李青龙一看，这不是刺猬，只是长得有点像刺猬而已。李青龙没处出气，冲张猛子发火，说："眼睛瞎了啊，刺猬那鬼样子都不认识。"

这时，张春雷书记又来电话了，问李青龙有没有拦截住刺猬。李青龙说还没见人影呢。张春雷书记说："还有不到十二小时，再拦截不住刺猬咱就去县上找江书记领罪了，你自己看着办吧。"李青龙心里明白，张春雷书记都去领罪了，自己算个屁呢。

也难怪张春雷书记心急火燎地打电话询问，县里本来要求一天一报重点人员在位情况的，现在要求一天三报，针对刺猬这样的失踪人员必须是一个小时一报，你说他能不急？

急归急，人还是要慢慢找。李青龙一边找一边跟村里人联系，问有没有在县上的车站看到刺猬。村里干部也急得团团转，说是守了一夜了，一刻不停地盯着每一辆车子，没发现刺猬的踪影，他们表示只要刺猬进车站跟车，保证叫他插翅难逃。

村里干部说在车站没发现刺猬，估计刺猬已经到省城了，说得李青龙后脑壳发凉。李青龙希望村里人能在县上找到刺猬，这样他就没有多少压力了，现在县上没有发现刺猬，估摸着刺猬真的到省城了，或是正在来省城的路上。不管怎么说，先找到县里驻省城截访的人，要是刺猬到了省城，县上的人十有八九也知道了。

李青龙找到县里驻省城的办事处时，已近中午了，因为来省城上访的，办事处的人会最先知道，乡里不断打电话问找没找到刺猬，问得李青龙一听到电话声音就胆战心惊。一见到办事处的老刘，李青龙就像是抓住了救命稻草似的，问有没有看到刺猬。

老刘不屑一顾，阴阳怪气地说："急啥呢，见鬼了啊，人家又没来你们跑这干吗，参加会议啊，人家要不要你们啊？"李青龙这才松了口气，至少说刺猬不在省城，可是不在省城在哪呢？是死是活总得跟乡里有个交代啊。李青龙仍然坐立不安。

午饭后，李青龙老婆打来电话高高兴兴地告诉李青龙，母猪下崽了，一口气下了十三头，可惜死了两头小猪崽，还剩下十一头，正活蹦乱跳吃奶呢。老婆又话锋一转埋怨说："你到哪去充军了啊，母猪下崽都不问，要是你在家接生，那两头小猪崽肯定不会死掉的。"

李青龙说："还母猪下崽呢，就是你下崽也没空接生啊，你知道吗，绝八代的刺猬又跑省里上访了，我正在省城拦截他呢。"

"拦截你个鬼！"老婆对他说，"刺猬在家呢，昨天下河里去摸虾，脚底板被树枝戳了个洞，到卫生所去包扎了下，有点发炎所以发烧了，现在正在家里吊水呢。"

李青龙一蹦三尺高，高兴得手舞足蹈，立即给张春雷书记打电话："刺猬被拦住了，头被咱打了个洞。"张春雷书记一愣，然后对着电话大喊："你胆大包天，打人就是犯法，你回来后立即到咱办公室来，看咱怎么收拾你。"

"不，不，是刺猬自己下河摸虾把脚底板戳了个洞。"李青龙把电话一丢，对张猛子说，"走，回去找刺猬算账，花费咱这么多路费，还搭上咱家两头小猪崽。"

常笑天正忙着，上午刚去地里看庄稼长势，田六姑就找了过来，说邻居王五跑她家圈里抱走了一只鸭子，要常笑天帮忙把鸭子要回来。常笑天说："忙着呢，叫隋泥帮你处理吧。"田六姑说："隋泥那东西心没安放在正中间，明明是王五抱走咱家的鸭子，偏偏说咱去抢了王五家的鸭子。"

常笑天到田六姑家时，左邻右舍正在鸭圈旁议论，一个说王五家的鸭子出炕迟，长得没有这么快，应该是田六姑家的；一个说都是一趟鸭子，要是鸡子就分得清了，鸭子头上又没长角，还真分不清是哪家的。

头天晚上，田六姑把鸭子赶进圈时，王五过来说他家圈里少了一只鸭子，要看看是不是跑到田六姑家的圈里了。田六姑说："咱数过了，九只鸭子一只不多。"王五说："多不多咱看看，咱家鸭子咱认识。"田六姑说："看就看吧，多一个你就抱走，不多不少你走人。"

王五打开圈门数也没数，逮着一只鸭子就走，边走边拍着鸭子说："咱家的圈在那儿呢，跑人家圈里干吗？"

田六姑一看王五抱走了她家的鸭子，立即追过来拉住王五理论："你凭什么抱走咱家的鸭子？"

王五说："咱家的鸭子咱都熟悉，咱放下它，它都知道跟咱走。"王五放下鸭子叫唤一下，鸭子果真摇着屁股跟在王五后面走。

田六姑着急地说："跟着走也不是你家的，鸭子是个畜牲，谁叫唤跟谁走，跟你走并不代表就是你家的。"他们一个抱着鸭子、一个抓着翅膀，缠在一起，谁也走不了。

有村民跑去告诉隋泥，隋泥立即过来进行调解，冷着脸说："放下来，谁不放下谁就没理。"

鸭子受了惊吓，被放下后"扑通"一声跳进河里。

隋泥问田六姑："你凭什么说鸭子是你家的？"

田六姑说："咱家一共九只鸭子，又没多出一只来，要不你到圈里数数，多一只咱不要。"

"不多不少也不能证明鸭子是你家的，也许是你家的鸭子跑到别人家的圈里了。"隋泥明显是在帮王五说话。

第三十章

田六姑着急了，说："隋泥你这是说的哪里话？你怎么不问王五凭什么抱走咱家的鸭子呢？"

　　隋泥嗓门大了起来，说："王五的为人咱知道，人家堂堂一个男子汉还能赖你家一只鸭子？"

　　"照你这么说，咱是赖王五家一只鸭子了，咱知道你跟王五是好兄弟，但你不能昧着良心说话，做干部要一碗水端平啊。"田六姑说话时已经带着哭腔了。

　　田六姑拗不过隋泥和王五，说："不跟你们争了，咱明儿去找常笑天。"

　　王五说："你找穆权书记也没用，常笑天又不能让鸭子说它是你家的。"

　　常笑天到田六姑家时，那只跳下河的鸭子已经被邻居找回来了，就拴在河边的一棵小树上。邻居说："先放在这里，等常笑天来了再说，别再争夺了，再争夺下去鸭毛就被你们扯光了。"

　　田六姑和王五一人一套理，邻居也说不出让双方都能接受的理由来，常笑天被弄得一头雾水，半天也理不出头绪。

　　隋泥摆着手说："咱看鸭子就是人家王五的，咱昨天晚上亲眼看到鸭子跟在王五后面往家走。"

　　常笑天问隋泥："你能肯定鸭子是王五家的吗？你把你家那头大肥猪放出来，咱保准能把它唤回家去。"

　　隋泥被问住了，站在那里不吱声。

　　常笑天说："这样吧，鸭子长这么大了，跟着你们也不是一天两天，你们一定了解它的体形特征，具体点，谁要是说准了，鸭子就是谁家的。"

　　王五说："鸭子除了轻重不一样，体形特征一模一样，养到能杀了吃时，也分辨不出它们的区别。"

　　田六姑说："咱家鸭子才出窝时，咱用小竹签在鸭掌上戳了个洞，

风吹麦浪

就是怕跟人家鸭子跑混了。现在鸭子长这么大了，怕是记号也不在了。"

常笑天叫人把鸭子抱过来一看，鸭掌上正好有一个圆溜溜的小洞，邻居们异口同声说这只鸭子就是田六姑家的。

常笑天问王五："这只鸭子是你家的吗？"

王五不敢答应，低着头站在那里。

常笑天掉过头批评隋泥："也不动动脑子，睁着眼睛说瞎话。"

常笑天几乎每天都要求村干部集中起来开个碰头会，部署上面会议精神、研究村里重点事项，或者相互交流、互通有无，沟通工作落实情况，遇到了什么新情况，各人做到心中有数，特别是常笑天，要掌握全局。

穆穗玲来汇报说高小丽又怀孕了。杨金贵是主管计划生育的，他一听高小丽又怀孕了立马来了火，说："全村就数高小丽最淘气，每次村里组织的'双月查'总是最后一个来，乡计生办主任张铁锤一到芦苇荡第一句话就是提醒我，说高小丽有超生二胎的重大嫌疑，她就是藏在芦苇荡的一颗定时炸弹。"

当前全乡各项工作就数计划生育抓得最严，所有育龄妇女生过一个孩子后，都要采取节育措施，谁采取什么节育措施因人而异，吃药的、打针的、放环的等都要逐一登记到账上。乡计生办的一本账十分详细。穆穗玲是妇女主任，同时也是村里的计生主任，协助杨金贵专管计划生育工作，她把计划生育台账记得清清楚楚，谁上环、谁服药、谁打针，她掌握得清楚。后来乡里觉得打针吃药都不可靠，谁能看见那些狡猾的女人吃没吃药，于是要求统一放环。在此基础上，不管你在哪里每两个月都要到村里来查一次孕，若不及时查孕就被视为超计划怀孕论处，那是天塌下来的一件大事。

穆穗玲是个老妇女主任了，抓计划生育工作不仅业务精、责任心强，而且对各户的育龄妇女情况熟得如锅膛里的山芋——熟透了。她一天要踏几户育龄妇女家的门槛，不是这家女人不小心怀上了，要带到乡上去刮胎，就是那家女人的避孕药用完了，要及时把药品送过去，还要告诉她怎么服用。要是哪家女人生过一个孩子后，就是饭不吃也要带到村上的卫生所，卫生所医生小草看见有妇女来了，知道是来放环的，赶紧把女人带到里间放了环。

首次放环的女人害怕也害羞，红着脸问："放了疼不疼？"小草说："疼什么啊，这玩意又不咬人。"有人又问："那放了自己能取下来吗？"小草冷着脸说："你不要命了啊，自己取会有危险的。"

要是过了这段时间再叫上环就难了，几乎所有女人生过一个孩子后都想再生一个，有的人家东游西击千辛万苦超生了一个也没放弃再超生的想法。

自从乡里规定育龄妇女统一采取放环措施后，计划生育工作就更难搞了。哪个妇女肯放环，大家都懂的，放了环等于把生育二胎的门直接堵上了。

尽管穆穗玲负责计划生育工作尽心尽职，但也费精费神不尽如人意，常有不肯放环东躲西藏的。因此芦苇荡的计划生育工作也会被乡里计生办通报批评。

常笑天刚回来做书记时，乡里计生办接二连三发通报，每次通报都有芦苇荡的名。常笑天也着急，这些可气的女人，搞得咱在乡里很没面子。他对穆穗玲说："放环这事总不能追着女人屁股后面转，咱要想着法子叫女人们跟着咱们转啊。"

杨金贵摆着两只手说："能有啥法子呢，咱除了上门硬放，别的什么法子也没有。"

常笑天说："咱明天一早就开广播会，动员大家主动到村里来放环。"

杨金贵笑得弯下了腰，穆穗玲也说："你就得了吧，没人听的，好多人一听到干部在广播里喊计划生育就嫌烦，只要广播一响立即就被关掉了，你就是喊破嗓门也没用。"

风吹麦浪

常笑天指着脑袋说:"咱得动动脑子。"第二天一早,常笑天来到村里的广播室,他打开广播就对广播喊起来,说:"马上有重大消息告诉大家,请大家认真地听完村里的广播会议。"

村头的高音喇叭响着常笑天的声音,不仅村头高音喇叭在响,各户也有一只小喇叭,各户听说有重大消息,不知道什么消息,只好耐心地听着了,要是以前,有的人家早就关广播了。

常笑天接着说:"请还没有放环的育龄妇女在三天内到村里的卫生室安放节育环,凡是第一天到村里放环的,免费放个进口环。"这时没有放环的妇女说:"再好的环也不放,咱还想生个二胎呢,放了环还能生娃啊?"

可是当常笑天说到第二句的时候,有的妇女开始动摇了。常笑天说:"凡是第二天到村里放环的,就放在县计划生育指导站发下来的节育环,安上去后不容易拿下来。"这时有的妇女吓坏了,觉得迟放不如早放好,要是放个县上发下来的环,到时候取不出来就坏了。还没等常笑天说第三天放什么环的时候,妇女们已经开始跟丈夫争执起来了,决定头天就到村里去放环,放个质量好的进口环,确保不影响身体健康,要是想生二胎的话再想办法拿掉。

广播会后的当天,全村就有不少妇女赶到村里的卫生室,主动请小草为自己放了环。

穆穗玲看到妇女们接二连三到村卫生室放环,惊讶地说:"真是奇了怪了,太阳啥时打西边出了啊,妇女同胞们能够自觉执行国家政策了。"又对常笑天竖起大拇指说:"还是笑天书记有办法,说话管用。"

笑天说:"管啥用啊!瞎蒙的,哪来的进口环啊!"

第三十一章

　　尽管常笑天想尽办法动员育龄妇女自觉前来放环，使村里在计划生育工作上取得了主动，省了不少事，但也有人家顽固抵抗。高小丽结婚后生了个男娃，办满月酒时，陈春桃欢天喜地地来请干部们到他家去喝喜酒。陈春桃找到杨金贵时，杨金贵冷着脸对他说："酒照喝，但酒喝了高小丽的环照放，过两个月还要来村里查查。"陈春桃说："没问题，咱家生的是男娃。"穆穗玲说："生男娃的人家也想生个女娃。"意思是你家就是生了男娃也不一定不想超生哩。

　　生不生陈春桃说了没用，穆穗玲带着小草上门找高小丽放环时，高小丽说："不放，咱身上那个来了，过几天再说。"穆穗玲知道高小丽不想放，就对高小丽说："要是不及时放环一旦怀着了要吃苦的，刮胎疼呢，就像割肉一样。"

　　高小丽说："咱不怕疼，再说咱家男人出去打工要个把月才回来，家里没有男人怎么怀啊。"

　　穆穗玲再去找高小丽时，高小丽带着孩子回娘家了。杨金贵说："高小丽就是跑上天也要追回来。"高小丽这个时候不放环，芦苇荡的计划生育工作明显就有个漏洞，再说也没法跟乡计生办主任张铁锤交代。穆穗玲说："就是不报告过不了两天乡里也会知道，因为全乡计划生育信息报得非常详细，哪个村也不敢瞒报，要是瞒报了就视同超计划生育，这样，一年的工作就白费劲了。"

高小丽的娘家在南塘乡，有八十多里地，常笑天叫杨金贵带着隋泥和穆穗玲一大早就骑车去高小丽的娘家，并叮嘱找到高小丽一定把她带回来。

杨金贵去乡里开会了，隋泥和穆穗玲赶到高小丽娘家时，已近中午了。穆穗玲见到高小丽时叫高小丽回家把环放了，高小丽拒绝说："不回去，咱还没在这住够呢。"

高小丽父亲说："多大个事啊，用得着跑这么远来，过几天咱叫闺女回家，要是不回去咱送她回去。"

隋泥说："骗鬼呢，只有鬼才相信你自己能回去。"可是又没有办法，思想工作也不是万能，已经做了一百遍思想工作了，高小丽也不肯回去。高小丽又没有怀着，不是大肚子用不着去找南塘乡的兄弟单位支援，要是高小丽真的怀着不回家，只要一个电话，南塘乡的干部会立马出动派人协助，现在还没到那个"惊官动府"的时候。隋泥和穆穗玲没法只好打道回府。

穆穗玲回来后天天到高小丽的家去看，看高小丽有没有回来，一回来就要把环给高小丽放了，乡计生办已经把高小丽记到未采取节育措施的账上了，上了这个账年终考核是要扣分的，要是有刮胎记录年终先进奖基本就没了，超生下来的话那是不得了的事，一条线人员的小帽子肯定要掉几个，主要看具体差错环节出在哪里。

高小丽是一天晚上回来的。杨金贵对村干部说："今晚全体出击连夜行动，一定要把高小丽这个漏洞堵上。"

常笑天说："这次出动大家一定要青蛙嘴巴个个叫，每人都要做工作，不能哑巴看亲——不说话。"

隋泥说："哪个往后藏不说话明中午就到哪家去吃饭。"

月亮爬上树梢时，村里的干部们悄悄地摸到高小丽的家，把高小丽的屋子围上了，防止高小丽跳窗逃跑。隋泥敲开了高小丽的门，高小丽看见来了一趟村里干部，吓得躲进里屋不敢出来。穆穗玲和小草进去了，要是上门放环肯定是要把小草带上的，两个一唱一和地劝说，方便做妇女的工作。穆穗玲说："不要怕，放个环不疼不痒，比吃药好呢，吃药有副作用还会头疼，放环一点影响也没有。"

高小丽想要生二孩，就直言说："放了环还怎么生啊！"

穆穗玲连劝带哄说："孩子还小呢，大几岁再说吧。"有时思想工作实在做不通，村里干部就一步一步哄，实在哄不了就来硬的了。

穆穗玲和小草在高小丽的屋里磨磨叽叽了大半个小时，高小丽也没同意放环。在屋外的干部们急不可耐，因为放环的事男人没法下手，要是怀孕刮胎早就动手抬人了。小草把环都准备好了，高小丽还是不让放，穆穗玲嘴唇都说干了也无济于事。小草只好出来对大家摆摆手说："没办法，裤子脱了腿又不分，放不进去。"

杨金贵气得朝里屋大喊，说："你进去告诉她，三分钟内不把环放了，咱们几个男人进去摁腿，还反了天了。"

杨金贵嗓门吼得老高，高小丽在里屋听得一清二楚，害怕男人们真的进来摁腿，就同意放了。隋泥说："高小丽放环这么点个屁事搞得咱兴师动众，咱邻居等着咱去打牌呢，现在熬了大半夜还怎么打啊。"

高小丽放上环后，没多久回娘家找了个靠谱的医生取下环来，后面又生了个女儿，不过这是后话了。

鸭子之争之后，常笑天总被王五缠得头疼。王五天一亮就到常笑天家，要村里赔偿他家鸭子的损失，常笑天不答应，他就是不走。这时穆穗玲又过来告诉他高小丽怀孕而且不见了踪影。常笑天问："不是'双月查'了吗，怎么把高小丽查漏了。"穆穗玲说："没有查漏，是高小丽太狡猾，查孕时用了别人的小便。"隋泥对常笑天说："赶快把王五的事处理了，要不然后患无穷。"

杨金贵说："怎么火急火燎的事都集中到一块了，忙哪头啊。"

常笑天说："高小丽养小二子又不是母鸡下蛋今天就下了，她跑不了。"

常笑天为王五的事吵得头疼，他觉得王五简直就是个无赖，常常气得他半夜醒来捏着拳头猛砸床板。村西那条灌水渠已经淤塞好多年了，经常没水灌溉，村里决定疏浚一下。水都抽干了，过去是人工挑泥上来，现在是机械冲浆，可是冲浆的机械刚下到河底，王五就找到村干部说："疏浚河道，咱没意见。但影响咱家养鸭子可不行，一定要赔偿咱家养鸭子的损失。"

村里干部莫名其妙，都说："疏浚河道跟你王五养鸭子有什么关系？又没去疏你家的鸭圈。"王五说："这条渠就是咱家鸭圈，你们没见咱家鸭子一天到晚在渠里游啊？现在渠里水干了，咱家的鸭子没水喝，也没地方游水找食吃。"

王五把鸭圈砌在渠岸边，用网把渠两头一拦，就成了他家的鸭圈了。常笑天组织人员架机抽水时，叫人把王五的拦网拔了。

王五说："开什么玩笑呢？如果没有拦网，鸭子跑了，我到哪儿找去？"

常笑天说："灌水渠是集体的公共资源，平时放几只鸭子养养是可以的，但集体要用时你就不能干扰，就得腾出来让给集体。"

王五说："咱家养鸭子又不是一年两年了，连鸭子都认识这水渠是咱家的，凭啥说是你们村里的？"

隋泥跟王五平时玩得好，但也据理力争："你要是拿出证据证明这渠是你家的，咱就承认。"

王五耍赖说："咱的鸭子就是证据，鸭子天天在渠里守着呢。"

杨金贵说："真是奇了怪了，照你这么说，你可以到公路上去砌个猪圈养猪了，猪会告诉你那路是你家的，要是集体资源被谁占着就是谁家的，那咱明儿就到乡政府门口摆个地摊，那乡政府不就是咱的了？"

王五说："那是两码事，咱家就在渠边上，洗衣煮饭都靠这渠水。咱家鸭子一出鸭棚就下渠了，下的是咱家舀水台边上的渠，喝的是咱家舀水台边上的水，现在你们把水抽没了，咱家鸭子都成了旱鸭子，这几天不下蛋了，这个损失你们要承担。"

村里干部觉得王五提的这个要求太过分了，也太无耻了，简直就是个无赖，几乎是众口一词地指责他痴心妄想，叫他立即回去把拦网拔了，把鸭子赶到岸上围起来，别白日做梦了，集体便宜不是那么好占的。

王五在村里没有占到上风，就到冲浆疏浚的河边阻工，先把冲浆机的电线拔了，又拿锹要铲冲浆机的水管。施工头子一看王五不让冲，立即赶到村里找干部，说王五停了他的机，没法疏浚了，要是工期耽误了，影响村民上水灌溉那豁子就大了。

干部们火速赶到疏浚现场，只见王五仍在吆五喝六地说："不准再疏浚了，哪个疏浚哪个赔咱家损失。"

杨金贵性急，冲上去抓住王五的衣领，一拳挥过去，正好打在王五的下巴上，说："你这个蛮不讲理的东西，上次抱走田六姑家的鸭子，现在又想占集体便宜，没门！"

王五朝后一个跟跄差点跌倒，他见干部们来势汹汹，知道占不到上风，边逃边喊："咱是斗不过你们，肯定有人斗得过你们，咱要去乡里告你们，告你们损民利己、殴打群众。"

隋泥跟在后面也是一跳三尺高，大喊："你去告吧，你告到天上也没用，不是你的东西天王老子也拿不去。"

王五真去乡里找领导了。穆权书记问什么事，王五说："村里疏浚渠道把咱家鸭子渴死了，村里不但不赔偿，杨金贵主任还打人哩。"

穆权书记说："杨金贵打人是不对的，但村里疏浚渠道怎会把你家鸭子渴死？鸭子又不是没有腿，这个地方没有水可以到那个地方啊，

风吹麦浪

不至于渴死吧？再说你也可以挑水给它喝。"

王五说："那条水渠是咱家的，鸭子习惯在咱家的水渠里喝水找食，现在渠里没水了，鸭子没地方待了。"

穆权书记觉得王五提出的问题滑稽可笑，要是哪个村干部提出这样的问题，估计穆权书记要拿叉子叉他，哪条渠是你家的？简直就是胡说八道。但王五是个老百姓，穆权书记忍着没发火，耐心地给王五解释："水渠是国家法律规定的集体资源。"

王五说："大道理咱懂，但咱家鸭子没水喝了，没水喝就下不了蛋，咱家鸭子又是种鸭，下的是种蛋，一只蛋好几角呢。"王五的意思是损失大着呢，明显是要村里多赔偿。

穆权书记说："就是下金蛋也跟村里没关系，村里是在集体水渠里疏浚，又没在你家鸭圈里疏浚，咱还怪你养鸭子毁坏了渠堤、弄脏了渠水呢。"

王五说有关系，穆权书记说没关系，说来说去还是那么几句话。穆权书记觉得王五钻牛角尖，脑子有点问题，就不理他了，叫他找乡里的信访办。

王五说："不去，你要是不给咱处理，咱就死在这里。"他从包里拿出一瓶"敌敌畏"要往嘴里倒，一旁的人赶忙夺过来，室内立即充满刺鼻的农药味。

穆权书记立即打电话给常笑天，说芦苇荡哪来的"二杆子"，让常笑天立即把人带走，如果这件事情处理不好，以后不要再来见他。王五被带走了，穆权书记怒气未消，暗道："奶奶的，占了便宜还有理了，想死回家去死。"

常笑天觉得王五就是一个无赖，说咱跟一个无赖讲道理，咱就是浪费口舌，不是吗？水渠明摆着就是集体的，这是全村人公认的集体水渠，芦苇荡怎么出了王五这么个货色，丢人啊！

常笑天又给王五做了几次思想工作，但王五还是一根筋，村里不赔钱，他就不让施工。施工头子说："村里什么时候把王五的思想工作做通了什么时候施工，要是耽误了工期影响村民们灌溉，不仅怪不到咱，还要赔咱的损失，咱的冲浆机租一天要几百块呢。"

常笑天说跟这个不讲理的没法讲理，叫杨金贵再去跟王五谈谈，只要王五不闹了，村里可以给他一点补助。杨金贵说："只能背地里给他一点钱，要是村民们知道了会有意见的，矛盾会更多。"遇到这样的事，村干部只好拿钱哄，花钱消灾，况且在这个农田需要灌溉的节骨眼上。

于是杨金贵再次来到王五家，杨金贵已经不知道来过多少次王五家了。王五正在邻居家打牌，杨金贵说："你出来一下。"王五见杨金贵主动找他，知道事情有眉目了，说："你们自己玩，咱去去就来。"在王五家里，杨金贵递过来一支烟，说："王五兄弟，咱都是乡里乡亲的，低头不见抬头见，你给咱个面子，村里补助你一点钱，你把拦网拔了，让人家施工冲浆疏浚。"

王五问："补助多少？"

杨金贵本来计划给王五补助两百元，心想两百元估计谈不下来，又加了一百元，说："补助你家三百元吧。"

"开什么玩笑，你打发鬼啊？咱家六十八只鸭子，只只是种鸭，天天都下种蛋，一只蛋就好几角钱，你说一年要多少钱？"王五扳着手指说。

"这跟下蛋有啥关系呢，你把鸭子赶上岸它照样下蛋，鸭子下蛋还会选地方吗？"

"关系大着呢，自从渠里没水，鸭子就不下蛋了，咱现在一天损失几十块。"

"那你想要补助多少呢？"

王五伸出一只手，杨金贵说："五百？"王五说："错。"杨金贵问：

"那是多少？"王五说："至少给五千。"杨金贵火冒三丈，跳起来大骂："你简直是黑心肠，这条水渠疏浚一次总共才花一万多元，你王五几只鸭子要五千，做大头梦去吧！"

常笑天跟村里干部说："跟王五没法讲理，咱们请村民们来评理，要是村民们说王五有理，王五要一万，咱绝不给八千。"

隋泥说："哪能让老百姓做主啊！老百姓里也有王五的人，要是都说王五有理，咱村里还真的赔王五那么多钱啊？"

杨金贵朝隋泥说："你脑子有病啊？老百姓也不傻，老百姓的眼睛是雪亮的，可能会同意不合理的事情吗？况且，就是赔钱，也是大家掏口袋。"

村部一下子来了三十多个村民代表。

"找咱来开会，什么事啊？"有人问常笑天。

"村西那条水渠急着要疏浚一遍，渠底的淤泥已经差不多和渠岸平齐了。"

"早就应该疏浚了，再不疏浚就没法上水了。"

"村里今年把水渠疏浚作为一件大事，眼下着急哩，秧田就要上水了。"常笑天说。

"就是啊，这事还真要抓抓紧，去年咱家的稻田缺水，死了不少秧苗。"有人这样说。

王五也被找来了，常笑天对王五说："今天开会专门研究你家鸭子赔偿的事，请你旁听啊，也可以提提意见。"

王五说："研究啥呢？这是秃子头上的虱子——明摆着的，赔咱损失就行了。"

杨金贵对大家说："疏浚不费事，就是难施工啊，鸭子要水喝呢，要是没水喝咱村里就要赔偿人家的损失，村里又没钱赔，难啊！"

有人知道王五养鸭子不让施工，马上站出来说话了："哪有这个理的，这条水渠又不是他王五家的，疏浚跟他有什么关系，真不要脸。"

会场上开始骚动起来，有人开始指责王五蛮不讲理，说王五什么样的人咱村谁不知道啊，别把他当个人，就当他在放屁，明天立即施工，哪个耽误了施工就找哪个算账。

张三喜拍着桌子朝王五说："别说五千，就是五角也没得，明天你要是再阻工，咱也不是吃干饭的，要是耽误咱们秧田插秧，损失全是你王五赔。"

隋泥说："王五牛呢，还说要到乡里去找穆权书记，三句不到就要在人家领导面前喝农药，把穆权书记吓了一跳，说咱芦苇荡人太厉害了，个个不怕死。"

友明坐在一旁捂嘴发笑，友正气得直往桌上钉拳头，刺猬过来说："你叫王五再去找乡里领导看看么，要是他去找乡里领导，咱就去找县里领导，咱要把他过往的乱七八糟的混账事向县上领导反映反映，老账新账跟他一块算。"

王五见大家都不说他的好话，自觉理亏，就想提前离开，被张三喜拦住问："你家的拦网什么时候拔了？"王五见大伙一个个对他横眉冷眼，特别是张三喜那双眼睛瞪得跟牛眼似的，估计再耍赖下去说不准会挨谁一个耳刮子，赶紧拔腿想跑，这时有人抓住他的胳膊又问："还要赔偿吗？"王五说："不敢了。"有人说："别在这丢人现眼了，回去拔网吧。"王五一溜烟跑个没影了。

第二天一早人们看到水渠里重新开始冲浆疏浚了。

第 三 十 二 章

高小丽长得跟花一样，在村上算是个美人，面若桃花，小巧玲珑，人见人爱。才嫁到芦苇荡时，人们惊呼高小丽当属芦苇荡第一美女，男人们看了都要再偷偷瞄上一眼。李青龙看到高小丽时，眼睛瞪得像个牛眼一样，浑身像是通了电，体温立即上升。

当初，陈春桃怕高小丽父母不同意他们在一起，就偷偷带着高小丽跑到外地打工，也是在建筑工地上，陈春桃砌墙、高小丽拎桶，一直到高小丽生了个大胖小子，他们才回到陈春桃老家。

陈春桃父亲高兴得手舞足蹈，办了一桌饭，请村里干部上门喝喜酒。那时是李青龙做书记，陈春桃父亲来请李青龙喝喜酒时，李青龙一口应允，还说村里干部一个不差，保证个个到位。

村里干部来到陈春桃家喝酒时，陈春桃带着高小丽一起过来敬酒。李青龙不时地朝高小丽的脸上瞄，夸高小丽是一枝花，是全村的一枝花。杨金贵实在看不下去，朝李青龙说："你喝你的酒，高小丽漂亮跟你有啥关系？要夸，回去夸你儿媳妇树叶。"

李青龙厚着脸皮说："要是高小丽是咱的儿媳，爬灰是迟早的事。"

隋泥说："你得了吧，别吃着碗里还想着锅里。"隋泥还不知道李青龙跟水草有关系，只知道李青龙想爬灰的事被人们传得沸沸扬扬。

穆穗玲心想，李青龙要是有本事就外边去找，别在自家儿媳妇身上动脑筋。

李青龙的儿子李小龙也去打工了，几个月才回来一趟。儿媳树叶在家接送孩子上学校。李小龙不在家，李青龙有事无事都爱往树叶房间跑，没话找话逗树叶说话。树叶怕瓜田李下别人说闲话，常把婆婆叫进房间拉家常，尽量躲开李青龙，不跟李青龙单独在一起。

那天一早，李青龙老婆去地头上割青草了，李青龙心猿意马，又跑进树叶的房间。树叶还没起床，迷迷糊糊的，李青龙朝半睡半醒的树叶说："叶子，你在咱家真是受委屈了，总让你一个人独守空房，你要是感到寂寞了，就跟咱说说话啊。"

树叶突然惊醒了，听出李青龙说的啥意思，又气又羞，冷着脸说："您这么大年纪了，别跟咱小孩开玩笑啊！"树叶的意思是，你李青龙是长辈，咱是小辈，别没大没小的。她赶紧起来去找婆婆割青草，尽管这样，树叶的屁股还是被李青龙用手拍了一下。

高小丽生过一个孩子后，身体逐渐发胖，水蛇腰不见了，瓜子脸也变得肉嘟嘟的，陈春桃说漂亮顶个屁用，生娃才是关键。陈春桃跟高小丽商量，一定要再生一个，生两个搭搭伙。

陈春桃出去打工后，李青龙就像个馋嘴猫看见鱼似的，总在高小丽家前后转悠，恨不得上去咬高小丽一口。高小丽没上环，李青龙总想自己带着小草上门去给高小丽上环。杨金贵知道李青龙对高小丽的心思，怕李青龙去了高小丽环没放上，他却上了高小丽的床，就说高小丽这个淘气鬼，没有集体行动肯定办不了。

李青龙想高小丽想得有点发疯，写了几次情书给高小丽，全被高小丽扔进茅坑里。高小丽心想：咱再胖也是天鹅，李青龙你干部再大也是只癞蛤蟆，癞蛤蟆想吃天鹅肉，做梦去吧。村民们怀疑李青龙跟高小丽有一腿，其实李青龙连高小丽的味都没闻到，要不是水草举报李青龙，李青龙头上的乌纱帽还不一定撸得下。李青龙被撸掉村书记职务后，高小丽人前人后说："咱一看就知道李青龙不是个好东西，他这个干部是兔子尾巴——长不了。"

把王五搞定后，常笑天觉得应该腾出手来把高小丽搞定了。乡计生办主任张铁锤一天打几个电话，说芦苇荡的干部都是废物，一个高小丽都搞不定，让高小丽过关斩将一路绿灯，顺顺当当地怀上孩子，还带着肚子大大方方地从眼皮底下跑了。张铁锤发狠再不把高小丽找回来，他就要当面向穆权书记汇报了。那是天塌下来不得了的事。

隋泥自告奋勇，要做先锋把高小丽捉回来，杨金贵说像高小丽这样带肚子跑了的，不集中力量伤筋动骨是捉不回来的。常笑天让大家先查清楚高小丽跑哪儿去了，他和杨金贵去找陈春桃和陈春桃父亲做工作，争取高小丽自己回来，免得动刀动枪伤了感情。

陈春桃也不在家，估计和高小丽一起跑了。陈春桃父亲说："咱家头胎养的是孙子，不会再养第二胎了，养不起啊。"

杨金贵说："咱也没说高小丽要养二胎，不管养不养二胎，一定要他们回来跟咱们见上一面，只要把'双月查'落实了，随便她去哪里玩。"

常笑天说："生一个就行了，计划生育是国策，咱不能违反政策啊！"

杨金贵说："现在年轻人都生一个孩子，而且生男生女都一样，何况你家是个孙子。"

常笑天叫陈春桃父亲做做工作，通知高小丽回来，还说："全村就高小丽一个人没查孕了，要是乡里知道了，肯定会派个小分队驻到村里来的，那就坏了。"陈春桃父亲说："儿子有儿子的想法，儿媳有儿媳的念头，咱也没法干预，到底跑哪去了咱又不知道。"

杨金贵说："计划生育是根红线，肯定碰不得，乡里小分队扒粮抬物、上房揭瓦搞得轰轰烈烈的事你又不是没看过，咱也不希望走到这一步。"

陈春桃父亲说："那也没办法，要是他们想生，咱说了也没用，咱又不能去绑了回来交给你们。"

常笑天和杨金贵从中午一直说到晚饭后，陈春桃父亲一句口没松，常笑天想：看来做陈春桃父亲的工作是对牛弹琴，一点用都没有，就回去了。后来常笑天和杨金贵又分别找陈春桃父亲谈话，陈春桃父亲还是那句话："扒粮抬物、上房揭瓦随你们，咱真的是没有办法了。"

常笑天觉得必须主动出击立即行动，一刻都不能耽误。高小丽的肚子越大越难处理，要是挨到足月就更难办了，一旦生下来，芦苇荡一年工作全白干，还要等着乡里处理，到底怎么处理，屁股翘起来给乡里打不算，村里一班人头上的帽子随便人家怎么拎了。

这时从各路得来的消息，说高小丽夫妻俩躲在娘家。常笑天说："马上过去捉，大家必须高度保密，要是走漏消息再跑了就更难捉了。"于是村里包了一辆车子当晚就往南塘乡高小丽的娘家赶，他们要在高小丽知道消息前把高小丽截住。

夜半时分，村里干部敲开了高小丽娘家的门，是高小丽父亲开的门，高小丽父亲认识杨金贵，知道是来捉高小丽的，说："其实你们用不着半夜来，高小丽本来就打算明天回去的，明天不回去咱也把他们送回去。"

隋泥说："你说的比唱的好听，如果半夜不来捉，明天还不知道跑到哪里呢。"

陈春桃和高小丽两口子睡在西屋，陈春桃起来了，高小丽钻在被窝里不出来。隋泥说："陈春桃你把咱害得好苦啊，咱天天被上头骂，再找不着你们咱就要打包回家了。"

穆穗玲说："你们不算算账，生个二胎要花多少钱，光罚款就要好几万。"

隋泥说："想生二胎也要提早告诉咱，也好让咱有个准备啊。"

杨金贵朝隋泥说："你个呆子，有哪家想生二胎告诉村干部的？"

高小丽从被窝里伸出头来，说："让你们知道还生个蛋啊，还没成胎呢半夜就追过来了。"

穆穗玲坐在床边做高小丽的思想工作，叫高小丽起来一起回去。高小丽说："不起来，好容易怀上跟你们回去就没了。"

穆穗玲说："那也没办法，谁来做干部都要管，还好没报告乡里呢，报告乡里的话那个张铁锤主任就像个恶神似的，哪个看了都害怕。"

"咱又没犯法干吗怕他。"

隋泥冲着高小丽大喊："超生就是犯法啊。"

常笑天和杨金贵在外面做陈春桃工作，陈春桃觉得今夜抵不过去了，要是不跟着村里干部回去，估计就要捆人了，陈春桃知道这事谁抵抗就捆谁，没地方说理去。

三更天的时候，陈春桃和高小丽才拾掇好东西慢腾腾、极不情愿地跟着村里干部上了回家的车子。

月亮挂在天上已经偏西了，盐阜大地属于海洋性气候，温度不低，但感觉有点冷。车子在乡间道路上颠簸。常笑天和村干部们一夜没有睡觉了，大家都很累，有人开始打起呼噜，有人因车子摇晃得厉害睡不着，只能闭着眼睛。打呼噜的是隋泥，隋泥打呼噜很特别，杨金贵说隋泥就是打着扑克牌也会打呼噜，而且出牌还一张不错。

半路上，高小丽说："咱在娘家茶喝多了，肚子难受，咱要下车撒尿。"打着呼噜的隋泥突然说："尿什么尿，这是荒郊野外，又没厕所，到哪尿去，憋着，很快就到家了。"

高小丽说："咋就不讲理了呢？总不能让尿憋死咱啊？"

常笑天已经睡着了。杨金贵觉得高小丽说得在理，人不能让尿憋死，就叫穆穗玲陪高小丽下去，就在路边草堆旁解决下，快去快回。杨金贵又觉得穆穗玲一个人陪着不放心，要是高小丽想跑穆穗玲一个人拦不住她，就叫隋泥也跟着下去。

隋泥觉得杨金贵什么事都叫他去做，竟然陪女人撒尿这种事也安排他，很不自在。再说常笑天当了书记后，友正横竖看他不顺眼，友正是常笑天的伯伯，隋泥认为友正看他不顺眼就是常笑天看他不顺眼，他想既然你们看咱不顺眼，咱也没必要那么韧劲地给你们卖命。

高小丽的一泡尿好长，隋泥说："就是牛撒尿也该结束了，咱都熬死了，快回来上车回家。"一会儿高小丽来了，穆穗玲说："你先上车去，咱也去撒泡尿。"穆穗玲去了路边草堆旁，隋泥看高小丽来了就悄悄地说："还不跑啊，回去二子就没了啊。"高小丽一听，立马回过神来，"哧溜"一下跑进路边的玉米地里，玉米有一人多高了，高小丽钻进去后就没了人影。

穆穗玲撒完尿回来，隋泥问："高小丽呢？"穆穗玲说："不是你叫她上车的吗？"隋泥说："没有啊，是你陪她撒尿的，咱人影也没看到。"穆穗玲突然惊叫起来，朝着车内大喊起来："大家快下来，高小丽不见了，估计又跑啦！"

常笑天下车后对穆穗玲说："咋不一脚一步跟紧呢？"

穆穗玲说："跟着的啊，咱也方便下，咋就一转眼不见了。"

杨金贵跳下车就骂隋泥："你就是个废物，一个娘们都看不住。"

隋泥说："咱又不能拉着高小丽撒尿，要怪就怪穆穗玲，穆穗玲只顾自己撒尿，把高小丽看跑了。"

常笑天说："别吵了，快追，高小丽走不远的，就在附近，大家分头去找。"可是找到东方破晓也没见到高小丽的人影。隋泥心里想：到鬼地方找，高小丽又不是野鸡会躲在窝里等你来捉，估计早就跑远了，早跑掉早好，反正上面也追不到咱的责任。

高小丽逃跑了，抱怨也没用。杨金贵说："跑得了和尚跑不了庙，回家去再说。"而陈春桃却不回家，坐在地上抹眼泪，说："一个大活人被你们带走的，现在人呢，你们把高小丽看没了，你们要是不把高

风吹麦浪

小丽找出来，咱就到你们家过日子去。"

得了，现在倒是村干部的不是了，本来是抓人的，现在倒要赔个大活人了。

村干部们也觉得无计可施，就轮流坐在陈春桃旁边劝，一人说："高小丽是个大活人，脑子活络，不会有事的，一定去了哪个亲戚朋友家。"大家劝陈春桃先一起回家，然后找亲戚朋友问高小丽是不是躲他们家了。

"不行，你们现在就把高小丽交出来，不交出高小丽咱就到乡里去要人，要是高小丽死了，你们一个也跑不了。"陈春桃说。

杨金贵说："放心吧死不了，高小丽鬼点子多着呢，眼一眨一个主意，说不定现在早到亲戚家睡觉了。"

隋泥说："又不是咱们撵跑的，腿长在她自己身上，是她自己跑了的，要找你自己找去。"

穆穗玲对陈春桃说："你家超生反倒有理了，高小丽是躲得了初一，躲不了十五，早晚还要被捉回来。"

常笑天说："你不走也行，咱们先走了，你就待在这里吧，你自己跑回家，明天到你家再说。"常笑天语气重重的，上车就叫出发。陈春桃一看，怕车子真跑了，拍拍屁股上的灰也跟着上了车。

张铁锤听说高小丽半路跑了，大发雷霆，一早就带着乡计生办的小分队气势汹汹地往芦苇荡赶。小分队专治全乡计划生育工作的疑难杂症，哪个地方出纰漏就到哪个地方堵漏，往往是一击见效、马到成功。张铁锤见到常笑天的第一句话就是："咱早就跟你们说了，高小丽就是个定时炸弹，随时都会爆炸，这个炸弹不排除，你们早晚都得被炸死。"又说："像高小丽这样的你们都治不了，米饭都让你们白吃了。"好在常笑天不仅是芦苇荡的书记，还是乡里派下来的团干部，是穆权书记眼里的红人，要是村书记是李青龙，他一定破口大骂。

张铁锤抓计划生育很有一套，目标定下了，雷厉风行，横扫一切，

第三十二章

271

没有清除不了的障碍。槐树屯潘三的老婆超计划外怀了孕，村里干部既是车轮战又是突击战，轮番上门，文武兼用，全力以赴，可是潘三就是软硬不吃，他老婆更是铁板一块。

张铁锤带人上门了，说思想工作又不是万能的，这种人唾沫星子说干了也没用，手一挥，小分队一哄而上开始搬家具、抬粮食。潘三一看不对劲，乡上来真的了，赶忙过来打招呼，说："请大家快住手，咱听话就是了。"张铁锤说："那不早说，省得咱大老远跑来瞎操心。"

张铁锤叫村里干部前去打先锋，先到陈春桃家去做工作，先礼后兵，叫高小丽赶紧自己回来。杨金贵带着穆穗玲和隋泥先去了，告诉陈春桃和陈春桃父亲，赶快叫高小丽回来，小分队已经兵临城下，驻进村里了，张铁锤主任那可是专拔钉子的老虎钳，厉害着呢。

陈春桃父亲说："就是特种兵来了咱也不怕，咱又没偷吃扒拿，生个小二子难道还把咱抓去坐牢？"

陈春桃说："你们把高小丽给咱弄没了，咱还要找你们要人呢。"

隋泥对陈春桃说："别敬酒不吃吃罚酒，咱看你们是不见棺材不掉泪，不撞南墙不回头。"

张铁锤等到中午没有回音，估计谈判没有成功，饭碗一丢，就指挥小分队开始行动，一到陈春桃家就摆开了架势。陈春桃母亲害怕了，主动上来递烟端茶，请张铁锤高抬贵手消消气，立刻想办法叫高小丽回来。

陈春桃父亲对他老婆说："你到哪找去，高小丽已经被他们捉去了，现在是倒打一耙，跟咱要人，咱还要跟他们要人呢。"

陈春桃说："就是，高小丽是在她娘家被他们活捉的，路上又让高小丽偷跑了，高小丽跑哪了鬼知道，还不知道是死是活呢。"

张铁锤觉得这户用扒粮抬物不管用，看来要直接上房揭瓦，就叫队员领着村里干部上房。隋泥说："上房就上房，谁不上房谁就是狗。"这时有人扛来梯子架上，有队员已经爬上梯子了。陈春桃母亲见了，

风吹麦浪

一屁股坐在地上呼天喊地地大哭起来。陈春桃父亲喝问:"你哭啥,房子拆了又不是砌不起来,怕什么。"

队员们拆了几排瓦就停下了。根据往常的经验,一般人家只要一扛梯子来立马就会投降。上房揭瓦是最厉害的惩罚措施,往往一针见效,没有不投降的。可是现在已经上房揭瓦了,还不见陈春桃父子有一点投降的意思。张铁锤这是遇到对手了,陈春桃父子是死心塌地拒绝投降。张铁锤觉得这户人家是茅坑里的石头又臭又硬,看来是难以取胜了,又不能把房子真的拆光,所谓上房揭房那是吓人的,胆大的吓死胆小的,可是这回吓不住人了,又不能把陈春桃抓走,陈春桃肚子里又没东西,抓去还要管饭。张铁锤叫苦不迭,咱十几年的英名要栽在芦苇荡了。

这时槐树屯那边打来电话请求张铁锤前去增援,张铁锤觉得赶快就坡下驴吧,就叫小分队撤兵,说是槐树屯那边有重要任务,并对陈春桃父子说:"要是高小丽这两天还不回来,你家的房子从上到下一推到底。"隋泥跟着说:"听到没,张铁锤主任说了,过两天还不回来,这幢房子就是连根拔。"

张铁锤也是无计可施,带着队员回乡里去了。常笑天要送,张铁锤不让,因为他也打了个败仗,觉得很没面子。张铁锤不仅吃了败仗,还被陈春桃追得狼狈而逃。张铁锤带着队员出村时,远远地看到陈春桃拿着一柄铁叉站在桥头上老远朝着张铁锤大喊:"今天你们上来一个咱就叉死你们一个。"陈春桃拿着铁叉怒目圆瞪、气势汹汹,活像张飞大战长坂坡一样。张铁锤说:"今天还真碰到个不要命的。"说着就叫队员们赶快改道多绕几里路回去了。

第三十三章

玉香催笑天谈对象催得更紧了。常青树也常说："要是笑天娶上亲、生了子，咱就有重孙子了，就是死了也瞑目。"妹妹笑云从学校回来后，也说她不想上学了，要和妈妈一起养猪、攒钱，帮哥哥娶媳妇。

有理不吱声，估计他知道笑天找对象不成问题，但友正和喜兰常过来说笑天是村里的书记了，还没个对象，没成家就是毛孩子，毛孩子在村里说话不顶用，也催笑天赶快找个对象成个家。友明和四凤更是直接，只要笑天愿意，他们可以把姐姐三凤的女儿说给笑天。

常笑天当上村书记后，事情特别多，上面千条线、下面一根针，上面千头万绪的事，最终要从下面的一个针眼里穿过去。在某种程度上，村书记比副乡长还忙，有时笑天忙得睡不了整夜觉。

常笑天也不知道哪来的那么多麻烦事，如今的村干部不好做，村书记没有以前权力大，要是在以前，王五绝对不敢去逮田六姑家的鸭，更不敢阻止水渠冲浆疏浚；刺猬也不敢去省城上访。现在不一样了，村民们屁大的事都来找村干部，还吆五喝六的。

有理家里的活也特别多，有时候忙不过来，要请人过来帮忙。有理忙急了，就对笑天说："芝麻大的干部，一天到晚忙得屁股后面冒青烟，要是做到穆权书记那样大的官，估计连家也不要了。"

常笑天说："没办法啊，村里底子差，村民又不富，咱看着心里着急，想办点事情又吃力不讨好，真是两头活受罪。"常笑天快要崩溃了，有时真想回家养猪，逍遥自在。

玉香理解笑天的难处。笑天组织村民们挖鱼塘、搞疏浚、修道路，做了好多实事，大多数村民看在眼上、喜在心上，都拍手欢迎："常笑天当咱芦苇荡的头儿，芦苇荡变化可大了，路好走了、河变深了、日子好过了，不像李青龙当书记时，就知道吃喝玩乐，啥事都办不成。"

可是好事往往多磨，芦苇荡没有资源就没有固定的经济来源，办啥事都靠到村民头上筹，上面也同意这样做，叫"一事一议"，只要村民们都同意了，可以一家一户筹钱办事。上次修路时就是通过"一事一议"筹了村民们的钱，不过按照预算每户少筹了一半钱，村民们一片喊好，因此修路钱筹得顺顺当当。

这次水渠疏浚也是经过村民们讨论决定的，讨论时大家都异口同声没意见，因为那水渠已经不成渠了，说是垃圾池一点也不为过。钱也筹得非常顺利，即使王五那样极不情愿的人，把钱交到村里后，当面不乐意背后还是说这条水渠早就该修了。可是水渠修好了，有人却变卦了，因为县纪委的领导接到芦苇荡人举报，说是常笑天多摊派钱款增加村民负担，这可是上面划定的高压线，高压线通着电，谁碰谁触电。

县纪委领导打电话给穆权书记，说芦苇荡干部胆大包天，擅自增加群众负担，叫穆权书记先去调查清楚，如若属实要立即退还群众，还要立案查人。穆权书记接过电话后，后脊梁冷汗直冒，因为全乡也在疏河修路，乡里又没有印钞机，资金来源基本靠到群众头上去筹，不到群众头上筹钱拿什么疏河修路，不疏河修路上面不答应，群众更不答应。

穆权书记风风火火地赶到芦苇荡，见到常笑天，劈头盖脸就是一顿痛斥："你是怎么办事的？群众负担这根高压线你也敢碰，谁碰谁死知道不？你脑子怎么就进水了呢，宁可不办事，也不要碰线！"

常笑天说:"村民们都同意了啊,没一个不同意的。"他把村民们签字画押的名册拿给穆权书记。

穆权书记说:"同意个屁,你们村有人到县纪委举报了,马上就要下来立案办人哩。"穆权书记叫常笑天立即召开会议,组织村里干部连夜到各户去退钱,要退得一分不剩。

常笑天两手一摆说:"拿什么退呢?工程款早就给人家了,账上一分钱没得,要是真退钱,这笔钱从哪儿来?这次工程款退还了,上次工程款要不要退?咱村把钱退了,其他村怎么办?也跟着退吗?"

穆权无言以对,这是牵一发而动全身的大事,如果芦苇荡把钱退了,其他村一定有人效仿,因为以前村里做事都是群众筹钱,那就全乱套了,别再做工作了,赶紧关门回家吧。

杨金贵说:"谁这么没良心?明人不做暗事,大家都说得好好的,自己的事自己办,跟上面没关系。"

隋泥说:"筹的钱也没进咱们干部的口袋,都用来疏河修路了,上面要是不信可以来查啊,哪个用集体一分钱,哪个就不是人。"

常笑天说:"咱的工作没做细,可能有群众不满意,村民们各有各的想法,个个满意也不容易。上面要是不相信,咱也没办法,咱凭良心做事,不拿集体一分钱,要是不做事,上下都不认可,咱们就是风箱里的老鼠,村干部也难当啊!"

穆权书记觉得村干部说得在理,村民们自己出钱办自己的事情有什么不对呢,要是自己家里的锅坏了还指望别人去买啊,乡里又没给村里发印钞机,不到群众头上筹难道去抢银行吗?穆权书记也没有周全的解决办法,只得叫常笑天再次深入到村民家里去,进一步统一村民们的思想,争取村民们百分之百没意见。他连夜向县纪委领导解释去了,县纪委领导觉得村干部给群众办事也没犯错,就对穆权说:"暂时不追究了,只要群众不再举报了,就这样蒙头过。"

夜晚,风也倦了,耷拉着身子,停留在村口的树枝上,知了不知疲倦地嚷着，青蛙也扯开了喉咙。常笑天连夜要求村干部天一亮就分别到各户走走，因为穆权书记连夜打来电话说县里领导已经答应暂不追究，但是如果再有人反对，绝不姑息。他要求村里干部内紧外松，不要大惊小怪，免得打草惊蛇，一定要把村民们的嘴封上，特别是个别不可靠的重点人物。

隋泥被安排去了王五家，因为王五到上面上访过。穆穗玲被派去和刺猬聊聊，探探刺猬口风，刺猬近期虽然没到上面举报上访，但是在村里总是挑刺捣蛋，没少让人操心。杨金贵去找施七，施七虽说不再上访举报，但也是重点嫌疑对象。常笑天天一亮去了李青龙家，好久没找李青龙聊聊天了，李青龙是前任书记，应该得到后任干部的尊重。

近来李小龙不出去打工了，他要在家看住老婆树叶，像个跟屁虫一样跟在树叶后面。有时树叶感觉很烦，指着他的额头说："你烦不烦啊！大白天的，难道我还能被猫叼去不成？"李青龙教训儿子："你不到田里忙，你吃啥？"李小龙说："那就不吃，饿死拉倒。"

李青龙老婆开始反对李青龙没日没夜地打麻将："你这个老不死的，你再打麻将，我就举报你，把你这个老绝八代的逮去关几天算了。"李青龙要反驳，树叶也对李青龙说："真的不能再打了，老输钱，没看过你赢一毛钱回来。"李青龙过去时常和人打麻将，场场赢钱，不做书记后打一场输一场，跟他打麻将的人说，他不当书记了，谁还给他"放炮"。

李青龙不敢打麻将了，但李小龙却学上了打麻将。有一天晚上，李小龙在邻居家喝完酒后，开始打牌赌钱。树叶过来催了几次，叫他回家，李小龙正在兴头上，朝树叶吼道："回去干吗？回去也是睡觉，这么早哪个睡得着啊！"

树叶说："睡不着也不能赌，你再赌，咱就去报警了。"

李小龙笑笑说："还报警，有屁用！乡里派出所、联防队，咱都认识。"李小龙的意思是就是报警也没用，派出所的人跟他都是老熟人，过去李小龙打麻将赌钱时常被人举报，派出所、联防队的人来了一看是李青龙的儿子就打声招呼算了，从没处理过。

树叶等到半夜也没见李小龙回来，就抓起电话打给乡里的派出所，说这里有人在赌博，还说你们不来管的话咱就打电话到乡政府去。电话那头是联防队员老张接的，老张一听又是举报赌博的，气不打一处来。有天夜里槐树屯有人举报赌钱，他和几个联防队员赶到现场，几个打牌的竟然说联防队员不是正规军，无权抓他们，结果全跑了，一个人没抓着，大家跑了个白腿。老张说这次一定要一锅端。

树叶报警后又有点后悔，她听说警察抓赌厉害呢，哪个反抗就用电警棍电，那个电警棍能把一头老牛电倒，李小龙还能赶上老牛？李小龙在邻居家打牌，树叶就到村口小路上徘徊望风，她觉得自己有点过激了，要是派出所真的来了，李小龙肯定是吃不消那一电棍的。她怕派出所的人真来了，就站在村口悄悄地站岗放哨，举报的变成了个放哨的。

夜静悄悄的，星星在天上眨着眼睛。树叶站在路口睁着眼睛向远处张望，约莫过了一刻钟，老远就看见村头有灯光闪动，那灯光就像老虎的眼睛，张牙舞爪地扑了过来，树叶知道那是警灯。不好，警察真的来了。

树叶转身一边跑，一边喊："快跑啊，不跑就来不及了。"她心想，李小龙可千万不能挨上那一电棍。她慌慌张张地跑到邻居家，推开门就喊："不好了，警察来了，快跑吧！"桌上的人一听，牌一推，都说："快跑，各跑各的，不要朝一个方向跑。"李小龙像个兔子一样跑得最快，门一拉，钻进屋西的玉米地里没了踪影。

李小龙跑了，树叶才放下心来，一屁股坐在门前的石块上，突然她觉得屁股底下有点热，一摸，烂烂的，呀，坐到牛屎上了。树叶一阵恶心，差点要吐出来，又气起李小龙来，心想，你跑了让咱在这活受罪，应该让警察把你抓去受受罪。

老张问树叶谁举报的，树叶说咱举报的，老张问："赌钱的人呢？"树叶两手一摊，说："没了，跑了。"老张不承认，说："你报警怎么又通风报信呢，肯定是你家李小龙参加赌钱了，赶快去把李小龙找回来。"树叶不回答，她怕李小龙会被电棍收拾。老张说："李小龙不回来咱们就不走，在你家专等。"树叶觉得自己把祸闯了，她请李青龙出来打招呼。不过李青龙不做村书记了，谁还给他面子呢。李青龙老婆叫李青龙赶紧去请常笑天，李青龙也觉得对，看来不请常笑天出场，这关是过不去的，他赶紧打着电筒去了常笑天的家。

李小龙被派出所的抓赌行动吓得不轻，这几天再没出去打过牌，就坐在房间看黑白电视。他家只有一台电视，还是他结婚时李青龙从县百货公司买的，起先放在堂屋，后来树叶把电视搬到自己房间了，李青龙想看电视时，只能去树叶房间。常笑天来到李青龙家时，李青龙正在树叶房间看电视，树叶和李小龙到田里去了，要不然李青龙是看不到电视的。常笑天看到李青龙从树叶房间出来，觉得很搞笑。

常笑天不可能直接问李青龙是不是有人向县上举报的事，他想和李青龙谈心，因为李青龙是前任书记，也和常笑天共事了好几年，是有一定工作经验的，争取李青龙的支持有利于村里开展工作，如果是李青龙举报村里那就更要做好李青龙的思想工作了。

李青龙对常笑天前几天为打麻将的事连夜出来帮忙打招呼，既是感激又觉得惭愧，他想常笑天来找他是不是要批评他儿子打牌赌钱了，常笑天还没说话，他就保证说儿子以后不玩那玩意了，他说树叶批评李小龙也就算了，最近树叶开始指责自己以前常赌钱，李小龙就是跟他学上的，要成赌鬼了。

常笑天说："左邻右舍闲下来时聚一起玩玩牌也没什么不好，只要不赌钱只当娱乐的，就没有太大的问题。不过咱来不是管你赌钱的，咱来跟老领导讨教讨教工作经验。"常笑天谦虚起来了，称李青龙为老领导，后任叫前任老领导也是应该的。

李青龙受宠若惊，自己虽然做过常笑天的领导，可是人家常笑天不仅是村书记，还是乡里的干部啊，听说要不是下来做村书记，人家已经是副乡长了，副乡长称自己老领导还不诚惶诚恐吗？他说："咱是下台干部，是筛子底下的落脚货，猪不吃狗不闻了，咱能有什么工作经验，咱不能把你们引下水咱就是不错了。"李青龙话中有话。

常笑天说："这说哪了，咱工作没做好，前天去乡里开会，穆权书记瞪着牛眼又批评了，说咱芦苇荡工作老落后。"

李青龙说："我看穆权书记是胡说八道，咱芦苇荡做得已经可以了，比咱当书记时好多了。路也修了，河也通了，哪一件不是咱芦苇荡人自己干出来的？他穆权书记又没出过一分钱。"李青龙不做书记了，他也不怕穆权书记，说穆权书记全是"瞎嚼蛆"，他叫常笑天把穆权书记请到芦苇荡看看，省得他睁眼说瞎话。

常笑天说："您走的桥比咱走的路还多，一定要多帮村里指指路，咱们哪里做得不到位，您要多包容，大小不计小人过。"

李青龙说："你就放心吧，咱虽是下台干部，一定不做半顿事，就是隋泥给咱家肥猪牵走了，咱也没啥意见。咱也当过村干部，理解大家的难处。"

常笑天觉得李青龙说得很诚恳，李青龙家里已经四面楚歌了，估计也没心情考虑村里的事，再说派出所来抓他儿子，还是自己出面打了招呼，从这一点上李青龙一定会给自己面子，不可能向上面打小报告。常笑天相信自己的判断。

杨金贵来到施七家，施七正打着手电查塘口，施七说："今年虾子养得不错，没发现一个晕头浮脑的。"杨金贵说："到你屋里喝杯茶，咱们聊聊天、说说话。"杨金贵想做施七的思想工作，顺便从施七嘴里套出点信息来。施七说："没空，咱忙得虫钻鼻孔——没手抓，没闲工夫扯你们村里的事，只要不来烦咱养虾子，你们干啥都不关咱的事。"

隋泥找到王五后，指着王五就骂："王五，你这个活王八，你上次找穆权书记干吗说咱的坏话？"

王五赌咒发誓："如果咱王五说你隋泥的坏话，就天打五雷轰，立马死全家。"

隋泥说："不是你王五到乡里胡说八道，穆权书记怎么知道咱手脚不干净？"

王五说："除了那次为鸭子的事去过一次乡里，到现在咱一次没去找过穆权书记，关咱屁事。"

穆穗玲去找刺猬时，刺猬正在和老婆抢电视，总共三四个频道，老婆要看连续剧，刺猬要听唱歌的。刺猬老婆说刺猬是老虎屁股摸不得，一碰就跳，芝麻大的事能啰唆半天。刺猬见是穆穗玲来了，以为是落实"双月查"情况，就说："这个月不查了，下个月要养个小二子呢。"老婆说："你养个屁，几个月没动作了。"

穆穗玲说："这个月不用查了。"

"那你这么晚来干吗？"刺猬问。

穆穗玲说："跟你打声招呼，上次咱们村干部开小灶吃吃喝喝，实在不应该，咱以后不会了，你也别当回事。"

刺猬又以为穆穗玲是来要上交款的，自从上次刺猬把村干部的老鹅汤一锅端了后，村里干部上门要了几次，刺猬是一毛不拔。刺猬说："就是常笑天来，也没钱。"穆穗玲说："你那上交款，咱先不谈了，村里有啥不周到的地方，请刺猬多关照，好丑不到上面胡说八道。"刺猬说："咱又没交钱，关咱啥事。"

村干部们把各户都跑了一遍，没发现半点信息，到底是哪个举报的只有鬼才知道。不过是谁举报的已经不重要了，重要的是真的没有人再举报。穆权书记说要是有人再举报，全乡工作就瘫了，关于这次村民们的思想工作，芦苇荡干部做得深入细致，很长一段时间没再出现有人举报的事情。常笑天心里直发笑，心想，坏事有时还是会变成好事的。

第三十四章

槐树屯书记杨晓柱死了。

杨晓柱是在村民家喝酒后回家的路上掉下河里淹死的，这个消息在杨晓柱尸体被打捞上来不到一个小时的时间里就传到了笑天的耳中。杨金贵说杨晓柱是个酒鬼，迟早得喝死。

槐树屯书记张万堂下来后，杨晓柱当上了书记，就从那时起，杨晓柱的酒量大涨，村里人说杨晓柱一天不喝酒，就像是得瘟疫的小鸡，无精打采。槐树屯喝酒的故事是全乡有名的，穆权书记为此还在会上拍了桌子。

村主任田山四十岁，想请村里的干部到乡里的王家饭店喝顿酒。杨晓柱说："你开什么玩笑呢！王家饭店在乡里，酒杯一碰，乡里干部都能听到声音，这不是告诉乡里的干部咱们在喝酒吗？"

经杨晓柱同意，田山晚上把村里干部请到家里。村干部不多不少，四角对方的桌子正好坐了一桌。因为是村主任请客，没一个好意思推辞的，况且村干部已经有个把星期没有聚全了，这个机会谁也不想放过。

田山知道村里干部个个都是海量，就连村妇女主任喜秀也能喝个斤儿八两，于是专门批了两箱白酒回来。心想：把酒备足了，晚上一定要让大家喝个痛快。

那时酒桌上的酒杯都换成了二两五标准的，一桌都倒满两瓶就光了。刚开始大家还喝得客气文明，互相碰杯客套，第二杯时"马力"上来了，田山说："一个不能落后，今晚喝酒都平抬。"杨晓柱端起杯子对大家说："要不是工作忙，咱一定隔段时间就把大家召集起来喝一顿。可惜现在村里事情不仅多，还繁杂，整得人头疼啊。"他头一仰，一杯酒下去了。大家看杨晓柱都干了，也端起杯子一饮而尽。几分钟后，两瓶酒被喝光了。

喜秀巾帼不让须眉，据说在酒桌上从没碰到过对手，这次三杯酒下肚，竟然醉了，先是头晕目眩，然后是手脚冰凉，突然往地上一倒，不省人事。

大家慌了神，赶忙把喜秀抱起来送医院。不知谁把喜秀醉酒的情况告诉了喜秀丈夫，当他们把喜秀送到乡医院门口时，喜秀丈夫也到了。田山抱着喜秀往急诊室去的路上，被喜秀丈夫撞着了。平时爱吃醋的喜秀丈夫脸上阴云密布，立即从田山手里抢过喜秀，冲着田山说："咱老婆不用你抱。"

喜秀在吊完第一瓶水后，苏醒过来。医生说："不碍事，只是体质太虚，酒也喝猛了，睡睡就好了，其实不用吊水的。"也许是吧，喜秀前几天感冒刚好，体质确实不好，以前喝酒都是"持久战"，一口一口地慢慢喝；这次喝酒是典型的"突击战"，二两五的杯子一口干，三杯酒就喝三口，没人受得了。

喜秀像是刚睡醒一样，眼一睁，坐了起来，看到自己坐在医院的病床上吊着水，已经明白是怎么回事了。她笑着责怪田山："你买的什么酒？一定是假的，这点小酒就把咱喝晕了，真是奇了怪了。"大家看到喜秀醒了，也没有什么大碍，悬着的心才落了地。

杨晓柱到家时，夜已经很深了。老婆小秀闻到丈夫身上一身酒味，知道他喝酒了，一脸的不高兴，就问杨晓柱："乡里培养你这么多年，又让你当上村书记，你感谢乡政府吗？"

杨晓柱往心口一拍，说："感谢啊，咱跟着政府绝没有二心。"

"那乡领导的话你干吗不听？"小秀又问。

"没有啊，乡领导交代的事，咱是坚定不移，从来不打折扣。"杨晓柱说得振振有词。

"还坚定不移、不打折扣呢，咱是管不住你喝酒，乡里的张书记要求干部少喝酒，喝酒会误事，你把张书记的话丢脑后去了吧？"小秀说。

杨晓柱被问住了，要不是喝了酒，那张脸一定涨得通红。他连忙表态说："下不为例，下不为例。"

没多久，村里的老柱子请客，杨晓柱不敢瞒住小秀，瞒也瞒不了，酒喝在肚里不可能不冒酒气。他向小秀报告，请求破例一次。小秀没办法，对他说："上次差点把喜秀喝死了，你咋就忘了呢？"杨晓柱说："可能吗？一个坑怎么可能掉下去两次。"

老柱子因为得了个孙子，坚持要请村干部喝酒。老柱子发狠说："要是这次村里干部不给咱面子，村里的事咱以后一件不支持。"

杨晓柱只好通知大家给老柱子面子。为了吸取上次喜秀醉酒的教训，他专门安排小陈不喝酒搞服务，要是哪个喝醉了，就由小陈护送到家。同时还特别交代，喜秀喝酒不作要求，能喝就喝，不喝随便。杨晓柱还调侃喜秀，说喜秀一点用没得，喝几杯酒就醉得上医院。喜秀说："今晚哪个喝醉上医院，就是乌龟王八蛋。"

喜秀除了表示自己今晚喝酒决不含糊外，还嘲讽杨晓柱曾经的那次酒场风波。那时经济条件还很落后，几碟简单的小菜，十来元一瓶的老尖庄，也是极具诱惑力的。有一年，有一户村民在邻乡搞水产养殖，杨晓柱和计生专干一起来到他家调查人口信息。这户村民非常热情，执意请他们在家喝酒。盛情难却，喝就喝吧，反正下午也没啥大事，晚上到家就行。

三个人坐在塘边的凉棚里，一会儿互敬，一会儿平抬，不知不觉干掉了一箱老尖庄。酒足饭饱后，杨晓柱和计生专干告辞回村。他们来时坐的是公共汽车，回去当然还要坐公共汽车，这户村民专门找了辆拖拉机送他们到乡上的汽车站。一路颠簸，杨晓柱只觉得胃里翻江倒海，可是始终没有吐出来。

到站后，竟然没有一辆回家的班车，他们在路边的树底下足足等了个把小时，也没见一辆汽车。杨晓柱醉眼迷离，看到一辆运货的拖拉机过来了，朝计生专干一挥手："上！"他一个箭步扒上了拖拉机，计生专干也腿脚敏捷地扒上了车。要不是喝了酒，凭杨晓柱的性格是决不会扒车回家的。

上了拖拉机后，凉风一吹，好不惬意，他们两人竟然睡着了。当他们醒来时，发现睡在一个草堆旁，身上湿透了，一个大汉手里拿着一个塑料盆，显然大汉是用水把他们浇醒的。杨晓柱怒火中烧，爬起来就是一拳，打在大汉的左脸上。大汉见是两个醉鬼，吓得飞跑。不一会儿，来了两个警察，把杨晓柱和计生专干带到派出所。两个醉鬼刚一坐下，身子一歪，又躺下睡着了。

这时所长来了，一看是老熟人杨晓柱，心想：在哪儿喝得烂醉，赶快叫人来带回去，千万不能醉死在所里。田山骑着自行车来带，两个醉鬼烂醉如泥，根本没法带回去，只得叫了一辆运化肥的平板车。两个人头靠头并排躺在平板车上，田山和运化肥的师傅就像运两具尸首一样，一个在前拉，一个在后推，七八里路竟然走了两个多小时。

可是刚到家门，杨晓柱就像是早晨刚睡醒一样，从平板车上一跃而起，伸了一个懒腰后，朝田山说："你瞎折腾个啥，咱睡觉都睡不安稳！"田山说："你早爬起来啊！再早两个小时爬起来，咱也不用费这么大劲折腾。"

这事很快传到张春雷的耳朵里，张春雷没处理杨晓柱，也没把杨晓柱找去谈话。不过他在全乡干部大会上说，有的人喝酒不要命，只要喝不死，就往死里喝。全乡人都知道，这是说杨晓柱的。

　　这次老柱子请客，杨晓柱对喜秀喝酒不作要求，意在保护喜秀，可是喜秀并不服输，反过来讥笑他也曾喝出事来。杨晓柱心想：咱这次是照顾老柱子的面子，本不想再喝酒，既然喜秀一个女流之辈都笑话咱，咱就放开肚皮喝，看谁把谁喝进医院。

　　酒杯肯定是二两五的，酒桌不是方形的，加上老柱子的儿子小柱子，一张圆桌坐了十个人。一圈倒完，两瓶半没了，杨晓柱反客为主，酒杯一端说："小柱子生儿子、老柱子添孙子，咱们村里表示祝贺。"他头一仰，来了个底朝天。大家一看杨晓柱喝了，纷纷来了个底朝天。

　　倒满第二杯时，桌上热火朝天起来，有人已经上了"高速"。先是老柱子父子俩轮流向村干部敬酒，村干部们又反过来轮流祝贺老柱子父子俩，然后大家又轮流向杨晓柱敬酒。杨晓柱是村书记嘛，被敬的机会肯定比大家多，因为没有平抬，已经分不清谁喝得多、谁喝得少。

　　喜秀倒满第四杯酒的时候，酒箱里的酒已经没了。老柱子趔趄着叫小柱子去搬酒，小柱子还没把酒搬过来，只见酒桌上像是被机枪横扫了一下，除了喜秀稳如泰山外，其他人要么趴在桌上，要么已经趴到桌下去了。没有喝酒的小陈过来说："不好，今天全军覆没了。"

　　村干部们被一个个送去医院吊水，小陈和喜秀忙前忙后地陪着，第二天天亮时，大家都醒了过来，傻傻地说着笑话，只有杨晓柱还在睡，无论怎么叫都不答应。田山叫来医生问杨晓柱怎么还不醒，医生没好气地说："只要喝不死，就往死里喝，咱看这次是真的喝死了。"

　　田山赶忙派小陈去杨晓柱家叫他老婆小秀来，要是杨晓柱真的死在医院里，他这个村主任是负不起责任的。

　　小秀是在夜幕降临时才赶到医院。小秀到医院时，杨晓柱还是老样子，像个死尸一样躺在病床上一动不动。小秀扑到杨晓柱身上放声

风吹麦浪

大哭，她边哭边说："你死得一点都不冤，咱说话不管用，乡里的张书记说话也不管用，咱就知道你迟早得喝死。"

小秀呜呜咽咽、哭哭啼啼，喜秀也跟着落泪。这时，杨晓柱突然从床上坐了起来，对着小秀大吼："哭什么呢？喊魂啊！哪个说张书记说话没得用的？要不是张书记叫咱少喝酒，咱早就喝死了。"

就在穆权书记上任后的几年后，他真的喝死了。

杨晓柱死后，穆权书记召开了全乡领导干部大会，在会上批评说："有的干部一天要喝几遍酒，整天浸在酒缸里，醉生梦死。"不是吗？杨晓柱是怎么死的？难道不是喝酒喝死的？穆权书记有时喝酒也往死里喝，那是为了应酬，没有办法的事，你不热情、不喝酒，人家就跟你不热乎，那么资金、项目、考核就得跟你认真。他本来不想说这个事的，可是现在不说不行了，已经到喝死人的地步了。

那时国内经济形势开始好转，温饱已经不成问题了，来人接待几乎没有不喝酒的，有一个阶段喝酒好像就是工作。槐树屯的杨晓柱喝酒成瘾，一天要喝两顿酒，就差早上也要喝顿酒。也难怪，酒这东西，不喝也就罢了，喝习惯了之后不喝还真不行，酒足精神长，要是有一天不喝酒，杨晓柱就感觉浑身没劲两手发抖，像穆权书记这样的会议是肯定开不到最后的。所以只要穆权书记通知各村书记开会，杨晓柱手里肯定捧个茶杯，不知道的人以为杨晓柱喝的是茶，其实里面装的是酒，别人喝口茶，他就喝口酒。

因为没人管，所以喝酒都成风了，街上的几家饭店生意特别好，因为各村都要到乡里办事，不管大事小事都要在街上吃一顿，饭店的老板也特会做事，只要是乡里的村里的在这吃了喝了不论干部大小从不要钱，吃完喝完签个字就行了。各村也都有定点饭店，干部们和饭店老板混得透熟，一到吃饭时辰各家饭店坐得最多的就是乡里村里的干部。

乡里干部有签字权的有事没事就到饭店吃喝一顿，那些没有签字权的办事人员就下村去指导工作，说是下村指导工作，其实就是到村里去吃一顿。有的村也巴不得乡里有人来，只要有人来，不管是什么人，都要带到定点户去接待，少不了要喝顿酒。酒足饭饱后，乡里的人骑着自行车摇摇晃晃走了，村里陪客的干部也摇摇晃晃回到村里，村民们虽然有意见，也是见怪不怪。

有的村被上面来人吃得烦了，一来本身经济就不怎么好，二来村里的吃喝账实在见不得人，一年的支出没干什么实在事，都是鸡啊鸭啊酒啊吃喝账，支出的账上显赫地记着这个张所长那个李站长的名字，上面根本就不用查账统统报销。有的村为了限制招待费，出台了来人接待公示制，就是接待哪个来的，又是哪个接待的，清清楚楚地记到公示墙上，这一招还真管用，没人再到这个村吃喝了。

槐树屯的杨晓柱死得一点都不冤，他就是个标准的醉生梦死鬼。因为他喝酒总是误事，乡里开会常迟到那还好说，有时开了什么会他还没到家就忘了，害得村主任田山要到别的村里去了解情况，然后回来再贯彻落实。

还有更让人瞠目结舌的混蛋事，按照规定，老党员去世时村书记要亲自上门吊唁，要是村书记没有空至少村主任要上门。村里有一个老党员去世，有人告诉杨晓柱，杨晓柱在一个村民家刚喝完酒，他手一挥叫人按惯例准备了一个花圈，然后带着一个也喝得歪歪扭扭的村干部一起上门吊唁，结果跑到一个同姓名的老村民家门口，叫人家节哀顺变。人家一看村干部送了个花圈来，气不打一处来，操起根扁担追上来要打。两个醉鬼被吓得屁滚尿流，人跑了酒也醒了。

穆权书记明令要求各级干部不得以工作为借口喝酒，更不能到老百姓家去喝酒。常笑天非常支持穆权书记的要求，因为他自己就不好酒，有时喝得翻肠倒肚像是生一场病，总是在酒后赌咒发誓说从此不再喝，谁再喝谁就是老狗。可是第二天酒一醒又忘了，照喝不误。笑天也觉得村里有的工作难开展与干部一天到晚喝得醉蒙蒙有关，为什么"两上交"难收缴，又为什么有人举报咱们增加负担，难道这不是问题吗？

常笑天一回来就召开村干部会议，传达了穆权书记不得以工作为借口搞吃喝的要求。隋泥第一个吵了起来，说："穆权书记说的比唱的好听，咱又没喝他的酒，咱也没影响工作，喝点酒关他屁事。"

杨金贵也说："一点酒不让喝也有点不近人情了，咱看只要不影响工作，只要少喝点、不要喝醉就行了。"

穆穗玲说："穆权书记说得对，咱看不要再喝酒了，喝酒伤身不说，还老误事，群众影响也不好。"

隋泥冲着穆穗玲发起火来："你是饱汉不知饿汉饥，你说咱们当个村干部一天到晚吃苦受累的容易吗，再不弄点酒喝喝还图个什么啊？要是不让喝酒了这干部还有什么当头啊！"

村会计张行条说："不准喝也好，省了酒菜钱，村里哪有钱来搞吃喝啊，街上几家饭店的账欠了几年了，年底又要来要钱了。"

大家争来吵去，最后笑天拍板说："咱们坚决执行穆权书记的指示精神，从今天起一律不准聚在一起喝酒，要喝回去自己喝，哪个违反规定就在广播上做检查。"

隋泥追问："咱可以不吃集体的，要是哪个村民请咱喝酒呢？"

笑天说："那也不行。"

隋泥说："那以后工作难做呢，人家办个红白喜事，请咱们去喝杯酒，是讨个面子啊，咱要是不去，不是一点人情不讲嘛！"

穆权书记说不准以工作为借口搞吃喝，又没说一律取消吃喝招待费，所以有的干部表面上不搞吃喝，实际上还是想着法子喝得天旋地转的。隋泥只要一有机会就喝得昏天黑地的，好像穆权书记没说过一样，跟他没有一点关系。

李青龙也不敢再打麻将了，他知道要是再打下去估计李小龙就要进去了。每天他都要倒两杯小酒喝喝，没人陪他，他又觉得没趣，有时就把隋泥请去一起喝酒。隋泥看到李青龙就不自在，因为他一直怀疑李青龙在打水草主意，可是听说喝酒两腿就做不了主了。李青龙为啥要请隋泥喝酒而不请笑天和杨金贵，主要是当初隋泥是他提拔到村里当干部的，还有就是隋泥来喝酒的话酒菜可以到郭三爹熟食店赊着，当然是由村里结账，这样李青龙又可以白吃白喝一顿。

那晚李青龙又请隋泥喝酒，正好王五也在。隋泥跟王五平时玩得不错，正好来了兴头，隋泥叫树叶到郭三爹家多切些猪舌头。树叶临走时李青龙追出来叫树叶再带两瓶洋河大曲，反正不要自己花钱。

李青龙酒多时喜欢天南地北地吹牛，吹着吹着就扯到女人的话题了。李青龙趁着酒兴炫耀自己光辉的过去。隋泥喝不到半斤是不会吹牛的，他怕自己喝多了说漏嘴，把自己过去很不光彩的事说出来，可是半斤酒到肚满嘴也是跑火车了。

李青龙说他当书记时那是太风光了，有的男人外出打工了，女人在家是欲火难耐万丈升，你要是去找她，那是柴火堆上倒汽油——点火就着。隋泥觉得李青龙吹得有点过失了，不过又觉得他是酒后吐真言，倒不如听他吹下去。

"咱虽然没当多大干部，但也有几个娘们想着哩。"隋泥说有娘们想着他。王五想，得了吧，谁想你啊！其实隋泥也是瞎吹的，他要在李青龙面前炫耀女人对自己如何好来套李青龙的话。李青龙听了深喝了一口酒，悄悄地告诉隋泥和王五，做干部要有胆量气魄，狭路相逢时要胆大气粗才能反败为胜。

李青龙说的是前些年他当书记时找女人被人家堵门里的事。村里一户男人不在家，女人在家种地带孩子。李青龙早就看上了这家女人，总想找借口套近乎搞到手。那天中午在这个女人的邻居家吃了酒，路过女人家，就故意跟这个女人要杯水喝。这个女人看是李青龙，也不敢怠慢，就叫进屋里坐坐。李青龙一杯水喝完刚要走进女人房间，还

风吹麦浪

没和女人说上话，不巧这家男人回来了。男人见李青龙大白天在他女人房间里，心生怀疑，因为他早就听说李青龙不是太正经，如今大白天坐在他家女人的屋里，是不是也跟他女人有染，男人觉得很不自在。

"你怎么到咱家来了？"男人问。

李青龙做贼心虚，一时语塞，不过他又想，咱今天要是不把他势头压下去，恐怕要吃不了兜着走，于是他生气地拍着桌子对男人说："咱凭啥不能到你家坐坐喝杯水，你知道咱是谁吗？"

"你是谁？"男人明明知道李青龙是谁，却说成不认识。

"咱是村书记李青龙。"李青龙指着男人理直气壮地说，"不用说是你家，全村家家户户咱都可以去。"

男人是个老实憨厚的人，见李青龙冷脸怒气拍桌子，赶紧掏出烟来打招呼，请李青龙照应着点。人家想你女人心思，还请人家照应着点，你说这男人是不是老实到了极点。李青龙接过烟点上，又说："跟你说清楚了，请你放明白点，搞得咱不高兴了，咱就天天往你家跑。"

男人一听，那还了得，要是天天往咱家跑，咱还打什么工挣什么钱了，咱不得天天在家看女人啊。于是他赶紧倒茶递烟点头哈腰请李青龙大人不计小人过，无论如何不要把这事放心上。

李青龙见男人软了，赶紧打招呼走人，赶到村里时已经被吓得一身汗，见到杨金贵就说："亲妈呀，今天要不是咱强词夺理吓唬了一下子，咱的命恐怕要丢了。"

杨金贵见李青龙小腿肚还在颤抖着，知道他吓得不轻，对李青龙说："你就收敛点吧，不要再瞎跑了啊，再跑下去小腿就被人家打断了。"

隋泥和王五都竖着大拇指夸李青龙是个爷们、有气魄，一起端起酒杯敬他喝酒。树叶两口子早就睡觉了，李青龙老婆帮助端汤热菜，听李青龙说被人家男人堵在家里，一杯残酒浇到李青龙脸上，说："你这个老色鬼，怎么没被人家把你腿打断了。"

隋泥喝得脸跟猴子屁股一样，舌头已经伸不直了，说："这……这有啥子的，咱……咱在高小丽家喝……喝酒，在……在高小丽床上躺了大半夜，人……人家陈春桃，还……还坐床边端……端茶倒水，服……服侍大半夜哩。"

李青龙也是醉了，说："你就……吹吧，高小丽的边你都……都没碰过，你躺高小丽床上，陈春桃还……还端茶服侍，可……可能吗，你要真躺……躺高小丽床上，看陈春桃不……不打断你的狗腿。陈春桃连张铁锤都……都不怕，差点把张铁锤又……又死。"

陈春桃请村里干部们去他家喝酒，当时隋泥喝得酩酊大醉，一头倒在高小丽的床上睡着了。李青龙气得要发疯，因为李青龙早就想勾引高小丽，还写了好多信给高小丽，可是高小丽一直没理他，也不给他回信。他见隋泥睡到高小丽的床上，心想隋泥这个癞蛤蟆也对高小丽有心思，是不是高小丽跟他也有一腿，怪不得高小丽一直不理咱，原来是你隋泥也想插一杠子啊。为这事李青龙一直耿耿于怀，刚才隋泥的醉话，使已经醉了的李青龙怒火中烧起来。

李青龙把酒杯"咣"的一下往隋泥的杯子上一碰，说："你隋泥就是一泡鸡屎坏缸酱，咱当书记时你隋泥就没给咱办过一件好事，你家水草长得水花白嫩的，你还对高小丽有心思。"

王五也跟着起哄，说水草年轻时确实漂亮。不过他又说老婆长得好看也实在太累，一天到晚要看猫防狗的，生怕红杏出墙被别人偷了。王五也是酒后吐真言，水草跟李青龙有一腿村里哪个不晓得啊，傻子才不晓得呢。

隋泥说："咱家水草过去还好，现在不行了，长得跟油桶似的，咱看了就烦。"李青龙的酒已经喝高了，说的啥估计自己也不清楚，他说："你是看了玫瑰想海棠，这山望着那山高，你就知足吧，你家水草那对大奶子谁能比得了，咱做梦都在眼前晃着。"李青龙不是明摆着告诉隋泥，他看过水草的奶子吗。这时隋泥已经上火了。

王五听出来了，笑得前俯后仰，就说："你就吹吧，你还看过水草的大奶子？"

"何止看过啊，还摸过咬过哩。"李青龙还没说完，隋泥彻底爆发了，他把桌子一掀，菜啊汤啊撒了一地，碗啊杯啊也碎了一地，隋泥拾起个板凳就砸向李青龙。李青龙老婆听李青龙胡说八道也是气不打一处来，上去扯着李青龙的耳朵破口大骂。李青龙被隋泥砸了一下，酒似乎醒了一点，他上去也一把扯住隋泥的头发，三个人缠成一团。王五在旁拉也拉不开，就说："打吧，打死拉倒。"

李青龙走"小路"没被人家打断腿，却被隋泥砸伤了腰，走路一瘸一拐的，三个月后才好起来，这也是报应吧。隋泥也被李青龙抓伤了脸，脸上划了一道血印子，好多天才消失。不过笑天说话算话，隋泥喝酒打架在广播上做了检查，干部们收敛了许多，不再像以前那样说喝就喝了。

在这过程中，李青龙和隋泥遇过几次面，不过他们已经记不起来喝酒打架的事了。李青龙的腰闪了，隋泥的脸破了，他们见了面不忘互相关心，都提醒对方以后少喝点，喝多了会出事。一个说："看，腰跌闪了吧。"一个说："看，脸在哪儿跌破了吧。"

第三十五章

盐城处于中国东部沿海地区，属于亚热带季风气候，潮湿，多雨，进入梅雨季节后，风多，特别是从海上登陆来的台风，每年都会有一两次从此经过，过几年还会有特大暴雨。二十世纪九十年代长江特大洪水时，盐城地区也是暴雨如注，受了不小的灾。

麦子基本上场了，村民们正忙着插秧，这是一年中最忙的一个季节，这时的人们一边忙着抢收抢插，还要防着天气的变化。一连下了几天小雨，一直没有停止的迹象，之后就越下越大，雨像瓢泼一样倾倒下来，风裹着雨在怒吼着，河水已经涨到岸上来了。

芦苇荡的村部一下子拥进十几号人，大家说要是雨再不停下来田就淹了；要是田淹了，刚栽的秧就要淹死；秧淹死了，秋天收什么；要是庄稼失收了，大家吃什么。笑天对大家说："庄稼是咱们的命根子，肯定是要保住的，老天虽然无情，咱们也不能坐以待毙，要主动出击，把电站都开动起来，把内河的水排出去。"

笑天再次组织召开村组干部会，这次没有通知村民们参加，但也有不少村民挤进会议室里参加会议，表示要一起抗灾。笑天把村里的机泵闸站和敞口都逐一落实到各人头上，要求全力以赴，巩固圩堤，加紧抽排，降低内河水位。只有把内河水位降下来，才能保证田间庄稼万无一失。

大家立即冒雨奔向大堤，在防汛阵地严防死守。笑天望着瓢泼大雨放心不下，在这个千钧一发的节骨眼上，哪个环节都不能出错，要是哪个阵地失守，将会全盘皆输，那是要命的事。机泵有没有动起来？敞口有没有封起来？圩堤有没有加固增高？笑天的心提在嗓子眼上。他披着雨衣，冒着瓢泼的大雨，摸黑到各个站点去查看现场情况。

尽管裹着雨衣，但仍挡不住瓢泼的雨水，雨水从脖子处往里灌。道路在雨水的浇灌下，又烂又滑，泥泞不堪，稍不小心就会摔个跟头。一会儿汗又出来了，与衣服粘在一起，内外都是湿淋淋的，雨衣穿和没穿一个样，裹在身上完全就是多余的。

夜已深了，雨越下越大，雨点打在笑天的脸上，眼睛都睁不开。笑天抱怨道："天被谁掏了个洞，漏了。这个鬼天气，咋就不停了呢？"他一步三滑地朝前走，走过了大半个村子。大家都坚守在岗位上，二十多台机泵都张着嘴，河水在机泵的推动下汹涌喷出。笑天想：排到天亮内河水位一定会降下来，田里的庄稼就不会受淹了。

这时，前面雨地中晃动着一束灯光，一群人来回地走动着，还有人发出一声声尖叫。不好，出事了，一定是发生了险情。笑天的心往下一沉，赶紧加快了脚步。这是一座年久失修的老闸，闸板上的水泥已经剥掉几层了，露出一根根钢筋。为了防汛抗灾，春上已经修补了一次，但这次洪水太大，来得太凶猛，老闸经不住大水的冲击，一下子被冲了个大洞，洪水直往里灌。村民们手忙脚乱地堵洞。

洞口太大堵不住，有人埋怨起来："说了若干遍了，把这个闸重建一下，就是不听，现在好了，全村庄稼全泡汤。"

另一个村民发牢骚："要是咱家那三亩水稻没了，咱就坐到村干部家去，不赔咱就不走。"冲破的洞口张着血盆大口，再大的麻袋扔下去，瞬间也被冲得无影无踪。

"赶快下去打桩。"笑天脱下雨衣，顺手抱起一根木桩，就要往下跳。

　　"慢，让我下去，我有经验。"一个细瘦个子抢过笑天怀里的木桩，从河边慢慢地滑了下去。是三军子，笑天一眼就认出来了。听说老闸出了险情，大伙都去抢险了，三军子也坐不住，拉开门冲进雨地里。

　　水势凶猛水流湍急，随时都有可能把人冲走。三军子下去后，几次都没有站稳。笑天心里捏着一把汗，可不能出事啊。在这危急关头，保住庄稼是压倒一切的大事，可是更不能出人命啊。这时又下去几个村民，他们用绳子系着腰，一个接着一个。三军子在湍急的水流中把一根木桩插下去，可是瞬间就被大水冲走了。

　　三军子叫大家拉住系在腰间的绳子，自己抱着一根木桩向洞口走去。"危险！"有人喊着，但已迟了，三军子已经奋不顾身地冲了过去，木桩横在了洞口上，插下去的木桩再也不动了，村民们抢起锤子，将一根根木桩牢牢地打了下去。

　　天亮时，雨仍在下着，但明显比夜里小了，不过河水已经降到正常的水位上。袁山过来说："就是再下一场大雨，咱也不怕了。"

　　杨金贵找过来告诉笑天，隋泥半夜和刺猬打了一架，刺猬正嚷着要到乡里去告状呢。笑天问为啥事情，杨金贵说村民们挖土封敞口，刺猬不让挖，隋泥急了，一脚把刺猬踹了个嘴啃泥。

　　离刺猬家不远的小圩口的堤坝不牢靠，大家说这个地方赶快加固一下，要不大水一冲就倒了。防汛抢险时，哪个还顾是谁家的田块，大家拿起铁锹就开始挖泥打坝。这时来了一个人，过来就夺挖土人手中的铁锹，说是不让挖，这是他家的田埂。有人说这到什么时候了，别说挖泥，要是需要的话，你家的门也得扛来。有人要拉他走，他就一屁股坐在地上，说："这泥不能挖，要挖到别处挖去。"

　　村民们一看是刺猬，气不打一处来。这个死刺猬，总是没事找事，集体的任务不完成，还经常借故刁难干部，邻里关系也不好，吃不得一点亏，哪怕被人家劝说一句好话，也会没完没了、喋喋不休、不依不饶，有时还像个馋嘴猫似的，哪个男人不在家，他就会去转悠一下，吓得女人不敢一个人在家。

笑天当年在村里做干部时，没少跟刺猬打交道。一次，他找上门来，向笑天反映邻居高小丽经常指桑骂槐地骂他，要求村里处理她，否则他就去乡里上访。后来笑天了解到，高小丽虽然想生二胎，其实是个本分的农家妇女，陈春桃在外打工，几个月才回来一次，高小丽在家烧茶煮饭接送孩子，日子过得有条不紊。

那年夏天晚上，高小丽早早地上床休息，半夜时分，蚊帐外竟然站着一个人。高小丽惊醒睁眼一看，吓出一身汗，刺猬拉开帐子扑了过来。高小丽大喊救命，陈春桃父母赶过来一看是刺猬欺侮儿媳，怒不可遏，一齐动手掐住刺猬的脖子，掐得刺猬眼睛翻白、嘴吐白沫，差点被掐死。陈春桃回来后得知此事，又去找刺猬报复，两家子打成一锅粥。为了这事，李青龙老是指着刺猬的脸说："怎么你这个癞蛤蟆也想吃天鹅肉？请你放聪明点，不要动高小丽的心思。"李青龙提醒刺猬，高小丽是他的人，他是动不得的。

看到村民们在他家的田埂上挖泥，刺猬不但不上前帮忙，反而喜上眉梢，他觉得这个时候挖他家的田可以要点损失费，就跌跌撞撞地赶过来，抢过一个村民手中的铁锹，一下子甩得老远。

"是谁让你们挖的？这是咱家的田咱家的土，给咱家的田挖坏了，咱种什么？"刺猬怒气冲冲。

"你没看见大水上来了吗？庄稼都淹在水里了，被水淹了，还用什么种？"

"现在没空跟他瞎扯淡，先把坝填上，大水退了给你家补起来。"

"不把坝填高了，大水漫过来庄稼淹了，你有田也长不出东西来，田里长不出东西去喝西北风？"

"现在别问哪是哪家的，抗洪抢险，别说你家的田了，就是你家的房子碍事也要挖掉。"

"让人厌的刺猬，滚开。"村民们七嘴八舌，说到最后有人竟然愤怒地大骂起来。

刺猬坐在地上不走，大伙下不了锹，看着刺猬干瞪眼。隋泥过来叫刺猬赶快滚，刺猬说："不答应赔钱就不滚，你能拿咱咋办！"隋泥骂刺猬"你个吃里爬外、好吃懒做的老色鬼"，刺猬骂隋泥"偷吃扒拿""五毒俱全"，又骂隋泥"后院失火，绿帽子戴了一尺高"。隋泥不听则罢，一听刺猬说这话，气急败坏，一脚踹去，刺猬在地上翻了好几个滚，差点滚到河里去。

笑天饭都来不及吃，一边忙着组织人员防汛，一边要去做刺猬的工作防止上访，又急又恼，朝隋泥说："你就添乱，做事不动脑子，打人能解决问题吗？要是能解决问题的话，咱也不用这么忙乎，直接把人集中起来打一顿好了。"隋泥说刺猬是"满嘴大粪乱喷"。

笑天说："不用犟了，快去把刺猬找回来，刺猬要是真去上访，咱就跟你没完。"

隋泥去找刺猬，但是满村都不见刺猬的踪影，刺猬去哪儿了？想必真去乡里上访了，这次刺猬要是真去上访，咱隋泥就亲自动手，要是不打服他咱就是他孙子。娘的，台风暴雨咱都把它挡回去了，还怕他个二流子刺猬不成。隋泥气得把脚下的一只小花猫踢得一溜烟跑了。

乡里打来电话，说近几天穆权书记要来慰问困难群众，叫村里安排一些困难户让穆权书记登门看看。根据以往的做法，领导上门慰问肯定要送钱送物，困难的人家巴不得领导天天上门，经济差一点的村民要是碰到村里的干部会拉住干部的手，请干部帮忙："再有领导来，带到咱家看看，咱家这几年不景气。"村民知道领导来了肯定有好处，村干部也做个顺水人情，说："放心吧，领导来肯定先到你家。"这济贫解困的好事，大家都会抢着去取。

李青龙当书记时，也常有上面领导前来慰问困难群众，每次李青龙都会亲自陪着，说这位大爷的老伴去年患了肺癌，花了多少钱，负了多少债……领导肯定不会空手，有的领导还会包一个很大的红包。领导离开后，大爷会抓着李青龙的手感恩戴德，夸李青龙是好书记，心里想着群众。

一次，县上有位领导来村里慰问，正巧施七开拖拉机翻进河里，大腿被剐去一大块肉，在医院住了个把月，花了不少钱。李青龙说施七最近有难，就带着领导去了他家。

县里领导来慰问，乡里领导也要陪着。李青龙带着县乡领导来到施七家时，施七腿上绑着绷带正和邻居围着桌子打麻将。县领导一进门脸色就阴沉下来，施七除了腿上绑着一块纱布外，家里条件还不错，有拖拉机、摩托车，还有一般村民家里没有的小彩电。县乡领导一看，这明显不是困难人家，更让领导生气的是，与施七嘘寒问暖后，还没走出几米，拄着棍子跟在后面的施七就拆开领导给的红包，掏出里面的现金说："看，今天咱不用担心打牌缺钱了，现金多的是。"

县领导听得一清二楚，当场批评了乡里陪同的领导，说乡里对下面的工作掌握得不深不透，没有把真正困难的人家排出来。县领导一走，乡领导就指着李青龙大骂："这个施七是你亲爹吗？他是困难户吗？如果施七是困难户，全乡家家户户都是困难户。"后来李青龙去找乡领导请罪，领导拍着桌子说李青龙假公济私、优亲厚友，李青龙说真的跟施七没有亲，领导说鬼才相信。

经过认真排查筛选，大家一致认为这次穆权书记应该去袁山家慰问，此前已有上面的领导下来慰问了好几户，现在就是排队也应该排到袁山了。大集体时，袁山家劳力少，都是他一个人劳动，身体被搞垮了，现在是蛤蟆撞在南墙上——浑身是病。几年前，村里想把他选为困难户，袁山坚决不同意，说现在身子骨还硬朗着，不能增加集体的负担，等将来做不动了再说。如今袁山年岁大了，腿脚明显不如以前灵便，前次排涝时还把小腿骨跌断了，现在还躺在床上呢。

穆权书记来看袁山时，觉得袁山家确实很困难，不落实救助措施实在无法生活，就叫陪同的笑天立即办手续，无论如何也要帮助袁山在民政部门办个救助手续，那样就可以得到民政部门的及时救助，实在不行的话可以送到乡里的敬老院。袁山说什么也不去敬老院，因为他是笑天的表叔祖父，他不能给笑天添麻烦，他要是得到民政部门的救助，村里人会说笑天优亲厚友、假公济私，对笑天开展工作不利。

穆权书记走后，笑天往袁山家跑得多了，自从袁山跌断了腿后，一直躺在床上。袁山没有儿女，老婆在那年砌瓦房时被掉下来的水泥行条砸死了，他就一个人过着，现在一天三顿都是他的堂侄媳妇烧好端来的。这天笑天来到袁山家，刺猬找过来了，说："袁大爷得到上面救助还说得过去，但王五的四爷就不应该得到救助，如果王五的四爷能得到救助，那咱家的六子哥也应该得到救助。"他叫笑天也帮六子哥弄个救助待遇，不然就到上面反映村里弄虚作假、以权谋私，因为袁山是表叔祖父，全村人都知道的。

笑天说："王五的四爷严格起来真的不能得到集体的补助，因为四爷有两个女儿，虽然都出嫁了，但总比没有儿女强多了。"

六子是刺猬的叔伯哥哥，也有两个女儿，一个嫁在外乡，一个嫁在本村，六子的两个女儿赶上人家养一趟儿子。有的人家儿子不孝顺，给父母养老粮食全是下风头的，饱的少瘪的多，一袋粮食少打二十来斤。六子说养儿防老都是鬼话，女儿才是小棉袄，六子的两个女儿一个靠近一个在远，远的按时送钱寄物，近的天天端茶倒水。穆穗玲做计划生育工作时，就拿六子为例子讲给大家听，有人说女儿好是好，可是断后了。

刺猬提出给六子救助待遇当然是无理要求，要是六子也能得到救助，芦苇荡家家户户都是困难户了。刺猬只是以六子为借口，举报王五的四爷不够条件也得到了救助。因为王五的四爷前几天跟邻居闲谈，说刺猬吃里爬外、好吃懒做、老色鬼，这话被六子听到了，六子叫刺猬以后改改不良习气，不要让人家说闲话，流言蜚语说得太难听。

刺猬跑到乡里去找穆权书记，穆权书记去县里开会了，一连几次都扑了个空，刺猬觉得找穆权书记摸不着底，就一路向南往县城赶。他找到县民政局，民政局一位领导接待了他，问什么事。他说："有儿有女可不可以得到救助？"领导说："开什么玩笑，有儿有女怎么可以得到集体救助，那是违反国家政策的。"

刺猬说："咱村王五的四爷违反政策几年了，是不是应该取消救助资格？"领导说："真有这情况就要立即整改，不符合政策拿国家补助是骗取国家钱财。"刺猬说："那就赶快取消吧，他家不符合。"领导说："那要调查清楚再作处理，不能听你这么一说就取消他的资格。"

刺猬要领导立即处理，说："这是明摆着的事。"领导说："这不是凭嘴说的，要深入调查取证。"刺猬就说："你不取消咱就不走。"领导觉得刺猬是个无赖不能理的人，但又撵不走他，就打电话给穆权书记，说刺猬反映芦苇荡有人不符合救助政策，叫穆权书记派人来把刺猬带回去。如果刺猬再来，就派工作组入驻芦苇荡，把芦苇荡情况审个底朝天。他又朝刺猬说："回去吧，明天就派人去调查。"

领导表态了，刺猬也不好再缠了，说："你别蒙咱啊，咱在家等着呢。"刺猬回去了，一路哼着小调儿，心想：王五的四爷快活死了，拿国家的钱，没事闲得慌，跟咱斗，咱斗不死你的。

笑天下午被穆权书记叫去搂头冒火地一顿批评，晚上又打来电话叫笑天无论如何把刺猬工作做好了，如果刺猬再到民政局去反映情况，民政局就派人来摸底审查整治，那样就更复杂了，因为过去把关不是很严，估计全乡不太符合条件却得到集体补助救助的人有一些，一旦取消了不但产生新的矛盾，还要追究相关人的责任。穆权书记叫笑天千万不能引火烧身，芦苇荡烧着了，就会殃及全乡。笑天感觉肩上的责任重大。

笑天是和杨金贵一起去找刺猬的，刺猬正在得意扬扬地告诉老婆说今天去民政局的事，老婆反驳刺猬："你就是喜欢多事，村上的人就要被你得罪干净了。人家拿国家的钱又不是拿你的钱，你操那心干吗？"

"哪个叫他背后说咱的坏话，这是咎由自取。"

"你是有话让人家说，要是你本本分分地过日子，有啥话怕人家说？你这是自作自受。"

"咱哪里不本分了？你见咱偷谁抢谁了？你就是捕风捉影、瞎嚼舌头根子。"

笑天和杨金贵见到刺猬时，刺猬两口子正在相互指责，要不是笑天和杨金贵来了，估计又要吵起来了。刺猬老婆见到笑天，知道是为刺猬上访的事，主动告诉笑天："咱叫刺猬别去上访了，刺猬不听，咱说也没用，你们说话管用，赶紧劝劝他。"

杨金贵说："管用个屁，你家刺猬的脑袋是下水道没盖子——进水了，咱当干部到现在，刺猬就没听过一次话。"

果然，笑天在做刺猬工作时，好话说了一箩筐，道理讲了一大堆，刺猬像是木头桩子般无动于衷。杨金贵气得指着刺猬大骂："你就是一根筋，咱就是做得再不对，你也要给个面子。再说人家拿救助、得补助，又不是吃的你的，你干吗要没事找事做？"

杨金贵说不要再做刺猬工作了，说到年底也没用，另外想想办法，总有办法治他的。笑天想想也对，像刺猬这样的人，专爱鸡蛋里挑骨头，除非他也得到救助才可能封住他的嘴。

杨金贵说："刺猬自己有双腿，咱又不能把他扣起来，他想往哪跑咱真的没办法，咱们也不能不做事，天天坐他家看着。"

笑天说："真的再跑去上访，上面派人下来审查咱村事小，要是把全乡翻个底朝天那事就大了，这个责任咱承担不了。穆权书记的性格咱又不是不知道，估计一叉子都得把咱叉死。"

杨金贵说："实在没办法咱就派人看着，只要齐心协力，保证有人把他看死。"

两人相视一笑。

笑天和杨金贵专门召集村里的困难户开会，芦苇荡的困难户都来了，大家都关心救助政策，因为救助政策几乎每年调整一次，比如增加补助标准什么的。困难户们以为又有新政策，一个个竖着耳朵听，等着那个令大家无比惊喜的好消息。

然而杨金贵的话却令大家非常失望，他开门见山地说："告诉大家一个很不好的消息，咱村的救助政策马上就要全部取消了。"

"谁说要取消咱的救助钱？救助没了咱这日子怎么过？"有人嚷了起来。

"要不是国家给的救助钱，咱早就饿死了。"

"不可能吧，国家政策这么好，咋说变就变了呢？"

"不会是咱村里自己定的土政策吧？这个事村里说了不算。"

"没办法啊，上面也没有这打算，可是咱村里有人不承认，要把咱村里的救助全部拿掉呢。"杨金贵这样告诉大家。

"谁这么缺德，祖宗八代都缺德。"有人跳起来大骂。

"你们这是拿咱开心的吧？这个政策是上面定的，也是上面给的钱，咱村里人能有这么大本事把上面政策说翻就翻了？"有人又开始质疑。

杨金贵说："上面定的救助政策是好事情，但救助标准要求也很高，大家符不符合救助政策自己心里都有数，给大家办的时候都是睁一只眼闭一只眼，反正也不要咱村里给钱。"

"人要凭良心，咱村里领导的恩德咱记得。"

"你们就直说吧，是哪个绝八代的做坏事？咱自己找他去，不麻烦村里了。"

杨金贵告诉大家："刺猬昨天跑县上去，说咱村里的救助不符合政策，不苦钱吃救助，还骂人家领导睁着眼睛瞎办事，县上领导生气了，说刺猬再去反映的话，就把咱村的救助钱全拿了。"

"他刺猬算什么东西？整日偷吃扒拿、拈花惹草、无事生非。"王五的四爷跳得最凶，因为他知道自己最不符合政策，要不是专门送两条烟给李青龙，也轮不到他拿救助钱。

"放心吧，刺猬交给咱们，他要是再跑，咱就打断他的狗腿。"大家个个咬牙切齿。

后来刺猬真的没再往上跑，不仅没有往县里乡里跑，连村里也不去了，因为几个困难户们分工合作，哪几个负责白天、哪几个负责夜里，无缝对接，日夜跟踪，把刺猬看得死死的。要是刺猬出村了，有人就会迎上来，问刺猬去哪里。刺猬说："跟你们没关系，咱去街上买东西呢，真的不是去县上的。"困难户就说："那也不行，必须回去。"刺猬不听想走，立马会来几个人，把刺猬两个肩膀一架推回家去。

后来负责夜间监控的人实在熬不下去了，索性找来一根铁丝，把刺猬家的门绕上，刺猬第二天起来时，怎么也打不开门，气得刺猬老婆大骂刺猬是个惹是生非的冤大头。刺猬被缠得日夜不宁，只得向大家投降，说哪个再去向领导反映问题就是婊子养的。

王五的四爷的救助钱在后来的整改中被取消了，四爷说取消的事不怪刺猬，是国家要求整改的，咱真的不够格。

第三十六章

穆权书记在全乡大会上批评有的村干部不知道帮助困难群众增收致富，只知道想方设法向上找救助、要补助，有的群众根本就不困难，只要动脑筋、想办法、肯吃苦，一样可以增收致富，一门心思在集体身上动脑筋，这是标准的挖集体的墙脚。

笑天听来听去，觉得穆权书记是在说他，因为最近一段时间，芦苇荡为困难户救助的事闹得不轻，不仅让穆权书记大伤脑筋，还惊动了县民政部门的领导。可是笑天在总结村里工作的时候，又感觉穆权书记不是专门批评芦苇荡，因为芦苇荡在帮助困难群众增收致富方面还是取得了一定成绩的，有几户困难户成了全乡有名的致富大户。

穆穗玲告诉村里人，现在政策太好了，只要能致富，大家就抓紧干，村里全力支持，但是自己因为懒而发不了财，就不要怪村里的干部。她说："前几年，咱们村里哪家比陈玉花家困难？人家现在变成了养猪大户。"

笑天没去乡里时，陈玉花家一贫如洗，像陈玉花这样的有十多户，村里要求干部一人联系一户，帮助出点子，想办法，不能总是伸手跟集体要钱。那时李青龙还是村书记，他说就是跟集体要也没得，集体本来就没有积累，拿什么给村民们？

笑天联系的是陈玉花这户，为了帮助陈玉花养猪致富，他从家里抱了一头小猪崽送给了陈玉花。笑天没想到，就是这头小猪崽，创造了全乡有名的养猪大户。

　　陈玉花八岁那年，父母因病相继去世，她跟着叔父过日子。叔父家里孩子多，特别穷，婶娘嫌陈玉花是个累赘，横竖看不惯她，总想把陈玉花送给别人家。

　　叔父舍不得陈玉花，怕婶娘欺侮虐待，经常把陈玉花带在身边，吃啥用啥都有陈玉花的份，有时背地里还偷偷多给陈玉花一些。陈玉花有叔父罩着，虽然常常遭受婶娘的白眼，但没受多少罪。

　　要是有个自己的家多好啊！想吃啥吃啥，爱咋玩咋玩，像只快乐的小鸟般在天空自由地飞翔！要是父母还在世间多好啊！父母一定会宠着自己、爱着自己，那样就不用看婶娘的白眼，也不会害怕自己被送给别人家。陈玉花常常这样想着。

　　长大后，陈玉花嫁给本村穷得叮当响的张二成，他家里的东西装不了一小车，全家最值钱的就是圈里的一头小猪崽。

　　笑天送猪崽之前几年，她家一直不顺利。张二成患了肺喘病，陈玉花一边服侍张二成，一边服侍小猪崽，由于家里常常断炊，猪就更不用说了，经常在圈里饿得直叫。陈玉花每天一早就去割草，割一次草够猪吃一天。

　　小猪崽一天天长大，食量也日渐大增，后来陈玉花每天割的草够不了一顿。为了不让猪崽饿着，陈玉花就去放猪，把猪赶到有草的小河边，猪很快就吃得肚子滚圆，然后躺在地上喘着粗气，不知道是吃饱了跑不动，还是想美美地睡个懒觉。

　　陈玉花觉得猪好养，鸡子会跳，鸭子会游，有时捉不回来会弄丢了。猪虽然有四条腿，但跑不快、跳不高、逃不了，坏处是吃得多、拉得快，好处是养头猪能抵很多只鸡鸭。

　　陈玉花嫁给张二成后，张二成就患了病。可是祸不单行，没过几年陈玉花突然感到腰疼得厉害，到乡里医院一查，患的是腰椎结核，医生说很严重，必须立即做手术，否则就站不起来了。张二成二话没说，把陈玉花带到县上的医院开了刀。

张二成在医院忙前忙后服侍陈玉花，一刻也没离开身边，直到陈玉花康复出院。可是陈玉花出院后，没过两个月又患了急性阑尾炎，医生说幸亏张二成送得早，再迟点送到医院来，陈玉花命就没了。

为了看病，陈玉花家欠了一身的债。陈玉花看到张二成愁眉苦脸的样子，也觉得愧对张二成。陈玉花对张二成说："困难是暂时的，只要我们一条心，肯吃苦，不怕累，没有过不去的坎儿。"陈玉花身体稍好一些就和张二成商量，叫张二成赊头猪崽回来养养。张二成心想：养啥猪啊，人都快养不活了，还养猪。

陈玉花想到了猪，猪就来了。猪是笑天从自家猪圈里逮了送来的。猪养壮了，陈玉花从猪的身上看到了发家致富的希望。大肥猪卖了后，陈玉花跟张二成提出建大一点的猪圈，每年多养几头肥猪。张二成很为难，家里已经负债累累了，拿什么建猪圈？真是要人命哩！

有钱要办事，没钱一样办事，陈玉花就这样执着。陈玉花说："养猪又不是住人，搭个简易棚子，能遮风挡雨就行了，难在哪里？明天咱就筹备材料建猪圈。张二成心想：活见鬼了，没钱没物建个球。

陈玉花和张二成推着个小板车，一起去捡碎砖碎瓦。因为附近有座窑厂，村民们都在窑厂买砖瓦建房子，多年来路边、河里留有很多被丢弃的碎砖碎瓦，在陈玉花看来，这些碎砖碎瓦完全可以用来砌猪圈。

没过几天，陈玉花家的屋后堆起一座高高的砖头堆，看上去完全可以垒起一间房屋。这时，陈玉花没闲着，又带着张二成去河边田头割柴草，村里的芦苇多着呢，在河边、路边顽强地疯长着，犹如一条条青纱帐。

陈玉花把砖瓦和柴草都备好后，请不起瓦工，就自己动手，陈玉花和泥，张二成砌砖。用陈玉花的话说，又不是砌房子，不是什么技术活，把碎砖头码起来，再用泥巴糊上，用芦苇扎成的柴帘子盖上，里里外外虽然粗糙点，但能遮风挡雨。她说："又不是住人，住的是猪，猪是牲畜，好丑它不问。"

陈玉花砌猪圈时，笑天也来帮过几天忙，为此陈玉花两口子一直过意不去。

张二成家一共分得两亩多农田，本来就少得可怜，产量又低，口粮都不够，更没有充足的饲料喂猪。随着猪崽一天天长大，食量大增，张二成着急了，看来这猪养不大了，没出栏就得饿死。

陈玉花说："人又不是死的，可能看着猪被饿死吗？只要肯吃苦，遍地是饲料。"她带着张二成起早摸黑，到田里割草，然后剁碎后放进大缸里兑水沤，沤制一大缸饲料差不多够猪吃一周。陈玉花从一头小猪崽开始，发展到每年能养二十多头大肥猪。张二成不相信陈玉花能把二十头猪育肥，劝陈玉花少养几头。陈玉花说："咱也没什么技能，农村人做农家活是应该的，累不死人，养一头猪和养十头猪一样操心，少养不如多养，能养多少养多少。"

就这样，陈玉花成了村里有名的养猪大户，说是大户，其实只是和村里其他人家比较而言的，因为没几户人家一年能养几十头肥猪，顶多一两头。因为猪的食量大，村民们没有太多的糠麸饲料用来喂猪，也不指望养头猪能赚多少钱。多数村民养头猪是为了过年关，过年了，十几户人家合伙杀一头猪，大伙就不用为花钱买肉发愁，等到来年有钱了，各家各户再把猪肉钱还上。

陈玉花养猪，可不是用来吃肉，而是靠养猪来发家致富的。陈玉花才过门时，张二成父亲后悔儿子找了个瘦弱的媳妇，还接二连三地患病，家里本来就很贫困，又添了个药罐子，简直是雪上加霜。张二成老实厚道，八棍子打不出一个屁来，带着一个病弱的媳妇，这跟瞎子和瘸子过日子有啥区别。张二成父亲常常为此夜不能寐。后来，陈玉花拖着病弱的身子和张二成养猪，越养越旺盛，不但还清了所有债务，还建了几间瓦房，感觉陈玉花不是自己想象的那样，是自己操心操过头了，而真正让人操心的是儿子张二成，整天闷屁没得一个，像个算盘珠子一样，不拨不动，让干啥就干啥。

笑天调到乡里时，陈玉花家已经有了两幢猪圈，一次性能养五十多头猪，每天要吃掉大量的饲料，陈玉花打算买一台饲料加工机，把村民们废弃的秸秆收回来，粉碎后喂猪，这样可以省不少事和钱。

买回饲料加工机后，陈玉花和张二成在屋后搭了一个简易的棚子做机房，张二成就到各家各户收秸秆，连夜加工成饲料，然后用草席围成个囤子，把饲料堆得高高的，这样猪崽们的吃喝就不成问题了。

陈玉花觉得这个世界上最可爱的莫过于猪了，虽然猪长得丑陋，又脏又臭，但是竟然惊动了穆权书记。他带领全乡的干部和群众代表前来拜访陈玉花，而且陈玉花还从这群丑陋无比却活泼可爱的猪身上，看懂、看透了一些"精明"的人，这些人有时候还"精明"得滑稽可笑。

陈玉花没想到养了一群猪呆子，竟然会惊官动府。那时还是李青龙做书记，一次他来找陈玉花，说乡里的穆权书记部署了，要在全乡召开勤劳致富现场会，鼓励村民们发展家庭副业。因为陈玉花在全乡养猪最多，一年出栏量接近一百头，是全乡勤劳致富的代表，点名要参观陈玉花的养猪现场。

陈玉花对李青龙没啥好印象。陈玉花患病时，欠了好多债。过年时，债主坐了一屋子。陈玉花叫张二成找李青龙书记，看看能不能给一点救济金，也好把年关过了。张二成是个老实人，从来不会主动和李青龙套近乎，见了李青龙书记，就像犯错的学生见了老师一样胆怯。那天，张二成去找李青龙书记时，李青龙显得很不耐烦，摆着手说："上面的救济金没下来。再说，就是下来了，也摊不到你家，困难的人家多呢。"张二成心想：骗谁啊，都到三十晚上了救济金还没下来？

再说谁家还有咱家困难？

因此李青龙找陈玉花时，陈玉花并不怎么热情。李青龙没有帮助陈玉花家解决救济金只是一个方面，另一个方面是陈玉花从心底里就不喜欢跟李青龙打交道，她觉得自己和李青龙不是一条道上的，李青龙是个官，而自己是个土里刨食的村民。

现在李青龙主动和陈玉花套起近乎来了，因为穆权书记当面交代李青龙，陈玉花的养猪典型必须要看，而且要作为全乡的重点现场来看，让全乡干群看看陈玉花是怎么发展家庭副业的。穆权书记还要李青龙现场介绍如何帮助村民发展家庭副业，传授勤劳致富的经验。

对穆权书记交代的任务，李青龙不敢怠慢，可又很为难，因为他从来就没帮助陈玉花养过猪，甚至连陈玉花养多少头猪也不知道，他只知道陈玉花不重视粮食生产，是个不懂规矩、不按套路出牌的村民。对于李青龙来说，陈玉花这户可以算是一个被忽视的农户。他从心底里不赞成村民们在田外发展生产，他有时高兴起来也和家里人一起下地劳动，希望提高产量、多长粮食，他认为种地长粮才是村民们的主业，是农民天经地义的事业。

陈玉花养猪的具体情况还是穆权书记跟他说的。那天，穆权书记把李青龙叫来，问起陈玉花养猪的事，李青龙书记支支吾吾说不出道道来，只告诉穆权书记，陈玉花家养了一些猪。"什么时候养猪的？养了多少头猪？"穆权书记问他不清楚，只得说："等回去调查一下再告诉您。"穆权书记听了，气得大骂："你真是头猪，全县都在动员群众发展家庭副业，全乡都在培植发展家庭副业的典型，陈玉花是你村的养猪专业户，你咋还不知道？你是严重失职！"李青龙吓得大气不敢出一声。

穆权书记是在下乡调研农业生产时发现陈玉花这户的，他没有直接见到陈玉花，也没看到张二成，因为陈玉花和张二成到乡里的兽医站请教兽医为猪圈消毒防疫的事。当他看到陈玉花家围起的猪圈里，一头头膘肥体壮的肥猪在哼哼时，心想：这不正是县里要求发展家庭副业、勤劳致富的好典型吗？他感到，他在全乡发动各家各户搞副业生产的号召已经有了实际成果。

李青龙那天硬着头皮去找陈玉花，告诉陈玉花："穆权书记看上你家养猪的事，要带好多人来参观，你准备一下。"陈玉花觉得自己仅仅养了几头猪，没做出什么特别的事，也没为乡亲们做出什么贡献，就告诉李青龙说："没有什么可看的，再说圈里也没猪，看啥呢？"李青龙说："是啊，咱乡下人养头猪，再正常不过了，干吗非要惊官动府，把全乡的干部和群众代表带来参观？"可是不看也不行，穆权书记下了死命令，看不到现场情况，他也没法跟穆权书记交代。李青龙跑到猪圈一看，傻眼了，圈里只有几头小猪崽，一头肥猪也没有。陈玉花说："几天前出栏卖掉了。"

穆权书记要看陈玉花的养猪现场是既定计划，不可能更改的，李青龙知道穆权书记的脾气，要是告诉穆权书记没猪可看，自己没有一点工作实绩不说，估计穆权书记又要朝他大发雷霆。可是圈里没猪看什么？看圈吗？李青龙急得团团转，后悔没常来看看。早知道穆权书记要来看养猪现场，就不让陈玉花把猪卖了，再养几天卖也不迟啊。李青龙为此坐立不安，一筹莫展。

眼看参观的日子就要到了，李青龙不想把陈玉花卖猪空圈的实情告诉穆权书记，因为他知道为乡里提供一个参观现场，不是一件容易的事，有现场和没现场大不一样，能为全乡提供一次可参观的现场，在考核发展家庭副业方面，可能要增加很多分值，最有可能的是会受到上级的表彰。要是为全乡放了养猪现场，他自己脸上也有光，说明领导有方，说不准还要现场受到穆权书记的表扬，如果表扬自己的话，年底弄个先进个人是板上钉钉子的事。

李青龙当然不想放过这个难得的机会，因为全乡干群都来参观，不仅陈玉花在全乡干群面前露脸，他自己也会在全乡干群面前亮相，那是十分光彩的事情。动员陈玉花买猪进栏已经来不及了，也是不可能的事，因为陈玉花要等到市场上猪价下行时才买猪，这个时候是不会买猪进圈的。

李青龙虽然只是几百户人家的头儿，但也经过大风大浪，用李青龙的说法，在这个方圆几公里的小村里，还没有他摆不平的事情。穆权书记要来参观的前一天，他叫来十来个村民，叫大伙到各家各户去抬猪，拣要出栏的大肥猪抬，抬一头肥猪给养猪户二十元租猪费，抬猪人得半天杂工。村民们不乐意，但也没办法，因为李青龙说了，这是全村经济发展中的一件大事，要全力支持村里的工作，要是哪家不让抬猪，就征收二十元杂工费。村民们算算账，觉得划得来，不但得二十元租猪费，还省下一顿猪食，于是就在猪耳上做个记号，把肥猪交给抬猪的人。

村民们在李青龙的指挥下，忙活了一上午，总算凑齐了五十多头肥猪。肥猪没命地叫喊挣扎，以为要进屠宰场，个个叫得震天响，被关进猪圈后，一个劲儿地狂跳乱撞，又像是在激烈地抗议，抗议李青龙把它们转移到这个陌生恐怖的地方来。

当陈玉花和张二成把一个个猪食槽填满猪食时，肥猪才安静下来，争先恐后地抢食吃，它们全然忘记了刚才的恐怖场景。李青龙请陈玉花配合村里工作，不能说肥猪是村民们凑来的，要是穆权书记知道了，村里犯了欺上瞒下的大罪不说，整个现场会可就泡汤了。陈玉花才不怕李青龙这一套，不过陈玉花是个明白事理的人，她知道李青龙虽然做假欺骗穆权书记，但这假不能说真假，要是穆权书记一个人来看了，那不能说真，应该如实告诉他，可是穆权书记带着全乡一帮子人来看，当着那么多人的面说是假的，穆权书记不仅没有面子，还可能坏了乡里的大事，况且咱家本来就是养猪大户，要是早几天来，咱圈里的猪多着呢。

陈玉花告诉李青龙："箭在弦上，不得不发，你是书记你做主，叫咱干啥咱服从。"李青龙得意扬扬的，心想：咱是村书记，谁敢不服咱！

穆权书记带着一帮人来参观时，李青龙早早在村口迎候，他把参观队伍迎到陈玉花家的猪圈时，就开始扯开嗓门指着圈里一头头打着哼哼的猪们，介绍陈玉花和张二成不怕吃苦、打破常规发展副业生产，每年出售肥猪一百头，带动周围几十户村民发展养猪事业。李青龙说得唾沫星子直蹦，陈玉花心里说：吹吧，才几十头咋就一百头了？带动哪户村民养猪了啊？咱叫王五老婆养猪，她说养猪咱吃啥？到现在连个猪圈都没得。李青龙怎么就睁着眼睛说瞎话呢？

穆权书记边听边看，频频点头，那样子是完全肯定李青龙的成绩，也充分肯定陈玉花养猪致富的做法。李青龙讲完后，穆权书记叫陈玉花向大家介绍一下，是怎么想到养猪的，又是怎么养这么多猪的，每头猪能赚多少钱，下面有什么打算等问题，陈玉花觉得问题太多了，摆摆手说："没啥说的，咱都是乡下人，有的是力气，种种田、养养猪，把日子过得好一点，没想那么多。"

穆权书记没说多少话，带着大伙又去参观下一个村的现场，他显然忘记了上一次芦苇荡副业生产现场会时，村民们哄逮畜禽的滑稽现场。

第三十七章

　　李青龙似乎忘了那次凑猪欺骗乡领导的假现场，也似乎忘了陈玉花曾经帮过的忙，常常在乡亲们面前得意扬扬、指手画脚地吹嘘着自己的能耐，他一句不提陈玉花养猪的事，说得最多的就是穆权书记如何在大会上表扬他，表扬他脑子聪明有能力，动员村民们发家致富的话。

　　陈玉花看着一圈的猪崽，觉得猪崽大了、圈小了，住不下，要扩建猪圈，可是扩建猪圈要占地，占地建猪圈须得李青龙同意，没有李青龙同意，是不能随便占地的。陈玉花觉得找李青龙签个字应该没有问题，因为上面提倡村民们发展家庭副业，发展家庭副业就要建设猪圈、鸡圈、羊圈什么的，肯定是要占地的，再说李青龙也不会不近人情的，上次穆权书记带领乡亲们来参观现场时，咱是全力支持村里工作的，一点没掉李青龙的链子。

　　按理说陈玉花要扩大养猪规模，李青龙不但应全力支持，还要大力鼓励，陈玉花找到李青龙时李青龙却是一百个不乐意，因为李青龙压根就没把发动村民发展家庭副业当回事，他觉得陈玉花要是把养猪规模搞大了，可能在穆权书记面前比自己更有名气，自己在穆权书记那里就没分量了，他不希望陈玉花再扩大养猪规模，于是就找各种理由搪塞。

　　陈玉花找了几次李青龙，李青龙总以各种理由不肯签字。陈玉花觉得李青龙是想要她送礼，就和张二成准备了一个猪屁股，可是也不能明目张胆地送到李青龙家。陈玉花从没送过礼，尤其是没给当官的送过礼，她觉得自己像是个小偷，趁天麻麻亮村民们还在梦乡未醒时，她带着张二成拎着二十来斤的猪屁股悄悄地来到李青龙家，两口子紧张得心都要蹦出心窝子。当陈玉花敲开李青龙的家门时，李青龙刚刚进入梦乡。李青龙老婆见是陈玉花两口子找上门来，手里还提着个肥嘟嘟的猪屁股，估计是有事求着李青龙，赶忙让进屋里。陈玉花说："请书记帮个忙。"李青龙老婆带着笑脸说："都是乡里乡亲的不用请，有什么事就直说吧，也不用带着东西。"陈玉花就把请李青龙同意她家扩建猪圈养猪的事跟李青龙老婆说了。李青龙老婆觉得陈玉花也送了猪屁股，是个有人情味的人，觉得李青龙应该帮助，连忙说："这个事情我跟李青龙说说看，能帮的一定帮。"她甚至蛮有把握地告诉陈玉花："你们也不用再跑了，咱家李青龙能做的事一定做到。"

　　等到太阳上了树梢，李青龙老婆把李青龙叫醒了，告诉他陈玉花来请他帮忙扩建猪圈的事，他摆着手说："不行，陈玉花家不能再养猪了。再养下去，陈玉花的名声就更大了，那咱在村里还怎么混呢？"李青龙老婆一听立即来了火，冲着他说："你想怎么混？你是不是还想显威风、勾引狐狸精呢？"李青龙老婆说着就要扯李青龙的耳朵，李青龙一看这架势忙躲着说："行了行了，你说咋办，咱就咋办吧。"李青龙老婆说："人家也送了猪屁股，总得给人家一个交代吧。"

　　陈玉花扩了猪圈后，李青龙书记开始怕陈玉花把弄虚作假的事情告诉穆权书记，那样穆权书记就再也不信任他了，弄不好还会在大会上批评他。在李青龙的眼里，陈玉花如今又不一样了，她成了村里有名的人物，穆权书记一提到发展家庭副业、带领村民致富，就会提到陈玉花。这个时候，李青龙心里很不是滋味，他觉得陈玉花不过是一个普普通通的村民，没有什么值得歌颂表扬的。

陈玉花看到李青龙时，也从来不去招呼一声，她觉得李青龙是个官，跟她之间有一道很深很深的鸿沟，这条鸿沟从看养猪现场那时起，慢慢地更加深远了。这让李青龙十分气愤，李青龙觉得村民们没有不敬重他的，就连村东那个曾经"三进宫"的毛头，见到他时还带着笑脸递上一支烟来，陈玉花算什么？当初在村里没有哪家比她家更穷了，不就是养几头猪嘛，有什么可嘚瑟的。李青龙表面上不好意思得罪陈玉花，因为做假现场的事情一直如鲠在喉，他觉得不能让陈玉花出人头地，要让陈玉花翻几个跟头，最好跌得个鼻青脸肿的，然后让陈玉花知道这个村里还有个村书记叫李青龙。

那天，李青龙在村里溜达了一圈后，来到陈玉花家，告诉陈玉花和张二成，说有几个村民到村里把他们告了，告他们家肥猪养多了，猪屎猪尿流到田沟里，堵塞了水沟，影响了农田上水。李青龙实在找不出陈玉花的茬子，就在陈玉花养猪拉出的屎上出主意，说陈玉花家的猪粪堆到田沟里了，影响村民们往田里供水。这看似为村民们说话，实际上是在为难陈玉花。因为陈玉花养了很多头猪，猪是长肉的，吃得多、拉得多，每天拉出大量的猪屎猪尿，已经堆满了猪粪塘，不堆田沟里往哪里堆？再说那条田沟在分田到户后就一直废弃着，陈玉花和张二成整治了一下，用来存放猪屎猪尿，从没听说哪个村民有意见。

陈玉花一点也不觉得意外，反而觉得李青龙说的有道理，自家的猪粪怎么能堆在集体的田沟里呢？尽管屋旁的田沟废弃了，那也是集体的，集体的田沟有集体的用处，咱也不能一家独占。陈玉花告诉李青龙："你就放心吧，咱有办法不让猪粪堆在田沟里，保证不给村民们添麻烦。"李青龙冷笑着，心想：你能有啥法子？难道还能把猪粪堆进屋子里。

陈玉花对张二成说："咱养猪也不是一天两天的事，不能顾前不顾后，拉下的猪粪，不能老是堆着，得想办法处理掉，要不这屋前屋后

风吹麦浪

也脏得没法子插脚了。"张二成说："也是，可这么多的猪粪放哪呢？"陈玉花说："送人，送给大伙当肥料垩田。"于是陈玉花和张二成每天又多做了一件事，就是天一亮开始清理粪堆，把猪粪运到各家各户的田头上，由各户撒到田里去。村民们巴不得呢，有了猪粪，就不用花钱买肥料了，且猪粪比化肥好，既长庄稼也能改善土壤结构，有的村民干脆还在田头上挖个贮粪池，一有空就到陈玉花家运猪粪，贮在粪池里垩地用。陈玉花告诉大家，只要需要猪粪，她就送给大家，一分钱不要。

陈玉花把猪粪无偿地送给大家垩地，为村民们节省了种地成本，穆权书记知道后说这是陈玉花养肥猪，村民们得实惠，觉得这是一件带头致富和带领群众致富的好典型，就在全乡的广播大喇叭上发表讲话，反复宣传陈玉花带领群众致富的先进事迹。李青龙早上起来时，听到穆权书记在大喇叭里表扬陈玉花，感觉特别刺耳，又是满脸的尴尬，本来是想给陈玉花增加点麻烦，没想到反而帮了陈玉花的忙，陈玉花不但受到了村民们的敬重，还再次得到穆权书记的表扬。李青龙想到这里，一股妒火直往上蹿，他不想让大喇叭再叫下去，随手拿起划草用的钉耙，一把把挂在墙上的小喇叭打下来，小喇叭顿时哑了音。

陈玉花没有在意李青龙脸色的变化，也从没想过要和李青龙较真儿，她只是一门心思想养猪致富。陈玉花觉得自己与猪已经结下很深的情谊了，每当肥猪要出栏时，她都有一种依依不舍的感觉。自从参加乡里的大会后，陈玉花觉得穆权书记授予她的那面锦旗分量太重，因为她觉得养猪是村民分内的事，实在没有必要搞得那么隆重，再说穆权书记把锦旗都授予咱了，不是告诉全乡人咱陈玉花猪养得好吗？陈玉花感觉肩上的担子重重的，她已经不满足只有两幢猪圈了，她要再扩建几幢猪圈，多养几十头猪，陈玉花觉得这样才不愧对穆权书记授予她的那面锦旗。

李青龙看到陈玉花又在扩建猪圈，心里越发不安起来，他明显感觉到陈玉花已经对自己构成了严重威胁，不是威胁自己书记的宝座，而是威胁到他在全村村民面前的影响力，因为李青龙觉得自己与村民们说话时，明显没有陈玉花说话管用，这是李青龙最大的一块心病。

李青龙知道，已经没法阻止陈玉花继续扩大养猪的规模，他要想法子让陈玉花敬畏自己，叫陈玉花知道他李青龙在这个村说了算。于是，李青龙想起村里那条被人们称为"肠梗阻"的乡村小路，通到村外的那条乡村小路坑坑洼洼，晴天一身灰，雨天一腿泥，来往车辆无法通行。村民们早就提出要修路，可李青龙一直拖着不修，因为上面没有修路资金，村民们必须一户户地筹钱，李青龙不想找麻烦，省事无非是图个快活。现在李青龙却想起修路来，他打算通过筹资修路把修路的阻力转移到陈玉花身上，到时陈玉花要是不肯缴纳修路费，村民们就会责怪她，那时李青龙就有话说了。

李青龙把村民们召集起来，告诉大家要把通向村外的小路修起来，问大家修还是不修。村民们异口同声地说："早就应该修路了，不过修路钱怎么筹？"隋泥充当李青龙的急先锋，说："这还不好说吗？李书记说了，这次筹钱按各户的人头数和饲养的猪头数分担。"不少村民不理解，以前筹资办事都是按人头筹钱，现在又要按猪头分担，那么没养猪的人家就讨了便宜，而养猪的人家就多了一份猪头钱。养猪的人家忙说不合理，隋泥说："有什么不合理的，路是人走的，猪也要走，没有路，养好的猪运哪里去卖？"不少村民说："也是，还是李书记点子多。"

李青龙通知村民们开会时，陈玉花也去参加了，隋泥代表李青龙说按猪头数收取修路钱，陈玉花没有说话，她感觉李青龙提出猪头方案是针对她家，就是想让她家多出修路钱。有的村民为陈玉花打抱不平，说："这个办法行不通，按猪头出钱，陈玉花家要出多少钱？"因为陈玉花家养的猪差不多是全村的一半了，这样出钱的话，陈玉花一家就要分摊很多的修路钱。村民们说这样不公平，李青龙说那也没办法，定了规矩就要按规矩办。

这不是秃子头上的虱子——明摆着要陈玉花多分担修路费吗？陈玉花清楚李青龙的用意，但是觉得修路确实是头等大事，为全村人造福，咱家养了这么多头猪，没有路，猪养得再好也出不去，所以不管怎么说，把路修好对谁都是一件好事。再说咱家养的猪多，为了把肥猪运出去，每次卖猪时都要多付一笔运猪费，陈玉花觉得多出点钱是应该的。于是陈玉花摆摆手对大伙说："你们也不要再争了，李书记说的不是没有道理，光靠人头筹钱也不够啊，杀猪还要缴费呢，出一份猪头钱应该的。"陈玉花对李青龙讲："人头钱叫大伙出，猪头钱就不要分摊到大伙头上了，由咱家承担吧。"

李青龙原以为陈玉花不会承认他的筹资办法，那样路也就修不成了，他就把不修路的责任推向陈玉花，没想到陈玉花不但爽快地同意了他的筹资办法，还主动要求承担分给各户的猪头钱。

村民们觉得，由陈玉花一家承担猪头钱不合理，要求李青龙调整方案，单独按人头来筹资。陈玉花说："按人头、猪头负担都在理，再说咱家养猪还靠大伙支持，这么多年来要不是大伙的关心帮助，咱也养不了那么多的猪。"

李青龙想改变主意也来不及了，因为那样，村民们又会笑话他。于是，他顺水推舟，也卖个顺水人情，在会上表扬陈玉花发展副业不忘集体，顾全大局，不愧受到乡里的表彰奖励，全体村民应该向陈玉花学习。陈玉花对李青龙说："得了吧，咱也没为集体做过什么，不要把劲花在嘴皮子上了，赶紧凑钱修路吧。"

陈玉花承担了全部的猪头费，就等于承担了全村近一半的修路钱，村民们由于少缴一半的修路费，热情高涨，全村不到两天就筹足了全部修路资金。有钱好办事，修路费筹足后，砖头、石子、煤渣等物资很快筹备到位，不到半个月，一条砖渣路就修成了。不过这条路几经周折，到笑天回村当书记时，又大刀阔斧修了一次，发生的故事多着哩。

　　陈玉花养猪致富还出资帮助村里修路，这件事被乡里的穆权书记知道了，他不仅在全乡的干部大会上表扬了陈玉花的先进事迹，还把陈玉花养猪致富、出资修路的事迹上报县里。县里领导也非常重视，专门派报社和电台的记者前来采访，使陈玉花的先进事迹在全县家喻户晓。年底，县里召开全县农副生产总结表彰大会，陈玉花披红戴花上台领奖，县里奖给她一辆手扶拖拉机。县领导在会上表态说，下年再奖励就奖励一辆"小皮卡"。"小皮卡"就是小卡车。

　　李青龙虽然为大伙修了路，但是觉得这件事做得实在别扭，本来是冲着为难陈玉花来的，把道路难修的责任推到陈玉花身上，没想到难事不难，陈玉花很快应承下来，不仅受到了县里的表彰奖励，还在全县出了名，没有人不知道芦苇荡有个养猪大户陈玉花。李青龙虽然觉得弄巧成拙，但毕竟为大伙修了路，他心里多少有点慰藉。

　　陈玉花觉得李青龙在修路这个问题上，虽然故意为难她，但是动机还是好的，为村里修路方便了出行，特别是陈玉花这样的养猪户，真切地感受到了路的重要性。因此，陈玉花打心眼里感谢李青龙，要不是李青龙提议修路，她家单打独斗也修不起路来。

　　陈玉花家养的猪越来越多，忙不过来了，又雇了几个村民帮忙。于是，陈玉花家的人也多了起来，每天看猪的、喂猪的、贩猪的，人来人往，一片繁忙。穆权书记一直关心陈玉花家的养猪业，每次下乡调研工作时，都要到陈玉花的猪场看看，了解情况，提提建议。陈玉花觉得穆权书记是个大干部，什么都懂得，好像也养过猪，懂得猪的嗜好。

　　笑天任乡干部的时候，没少到陈玉花家里，每次都给陈玉花提出一些很好的建议，陈玉花在笑天的指点下，又饲养了一批良种母猪，不仅对猪种进行了改良，还实现了苗猪自繁自给，降低了养猪成本。笑天每次来陈玉花家时，李青龙也跟着来，他觉得笑天在乡里上班不在乡里做事，老是到陈玉花家指导养猪，是感冒动手术——完全没有这个必要。

李青龙觉得全村就陈玉花没把他放在眼里，有时候李青龙路过陈玉花的猪场时，陈玉花也没喊李青龙过去坐坐，李青龙认为这是对他的不尊重。后来，陈玉花做的一些事情，李青龙更是觉得她不知天高地厚，或许是有意刺激他。

陈玉花乐于帮助困难弱势群体，每到逢年过节时，都给附近的困难村民和乡敬老院里的老人发福利，每户一个猪屁股外加一袋大米。用陈玉花的话说，能发家致富全靠国家政策好。陈玉花还帮助几个困难学生读书，她说自己从小因为家里太穷没读书，不能让穷人家的孩子读不到书。

陈玉花在乡邻们身上也没少花钱，逢年过节时，左邻右舍的村民们不用上街买肉，陈玉花叫人到圈里逮一头肥猪，杀了分给大伙。陈玉花有时还把猪屁股送到乡里去，说乡里不少人帮过忙，不能没有人情味，也请乡里人尝尝咱家养的猪的肉味。

陈玉花除了那次办事送了一个猪屁股给李青龙，之后从没在李青龙身上大方过，甚至逢年过节时，给左邻右舍的邻居送肉也没送过李青龙一块肉，这让李青龙很不自在，因为李青龙亲眼看到陈玉花和张二成给乡里兽医站的兽医送过猪屁股。虽说兽医站的兽医帮助陈玉花养猪消毒防疫，但李青龙觉得自己也帮过忙，很多事是他在罩着陈玉花，怎么就想不起来送一个猪屁股给咱呢。李青龙越发感觉陈玉花实在不敬重他，心想：哪天得了猪瘟就好了，让你嘚瑟去。

没过几天，还真从陈玉花那里传来了猪瘟的消息。陈玉花养猪多年，对猪的习性特别了解，猪想吃食喝水透风睡觉陈玉花一看便知，甚至哪头猪崽患了感冒，陈玉花也能准确地看出来，陈玉花会根据季节不同，对猪进行消毒防疫。所以，猪自进了陈玉花的圈里，一般是不容易得病的。

因为陈玉花养的猪不容易患病，村民们就把陈玉花当成猪医生，哪家的猪生了什么毛病就会去请陈玉花看看，陈玉花总是有求必应，从不拒绝，也往往是下药如神，药到病除，从不收取村民们一分钱。村民们说，陈玉花为猪治病的水平，不亚于乡里兽医站的兽医，但陈玉花还是把兽医站的兽医当老师，常常把兽医请到门上来现场指导。

那天，陈玉花和张二成正在喂猪，忽然发现有几头猪无精打采，步态不稳，粪便稀，两眼发直。陈玉花一眼断定发生了猪瘟。猪瘟是一种高传染性疾病，在不同品种的猪之间、不同猪龄的猪之间都有可能发生传染，在不同季节也有可能发生传染，如不迅速隔离防治将会在短时间内迅速扩散，整个猪场有"全猪覆没"的危险。

陈玉花及时对病猪进行了分地隔离，一边请兽医站的兽医注射药物，一边全力对猪场进行消毒杀菌，虽然使病情得到了有效控制，但仍有十几头病猪命在旦夕。陈玉花和张二成趁着夜深人静的时候，带人悄悄地把病猪深埋了。陈玉花说，埋得越早越深越好，埋迟了还会传染到其他猪身上。

李青龙倒是幸灾乐祸起来，心想：这次陈玉花大难临头了，要是这次猪场"全猪覆没"，陈玉花就掉进债箩了，以后别想再爬起来了。看到陈玉花在猪场紧张地防疫治病，李青龙直乐呵，他指望陈玉花的猪死得越多越好。

然而，猪瘟虽然来势凶猛，却被养猪经验丰富的陈玉花挡了回去，损失的十几头肥猪对陈玉花来说，还远远算不上重创。李青龙在失望之余，忽然发现陈玉花的病猪一夜之间不见了，他觉得陈玉花肯定是把病猪卖给猪贩子了，要是村民们知道这些病猪被卖给猪贩子销到菜市场去，一定会指责陈玉花，她甚至还会受到工商执法部门的处罚。

但是，李青龙又不能确定陈玉花真的把病猪卖给了猪贩子，查无实据，不能信口开河，那样又会留下嫁祸于人的把柄。李青龙就叫毛头到陈玉花家探探，如果陈玉花的病猪还在圈里，就叫毛头把病猪收购了，如果陈玉花把病猪真的卖给了毛头，就形成陈玉花销售病猪的事实，陈玉花就要承担销售有害猪肉的责任，那时陈玉花也会落个身败名裂的下场。

毛头没有老婆，是个小混子，经常偷鸡摸狗，调戏妇女，被公安局关过几次后，仍然不思悔改，屡关屡犯。李青龙就告诉他："陈玉花家的猪场正在发瘟病，不少大肥猪得了瘟病不要了，不如你去把病猪收过来杀了卖肉，还能赚一笔钱，再说菜市场上没人认识病猪。"毛头一听眼光发亮，心想：我怎么不知道这个事情？一头猪要赚几头的钱呢。

毛头天不亮就悄悄地找到陈玉花门上，问陈玉花病猪哪儿去了，能不能低价卖给他。陈玉花说："病猪肉不能吃，多少钱也不卖。"毛头说："不卖浪费了，卖了还能赚点钱。"陈玉花说："这个昧良心的钱不能赚。"毛头说："菜市场上的肉是好是坏谁知道啊，不一样买回家吃了，你看看谁得病了啊？"陈玉花说："丁是丁，卯是卯，那是人家的事，咱不做那种缺德事。"毛头感觉陈玉花是指桑骂槐，说着说着就来了激动腔，说陈玉花假装正经，别给脸不要脸。毛头不但赖在陈玉花门前不走，还跟陈玉花吵了起来。陈玉花见毛头耍无赖，就叫张二成去请李青龙来，让李青龙教育一下不学好的毛头。

李青龙听说陈玉花不肯卖病猪给毛头，怀疑陈玉花已经把病猪卖掉了，因为李青龙知道，村民们养的猪即使生病了，也是舍不得扔的，自己杀了吃肉或是悄悄卖给杀猪的换钱，捞一点本钱回来，要不然损失就更大了。李青龙断定陈玉花把病猪卖给杀猪的了，这个时候哪还有病猪卖给毛头呢，但又不能明着跟陈玉花说，就对毛头说："毛头你就回去吧，陈玉花也不是不讲理的，你要是早来一点，哪能不卖给你啊？"

陈玉花感觉李青龙是话里有话，就对李青龙说："你说啥呢？还以为咱家把病猪卖给别人，那不是害人吗？咱家啥时候做过那种缺德事。"李青龙心想：没做缺德事，那病猪去哪儿了？他指着空着的几间猪圈问是卖了还是送人了。陈玉花告诉李青龙："病猪会传染啊，还能放圈里吗？早就深埋了。"李青龙就顺着陈玉花的话茬对毛头说："是啊，病猪埋地里了，不信你去看看。"李青龙不相信陈玉花把病猪埋了，要是陈玉花交不出埋病猪的地点，说明陈玉花说谎了，病猪一定是卖别人了，那时告诉村民们，陈玉花是个伪君子，尽做缺德的事。

　　陈玉花把王五等隔壁几个邻居叫来，说："咱是请邻居一起去埋的，埋没埋你问问邻居啊。"王五说："早埋了啊，要不要带你们去看看埋猪的地儿？还可以把埋了的病猪刨出来。"李青龙听邻居说病猪早已埋了，再和陈玉花较真儿，一定不占上风，立马对着毛头骂了起来："你这个不学无术的东西，整天尽干缺德的事，滚吧，再胡闹就送到派出所去。"

　　毛头一听赶紧溜了，心想：李青龙是个什么东西？不就是做个村书记嘛，也没给咱做过什么好事，谁不知道他半夜三更往女人家里跑，老婆为此和他一天到晚吵得鸡飞狗跳的，比咱也好不了多少。

　　陈玉花虽然知道是李青龙在背后使的坏，但也不想和他较真儿，她觉得李青龙是个官，和官较真儿不会占到上风，弄不好还会鸡飞蛋打一场空。虽然毛头游手好闲、无事生非，还和自己红脸了，但陈玉花觉得毛头不能这样没药医地混下去，应该引导他发展家庭副业走正道，做个勤劳致富的好村民。

第三十八章

陈玉花去找毛头和王五，毛头是个光棍，光有一身蛮劲，什么事都不着急，穷得连个老婆都娶不上。陈玉花告诉他们，逮几头小猪崽回去养，小猪崽不要钱，长大了按市场价由她收购。陈玉花想用这个办法引导他们也靠养猪致富。

王五不好意思地说："那怎么能行，猪长大了一定要还小猪崽的钱。"还说要回去和老婆商量看看，问老婆肯不肯养猪，因为去年他家养过一头猪，由于没有足够的猪食喂猪，猪崽饿得直跳，要不是他老婆一天到晚去割草喂，半年也喂不大。

毛头对王五说："你就是个呆子，跟猪一样，不要钱的猪为啥不养呢？"

毛头和王五都到陈玉花家的圈里去逮猪崽，猪崽是自繁的，小猪崽从母猪肚里出来刚满一个月，个个养得活蹦乱跳。王五从圈里逮了两头小猪崽回去，毛头说："咱以后不做坏事了，咱也养猪致富。"他从陈玉花家一下子逮了三头猪崽。

张二成对陈玉花说："你把猪崽给了毛头，估计养不了几天就被他杀着吃了。"

陈玉花说："毛头要是能学会养猪，咱就再送几头猪崽去。"

毛头把猪崽逮回来后，以为不要钱的猪崽白捡便宜，不承想三头小猪崽是十足的饭桶，他自己每天还愁怎么填饱肚子，拿什么去喂猪？可是猪崽逮回来了，总不能再转手卖了，也不能放圈里等着饿死，那样毛头觉得以后可能再也要不到陈玉花的猪崽了。

面对每天要吃要喝的猪崽，毛头只得硬着头皮外出找饲料，只要猪崽能吃的东西，毛头都当宝贝往家弄。村民们看到毛头也在养猪，都说太阳打西边出来了，毛头还能成个人。

陈玉花告诉大家，对待毛头不能一锤定音，不要一棒子把人打死，毛头以前虽然不好，确实做了不少坏事，但人一辈子要过几十年的，哪个不犯点错误？犯点错误不碍事，只要知错即改就行了。陈玉花的话传到了毛头耳朵里，毛头感觉心里热乎乎的，因为从来没人夸过他，他满耳朵灌满了指责和谩骂。毛头感觉要是不把这几头猪养肥了，实在对不起陈玉花，于是他越发卖劲。后来村民们发现，毛头承包的、一年到头抛荒的几亩责任田也有庄稼在长着了。

有一天王五下地时撞见毛头在田里割猪草，感觉毛头开始学好了，就对毛头说："陈玉花对咱这么好，咱也不能把心给狗啃了，毛头你要是改了以前小偷小摸的坏毛病，把陈玉花给的猪养好了，咱也不跟你计较以前的事，还能帮你介绍个媳妇。"

毛头觉得不好意思起来，因为他也曾偷过王五家的东西，差点被王五打掉牙齿，连忙说："那是以前的事情了，现在咱也没空再去瞎玩了，咱家的猪崽都肥了，等着咱回去喂食呢。"

毛头把陈玉花给的猪崽养肥了，觉得不把小猪崽的钱还给陈玉花，不好意思再跟陈玉花赊猪回去养，就告诉陈玉花用一头肥猪抵她家三头小猪崽。陈玉花摆着手说："你能坚持养猪，咱的小猪崽就当奖励了，这次不用还了，下次赊猪再算账。"毛头高兴得像是猴子要上树。

毛头上了李青龙的当，心里一直耿耿于怀，总是想着法子要出李青龙的洋相。那天毛头种地回来，李青龙叫人来喊，说是集体抽水的机泵掉河里了，叫大伙一起去搭把劲拖上来。毛头匆匆忙忙赶到那里，看到李青龙和几个村民站在河边用绳子正把机泵往岸上拉，因绳子没拴牢靠，拖了几次都滑掉了。

李青龙大喊："谁下去把绳子系一下？"那时正是春分头上，乍暖还寒，谁愿意跳到没头深的水里去？李青龙连喊几声没人应，就说："谁愿意下去系绳子，就多开半天杂工费。"叫了几遍还是没人应，李青龙突然大喊一声："下去的人多开三天杂工费。"村民们还没反应过来，只听"扑通"一声，有个人已经跳了下去，从水里冒出的头来看，大家发现是李青龙自己。

毛头冲着水里的李青龙喊："不算不算，还是半天杂工费。"村民们也说不算，因为李青龙没跟大家说明白，要是提前说明多开三天杂工费，他们也下去系绳子。

李青龙上岸后，朝着毛头破口大骂："你这个好吃懒做的家伙，养了陈玉花几头猪，腰板硬铮起来了是吧？等着咱把你送去关几天信不信？"

毛头回应说："咱也没犯法了，凭啥关咱？再说你订规矩也不能为你自己订啊。"村民们跟着说："是啊，要是早说清楚了，这三天杂工费咱也能挣。"

毛头竟然敢与自己作对，李青龙怀疑是陈玉花在背后教唆的，一定在背后说了他不少坏话，于是李青龙觉得有必要跟穆权书记把话讲清楚，说陈玉花虽然发家致富了，但常以小恩小惠鼓动村民们跟自己作对，这样下去，他这个村书记也没法干了，用不了多长时间，穆权书记的话也会被当作耳旁风的。

当李青龙向穆权书记汇报陈玉花的事情时，穆权书记坐在办公室里，头也没抬地在写报告。李青龙不知道穆权书记听没听到，又重复着刚才的话，说："陈玉花这样的人家，不能再鼓励了，像个宠坏的孩子，越宠越坏，发家致富了，腰板硬铮了，眼光高了，不听指令了，要是家家户户都像陈玉花那样，还不得造反了！"李青龙还没说完，穆权书记突然拍着桌子站起来说："我看要造反的是你，你还好意思来说，你李青龙自己家搞什么副业了？养了几头猪？你带动几户村民养猪致富了？"

穆权书记拿着刚写的报告说："县上江书记都知道陈玉花养猪致富的事迹了，要召开全县农副业生产大会，要咱汇报发展家庭副业的先进经验。"接着他又告诉李青龙，江书记还亲自通知他一定要把陈玉花带到会场。

在回芦苇荡的路上，李青龙感觉肩膀沉沉的，突然他觉得架在自己肩膀上的，不是一颗头颅，而是陈玉花猪圈里打着哼哼的猪脑袋。

笑天从乡里回到芦苇荡当书记后，村民们打心眼里高兴，村民们的高兴不是幸灾乐祸，而是因为笑天诚实正派实在、敢做敢当。陈玉花为笑天感到可惜，她觉得笑天不应该当芦苇荡的书记，他应该当水塘乡的副乡长，回到芦苇荡当书记是回笼烧饼不脆，是千里马拉犁耙——大材小用。陈玉花对笑天的不幸际遇有点愤愤不平，她有一次去乡里办事时碰到穆权书记，直言而上对穆权书记说："你对咱芦苇荡书记常笑天的安排是炒豆大家吃，砸锅一人兜，太不公平了。"

"咋了？"穆权书记停住脚步诧异地问陈玉花。

"笑天在乡里当副乡长是机关枪打鸭子——呱呱叫，你不把笑天提上去，反倒让笑天降一级，到村里当个书记，这是成心拿人家当傻子。"陈玉花说话从来不转弯抹角，索性把话说白了。

穆权书记没有觉得安排笑天到芦苇荡做书记有什么不对，他觉得笑天是最好的人选。

笑天到乡里后，时刻关注着芦苇荡的工作，关注芦苇荡的工作其实也是关注李青龙、杨金贵等几个村干部。李青龙也太不争气了，自从做了村书记后，心又没放在工作上，喝酒玩乐成了常态，还把不务正业的隋泥弄到村里来当了干部，后来隋泥怀疑水草跟李青龙有染，又跟李青龙作起对来，李青龙真是自作自受。

笑天在陈玉花的身上看到了帮助大家发家致富的希望，他认为困难并不可怕，困难什么时候、什么地方都存在，可怕的是被困难吓怕、吓倒，只要不怕吃苦、思想解放、肯动脑筋，办法总比困难多。陈玉花也是个困难户，还体弱多病，不是一样靠养猪致富了吗？陈玉花靠养猪致富引起了穆权书记的注意，穆权书记还带着全乡干部来参观；陈玉花还靠养猪致富走上了县里的领奖台，认识了县里的那么多领导干部，多么荣耀的事啊！

陈玉花能够养猪致富的原因除了她和张二成具有吃苦耐劳、坚持执着的品格，还有笑天的引领支撑。自打陈玉花开始养猪那天起，笑天就一路关注着他们，不管是在乡上还是在村里。当初陈玉花要增加养猪数量时，张二成明确表示反对，还跟陈玉花吵了一架。张二成说："人都没得吃了，还养那么多的猪，喂啥？喂西北风吗？"是笑天做通了张二成的思想工作，笑天还在乡上的信用社帮助陈玉花拿了一笔无息贷款，这多少也增加了张二成支持陈玉花扩大养猪规模的信心。

县上领导知道陈玉花养猪致富的事，是穆权书记在县上开会时向领导汇报的。穆权书记的汇报引起了县上相关部门的高度重视，于是陈玉花得到了县上有关部门在资金、技术、销售方面的支持帮助，陈玉花和张二成十分感激。让她和张二成感动的是，养猪虽然辛苦，但有这么多热心领导在关心扶助他们夫妻，特别是笑天，即使被调到乡里了还是一片热情、不改初衷。

笑天培植的致富典型现场让李青龙搞砸了，穆权书记去看陈玉花的养猪现场时，在乡里的笑天充满自信，他知道穆权书记在参加陈玉花的养猪现场时，陈玉花少不了要介绍一下养猪的想法和经验，肯定也少不了要介绍一下咱笑天的引领帮助，那样穆权书记肯定会竖着大拇指夸赞一番。本来是全乡独树一帜的致富典型，可是事与愿违，当穆权书记来到陈玉花的养猪现场时，李青龙竟然以假现场欺骗了穆权书记，这让笑天非常失望。

虽说陈玉花的养猪项目办得红红火火，但从总体看，芦苇荡这几年农副业生产形势吃紧，村上人多地少，人均面积低于全乡平均水平。水田都种稻麦两季，旱地原来都是种棉花的，后来纺织行业走低、棉花不值钱了，村民们都改了茬了，秋天种麦子、夏天长水稻。笑天组织村里干部开会算了笔账，种粮食不赚钱，长西瓜又卖不出去，一年就那么两季，除去化肥、农药、"两上交"，就赚个口粮了，要是遇到旱涝，连口粮都赚不到。

笑天扳着指头跟大家算账，种一亩地要多少化肥、多少种子、几斤农药，还有机械耕作、"两上交"，就按最低预算加起来，稻麦两季作物就要去掉一季，还有一季要填肚子，那么小孩上学、生病挂水、孝顺老人、四时八节这个钱从哪里来？杨金贵说："要不是大家养点牲畜卖点钱，单靠种几亩地西北风都喝不到。"

隋泥说："现在真是难啊，什么都涨价，就是粮食不涨价，化肥、农药就像大旱天里下暴雨——猛涨，还要不要人活了啊！"

笑天说："现在是市场经济了，化肥、农药涨不涨咱也没办法，但人是活的，不赚钱的东西咱少种。咱要想法子种既卖得出去也赚钱的东西，价格要比农药、化肥涨得快才行。"

隋泥问笑天种什么，笑天说："你种，人家也种，大家都种一样的东西，种得多了谁要？没人要就便宜卖，越是便宜越不值钱，忙一季白搭。所以要种就种人家没有的。"

隋泥一拍大腿说："种罂粟，听说那个东西赚钱，打出来的粉子比黄金还贵。"

穆穗玲批评隋泥："你脑子进水了吗？那是毒品，种那个东西要坐牢的，你就是个傻冒。"

笑天说:"一般夏天才有西瓜吃,咱能不能冬天种西瓜,最好春节前后卖西瓜,那时市场上没货,肯定贵。"

隋泥发笑说:"听说过三伏天吃西瓜,没听说过冬天吃西瓜的,做梦吧?"

杨金贵说:"你不知道的东西多呢,三伏天吃鱼汤冻知道不?你在三伏天吃过鱼汤冻没?人家城里人冬天炒韭菜,夏天吃鱼汤冻子,反过来了。"

笑天叫大家分头到有旱地的人家动员搭大棚种西瓜,要是大家不懂技术,他就去乡里农科站请技术员来村里办个培训班,叫大家不要担心不会种,保证把大家都教会。笑天又说:"要是村民们不肯种,咱们就自己带头种,给大家探路子、放样子。"

笑天回去叫父亲有理从四亩麦地里腾出二亩地来弄大棚,母亲玉香说:"你站着说话不腰疼,一天到晚看不到你的人影,你爸已经忙得够呛了,咱还要服侍几头母猪,哪还忙得过来!"

笑天说:"咱跟你们一起忙,大棚西瓜冬天卖,肯定贵,种二亩西瓜的收入保证赶上种四亩麦子。"

"真是太阳从西边出来了,你是芦苇荡的书记,能回来帮咱们种地不容易啊。"母亲笑着说。

前一年麦子行情又是个滑铁卢,有理老两口白忙一季,本来打算麦子收了后,在那四亩旱地上种豆子,来年麦子收了再种豆子。笑天要弄大棚,有理就请人耕了二亩地,还有二亩地留着。笑天买来竹竿、薄膜等物资在田里忙开了。玉香夸笑天,说还是男子汉有力气,半天做的活赶上咱一整天。

笑天白天在自家田里忙着弄西瓜大棚,晚上去伯父友正和友明家,动员友正和友明也搭大棚种西瓜。友正说:"种西瓜就种西瓜,还搭什么棚子?"笑天说:"夏天西瓜多的是,搭棚子种出来的西瓜在冬天上市,冬天西瓜少,少了就贵,一定会卖到好价钱。"友正说笑天鬼精鬼精的。

　　友明不想搭大棚，说搭大棚既繁也重，不如在射阳河里捕鱼，网撒下去后，可以睡一夜觉。友明以前在射阳河里捕鱼用的是小细网和鱼卡，捕的都是小鱼，虽然小，但从来没有空手过。这几年他请人织了一张大眼网，眼大得如鸡蛋，网把射阳河拦了起来，收网时，要么就是空网，要么就有三斤左右的大鱼，有时还能捕到甲鱼、黄剑之类的名贵鱼。友明说不想搭大棚，四凤就朝友明说："笑天发动大家搭大棚长西瓜，咱也要带头，不能拖笑天的后腿，咱们不支持笑天的工作，笑天怎么去做其他人的工作啊。"

　　隋泥跟老婆水草吵了一架，听说还动手打了她。水草说笑天和杨金贵家都搭大棚种西瓜了，就连三碗夫妻俩也搭了一亩半大棚，她和隋泥商量也要搭一两个大棚种西瓜。隋泥说："咱不搭，要搭你搭。"

　　水草说："你就懒，今年咱家的两亩多麦子，一个角子没赚到，两亩多水稻少打了一遍药水，稻飞虱没控制住，比往年少收了一成，要不是咱养了些鸡鸭鹅，油盐酱醋就没有着落了，再不想法子增加收入，春草就没饭吃了。"

　　女儿春草在乡里中学读初中，水草每周都要去一趟，学校伙食有点差，水草每次去看春草时，都会炖上一大碗骨头汤带上，还要塞给春草一点零用钱。水草说："穷养儿、富养女，女孩不能没有零钱用，女孩没钱，看到男人有钱会眼红，现在有的女孩会跟有钱人跑。"她认为春草读书不能没有钱。

　　隋泥从来不去学校看一下春草，即使每次去乡里参加治保民调主任会议路过学校时也不停留一下。隋泥除了舍不得给春草零花钱外，主要是隋泥曾经在学校那里做了见不得人的事。有一次，他悄悄地进入校园偷教师宿舍的东西，差一点就进了班房，所以他一看到那个地方就觉得无地自容。

　　那年秋天的一个深夜，隋泥悄悄地摸到学校，准备翻进围墙到教师宿舍去捞点外快，没想到刚一落地就被几个教师摁在草丛里。教师问："好好的大门不走，翻墙进来干什么？"隋泥脑子挺精灵，说是逮着的一只野鸡飞进来了，爬过来逮野鸡的，当时也巧，正好有只野鸡在草丛中跑窜。教师以为隋泥真的是逮野鸡，就把隋泥放了。隋泥踩点突袭从没失过手，这次马失前蹄栽了跟头，要不是真有只野鸡跑窜，教师一定会把他送到派出所去，即使不进班房，至少也要吃上几天电棍子，这样说来是野鸡救了他一回。

水草觉得笑天说得对，不少村民也种了西瓜，但西瓜上市时满村满街堆满西瓜，家家户户都有西瓜，谁还花钱买瓜，没人要就抢着降价，降得连本都不够，扳着指头一算白忙一季，倒不如抛荒划算。大棚种瓜冬天卖肯定贵，冬天是没有西瓜的，哪家冬天能吃到过西瓜呢？

隋泥不愿搭棚种瓜，水草就骂他："你就是个懒虫，整日好吃懒做、好逸恶劳，早知道不给你找人当这个村干部了，从没见你拿个工资回来。"

水草骂隋泥好吃懒做、好逸恶劳也就罢了，一说当干部这事隋泥就火冒三丈，一时兴起甩手一个巴掌扇过去，正打在水草的脸上，骂道："你就是个婊子，别以为咱不知道你在外找野男人。"又说："谁想当干部了？不干了，人家在咱背后指指戳戳，咱也受够了。"

这时水草就大哭起来，上前拽住隋泥的衣领不放，说："你说咱在外找哪个野男人了？你不说出来就不是人养的，你这个没良心的，咱一天到晚苦死累活的，你倒说咱在外找野男人。"水草抓住隋泥的衣领往下拽，隋泥拽住水草的手往上挣，水草就像乌龟咬手指，断头也不放，一上一下，一个挣一个拽，鸡子吓跑了，小狗围着叫，这时惊动了邻居，赶过来劝架。邻居来了怎么劝说，水草就是不放，两个纠缠在一起，水草说不交出人来就不放，隋泥说交不交你心里有数。

杨金贵路过这里，见隋泥两口子缠成一团，大喝一声，说："放开手来，大白天打架像个什么样子！也不怕人家笑话。"水草一下松开了手，告诉杨金贵："咱想搭棚种瓜哩，隋泥不让搭还动手打人。"

杨金贵批评隋泥："你是村里的干部，要率先垂范，放好样子，再说搭棚种瓜肯定能赚钱。"隋泥只好说："那就搭吧，不搭大棚，水草会一直闹腾。"杨金贵说："你是个村干部，别胡说八道的，你骂水草，自己脸上难道有光彩？"

隋泥家也搭了大棚，不过隋泥家的活是水草做得多、隋泥做得少，因为隋泥老被人家请去调解矛盾，要是哪家有了矛盾，只要带上一句话，隋泥立马就会赶过去。隋泥说："谁叫咱是干部呢。"

风吹麦浪

第三十九章

根据笑天的计划安排，村里干部不但都要深入各户动员，还要挂钩到经济困难的重点户帮助他们搭棚种瓜，争取每户至少搭一个棚子，哪怕三分地的小棚也行。笑天说到时只要赚到钱，大伙不叫也会搭。

杨金贵去动员张三喜家，穆穗玲挂钩到田六姑家。施七的几亩地挖成水塘养虾子了，还有亩把地种水稻长口粮，不需要动员，他家搭不了。隋泥就去叫王五搭棚子，隋泥先是不肯去王五家，说："王五不务正业、爱占便宜，是木桩一根，叫也没用。"笑天说："越是这样的户越要认真地帮助引导。"隋泥只好硬着头皮去找王五。

隋泥找到王五时，王五正在小河里捉黄鳝，已经捉了好几条了。隋泥朝河里喊王五："王五，你快回家搭棚种西瓜。"

王五朝岸上的隋泥说："你脑子坏了啊！西瓜今年早种过了，哪有一年种两次瓜的，再说咱哪有时间种瓜，捉黄鳝呢。"说话间王五又捉住一条。以前王五会在秧田水沟里捉黄鳝，后来秧田被村民们的化肥、农药用多了，就没有了黄鳝，王五就到河里捉。

"你呆啊！是搭棚种瓜，笑天说冬天种瓜过年卖，贵着呢，咱家也搭了个大棚。"隋泥说。

王五想了想说："那你家先搭大棚种看看，赚钱了咱再搭，过年了咱到你家吃西瓜。"王五继续在河里捉黄鳝。

隋泥见王五不理他，就弯腰拿个泥块往河里砸，想把王五砸上岸来，说："你要是不搭棚子就不准捉黄鳝，捉到的黄鳝也要交到村里去。"

王五一听来气了，也抓了一把烂泥往岸上扔，说："哪个规定不准捉黄鳝的，小河也不是你家的，你忙你的去吧，想吃黄鳝咱也不会给你。"

隋泥指着王五说："王五你听着啊，咱跟你已经说过了，你要是不把大棚搭起来，明年多收你家一份上交钱你不要喊冤枉。"

王五说："你要是敢多增加咱一分钱，咱就一分钱也不交，看你能怎样！"

隋泥在岸上跳着喊："你就等着瞧吧，扒粮抬物你又不是没看过，你别不见棺材不掉泪。"隋泥悻悻而去。

隋泥告诉笑天说："王五整日捞鱼摸虾不务正业，不但不去搭棚子还要过年来咱家吃瓜，真是茅坑里的石头——又臭又硬。"

笑天批评隋泥说："你做工作要注意方法，动员搭棚不是硬下指标，要是哪家实在不愿意搭棚种瓜，咱也不能强迫，主要是放样子做示范给大家看。"

杨金贵也说："像王五这样的人尝不到甜头是不会做的，动员他搭棚是对牛弹琴——白费劲。"

田六姑主动要求搭一个棚子，不过说没有本钱买物资，穆穗玲说："这个不用担心，没钱咱先帮你垫上。"田六姑的男人扣子出车祸死后，田六姑带着儿子单独过，扣子没了，扣子父母也不能指望田六姑养着，就分开住了。田六姑的儿子上小学，田六姑一边接送儿子，一边侍弄两亩水田，口粮是扣子父母接济的，两亩瓜田也没赚到钱，日子过得紧巴巴的。

穆穗玲也搭了两个大棚，就顺带了一些物资给田六姑。田六姑忙不过来，穆穗玲就过来帮忙。穆穗玲悄悄问田六姑："人家都说你孩子是李青龙的，咱不信，是不是真的啊？"田六姑告诉穆穗玲："扣子在世的时候咱又没怀上，扣子死了，咱是寡妇门前是非多，李青龙死皮赖脸缠着咱，怀上了咱又舍不得弄了，难啊！"

天一亮，刺猬就跑到笑天的门上，说："笑天你没安好心啊，咱看好多人家都在搭大棚，咋就没人通知咱家呢？"

笑天说："不是在广播上通知了吗？你要是愿意搭大棚就赶快搭吧，再不搭，过了这个季节就来不及了。"

"不是啊，好多人家搭大棚都是干部上门帮助搭的，咱家咋就没个干部上门呢？咱也要你安排个干部上门一起搭大棚。"刺猬很有理由地说。

笑天向刺猬解释说："是咱叫村里干部上门帮助大家搭棚子的，那是怕村民们想不通不愿意搭，咱叫干部们先搭放样子，有时间就帮助愿意搭的人家搭棚子。"

刺猬说："咱家也是愿意的啊，明个你也安排个干部到咱家帮助搭大棚，你要一碗水端平。"

笑天对刺猬说："只要你愿意搭棚子，咱明个有空和杨金贵去帮帮你，不过你们家主要靠自己啊，不能全指望村干部哩，要是都像你这样，咱干部就是三头六臂也忙不过来啊。"

"这个你放心，只要村里有什么好事情不要忘了咱，咱心里有数。"刺猬临走时喋喋不休地跟笑天说，"种大棚要是上面有什么补助，村里千万不要瞒着咱独吞了，要是村里干部独吞了，就是铁索也捆不住咱去上访。"

嘿，刺猬哪是真心实意想搭大棚，他是怀疑搭大棚有补助，爱占便宜的恶习仍然不改。

杨金贵到村民们地头上看村民搭大棚，这时有人来报告说，村里又有人打架了，他赶紧跑过来了。

是王五和施七干起来了。王五和施七两家靠得近也走得近，王五捉到黄鳝烧了会请施七过来喝杯酒，施七高兴时会捞斤把虾子上来叫王五来弄一杯。王五说请施七吃狗肉，施七兴致来了，心想：王五真大方啊，还请咱吃狗肉，想必在哪儿又得了外快。

王五老婆端上一盆热气腾腾的狗肉，屋内立即飘散着狗肉的香味，施七边吃边夸赞王五老婆烧的狗肉好香，两人请来敬去，两瓶白酒很快喝了个底朝天，一大盆狗肉也吃得只剩下骨头。施七抓住王五的手醉醺醺地说："咱是芭蕉开花——一条心，只要用得着咱的地方吱一声，咱一定两肋插刀、全力以赴、鼎力相助。"

王五也抓着施七的手摇摇晃晃，说："咱是患难路上好兄弟，哪个敢欺侮施七兄弟，咱是路见不平一声吼，刀山火海，义不容辞、拔刀相助。"

第二天一早施七去虾塘查看虾子情况，他一眼就发现拴在塘边的花花不见了。花花是他家养的一条狗，就问老婆花花哪儿去了。施七老婆说："昨天跑了一天就没回来，咱晚上出去叫唤了几圈也没找到，估计被哪家拴起来了，咱今天上午再去找找。"

施七老婆又去找了一上午，回来说村子上跑遍了，都没看到家里的花花。施七忽然觉得不对劲，就去找王五问昨晚吃的什么狗。王五说是流浪狗，自己主动跑来的。

施七惊觉起来，忙问："长的什么样子？"

王五说："黄色的，屁股后头有块白毛。"

施七听后立即变了脸色，朝着王五吼起来："那是咱家看虾塘的花花，你嘴再馋也不能吃了咱家的花花啊。"

王五忙解释说："咱又不知道是你家的花花，要知道是你家的花花咱也不请你来吃肉啊。"

施七叫王五赔他家的花花。王五摆着手说："到哪再去找花花呢，都到肚子里去了，你不是也吃了吗？"

风吹麦浪

施七就拖着王五去找村干部评理。花花给施七看家守园恪尽职守，而且特别聪明，施七宠爱花花赶上宠爱女儿，每天施七就是自己不吃饭也要想法子帮助花花找根骨头。

花花确实与众不同，施七说去看看虾塘，花花会摇头摆尾地在前头带路，施七睡午觉，把鞋子脱下放在门外晒晒，花花就在床边等着，要是施七醒了，花花立即起身去把鞋子叼到床前。一次施七两口子去丈母娘家吃中饭，花花前面跑，施七两口子后面跟着，到了丈母娘家后，丈母娘从鸡圈里逮了只老母鸡放在门前，叫施七饭后带回去，炖锅鸡汤补补身子。

施七两口子午饭后要回家，门前一看老母鸡不见了，找遍房前屋后没找着。施七说："算了，一只老鸡算不了什么，想吃鸡汤咱家圈里也有，不要再找了。"就跟着花花一路往家赶，刚到家门口，施七母亲出来问，老母鸡是不是亲家母送的，花花中饭前已经送回来了。施七两口子又惊又奇哭笑不得。

施七责备王五不分青红皂白打死了他家的花花，叫王五必须赔一条一模一样的花花。

王五摆着手说："人死不能复生，狗死也不能复活，何况已经吃到肚子里了，你叫咱到哪儿赔一条一模一样的小狗呢？"

两个人缠在一起正在推推搡搡，王五老婆跟在王五后面抱怨说："哪个叫你嘴馋的啊，不是什么肉都可以吃的啊。"

鸡毛蒜皮的矛盾一般都是隋泥负责调解，隋泥也很热心，只要请到他或是笑天杨金贵哪个干部安排他，他会立马过去劝说调解，有时劝说不来也会拍桌子瞪眼睛，有的矛盾竟然化解了。像施七这样的人或是闹出像施七这样的事，一般不找隋泥，他们知道找隋泥也没用，就直接找笑天或是杨金贵。

这次没要他们找，杨金贵来了，笑天去乡里开会了，杨金贵见施七和王五推推搡搡，说："你们两家相处得油菜不分、割头不换，就差在一个锅里吃饭了，怎么好好的就恼了呢？"施七说王五吃了他家的花花，要杨金贵主持公道，叫王五赔他家一只花花。

杨金贵听说王五吃了施七的狗，劈头盖脸就批评王五说："王五你也太不地道了，隋泥叫你搭棚种瓜你不听，倒去偷人家的狗吃，尽做不是人做的事。"又说："你又不是个歪脖子，咋不正眼看看人家呢？你吃了谁家的狗？那是施七家的狗，施七的狗就是施七的命，能吃吗？"施七也指着王五骂："狼心狗肺，吃了咱家的花花要烂肚肠的。"

王五向杨金贵解释说："咱真的不知道是施七家的狗，是它自己跑来的啊！"

"是它自己跑过来就能杀了吃了，要是你老婆跑到施七家去，难道就是施七的老婆了？"杨金贵责问王五。

王五说："不能打这个比方啊。"

施七立即插话："他就是这个意思，看到什么不占点便宜啊，上次自己少一只鸭子，硬是到田六姑家逮一只。"

杨金贵对两人说："咱也别争辩了，狗也杀了，肉也吃了，王五你回去买只狗送给施七，要不就按价赔偿，施七你说个价，王五给钱。"又朝王五说："哪个叫你嘴巴管不住的，舌头馋掉了啊。"

施七朝杨金贵说："你说的比唱的好听，哪只狗能赶得上咱家的花花？别的狗再贵再好，咱也不要，咱就要咱家的花花。"

王五朝施七说："施七你也大差不离的，咱是多年割头不换的好兄弟，你昨天晚上还说咱是芭蕉开花——一条心，只要用得着咱的地方吱一声，一定两肋插刀、全力以赴、鼎力相助，为了一条狗咋就说变就变了呢？"

施七说："谁跟你是好兄弟了？你连咱家的花花都敢吃，要是咱的老婆上你家你也敢睡吗？你是养老鼠咬布袋，背信弃义、忘恩负义。"

杨金贵说："施七你也别太计较了，你对花花有感情咱也理解，但花花已经没了，花花是条狗，又不是人，咱又不能叫花花复活，也不能把王五处死。要是可以把王五处死，把他杀了算了，省得天天让人操心。"

王五说："叫咱死，也换不回你家花花活，咱就买只狗送你家，咱天天送骨头去，只当是你家花花的。"

杨金贵说："没了就没了吧，至少还吃上一顿香喷喷的狗肉，不过王五一定要赔只小狗给施七，要不咱村里也不饶你。"

施七突然抱着头呜咽起来，就像是哪个亲人来报丧似的。

笑天从乡里开会回来时，父亲有理告诉他，笑天母亲玉香下午挖田时晕倒在大棚里。大棚架起来了，玉香要把棚里的地翻挖一遍，等到月底时就要下西瓜种子。这几天笑天忙村里的事，回来时都很晚了，笑天要带着马灯到棚里去帮助父母突击一下，母亲不让去，说："你一天到晚奔波，很累了，咱自己做，赶得上。"

笑天在村里做事常常顾不着家里。有理做了一辈子的生产队长，他理解儿子笑天，做村干部不容易，上面千条线，下面一根针，村干部待遇低不说，有时还吃力不讨好，群众不满意，上面还批评，在某种程度上，村干部就是风箱里的老鼠——两头受气。

有理原以为笑天会顺理成章地当上副乡长，没想到是老鼠钻牛角尖——越钻越小，回来当村书记了。他气得一夜没合眼，说穆权书记没良心不正派，是黑白不分、香臭不闻。玉香说："也不能为难穆权书记，穆权书记自有穆权书记的道理，咱村李青龙不做了，杨金贵年龄老，隋泥没资格，穆穗玲缺经验，真的找不出人来挑这个担子，总不能炕坊里捉小鸡——随便捉一只啊！"

有理说："那也不能叫咱笑天来啊，乡上的人多着呢，派一个来不就得了，笑天应该做上副乡长。"

玉香笑着朝有理说："一屋不扫还能扫天下啊，再说乡里也不是随便派人来的，人家不熟悉咱村，搞不好适得其反，你也不是不知道咱村，尖头群众难管呢，就说隋泥吧，要不是给个干部让他当，孙悟空的金箍套头上都没用。"

有理觉得玉香说的也有道理，前几年，芦苇荡确实很乱，就说村里盛行吃喝风的事，干部醉生梦死，群众离心离德，晚上要是开会，会一散就有人提出撮一顿，于是有人会去郭三爹熟食店称几斤熏烧耳朵和口条，要是熟食店没做熏烧或是卖光了，就随便到哪一家捉只鸡鹅鸭之类的，不管是村民的还是熟食店的，打个白条到年底再结账，反正先吃起来，开两瓶老尖庄或是搬几箱雪花啤，觥筹交错、推杯换盏，能喝得醉眼蒙眬，能吃得肠满肚满，直到深夜才趔趔撞撞回家。

村民们哪家遇有红白喜事一般都请村里干部去喝杯酒。张三家请了，李四家又不好意思不请，有时村民请村干部到家里喝红白酒还要排队，有村民请干部喝酒时，干部会说"今晚没空了，已经有场子了"，那么这户村民总觉得过意不去。村民请喝酒那是人情，在以后的工作中多少要照顾一点面子，要是收上交、派定购碰巧到哪家了，而且又是中午，就会有人说："不走了，就在你家吃顿饭。"这家杀鸡宰鸭，干部们吃起来毫不客气，因为杀一只鸡、宰一只鸭都要打条子，从不白吃。下午到哪家收上交、派定购时，干部们走路脚底打晃、嘴上满是酒气，村民们也见怪不怪，会跟干部讲下次就在咱家吃饭，因为饭钱也可以抵上交，村民们可以不用拿现金了。也有尖头村民拒缴，说："咱的钱不能交，交了就被你们吃光了。"李青龙做书记时就经常炫耀，说自己一年能从肚子里赶出一趟鹅鸭来，隋泥也吹嘘自己一年要吃掉一大桶肉圆子。

村里干部每日有酒喝，一天只能干半天事，只有上午清醒，下午基本就是醉醺醺、糊里糊涂的，有时晚上还要接着喝。有理有时也觉得李青龙的书记职务被撸了活该，芦苇荡的工作老被穆权书记批评也不冤枉，像这样乱七八糟、一盘散沙的村不被批评，天公老爷都不会答应，说不准哪天会一雷打进芦苇荡来。

天刚麻麻亮，笑天就起床了，他到圈里逮了只老母鸡杀了。母亲身体不好，他要杀只母鸡炖汤给母亲补身子，要不是母亲前一天晕倒，他也是舍不得捉鸡杀的，母鸡还下着蛋呢。笑天杀鸡时，玉香还没起来，不知道他要杀鸡，要是知道的话她是无论如何都不让杀的。

玉香起来时，母鸡已经下锅了，她抱怨笑天说："干吗把鸡子杀了？还下着蛋呢。"笑天没有明说给母亲补身子，说自己想喝鸡汤了，要是说给母亲吃的，母亲会批评他不会过日子。

笑天炖了一锅鸡汤，母亲说笑天一口汤也没喝到，鸡汤炖好后，笑天就出去了，一直到第三天早上才回来。笑天回来时，鸡汤已经喝光了，本来等笑天回来一起吃的，笑天一直没有回来，母亲怕鸡汤坏了，就端给爷爷常青树喝了，自己只喝了一小碗。

笑天带着隋泥去处理矛盾了。村西的柱子一早去小河里钓鱼，钓鱼线甩到高压线上了，火花往下一蹿，柱子被电死了。柱子一家跑到乡农电站闹事，说是线杆埋得近了，要求农电站承担柱子被电死的责任。柱子老婆坐在地上哭，柱子父母就抓住农电站站长的手不放讨说法，农电站站长没法只好向笑天求援。

隋泥骂柱子活该，迟早也是死，估计下一个就是王五。笑天叫隋泥别再瞎嘀咕，瞎子算命——好事没用，坏事一说就中。柱子和王五合伙买了条丈把长的小木船，船小得两个人可以抬起来，不用时柱子和王五就抬上岸来放在柱子家门前。柱子有时会到河里去钓鱼，王五没耐心钓鱼，会直接跳进河里摸鱼。

为柱子和王五钓鱼摸鱼的事，村民们没少操心，柱子要是在村里的小河里钓鱼还算规矩了，王五摸鱼有时会摸到别人家的鱼塘去，要是哪家天亮发现塘口有人下水的印迹，就知道一定是王五干的，但又不能找他理论。要是哪家找他理论，他就会盯着哪家鱼塘，趁其不注意半夜还到这家塘里摸鱼。村民又不能一脚不离看着，只能自认倒霉。

柱子和王五有了小船捕鱼就更方便了，柱子做了台简便的麻鱼器，两个人一个后面撑船、一个前面麻鱼，经常撑着小船在村里的小河上转悠，船到之处大鱼小虾一网兜，杨金贵骂他们缺德，说："不打三春鸟，不吃三月鱼，你们连大带小都麻了，河里的鱼虾马上就绝种了。"

王五和柱子不但不听，还理直气壮地朝岸上大喊，说："又不是你家养的鱼，关你鸟事。"

后来柱子又做了个后背式麻鱼器，背在后背上，一手拎着水桶，一手拿着麻鱼竿，直接伸到河里去麻，有时会到农田旁的沟渠里麻鱼。笑天看到过几次，叫柱子不能这样麻鱼，太危险了，隋泥也警告说有人就是这样被电死的。柱子就跟没听到一样。

笑天叫隋泥去把柱子的麻鱼器没收了，柱子和王五不给，跟隋泥吵起来。隋泥说："不是不让你们麻鱼，是这样麻鱼太危险。"

"不危险，安全着呢。"

"看似不危险，要是不小心一个跟头栽到河里去，麻的就是你自己了。"隋泥又说，"上次南洋乡有个人麻鱼时被电线一绊，一个跟头栽到沟里去，麻鱼竿通着电伸在水里，他掉下去就没爬上来。"隋泥要把麻鱼器拎走，王五追上来抢夺。柱子说："就是麻死了也不跟你要人，你是狗拿耗子多管闲事。"

柱子老婆和柱子父母到农电站讨说法，农电站没人搭理他们，因为柱子虽然是被电死的，但既不是电杆倒下来，也不是电线断了挂下来电了他，而是柱子自己在电杆下钓鱼把线甩上了电力线，况且农电站已经在电线下竖了一块提醒牌，明明确确写着"电力线下禁止钓鱼"。柱子是明知山有虎，偏向虎山行，老虎面前跳芭蕾——找死。农电站的人除了表示同情外，都摆着手说这跟咱农电站一毛钱关系都没有。

农电站站长两手一摆推得干干净净，笑天就推不了了，即使柱子的死与村里无关，但柱子是芦苇荡的村民，不管遇到什么事，村里干部都是要过问的，哪怕村民的鸡子丢了、鸭子死了，都要上门处理，何况死一个人呢。

笑天和隋泥赶到农电站时，柱子父母正拽住农电站站长的衣袖不让走。柱子父母的身后，是一趟前来闹事的亲友团，有的打着横幅，有的拿着烧纸，要是农电站不给点说法，肯定要搞出些动作来。

这事惊动了乡里的穆权书记，穆权书记立即安排派出所的警察前来维护秩序，防止闹事的人扩大事态。同时又对笑天下了死命令，说是事故出在芦苇荡，死的也是芦苇荡的人，按照属地管理的原则，这事由芦苇荡负责，要是芦苇荡不把这事解决了，芦苇荡的干部全部到他的办公室说明情况。

穆权书记命令下来了，哪个还敢怠慢。笑天就把村里干部全找来做工作，他们迅速分化瓦解了亲友团，分别把亲友团的成员带离现场劝说。笑天对柱子父母说："这跟人家农电站没关系，别拽着人家不放啊。"

柱子父亲流着眼泪说："咋说没关系呢，要不是碰上电线了，柱子咋会死了。"

笑天解释说："是柱子自己钓鱼不小心碰上电线的，要是不去钓鱼，柱子是不会死的。"

柱子老婆哭着嚷："走路上被人开车撞死的，开车的人要负责，咱柱子是被高压电线触死了，当然是农电站负责了，怎么没关系呢？"

柱子母亲也是眼泪一把鼻涕一把，说："咱是跟农电站要说法，又不是跟你们村里要说法，你们不能胳膊弯子往外拐，帮别人说话。"

隋泥说："咱看你们是棒槌敲竹筒——都是空响（想），电又没长眼追着柱子电，况且人家早就提醒了电力线下禁止钓鱼了，柱子以为自己是铁打的身子，天不怕地不怕，那是高压电，别说人了，就是钢板碰上了也会烧化的。"

柱子父亲说："就算农电站没责任，咱们村里也有责任啊，知道钓鱼有危险，干吗不去制止呢？"

柱子母亲说："就是，要是你们制止他去钓鱼，柱子也不至于把命

第
三
十
九
章

345

丢了。"

隋泥说："柱子死了不要冤枉咱们，咱们说了一万遍了，柱子一句听不进去，上次咱要给他麻鱼器没收了，他和王五差点跟咱打一架，还说咱是狗拿耗子——多管闲事。"

隋泥这么一说，柱子一家哭得更伤心了。笑天朝隋泥说："咋能这么说话呢？柱子是自己不小心碰上电线触死了，他一死百了，自己一点不知道痛苦，但老婆孩子伤心，父母兄弟也痛苦，摆在哪家头上都无法接受。咱要理解柱子一家的感受，对柱子的死，咱们都深表同情和悲痛。"

隋泥不愿接受笑天的批评，"咱又不是没去做柱子的思想工作，一天要说三四遍，柱子和王五麻鱼，多危险啊，咱用棍子都撵不上来，除了一炮把船打烂了。"又说，"要是王五再不吸取教训，也是这个下场。"

笑天推了隋泥一把，叫隋泥别瞎讲，以免刺激柱子一家更加激化矛盾。隋泥就转口说："农电部门也有责任，要是把电杆移离小河远一点，柱子肯定死不了。"

笑天哭笑不得，觉得隋泥说话是头重脚轻的，就说："全乡电杆都是沿河沿路埋的啊，总不能为了不影响钓鱼把电杆都移走吧，再说人家都不去危险的地方钓鱼，是柱子自己去的啊，咱没话跟人家农电站讲。"

就这样，笑天和隋泥跟柱子一家磨了一天一夜的嘴皮子，农电站也被缠得没有办法，只得答应付给柱子丧葬费并补偿柱子老婆一些生活费，柱子一家才哭哭啼啼回去办丧事。

第四十章

　　杨金贵这几天也不顺心，笑天要求征收陈欠超支，他带人逐户征收催上交，每到一户就像是老太婆做媒人，说得嘴皮子起泡。因为陈欠超支都是往年拖欠下来的，不是这户真有困难，就是那户存心不交，征收半个月了，交钱的不多，即使交了也是大动干戈、撕破脸皮。杨金贵到刺猬门上时，刺猬一口回绝了，说天王老子来也不交。杨金贵知道刺猬不肯交，但也没有办法，工作又不能不做，拖欠集体的上交不能一年年地拖下去，阴天拖穰草——越拖越重，越重越没法交。刺猬是村里出了名的"骨头户"，跟杨金贵交锋不止一次两次了，每次都是刀光剑影，就差打成一团。

　　杨金贵是村里的老资格主任，只有小学文化，虽然识字不多，但是顾大局、识大体、行得端、走得正，讲话直爽，办事也雷厉风行，陪了好几任书记无怨无悔。征收上交、派收公粮、抓大肚、上河工等重点任务都是杨金贵带头，要是碰到"骨头户"也是杨金贵先啃，村里干部说杨金贵就是一把老虎钳，尖头吧唧的户不主动履行义务，工作实在做不通，就交给杨金贵去拔钉子。杨金贵老婆说杨金贵做这个主任，全村人都得罪干净了，儿媳核桃则说杨金贵为了当干部孙子也不要了，情愿断子绝孙。

那年核桃怀了二胎，杨金贵老婆说头胎生的女孩，这个孩子一定要生下来，不管是男是女。杨金贵说："胡说八道，一个就一个，生两个是鸡长牙齿、蛋长毛，完全没有必要，再说咱是村里的干部，一定要带好这个头。"

　　核桃听到一吓，带着丈夫偷偷跑到娘家躲了起来。杨金贵见核桃几天没回家，知道出去躲胎了，就带着穆穗玲找到亲家公的家，劝核桃回家把胎打了。核桃不肯，杨金贵半夜打电话叫张铁锤派来小分队，硬是把核桃抓了回来。核桃父母气得直跺脚，骂杨金贵是人贩子挣钱——不通人性，杨金贵老婆骂他是当官当上瘾了，抓肚子抓到儿媳头上来了。

　　杨金贵确实得罪了不少人，有一年计划生育管理出了问题，村里一连出现几个大肚子，张铁锤亲自带队住在村里坐镇指挥。杨金贵表态说宁可血流成河，决不多生一个，结果是一个不漏地解决掉了。次年大年初一，杨金贵一早起来开门放鞭炮，门一开，一个坟茔头滚进门来，气得杨金贵直跺脚，沿村整整骂了三天。有理跟他说，你就不要再骂人了，咱老丈人王山柱在避风港做书记时，年年被人家送坟茔头。

　　杨金贵和刺猬第一次交锋也是因为计划生育的事。刺猬老婆已经三个月没来村里"双月查"了，穆穗玲上门去带，刺猬说没空，其实刺猬老婆已经怀上了。杨金贵大怒，亲自出马找到门上，刺猬听说杨金贵来了，知道不妙，立即把老婆藏到附近的张二成地里。杨金贵问刺猬把老婆藏哪了，刺猬说不在家外出了，什么时候回来不知道。杨金贵就叫人家屋前屋后找，有人在张二成地里发现了刺猬老婆的身影。刺猬老婆见到有人看到她，不顾一切地跳进河里拼命游到对岸。杨金贵和村干部是隔着河干瞪眼，看着刺猬老婆一转眼又不见了。

　　杨金贵要求刺猬立即把老婆找回来，否则扒粮抬物、上房揭瓦，刺猬也朝杨金贵说扒粮抬物、上房揭瓦尽管上，选哪件咱也没意见。

杨金贵傻了眼，无论扒粮抬物还是上房揭瓦刺猬都不怕，因为刺猬家里没一件像样的东西，房子还没砌，住的是父亲留下来的泥墙草盖的茅草舍，拆了连工钱都不够。杨金贵败下阵来，张铁锤也无可奈何。

刺猬顺顺当当地生了个二孩，还是个小子。刺猬儿子长到七八岁时才把瓦房砌起来，刺猬也觉得理亏，杨金贵上门罚款时，刺猬说要孩子抱去，要钱没得，最后还是把个面子给了杨金贵，交了一点面子钱，说以后不要来要了，来要也没得。

杨金贵跟刺猬要陈欠超支，等于跟刺猬打了大半天口水仗，刺猬说："过去就过去了，还要它干吗？再说咱也没钱，就是有钱咱也不交。"

杨金贵说："这家不交那家不交，今年不交明年不交，村里的事务咋办，你们年年欠集体的，集体已经欠了个大窟窿。"

"窟窿再大跟咱也没关系，咱又不是干部。"

"要是大家都这么想，咱村就完蛋了，祖宗八代来也弄不好。"

"难道咱交了就弄得好了？不是好多人家都交了吗，咋还弄成这样子？"

"大家心不齐，有人交有人不交，有人不交的话交了的人也办不成事。"

"那就都不交拉倒了，交了也办不成事，大家都不交，乡里也没办法。"

"你这是坐吃山空，不交钱不办事，咱们村永远也发展不了。"

"有人交就行了，用不着家家交，咱家困难，等咱家有钱了再交吧。"

"袁山大爷还困难呢，去年生了场病，花了好多钱，也没拖全村后腿。"

"他跟咱不一样，他是笑天家亲戚，他就应该带头交。"

"田六姑是个寡妇，人家不也是交了，还借的人家钱交的。"

第四十章

"她跟咱也不一样，她靠村里帮助她，她过意不去啊，她交钱是感恩。"

刺猬说来说去就是不想交，杨金贵越说火越大，说："你太不像话，要是都像你这样，芦苇荡要穷八辈子。"刺猬说："交给你们不放心，估计交十块就被你们村里干部吃了八块。"杨金贵拍着桌子说："你是狗咬舌头瞎嚼蛆，吃是吃了点没错，但是没有你说的吃了这么多。"

"吃一分钱也是吃的，咱们的钱凭什么让你们干部大吃大喝。"

"收钱是为大家办事的。"

"办事是幌子，主要搞吃喝，李青龙一年吃掉一百只鹅也不止。"

"听谁说的？"

"他自己说的，他自己不说咱们也看得到。"

"有时吃的不是集体的，人家请吃的不能算。"

"那也不行，只要搞吃喝，就是吃集体的，吃集体的就是吃咱们的。"

"有时上面来人了，又不能不招待人家，人家也不能把锅背着。"

"招待归招待，可是人家来一个，你们陪客的围了一桌子，实质就是集体搞吃喝。"

"吃不吃也不是你说了算，再说吃的又不是你一家子的钱。"

"那交不交也不是你说了算，钱在咱口袋里呢，咱就是不交。"

杨金贵一吃过午饭就到了刺猬家，一直说到太阳落山，苦口婆心，软硬兼施，但刺猬是乌龟抬轿子——硬顶，杨金贵知道就是再说一夜，他也是一毛不拔。

杨金贵告诉笑天："像刺猬这样的人，不给他点颜色看看，他就不会老实。"

隋泥说："刺猬已经爬到咱们的头上了，竟敢把咱们炖好的鹅汤盛跑了，再这样下去他就要抢权造反了。"

笑天说："村民们不信任咱们一定是有原因的，咱们要坐下来反思

风吹麦浪

350

总结一下，听听村民们的意见，看看村民们想要什么、反对什么，咱们做到心中有数，知己知彼，才能百战不殆。刺猬说咱们搞吃喝，咱们没话回答。为什么没话回答？就是咱们有时确实吃吃喝喝的，在哪儿吃，吃什么，村民们看得一清二楚的，难怪他们生气。"

杨金贵觉得笑天说的也有道理，这些年吃吃喝喝的自己也吃不消了，中午喝得醉醺醺的，晚上还没清醒又要喝，今天上面来个人要陪喝，明天为找人办事要请喝，有事也喝无事也喝，张家结婚要请、李家生日要带，吃了东家吃西家，除了早上在家吃一顿外，中晚基本没摸过家里的碗边，每日浑浑噩噩、糊里糊涂，不用刺猬说咱们吃吃喝喝，老婆都反对，说咱是酒鬼躺在坟地里——醉生梦死。杨金贵说干脆定个规矩，取消招待费，以后谁也不准吃集体一分钱。

隋泥惊讶地说："那咱这个干部还有什么当头啊！"

秋冬以后，气温慢慢降下来，秋风起时树叶总是随风起舞，过不了几天，树上只剩光秃秃的枝丫。成熟的芦苇花好像棉花糖，又像一簇簇羽绒，微风吹过，那轻柔洁白的羽绒便飘了起来，飘飘荡荡的，在整个芦苇荡上空飞舞盘旋。

村民们搭起的塑料大棚却温暖如春，西瓜已经长出了新芽，从乡里请来的技术员说："棚内一定要保持一定温度，根据生长情况施足肥浇足水，春节前保准可以吃到香甜可口的西瓜。"

技术员是笑天专门从农技站请来的，现场培训不止一次了，从整地、播种、施肥、浇水一步步地教，村民们集中在一起听得不过瘾，又把技术员请到棚内讲。技术员告诉村民们，种植大棚西瓜一点不复杂，跟夏天种瓜差不多，只不过多了个棚子，要稳控好瓜棚气温，掌握好瓜田水分，长得好的话，一年要长好几茬呢。

芦苇荡在全乡第一个发展了大棚西瓜种植，虽然没有成匡连片，也不是家家户户都有大棚，但竖起的大棚如散落的蒙古包，星罗棋布而又错落有致，为芦苇荡增添了一道亮丽的风景。

笑天家一共四亩二分地，一下子就搭起了两亩大棚，除了种上西瓜外，还种了半亩地丝瓜。丝瓜比西瓜多一道工序，要搭架子。笑天说西瓜是解渴的，丝瓜可以烧汤做菜，产量也高，要是卖得好的话，明年也叫大家一起种。

当瓜藤伸出半杆子远、西瓜如拳头一样大时，下了一场早雪，农田、房屋、草木银装素裹一片雪白。笑天怕积雪压垮大棚，叫村里干部上门动员大家除雪，村民们也觉得雪太沉了，雪再下可能把棚子压垮，那样西瓜就得冻死，于是纷纷拿着扫帚、铁锹各扫门前雪，面积多的人家，村里干部帮助一起扫雪。笑天帮助三军子扫雪时，月芹过意不去，说笑天家的棚子比她家多，等她家扫完了，他们也帮笑天家去扫雪。

隋泥来到张三喜家时，叫张三喜赶快把大棚上的积雪扫了，要不大棚上的积雪会把棚子压垮的。张三喜说："咱知道呢，你也要赶快回家把雪扫了，别不把大棚西瓜当回事，咱看今年大棚西瓜肯定赚钱。"张三喜知道隋泥起初不肯搭棚种瓜，为种大棚西瓜还跟老婆水草打了一架，张三喜的意思是说，隋泥自己都管不好，还好意思来管咱呢。

笑天动员村民们反季节种西瓜，张三喜眼前一亮说："这个办法好，夏天大家都种瓜白忙活了一场，咱种水稻麦子也是活受罪。"种瓜连年不赚钱，张三喜家的四亩多农田是稻麦两季，秋天种麦子，夏天栽水稻，劳动强度不用说了，插秧时披星戴月，秧田还常常上不了水，收割时挥汗如雨、肩挑担扛，路远桥窄稻把迟迟上不了场。一次稻把割好了，张三喜用独轮小木车推稻把，推到小河上的木头桥，小车没稳住，车头一歪一车稻把全都掉下河里去了。张三喜一气之下连小木车也推到河里，跺着桥板大骂："咱村要穷八辈子。"

张三喜非常赞成笑天提倡的大棚种植西瓜的做法，他几乎是第一个在全村搭起了大棚，还主动把技术员请到大棚里指教，整地、施肥、

风吹麦浪

丢种、浇水，每一道工序都亲自操作，精耕细作，西瓜出苗后，他又像服侍婴儿似的，生怕粉嫩的芽儿受到伤害，张三喜眯着眼睛看着细嫩的西瓜芽儿，仿佛一个个大西瓜在眼前滚动着。

当西瓜还在暖洋洋的大棚里生长时，笑天就到县城的菜市场里，问过年时有没人买西瓜，菜市场里的人说冬天没人要西瓜，要冬瓜的人多，要是有丝瓜那就更好了，丝瓜烧蛋汤透鲜。还有人讥笑笑天，西瓜夏天才会有，哪有冬天长西瓜的？笑天笑着说现在想不到的东西太多了，夏天一样可以吃到鱼汤冻子。

笑天跑到县城一家水果批发市场，经销商老刘接待了他。他告诉老刘："过年咱有一批西瓜要卖。"老刘眼睛立即放出光来，问："过年哪来的西瓜？"

笑天说："不是贩来的，是咱家自己长的。"

老刘急着问："有多少？"

笑天说："多呢，大卡车至少拖一天。"

老刘又说："有多少咱全要。"

笑天问："价格多少？"

老刘向笑天保证："今年瓜价多少就多少，咱一分钱不降。"

笑天说："那不成，那是夏天的价，咱是冬天的瓜。夏天到处有西瓜，现在是稀罕货。"

老刘说："过年南方也有西瓜的，不算是稀罕货，一样拿得到。"

笑天说："人家南方不稀罕，咱这个地方就稀罕了，要不你到南方去看看。"

笑天想要走，老刘追上来抓住笑天说："价格咱们再商议，到时咱一定上门去收。"

笑天说："只要价格满意咱就谈谈，还有下家在等咱谈呢。"

老刘又着急了，说过几天一定去找笑天，只要西瓜长得好，价格好商量。笑天不放心，又去了市里的农贸市场，跑了好几家水果批发市场，说的和老刘大体相似，肯定要冬天的西瓜，只要西瓜长得好，价格可以再商量。笑天说："想要西瓜到咱村里来谈，要的人多呢，谈迟了就卖给人家了。"

西瓜还没成熟时就不断有经销商来到瓜田察看。老刘察看到张三喜的瓜棚时，觉得张三喜的西瓜缺水了，就叫张三喜再浇足一遍水，张三喜觉得像老刘这样的经销商已经来过好几次了，知道瓜棚西瓜吃香了，心里不这么想，但嘴上却说："长得差点也没事，咱家西瓜有人定下了。"老刘吃惊不小，感觉有人捷足先登，就跟在笑天屁股后面，请笑天做做村民们的工作，西瓜上市时一定要卖给他。

笑天怕村民们一时疏忽使西瓜长到中途发育不良变成次品，就请技术员用大喇叭喊，什么时候增温、什么时候浇水，一个环节一个环节地告诉大家。隋泥对着喇叭说："喊魂啊，又不是没种过瓜，天天死命嚷，嚷得咱睡不着觉。"水草揪着隋泥的耳朵说："你也听着，人家说的都是实招，咱家今年种得少了，收入肯定没有人家多，明年咱家要多种西瓜。"

笑天叫村里干部天天到村民们瓜棚里查看，一边查看长势一边叫村民们不要愁西瓜卖不了。笑天直接用大喇叭告诉村民们，冬天一只瓜要是卖不到夏天两只瓜钱，就到村里来补齐。村民们都说："乖乖隆地咚，咱瓜田里长出金蛋子了。"只有刺猬对着喇叭挑刺："你就吹吧，到时卖不到两个钱来，咱们都到你家要。"

寒风凛冽，刺骨如针，但瓜棚里却温暖如春。西瓜熟了，躺在地上又大又圆，像个大头娃娃的脸，切开一只，立刻露出红通通的瓜瓤，红红的瓜瓤上嵌着一粒粒乌黑的瓜籽，红色的果肉流出红色的瓜汁，汁甜肉脆，清香沁人，轻轻地咬上一口，甜甜的味道瞬间流进心田，清凉爽极。

果然，经销商们一只西瓜出到了两个的价。经销商们叫村民们把西瓜摘了，送到路口来，专门有车在那边收购，称一笔记一笔账，全

风吹麦浪

称了一起算。隋泥跟经销商说："必须现金结算，否则一只西瓜也不卖。"经销商说："放心吧，保证不少一分钱。"

笑天叫杨金贵组织人员帮助经销商一起称重记账，既帮助经销商上下装货，也帮助村民们监督经销商，避免短斤少两产生矛盾，笑天说："凡是账结清的，货车就可以开走出村。"村民们说笑天细心周到，不像李青龙粗枝大叶，瓜卖了钱也没了。

前几年也是西瓜上市，不过那时是夏天，西瓜掉价，村民们抢着抛售西瓜，只要有人要，价格也不讲究了。有村民反映说："收瓜的光把西瓜运走了，也不把账结清，瓜价再贱也要给个现金啊，咱还等着瓜钱去还肥料钱呢。"

李青龙说："赶快卖了算了，要不然还烂田里呢，瓜钱要得回来，人家又不是一年两年来收瓜。"

南洋乡一个经销商跑来收瓜，拉了一批货走后就像是泥牛入海，一去无踪影。李青龙叫杨金贵好不容易找到那个经销商，那个经销商卖了西瓜后把卖瓜钱赌个精光。杨金贵跟他要钱，他两手一摆说："没有了，要钱等到明年贩瓜再说吧。"

杨金贵说："今年的瓜钱都没了，还明年呢，你就想想办法给咱们，咱们长一季瓜不容易，本来就亏了，还欠人家化肥钱没还呢。"

经销商说："那也没办法，就是把咱卖了也拿不出钱来，咱已经亏了一屁股债了，你们这点钱也来要，人家那么多钱也没像你们这么急。"经销商告诉杨金贵他差的债多呢。

杨金贵说："你差的债跟差咱们不一样，咱们都是老百姓，一年就指望这一季过日子，还有人家等着这钱看病呢。"杨金贵告诉经销商这钱不能欠着，不还不行。

经销商却不屑一顾，说："现在就是人死在地上也没钱啊，如果要命的话可以拿去。"经销商把脖子往杨金贵面前一伸，意思是要钱没得，要命有一条。

村里干部轮流去了几次，又集中去找那个经销商要钱，不管"单兵教练"还是火力攻坚，那个经销商是死猪不怕开水烫，铁公鸡一毛不拔。村里干部要是要不回钱，村民们就把气往村干部身上撒，王五坐在杨金贵家里说不给钱就不走了，刺猬跑到李青龙家里去说再要不回钱就把李青龙桌台上的黑白电视搬走。几年过去了，村里干部也没要回村民们的瓜钱。

　　这年芦苇荡的大棚西瓜全被经销商买走了，一分钱也没欠，还比夏天西瓜多卖了一倍钱，这么一算等于多收了一季瓜。村民们都说笑天有本事，是诸葛亮再世神机妙算，把季节打乱了种田，冬天里长出大西瓜。不管人们怎么评说，笑天默不作声，他在盘算着让芦苇荡长出更大的西瓜。

第四十一章

　　搭棚种瓜的人家赚钱了欢天喜地、得意扬扬，没有搭棚的人家红眼抱怨、相互指责自不必说。芦苇荡近年来过了个少有的春节。杨金贵说："今年这个春节真平静，没一个上门讨债、打架斗殴的。"

　　往年过节时村民们过的是小关，而村里过的是大关，村民们一年苦下来入不敷出，年货没钱买、人情没钱出，多数人家绞尽脑汁想办法度年关，村里一年下来不仅欠了村民们的杂工钱、鸡鸭钱、排涝物资钱，还欠了人家水利建设施工钱、电站机泵修理钱、乡里饭店招待钱，群众上交没收足，各项开支无法支，一到年终，各类债主纷纷上门讨债，村里干部拆东墙补西墙，焦头烂额，最后是东躲西藏，没过过一次好年。

　　一次春节前，村里刚把前来讨债的村民送走，又来了一批村外讨债的债主，修理电站的师傅已经修了几年了，一分钱没付过，每次前来要钱时，管账的张行条会计就说手头紧等几天再说。师傅去找杨金贵，杨金贵叫会计付一半给人家。会计说账上没钱付个屁，时任书记李青龙拍着心口保证下年一分钱不欠。

　　其他债主讨债的情形大体相似，找杨金贵要债时就叫去找会计让今年先给一半，会计说账里没钱付个屁，李青龙说明年一定还上。要债的来回奔波推磨转圈两手空空，都说今年不把钱还了咱就不走了，叫他们也没法过年。腊月二十九，讨债的把李青龙困在村部，有个要债的师傅把门反锁上，说"没钱大家都不要回家过年了，就在这里一起过"。

一屋子讨债的陪着李青龙在村部熬了一夜，一个个冻得浑身直哆嗦，天亮就是年三十了，李青龙想只要挨到中午就会有人自动打退堂鼓了，年三十都要回家贴门对、包水饺，除了站岗放哨的军人、关进牢房的犯人，谁还不回家过年？李青龙决心和债主们拼时间、比耐力，谁知下午太阳偏西，讨债的没一个要走的意思。李青龙等不及了，趁人不备要跳窗逃跑，讨债的眼疾手快，一把又把他拉回来摁在椅子上。

杨金贵叫村里干部各人想办法去借钱营救李青龙，隋泥说："咱是泥菩萨过河自身难保，到哪找钱啊，这不是要人命吗。"

穆穗玲说："找不到钱还真的要了人命呢。"

杨金贵说："找不到钱就自动滚蛋回家。"

村里干部东拼西凑了部分钱送到村部，又是递烟又是倒茶，请债主们高抬贵手，今年先给一部分，明年一定还上，并赌咒发誓说要是明年不还钱，走路遭雷打、半夜撞见鬼。债主们打发走了，可是明年的日子怎么过呢，下年春节依旧不安心。

芦苇荡的干群们这一年总算过了一个平静安定的春节，主要是部分村民们搭了棚种西瓜，增加了收入，更增添了信心，有的村民多少还交了一点村里的旧账，都觉得有笑天帮助指路引领，这个日子有奔头、有希望，因此年味也浓了，一家家其乐融融。不过也有春节过得不平静的，就是那些没有搭棚种瓜的人家，隋泥家即使搭了瓜棚，隋泥也受到水草的指责，水草说："要不是杨金贵帮着咱说了几句好话，咱家多赚的西瓜钱就没了。"

隋泥狡辩说："你是坏嘴婆娘瞎操心，谁说咱家不搭棚长瓜？咱是村里的干部，咱要示范带动放样子。"水草指着自己的脸说："呸，咱

风吹麦浪

这个脸现在还在疼着呢。"

春天来了，芦苇吐出翠绿的嫩芽，迎春花也争着开放了，屋檐下、河堤旁、田埂地头的巴根草也爬了出来，南飞的燕子归来了，一身乌黑亮丽的羽毛，一双俊俏轻盈的翅膀，停落在树上，仿佛在告诉人们，春天来了咱也回到家了。

笑天从乡里开会回来，进入芦苇荡，沿路田野上已经拱起一座座错落有致的塑料大棚，人们正在棚里忙活着，笑天心里犹如春风荡漾。春节过后，笑天就请来乡里的农技员，对村民们进行大棚种植技术培训。农技员还介绍了西瓜新品种，又教会村民们黄瓜、丝瓜、番茄等种植技术，如今西瓜藤蔓已爬出丈把远了，丝瓜也已爬到藤架上，穆权书记开会时批评各村干部因循守旧、墨守成规，唯独表扬芦苇荡敢于创新、勇于突破，农业生产独树一帜。表扬芦苇荡就是表扬笑天，笑天心里热乎乎的。

笑天还在半路上就被树叶拦住了，说要和李青龙分家，请笑天去立个分家字据。兄弟父子分家一般都请娘舅来立分家字据，树叶请了几次，娘舅来了没分得开。李青龙当过书记，娘舅明显觉得说不过李青龙，每次过来"断案"都是无果而终。

笑天问树叶："共在一起过不是蛮好的嘛，干吗要分开？"

树叶说："共在一起过都要听他的，分开过咱做主，咱想咋过就咋过。"

年前村里动员搭大棚，树叶叫李小龙也一起搭大棚长西瓜，李青龙不让搭，说笑天是石头缝里挤水喝——异想天开，把猪养好育肥了就不错了，冬天长西瓜从古到今没听说过。

李青龙家因为没有搭棚种瓜，就在村民们热火朝天卖瓜时，李青龙一家也是热火朝天、热闹非凡，李青龙老婆、李小龙和树叶三人结成同盟，一致指责李青龙没眼光、无远见，是八十岁的老翁练琵琶——老生常谈，是扒了皮的癞蛤蟆——活着讨厌，死了吓人。李青龙见没人帮他说话，只得低头认错："咱也没想到冬天能长出夏天的东西来，要是知道冬天也能长出西瓜来，咱也带头种西瓜。"

李青龙老婆说："你脑子都被酒水灌坏了，整日尽动歪脑筋。"李青龙老婆明显是说李青龙老不正经，要不是树叶在旁，她会骂李青龙是王八爬进茅池坑——就想吃屎。

李青龙答应开春了也搭棚种瓜，但树叶和李小龙异口同声说要和他们分开过，树叶不想跟李青龙老两口合在一起了，一方面对李青龙老不正经的不放心，另一方面李小龙也做不了主，养几头猪、种什么庄稼都是李青龙说了算。李小龙提出少种麦子、多种瓜，而且是大棚西瓜。李青龙立即反驳，说他异想天开、脑子进水。李小龙想要解释，李青龙眼睛一瞪，李小龙立即不再吱声了。

儿子两口子要和他们分开过，李青龙两口子就做树叶的工作说："还是合在一起过好，咱们累死累活帮助你们也心甘情愿。"

树叶说："还是分开来过好，你们现在能走能做的不需要照顾，自己过日子方便自由，等到你们将来老了，手脚不灵便了，咱们再合起来过照顾你们。"

李青龙两口子知道树叶两口子去意已定，翅膀硬了总要飞，留也留不住的，就答应树叶分家了。说是分家，其实就是分锅吃饭，树叶两口子在屋子另一边砌了间低矮的厨房，厨房里砌了一口锅，主房仍是那三间砖瓦房。李青龙老两口住西间，树叶小两口住东间，两边各一间低矮的厨房，分家后两家开始各自生活，李青龙老婆早上起来煮饭时，树叶两口子往往还在被窝里，李青龙老婆就过来帮助树叶淘好米，打好水，然后对着窗户说："起来煮早饭了，太阳马上晒到屁股了。"

李青龙在里屋喊："别管他们，饿死都不要问。"

笑天帮助他们立了个分家字据，字据写明三间房东西两间各户一间，中间主房共用，家具农具各半，两间厨房归各自使用，储存的粮食和四亩多农田按人口分成，树叶多一个孩子于是就多分一份粮食和农田。分家后树叶两口子开始谋划种植分得的两亩多田地，以前虽然也是树叶两口子忙碌得多，但是种什么长什么都是李青龙说了算，长出的东西贱了亏了也是哑巴吃黄连——有苦说不出。

分家后，树叶两口子搭了两个大棚，棚内种了黄瓜、丝瓜，为了把这一亩多黄瓜、丝瓜种好，树叶两口子在大棚旁又搭了个草舍，每天吃住在大棚旁，一刻不离地看着嫩绿的瓜苗成长，看到黄瓜结出手指长的瓜纽子，树叶高兴地说："要不是把家分了，这个春天又是一场空。"

王五在老婆的强烈要求下，也搭起了一个大棚。王五把大棚搭起后，又在大棚边上搭了个简易的小棚，小棚够放一张床，在棚外砌了一个灶，白天王五两口子一起吃住在小棚里，晚上老婆回家看守圈里的鸡鸭，王五就睡在小棚里看瓜。王五看瓜棚也乐此不疲，觉得一个人逍遥自在，况且还能烧盆水在温暖的大棚里洗澡。自从有了大棚后，不少村民不在家洗澡了，就烧两瓶水带到大棚里，坐在木桶里随便搓洗一下，省得在家还要支浴帐。

那天晚上月亮在云朵后面狡黠地露了一下脸，又躲到云层后面。王五洗完澡后躺在床上翻来覆去睡不着，小棚里没有电视，王五也不喜欢看书，闲着没事干，躺着躺着肚子开始响了起来，肚子一响馋瘾就上来了，馋瘾上来了王五的嘴角就开始流口水。

王五感觉实在无法合眼，因为肚子叫个不停、口水流淌不止。王五忽地坐起身来走出小棚，趁着月光稍暗夜色朦胧，沿着田间小路悄悄地摸到一户人家，这户人家没有一丝灯光，里面的人明显已经进入梦乡。王五悄悄地摸到鸡圈旁，他想摸出一只鸡来，到小棚里拧头拔毛，然后炖一锅鸡汤，美美地解一顿馋。

王五不止一次半夜出来偷鸡逮鸭了，时间长了也积累了偷鸡逮鸭的经验。他把手伸进圈里，能让鸡鸭一声不叫、让他不慌不忙地拎走，不留下一丁点痕迹。村民们发现少了鸡鸭，还以为是黄鼠狼半夜叼走了，也多留个心眼，有条件的人家会把鸡圈鸭圈通到屋内，夜里鸡鸭会进入屋内过宿，这样不管是人来偷还是黄鼠狼来叼都无法下手。没有条件的就在圈旁放几只夹子，可是黄鼠狼一只也没夹住，鸡鸭还是少了。不过王五被夹伤过几次，凡是被夹子夹过的人家，王五是不会再去的。

王五逮了一只母鸡出来，母鸡像是睡着了一样，悄无声息，乖乖地让王五提着走了。王五庆幸这次没被夹子夹住，趁着夜色紧张又兴奋地往回走。他摸到田六姑家的大棚时，忽然听到棚里有响动，王五警觉起来，他估计有人在偷田六姑的瓜，要是有人偷田六姑的瓜，王五觉得应该路见不平一声吼，行侠仗义，出手相助，要是能把小偷抓住，这样不仅可以把过往偷鸡逮鸭的嫌疑全都嫁祸到小偷身上，获取村民们对他的信任，还可以在小偷身上敲点外快来。

想到这里，王五蹑手蹑脚地靠近大棚，找到一个漏风的孔眼向里张望。夜幕遮不住白色塑料的影射，只见一个人影在里面晃动，王五仔细一看，立即感到浑身血液开始上涌，眼睛放大了一倍，直溜溜地盯着那个人影看，那是田六姑在洗澡。

王五想喝鸡汤的馋瘾没了，想入非非的邪念占了上风。他甚至忘记了手中的母鸡，手一松母鸡遛进草丛里。王五想把孔眼撕得大点，刚要动手撕，一个人影追了过来，朝着王五就是一铲子，吓得王五屁滚尿流，连滚带爬往前跑，后边的人大喊："站住！"

王五哪敢站住，慌不择路，跑向小河边上的居民点了。后面喊"站住"的人不停步，前面又是一人大喝一声："站住！"拦路的人是隋泥。隋泥根据笑天的要求，每天晚上在村里巡逻一圈，一方面是防范村民们的鸡鸭被人偷，更重要的是防止人为破坏塑料大棚，冻死棚内的瓜。

隋泥一把抓住逃窜人的衣领，低头一看是王五，喝问王五夜间惊慌失措跑什么。王五还没来得及回答，后面的人追过来了。隋泥看是六子，就问六子哥干什么。六子哥指着王五说："他偷咱家的鸡，被咱撞见了。"说着就要用手中铁锹铲王五。

隋泥一把拉住说："这是王五啊，王五偷过鱼，但没偷过鸡。"

六子气喘吁吁说："咱看的没错，就是他，这个杂种敢偷咱的鸡。"

王五发现手中母鸡没了，立马来了精神，指着六子说："你别诬陷好人，你说咱偷你家的鸡，那鸡呢？"他摆着两只手问六子。

隋泥也问六子："是啊，捉奸得捉双，捉贼得捉赃，你说他偷你家的鸡了，鸡呢？证据呢？你凭什么说他偷了你家的鸡？"

六子被问怔住了，但他一点也不怀疑自己的眼睛，仍然坚持说自己的眼睛一刻不停地盯着王五，自从王五离开他家的鸡窝，就一直没离他的视线，又说："咱的眼睛就像是照妖镜一样，一直照着。"

"这么黑的天，你凭什么证明就是咱偷了？"王五竭力为自己辩解。

隋泥也帮着王五说话："也许你看错眼了，说不定小偷早跑了，这么黑的天咱也看不准谁是谁啊？"

六子朝隋泥发火，说："隋泥你怎么黑米白面一把抓——黑白不分呢，咱看的是千真万确，他就是一个恶鬼，咱看得一清二楚。"

正在争吵着，田六姑拉着穆穗玲赶来了。田六姑看到王五立即伸开手指抓过去，说："你这个不要脸的东西，偷看人家女人洗澡，眼睛会被蜇瞎的。"

第二天，人们发现王五脸上刻着几条细细的血印子。

笑天是在田六姑的田头上严肃批评王五的。田六姑要到乡里的派出所报案，说王五半夜三更偷看她洗澡。王五老婆不承认，骂田六姑半夜三更勾引王五，王五怕事情闹大对自己不利，连忙把老婆往回拉。王五老婆又骂王五拈花惹草，边骂边要伸出手来抓王五的脸，要不是笑天赶来，估计王五脸上又是一道道血印子。

笑天叫王五向田六姑道歉，保证以后不发生类似的事情。王五一脸的委屈，说："黑天摸地的，咱根本就没看到田六姑洗澡，要是看到田六姑洗澡天打五雷轰。"

田六姑立即"呸"了一口说："还有脸说没看呢，咱那塑料大棚是哪个狗爪子戳的洞，头都能钻进来了。"

王五老婆也"呸"了一口说："别假装正经了，谁还不知道狐狸精啊，塑料大棚戳个洞还不知道是给哪个野男人钻了。"

两个婆娘你一言我一语地争吵着，隋泥大声嚷了起来，他叫田六姑自己把篱笆扎紧了，要是叫野狼叼走了咱也没法管，又叫王五老婆回去把王五看好了，现在这个社会天鹅也爱上癞蛤蟆了，哪个癞蛤蟆不喜欢吃天鹅肉！

隋泥骂王五是个癞蛤蟆，王五当然听得明白，他反驳隋泥说："咱是癞蛤蟆长得丑，但是不像人家头上戴满绿帽子。"田六姑也觉得隋泥指桑骂槐、话中有话，也叫隋泥回家把篱笆扎牢，说："现在的野狼都提档升级了，当心半夜把你家母鸡叼走。"

笑天制止了隋泥讲话，批评王五说："王五你也真不像话，不是白天捞鱼摸虾，就是黑夜满村晃悠，搞得人心惶惶。六子喊鸡没了，田六姑说被人看了，虽说不能证明是你王五所为，但你夜里不睡觉跟个鬼灵一样晃悠，不能不叫人家怀疑，要是真把派出所请来了，一定会真相大白的。"笑天见王五的头渐渐地耷拉下来。又说："若要人不知，除非己莫为，群众的眼睛是雪亮的，有则改之，无则加勉，莫伸手，伸手必被捉，捉去了吃电棍事小，关进去没得自由了就悔之晚矣。"王五连连点头称是，对天发誓说："咱绝不干偷鸡摸狗的事，哪个干那畜生事，叫他下辈子投胎当鸡做狗任人宰杀。"

王五偷看田六姑洗澡这件事过后，人们发现再没差过一只鸡鸭。王五老婆也不再看鸡鸭了，她不再怕家里的鸡鸭被人偷了，她跟着王五在小棚里过夜，她怕王五真的被狐狸精叼走了。

王五爱占便宜，平时有小偷小摸的习惯，有时看到女人也会喜上

风吹麦浪

眉梢，朝女人眨一下眼睛或是送个秋波，王五老婆心知肚明，为此也曾动粗发火。一次王五去卫生所抓药，看到小草一个人在，小草身材苗条，脸蛋圆润，皮肤白净，王五动了邪念想占小草便宜，趁其不备从背后把小草抱住，小草又惊又羞拼命挣扎，这时突然有人从窗户外扔进一块砖头，差点砸到王五头上，王五吓了一跳，知道事情败露，赶忙丢下小草逃之夭夭，到家后告诉老婆刚才在卫生所差点被人用砖头砸死。看到王五惊魂未定的样子，王五老婆断定王五又干了见不得人的坏事，捡起一个砖块就朝王五砸去，说："咋就没让砖头砸死你。"几乎是同时，砖块"啪"的一下正中王五脑门，顿时鲜血直流。好在砖块较小，脑门上没有砸出洞来，只是划了一道小口子，留下一道明显的伤疤。后来只要王五一犯错，王五老婆就会用手指戳着王五脑门说，别好了伤疤忘了痛。

第四十二章

高小丽如愿以偿生了个千金。高小丽逃跑了后，两口子遇河蹚水、逢沟过沟，马不停蹄、一路狂奔，连续找了六七户亲戚家，没一家亲戚敢收留他们。因为高小丽挺着个大肚子要超生二胎，要是有人收留他们也会被当成超生户对待，轻则扒粮抬物，重则上房揭瓦，哪个亲戚敢收留他们。高小丽好不容易找到远房亲戚的三姥姥，三姥姥见过高小丽，见他们失魂落魄的样子十分同情，就把他们留下了。三姥姥是八棍子打不到边的远亲，张铁锤和笑天怎么排查也不会排查到三姥姥家。而且三姥姥已经年过古稀，谁会想到她老人家会藏着个大肚子。

陈春桃和高小丽在三姥姥家艰难地熬到高小丽足月，由于是超生，高小丽不敢到医院分娩。好在三姥姥做过接生婆，高小丽经过一番哭天喊地的阵痛总算母女平安，一个计划外的婴儿诞生了。

高小丽女儿已经四岁了，陈春桃父亲传来话说家里的村民们搭棚长瓜可赚钱了，大伙忙得热火朝天。高小丽要回家搭棚种瓜，陈春桃惊讶地说："你不要命了啊，咱犯了这么大的错误，回去还有好日子过啊？"

高小丽说："再把你吓死了，咱又没偷吃扒拿杀人越货，不就是生个小二子嘛，不至于判咱去坐大牢吧。"

陈春桃说:"不能回去,笑天还好说,乡里那个张铁锤像个恶神一样,鬼看了都害怕。"

高小丽说:"你得了吧,你才像个恶神呢,你拿把铁叉站在桥头上,人家不是一样怕你。再说人家也没有办法啊,计划生育是国策,如果不这样雷打火烧的哪能管得住。"

高小丽叫陈春桃一起收拾东西准备回家,高小丽说:"是咱们有错在先,回家找笑天认个错,要打要罚随村里便,总是躲在外面也不是办法,丑媳妇迟早要见公婆面,早晚还是要回家的,迟回家不如早回家,早回家搭棚长瓜还增加收入呢,不回家啥都没有,还过得跟个丧家犬一样。"

高小丽回来后第一件事就找到村里,向笑天诉苦说:"咱也是没办法的事,陈春桃父母说砸锅卖铁也要给他们生个小孙女,不给生就不准咱进家门。"

穆穗玲抱过高小丽怀里的孩子说:"这娃儿长得像高小丽,小嘴肉嘟嘟的真好看。"

隋泥拍着桌子说:"小二子都生下来了,承认错误有啥用,赶快把罚款钱送来,要不一样扒粮抬物、上房揭瓦。"

高小丽说:"罚款肯定缴,只是能不能看在咱们家困难的分上少罚点。"

笑天说:"这个咱也不能擅自做主,罚多少上面都有具体规定,既然你们已经承认错误答应处罚了,就先回去忙着搭棚吧,要是这几天把棚子搭好了,还来得及丢种,等咱和张铁锤主任报告了再通知你们。"

陈春桃和高小丽两口子抱着孩子走了,隋泥指着高小丽两口子的背影说:"一泡鸡屎坏缸酱,要不是他家超生一个,咱村今年保准得个计划生育先进奖回来。"

杨金贵说:"网再细也有漏网之鱼的,人无完人,金无足赤,咱们做工作尽量追求完美,但是瓷器店里打老鼠也难免会失手。"

笑天也对隋泥说："犯了错不重要，重要的是要勇于承认错误，还要勇于改正。咱们要好好教育村民们，今后不能再犯错误，发展生产、增收致富才是正确的选择。"

笑天去找张铁锤报告对高小丽罚款的事。张铁锤说："干了若干年计划生育工作，像陈春桃这两口子不要命地生二孩，还是大姑娘上轿子——头一回。"张铁锤又说："像陈春桃这样的愣头青，别说咱张铁锤了，就是穆权书记也是束手无策，所以穆权书记也没再追责下去，就叫我一定要多罚款，罚得他家倾家荡产。"张铁锤叹了口气："罚个啥呢，全部家当一担就可以挑走了。"陈春桃高小丽主动缴了罚款，不过并没有倾家荡产，因为本身就没有多少家产，只是多少交了一部分钱。

陈春桃和高小丽缴了罚款后，陈春桃父亲办了一桌酒席，请村里的干部一定要来喝杯喜酒。笑天不同意去喝喜酒，因为年后笑天宣布一条纪律，今后一律不准拿公款吃喝，来客照接待，账单不记在本子上，全部记在村口的墙上，接受村民们监督。

隋泥说："只要不吃集体的钱，村民们请的照吃。"

笑天说："那也不行，村民们的钱也是钱，吃掉了人家的钱坏了咱们的形象。"

陈春桃父亲不答应，已经开始变脸了，吵吵嚷嚷赶到村部来，说村里干部要是不去他家喝杯喜酒，以后村部叫咱的事咱也不干。陈春桃也跟着来嚷嚷，说："你们干部为咱们操心劳碌吃了不少苦，咱情愿掏钱请你们喝酒。"

笑天不去，陈春桃父子就缠着不走。杨金贵见笑天被缠得没有办法，只好悄悄地跟大家说："走，喝一杯去，不过到此为止，仅此一顿，下不为例。"

隋泥说："拉倒吧，又不是吃集体的，人家愿意请，咱有啥法子？"

当大棚内的黄瓜准备采摘的时候，笑天接到穆权书记的电话，说

风吹麦浪

要带着全乡各村书记到芦苇荡来参观。穆权书记还特别强调说，这是全乡农业生产专题现场会。以前召开现场会都是流动现场会，逐村参观，这次专门参观芦苇荡，可见穆权书记对芦苇荡的工作是多么重视和肯定。

全乡干部要来参观村民们搭棚种瓜的现场，这本是一件欢欣鼓舞的事情，可是笑天怎么也兴奋不起来，他眼前隐约出现上次穆权书记带着全乡干部前来参观村民副业生产的现场，几个村民在穆权书记面前争夺母鸡，李青龙书记恨不得一个跟头跳进脚下的一个地洞里，他也跟着无地自容。

不管如何担心害怕，上面的决定已经通知下来了，不来参观已经是不可能的了，火车发动了只有往前开。笑天部署村里干部准备现场，芦苇荡大多数村民都搭了大棚，只有少数几户没有劳力的人家仍然种着稻麦两季，大棚面积已经超过了粮食种植面积，这么多的大棚也不可能户户都看，要选出长势好、道路好走的人家作为现场，把最好的现场展示出来，那样穆权书记才会高兴，全乡干部也会啧啧称赞，咱芦苇荡的干部群众脸上才有光彩。

大家经过慎重选择，一致认为三军子家的大棚长势好，躺在地上的西瓜墨绿脆嫩，又大又圆，挂在藤上的黄瓜和挂在架上的丝瓜像小孩胳膊一样粗，又是靠近路口来去十分方便。笑天叫大家把重点放在三军子家的大棚上，立即帮助畅通水系修好道路，还要手把手地教会三军子两口子如何汇报，别狗咬虱子胡啃乱嚼。

村民们听说乡里干部要来看现场都表现得特别高兴，村里干部的要求村民们没一户不积极配合，特别是三军子两口子就像是遇到一件盛大喜事，除了村里干部安排整修道路连接水管外，他们两口子整日在棚内忙活，精心呵护一丝不苟，甚至把长歪的黄瓜挂斜的西瓜都一一摆正，生怕东倒西歪的不堪入目。

三军子还一本正经地跟杨金贵学了一遍又一遍经验介绍。三军子学了一遍后，杨金贵仍然不满意，就叫三军子把自己当作穆权书记再说一遍，杨金贵这么一说，三军子就更说不出来了。杨金贵责怪三军子没用，说："穆权又不是鬼，有什么可怕的，跟穆权这么一丁点大的干部见面就紧张得牙直抖，要是县上来了个大干部还不吓出尿来。"

现场会召开的那天，三军子家的瓜田上，大棚周围插满了彩旗，路口的桌上摆着一排排已经洗好的黄瓜和切好的西瓜，那是给前来参观的干部品尝的。三军子看到这阵势越发显得紧张起来，穆权书记还没来到现场，他说话已经前言不搭后语了。

和上次副业生产现场会一样，穆权书记骑着自行车风风火火走在前面，后面浩浩荡荡地跟着全乡各村的书记。笑天在前面带路，参观的人一边骑车一边沿路观看一座座拱起来的大棚，在三军子的大棚前大家停下来。村民们有的递一条毛巾过来，有的送过来一片西瓜，气氛热情洋溢。

穆权书记边和笑天边交流边走进棚内，他看到地上躺着的西瓜一个个墨绿滚圆，又看小孩胳膊粗的丝瓜爬满瓜架，青嫩的黄瓜成排倒立，高兴不已，不时竖起大拇指表扬笑天一番。然后穆权书记又问身旁的三军子今年这个棚子能卖多少钱。三军子紧张得上牙打着下牙，支支吾吾答不上来。穆权书记哈哈大笑："别瞒着嘛，咱们又不是来跟你借钱的，咱们就是希望大家多想点子多赚钱，赚的钱越多越好，赚钱了才能过上好日子。"

穆权书记就站在大棚前召开了全乡各村干部会议，他要求全乡各村要向芦苇荡学习，芦苇荡的干部群众不怕吃苦，开动脑筋，搞反季节蔬菜种植发家致富，为全乡广大干群开辟了增收致富的新渠道。穆权书记话锋一转又批评说有的村因循守旧、墨守成规、不思进取，他发狠说谁要是不帮老百姓挣票子，就摘谁头上的官帽子。笑天看他说话的样子，感觉就像是要拿叉子叉人一样。

穆权书记走后，笑天才长长舒了一口气。他觉得这次现场会开得十分完美，穆权书记从头到尾没有说过一句不满意的话，村民们也是由始至终地密切配合，美中不足的是经过几天的言传身教，本来在现场会上唱主角的三军子竟然中途掉链子，不过这并不影响现场会的胜利召开。

现场会开过后，芦苇荡的村民们发展生产、增收致富的热情更加高涨了，没有搭棚的人家也开始行动起来，说再也不能瞎子摸鱼靠碰运气了，要听村里干部的话，特别是笑天书记神机妙算，他会算到能走什么路会发什么财。隋泥指责王五说："捞鱼摸虾发不了财，搭棚长瓜才是出路。"要是过去王五肯定又和隋泥顶撞起来，现在王五看得清清楚楚，搭棚种瓜确实多增收，况且他也想多搭棚子多种瓜。

面对隋泥的指责王五不吭声，而施七对王五的指责却让王五气炸了肺，施七对王五吃了他心爱的花花耿耿于怀，积怨很深。王五虽然赔了一只"花花"给施七，但此花花非彼花花，施七起床时，此"花花"也不懂得把他的鞋子送过来，这个时候施七就越发想起被王五吃了的花花，越想越气，觉得王五不够朋友，于是又想起王五过往的不足。

要是在过去不管什么场合，施七和王五都是心有灵犀、配合默契，从不揭发对方的短处，而且相互捧场、互相吹捧。吃狗事件发生后，王五倒没往心里去，仍然是双胞胎比长相——没什么两样，而施七就不同了，看到王五就觉得王五这样的朋友是灯草做栏杆——靠不住，把他心爱的花花杀吃了毫不心疼。

一天上午，王五到施七家借把铁锹挖田，放到平时王五来借锹，不用说就可以拿走了，可是这次王五借锹时，施七竟然冷着脸说不借。王五说："施七，你吃错药了吧？咱是王五啊。"施七说："谁都可以借，就是不借给你王五。"

王五问："你咋像猴子的脸说变就变了呢。"

施七说:"咱就是一只猴子也没你狼心狗肺,你是脚底长疮、头顶冒脓,坏透了。"

王五觉得施七说得有点过了,就反驳说:"还说咱坏呢,咱再坏也没你坏,跟你八棍子打不着边的一块地,硬是被你讹去一笔钱,要是咱当村干部,你就是跳上天也没钱给你。"

王五这么一说,施七更来火了:"在咱看来,你就是一个杀人犯,要不是你一天到晚伙同柱子到处麻鱼钓鱼,柱子能被电触死吗?柱子就是死在你手里的。"

一语点着火药桶,王五骂施七是狗咬吕洞宾——不识好人心。施七把手中的水桶往虾塘里一摔,骂王五祖宗八代缺德鬼,坏事做尽遭报应。两个人骂得兴起,竟然拳脚相加,曾经的芭蕉开花一条心、路见不平一声吼的豪言壮语全然被抛弃脑后。一个说"你老绝怂的敢和咱斗,咱一拳就把你打趴下",一个说"今天咱不把你肚里的狗肉打出来咱不算本事"。

村民们劝不开,赶紧去找村干部,路上正好撞见隋泥,就把隋泥拉来了。隋泥到了,看到王五和施七你一掌、他一拳的,就大喊一声"住手"。王五说:"用不着你来问,今天让咱来教训一下他,看他下回还敢不敢讹集体的钱。"

施七说:"就是笑天来了也没用,咱今天要为柱子伸张正义、报仇雪恨,柱子就是被他害死的。"

隋泥说:"你们两个是驴唇不对马嘴——胡拉乱扯,昨天还割头不换、一醉方休,今天咋就刀枪相见、反目成仇了啊?"

王五说:"昨天是昨天,今天是今天。"

施七说:"昨天是咱看走眼了,他原来就是个脚底长疮、头顶冒脓的坏蛋,咱要伸张正义收拾他。"

隋泥喝道:"都给咱住手,你们两个是烧窑碰到卖砖的——一路货,大哥哥不说二哥哥,彼此彼此。"

风吹麦浪

两个都住了手，又都觉得隋泥说话有点刺耳，都过来反问隋泥："你给咱说说，啥叫烧窑碰到卖砖的？"又问："你还有脸来说教咱啊，咱们也是大哥哥不说二哥哥，彼此彼此。"

隋泥自感难以调和，就挥着手对他们说："那就继续打吧，打死咱都不会搭理你们。"说着就走了。隋泥要去报告笑天，他认为这样的事情只有请笑天出场才能解决。

隋泥找到笑天时，笑天正要往乡里去，他要到乡上的车站坐车去县城。笑天打了个报告，申请一批村民到县上的农业技术推广站专门学习大棚蔬菜种植技术，这是穆权书记告诉笑天的，说只要打个报告给县农业局领导签个字，村民们就可以到县上去学习，还免费提供食宿。

隋泥问笑天去哪儿，笑天说去县里找人批报告，报告批了可以送一批村民去学习。隋泥说："还学习呢，快要出人命了。"

笑天问："咋了？"

隋泥说："王五和施七打起来了，两个人针对针、铁对铁，互不相让，亏我去得及时，要不然两个人肯定头破血流。"

笑天问："他们两家不是割头不换的吗？就差在一个锅里吃饭了，怎么说翻脸就翻脸了？"

隋泥说："那两家子一个都不算东西，咱正要找你呢，咱是好好地调解他们，他们互相打着竟然又要跟咱动手。"

笑天说："咱看是你又没注意工作方式，矛盾产生总会有个根源，要找准根源才好化解。"

隋泥辩解说："根源咱已经摸到了，他们两个是烧窑碰到卖砖的——一路货，没一个好东西。"

笑天说："你这叫火上浇油，哪有像你这么劝架的，要顺藤摸瓜，解去各人心中的疙瘩，才容易化解矛盾、握手言和。"

隋泥说："那你去顺藤摸瓜，这个疙瘩咱也解不开。"

笑天告诉隋泥，施七和王五的仇结下了，不是一天两天就能化解的，他叫隋泥先分别找他们谈谈，两家现在都在火头上，谈谈心、降降温，心平气和下来再调解，矛盾保准烟消云散。

　　笑天实在没空为王五和施七两个打架的事操心，他要赶快去把报告批下来，然后把村民们送去培训，因为季节不等人，春季大棚瓜果上市后，天暖和了，大棚上的塑料薄膜都被翻在一边，敞开的瓜田被村民们耕翻了一遍，土壤被捂了一个春冬，翻开来晒晒太阳透透气，在这个间隙村民迫切需要充充电，掌握一些大棚种植的技术。

　　笑天觉得批个报告太烦琐，一张报告要找六七个人签字，村里报告写好后，要到乡里去盖章，为盖乡里的公章笑天就跑了两次。第一次去乡里盖章时，管公章的小王说要等穆权书记同意后才能盖，笑天说这是打报告送村民们去学习培训的，又不是合同证明要担责。小王说那也不行，只要盖章就必须经过穆权书记同意。笑天只得坐在乡里等，等了半天也不见穆权书记的影子。笑天打电话给他，穆权没说话挂了，笑天估计穆权书记在开会或是在找哪个领导报告工作，只好回去了。

　　笑天好不容易把乡里的公章盖好后，匆匆忙忙往县城赶，笑天想县里的公章也不是容易盖的，因此要赶在领导上班时赶到，运气好的话领导会在办公室，没有哪个领导坐在班上等你来盖章。笑天火急火燎地赶到县农业局，农业局办公室主任说这样的报告要让分管的张副局长签个字才能盖，笑天就去找张副局长，等到要上午下班时张副局长才来到办公室。还没等笑天说话，张副局长就说有事下午再说吧，随手把门一带就出去了。办公室主任说张副局长去接待客人了。

　　笑天就在县农业局对面的小吃店里胡乱吃了一碗面，然后坐在农业局传达室的长椅上等，等到上班时，张副局长还没到。办公室主任过来叫笑天不要着急慢慢等，张副局长中午陪客人喝了点酒，估计要迟点上班。等到太阳要下山，张副局长终于来了，老远就闻到一股酒

风吹麦浪

气，笑天请他在报告上签个字，张副局长看了看说没有张局长同意不能签。笑天问张局长在哪里，张副局长用手指了指说就在隔壁。笑天推门走了进去。原来是张春雷局长，笑天认识张春雷，张春雷一看是笑天，问也没问拿笔就签了个"同意"，并签上名字。笑天问是不是还要张副局长签个字。张春雷说："要他签个屁，咱签了算。"笑天心里想：早知道是张春雷做局长，咱要少跑多少冤枉路啊。

第四十三章

隋泥这几天特别兴奋，因为笑天在召开支部大会时，专门表扬了隋泥，说隋泥在处理矛盾、调解纠纷方面提高很快。隋泥在笑天的指导下，工作能力和业务水平确实提高不少，也受到不少村民的夸奖，只要一有村民夸奖他，隋泥就眉飞色舞、得意扬扬。不过杨金贵总是提醒隋泥说不要高兴得太早，调解好一两件矛盾不能算能力强了，要经常性地保持这样的状态才是真本事。

隋泥有时会在穆穗玲面前吹嘘自己的工作能力，穆穗玲就鼓励他："前天那件事处理得很好，以后要再接再厉啊。"前天，周贵山大爷家娶媳妇，一阵噼噼啪啪喜庆的鞭炮响过后，一个爆竹飞出去，飞过河那边去了，河那边的三碗家屋后的草堆起了火，大伙带着工具纷纷前去救火。大火被扑灭后，草灰和着泥水淌进了隔壁六子家屋后的鱼塘里。本来气温就高，鱼塘缺氧，浮在水面的鱼儿张着嘴巴急促地呼吸着，草灰水流进鱼塘后，塘水很快变黑了，不大一会儿鱼儿全部翻起了白肚子。

村子里一下子闹腾起来，六子找三碗要求赔偿鱼塘里的鱼。三碗叫六子去找周贵山大爷赔，原因是他家放鞭炮烧着了三碗家的草堆，三碗没叫他家赔草堆就不错了。六子说："又不是周贵山大爷家的草灰

风吹麦浪

"你给咱家草堆烧了咱吃点亏也就算了，咱也不要你家赔，问题是人家六子不答应，给人家一塘鱼炸死了，一塘鱼要赶上多少个草堆啊？"三碗一脸的沮丧。周贵山大爷也委屈，办喜事哪家不放鞭炮？哪个会想到放个鞭炮会把邻居家草堆烧了，而且还隔着一条河。

隋泥学着笑天的样子，搬个凳子坐下来，心平气和地跟三碗说："咱也不能一味地责怪周贵山大爷家啊，娶儿媳办喜事是大事，放鞭炮增加喜庆是传统习俗，哪家都要放的啊。鞭炮点着了你家的草堆，这是谁也想不到的事情啊，要是早知道会把河这边你家的草堆烧着了，周贵山大爷肯定不放这个鞭炮，你说是不是？"周贵山大爷听了这话，知道隋泥在帮助他说话，一个劲地直点头。隋泥接着说："再说都是乡里乡亲的，低头不见抬头见，远亲还不如近邻呢，大家都生活在一起，有哪家是一箭打到头的，一个篱笆还三个桩呢。"嘿嘿，隋泥这话说的才像个村干部的样子。

三碗被隋泥这么一说，阴沉着的脸终于露出了笑容，说："隋泥你说到咱心里去了，咱也不想为难周贵山大爷。虽说咱过去跟你们干部作过对，可是那是过去，咱也自认倒霉了，六子家的鱼由咱家赔吧。"六子一听连忙摆手说："算了啊，明年再养咱知道怎么护养了。"

周贵山大爷见六子也表态说不用赔偿了，连忙跟六子赔礼道歉。隋泥又严肃地批评周贵山大爷："你就应该赔礼道歉，放鞭炮也要注意安全啊，还好烧着的是草堆，要是烧着了房子、炸伤了孩子就是大事啦。"

隋泥成功调解了一起突发而又复杂的矛盾，笑天表扬说："这场调解堪称芦苇荡矛盾调解史上的经典。"隋泥更得意了，逢人就说："你们不要有事没事就斗嘴吵架，让咱隋泥省省心。"杨金贵嗤之以鼻地说："你才穿几天整裆裤子啊，在咱面前你就是才出窝的鸡崽儿，嫩得很呢。"

风吹麦浪

酒杯他不要，要换成三碗平时喝茶的茶杯，那茶杯要倒半瓶白酒。李青龙不管来敬多少次，叶杯把茶杯里的酒喝了就再也不喝了。村里干部说："叶杯喝酒名副其实，叶杯就是一杯，多一杯不喝。"

叶杯下乡好像是约定成俗的事了。李青龙没事时，就搬条凳子坐在路口的树下乘凉，乘凉是假，因为村里安装了电扇后比路口的树下还凉快，李青龙是在等叶杯下乡。只要叶杯下乡来，中午就有事做了，要不还要回家吃中饭，总不能师出无名天天在外搞吃喝。要是叶杯来了，村民们也理解村里干部是接待乡里人的。隋泥说叶杯跟李青龙差不多，一年要在肚里赶出一趟鹅鸭来。

叶杯来芦苇荡是实在没办法的事，除了抗旱形势严峻、迫切要求下乡外，穆权书记在会上拍着桌子吼，说在这个大旱当前的节骨眼上，谁要是不下乡帮助指导村民们抗旱救灾，就撸掉谁的乌纱帽子。穆权书记还特别强调，可先斩后奏不必上报。

笑天回到芦苇荡做书记后，叶杯基本不来，就是来了，基本是一杯酒也喝不到。因为村里干部已经研究决定了，来人接待由村里干部轮流带回家吃饭，来人添瓢水，不添一个菜，遇到什么吃什么。接待账要记到墙上，谁也不乐意把自己的名字记在墙上公示，随便到哪家吃口饭也没意思，要是事情不重要的话，中午就直接回家吃饭了。

叶杯来帮助村里指导抗旱，隋泥在河里铲泥疏水，他跟杨金贵说："叶杯来了能有什么用，他又不能送水来，中午还要人给他做饭，现在哪个还有空顾着吃饭。"

杨金贵说："少吃一顿也饿不死，咱到现在早饭还没吃呢，叫大家抓抓紧，笑天要求晚饭前必须把内河水位抬高上来，要不田里的庄稼都得渴死。"

叶杯找到笑天时，笑天正在组织村民们架设机泵，机泵已经够不到水了，因为各村都在抢水抢灌，外河水位急骤下降，要把机泵下移一节，把河底的水抽上来，再排到内河里。

风吹麦浪

春天迈着轻快的脚步渐行渐远，太阳高高地挂在空中，好像一个大火球，把大地烤得热乎乎的，庄稼的叶子被火辣辣的太阳晒得直不起腰，只有河堤上的巴根草，似乎不太在乎炽热的阳光，仍然直起低矮的身躯守护着脚下的大地。村民们一刻也不敢疏忽，每天都会去田里瞅上一眼，看看田里的水干了没有，已经有半个多月没有下雨了，水位开始下降，有几条河里已经出现水荒了。笑天和村里干部分析，估计今年又要干旱了。

　　往年也发生过干旱，渐渐地，射阳河里的水位沉了下去，已经看见蒜头大的河螺在河坡上蜗牛似的爬着，人们已经预感到干旱将临，于是有人开始抢水了，秧田要尽快上水保秧，旱地作物更要浇足水，河水很快就被抽光了。

　　笑天一大早就和杨金贵来到射阳河堤外组织村民们安排机泵抽水，因为水位太低，河堤上的电站已经够不到水了，要到河内疏出一条水沟进行二级翻水。需要二级翻水的话，说明干旱已经很严重了。

　　乡里也开了抗旱工作动员会，分管芦苇荡的农水助理叶杯来了，叶杯已经好长时间没来芦苇荡了。笑天虽然是芦苇荡的书记，但他还是水塘乡团委书记，团委书记的级别当然和农水助理一样高，他认为自己无法指导笑天，再一个是笑天回来后不准用公款吃喝，即使接待他也是把账记在墙上，村民们看到账的话他是无所谓的，要是穆权书记看到了必定会批评他吃坏了形象、吃坏了胃。

　　李青龙做书记时，叶杯是芦苇荡的常客，即使乡里没作要求，叶杯也会在上班后骑上他那辆只有铃不响全身都响的也不知骑了多少年的自行车下乡。叶杯到了，李青龙就会叫人去通知一声三碗，叫三碗到圈里捉只鸡杀。叶杯就在村里跟村干部拉拉呱，或是到地头上走一遭，然后直接去了三碗家。三碗两口杀鸡炖肉，他们就围着桌子打扑克，这是常规动作。

　　叶杯喝酒不多，每次来时只喝一杯，不过杯子比较大，三碗摆的